〔美国〕海明威◎著

韩　琳◎译

永别了，武器

海峡出版发行集团　海峡文艺出版社
THE STRAITS PUBLISHING & DISTRIBUTING GROUP　Haixia Literature & Art Publishing House

图书在版编目(CIP)数据

永别了,武器/(美)海明威著;韩琳译. —福州:海峡文艺出版社,2017.8
(2023.9重印)
(诺贝尔文学奖大系)
ISBN 978-7-5550-1191-0

Ⅰ.①永… Ⅱ.①海…②韩… Ⅲ.①长篇小说—美国—现代
Ⅳ.①I712.45

中国版本图书馆 CIP 数据核字(2017)第 144625 号

诺贝尔文学奖大系

永别了,武器

[美国]海明威 著 韩琳 译

责任编辑 朱墨山

出版发行 海峡文艺出版社

经　　销 福建新华发行(集团)有限责任公司

社　　址 福州市东水路 76 号 14 层

发 行 部 0591—87536797

印　　刷 福州俊丰彩印有限公司

地　　址 福州市晋安区鼓山镇鼓一村福光路 189 号

开　　本 889 毫米×1194 毫米　1/32

字　　数 283 千字

印　　张 12.625

版　　次 2017 年 8 月第 1 版

印　　次 2023 年 9 月第 3 次印刷

书　　号 ISBN 978-7-5550-1191-0

定　　价 76.00 元

如发现印装质量问题,请寄承印厂调换

颁奖辞

瑞典文学院常务秘书　安德斯·奥斯特林

　　最近几十年来，美国作家一直致力于建立自己的文学创作形式，现在，已经取得了很大成效。美式文学的出现，不仅是文学界潮流变化的一种象征，也昭示整个人类伦理道德水平的变化。这一时期涌现许多备受瞩目和令人振奋的美国作家，他们的作品都带有这种独特的美式风格：在创作的过程中，充分运用美国人身上独有的表达风格和用语习惯。这种与众不同的创作方式很快受到了欧洲各国读者的追捧。世界文坛也给予很高的评价，因为带有各国不同特色的文学作品，可以让国际文学更加丰富多样。

　　在这些新兴的美国作家当中，有一位特别引人注目，他就是欧内斯特·海明威。相比其他的美国作家，他的作品更加真实深刻。这些作品让我们切实感受到了美国——这个年轻的国家，正在通过各种方式来展现自己的魅力。海明威的作品戏剧性强，情节跌宕起伏，但轻快简洁，这使他与美国其他作家大为不同，显得鹤立鸡群。他的作品生命力强，蓬勃向上的生机由内而外散发出来。不同于当代盛行的悲剧幻灭风格，他的作品的出现，就像一阵清风吹向了死气沉沉的雾霾。曾经，为了提升工作能力，他接受了专业的严格的新闻采访训练，并在这种训练中形成了自己独特的文体。早年时，他曾在美国堪萨斯城里的一家报社做学徒，那个时候，采访手册就已经告诉他：任何一个句子或是段落，都应该力求简洁，大道至简。在学习写作过程中，他一直遵从这条准则。修辞，在他看来只是发电机迸发出来的一点儿火花，在写作中可有可无。影响海明威最大的美国作家，要数《哈克贝利·费恩历险记》的作者马克·吐温——他的作品中，有很多直截了当又韵味独特的叙述方式，有音律般的美感，这对海明威的写作风格有很大的影响。

第一次世界大战爆发前，海明威在美国的伊利诺伊州从事新闻记者工作。第一次世界大战爆发后，他自愿到意大利服役，专职驾驶一辆救护车。战争期间，他一直待在意大利的皮亚维前线，迎着炮火不断奔走，在奋战中，有一次不幸被弹片击中，受伤颇为严重。当时他才19岁，却经历了如此残酷的体验，他充分认识到，原来战争的残酷性是如此可怕，他一生都无法忘记这一切。在后来的传记中，他详细记录了这次经历。不过，年轻的他并未被吓倒，甚至非常珍惜这些经历，就像托尔斯泰珍惜自己经历过的塞瓦斯托波尔战役一样，你只有曾经置身其中，才能形象生动地描写它。战争结束后，经过几年的沉淀和整理，海明威把这段痛苦而又让人困惑的日子付诸文字，通过艺术加工后记叙在《永别了，武器》中，并于1929年出版。该书出版后，读者反应热烈，他也因此名声大噪。他另外的两部著名作品——《在我们的时代里》和《太阳照常升起》，都是以第一次世界大战后的欧洲为写作背景，他有高超的讲故事的天赋，他把它充分发挥在这两部作品中。对于悲剧性的暴戾的场面，海明威有一种本能的特殊爱好，这两本书出版后的几年里，受这种本能的驱动，他去了非洲狩猎，也到西班牙去观看壮观的斗牛。在西班牙，热烈的战争场面让他找到了灵感，并创作出小说《丧钟为谁而鸣》，于 1940 年出版。这部小说讲述了一个拥有美国国籍的自由战士，一生都在为了捍卫"人类的尊严"不断战斗。这部小说是他生命中比较重要的一部作品，通过它，海明威将自己的喜好和感情彻底地表达出来，这在其以后的作品中再也没有过。

通过对海明威作品逐一分析后，我们可以发现，往往在短篇小说中，他才能淋漓尽致地展现那高超的描述水平。他力求简洁明了，追求用最简短的话语准确地表达事物，这样，更易彰显主题。他这一类的小说有很多，比如《老人与海》（1952 年），主要讲述一个古巴的老渔夫与一条巨大的马林鱼的故事，赞赏了老渔夫的勇气和精神。他失去了物质上的一切，却仍能够坚持战斗下去，虽然在行动上遭受挫败，在道德上却是成功的。这部作品情节紧张激烈，一幕幕的场景让人身临其境。作者笔触细腻，所写的场景却很粗犷，并且始终都围绕着一个主题：人不是生来就要被打败的，你尽可以摧毁他，但却不能打败他。

在海明威早期作品中，表现出来的是粗俗野蛮的犬儒主义和冷酷无情，而诺贝尔奖倾向理想主义，所以这与诺贝尔奖的要求完全不一致。不过，对于他表现出来的这些思想，换个角度来说，也体现了他身上一种英雄主义的悲怆情怀，这种情怀，是他对生命的感悟。作为一个男人，这种感悟主要表现在他对战争和冒险的喜好，他倾慕一些能参与战争的人，那些人在充满暴力和死亡的黑暗现实世界中，能痛快打上一场漂亮仗。这也可以算得上他男性崇拜中好的一个方面。换做一般的男权主义者，只会盲目炫耀自身的优越性，继而导致自己的失败。所以，通过这些也能看出，"勇气"一直是海明威的写作主旨。在他看来，一个人只有不断地经受历练，才能够顽强地面对一切冷酷的现实，才不会去抱怨那个伟大而宽容的时代。

同时，海明威是一个以叙事为主的作家，所以，他必须尽量做到客观真实。有些作家写作时，容易掺杂自己的感情倾向，为了说明某些道理和观点，以上帝的姿态一味地向人们灌输某种思想，这是不足取的。在海明威还是记者的时候，他就已经在尽力遵循客观真实这一原则了。在他看来，战争是造成他所处时代悲惨命运的主要原因，他摒弃幻想，用一种沉稳、现实的观点去看待战争。记叙战争时，他态度严肃，描述客观，不会让情绪影响他的描绘和评价，所以，他的作品有很强的说服力。

在写作领域，海明威开创了许多独有的技巧，他记叙水平精湛，这对近期美国和欧洲文学界影响都很大。他作品中对话生动形象，一些语言的插入和暗示浑然天成，人们可以模仿他，却难以达到和他同样高超的水平。人们口语中有许多微妙的地方，在写作中，他能够把这些都展示出来。甚至他还把人类那种无私的境界也展现出来了，在那种境界中，他不掺杂个人情绪，只把事情用最客观的态度表述出来。在阅读他作品的时候，有些对话可能会让你觉得毫无意义，但我们一旦明白他的写作技巧，就会发现这些话看似无用，实则大有深意。他经常会把一些话留给读者，让读者慢慢体会，这样，读者会对作品的理解更加深刻，而他也能更加收放自如地表达自己的观点。

海明威的作品总会给人留下深刻的印象，那些人物和场景总是会不时出现在我们的脑海中。在磅礴大雨和泥泞中，亨利坚持作战；在西班牙的一个深山中，约旦因为爆破桥梁而丧命；在茫茫大海上，古巴的老渔夫和几条大鲨鱼孤军奋战，不远处，隐约闪着哈瓦那灯光……

值得一提的是，一百年前美国一位伟大的文学家——梅尔维尔创作了一部古典巨著《白鲸》，《白鲸》讲述的是一条白色的鲸鱼被一位偏狂的船长追杀的故事。如果我们把它和海明威近期的作品《老人与海》放在一起研究，就会发现两部作品的创作主旨是一致的，目的都是在说明人有无限的潜能和忍耐力，可以对看起来似乎不可能的事情发起挑战。就像海明威作品中说的：人不是生来就要被打败的，你尽可以摧毁他，但却不能打败他。而且，两部作品取材也类似，都是一望无际的大海和海中的巨兽。但是表现手法不同，梅尔维尔是浪漫主义，海明威则是现实主义。

所以，海明威是我们当今最伟大的作家，我们决定把今年的诺贝尔文学奖颁给他。我们这个时代是痛苦的，而他塑造了这个时代的现实人物，态度客观负责。海明威是第五位美国籍诺贝尔文学奖的获得者。今年，他刚好满56周岁，但很遗憾的是，由于身体原因，他不能亲自来这里领奖，所以美国的大使将会代他来领奖。

致答辞[1]

海明威

虽然我的演讲水平不怎么样，而且在修辞、遣词造句方面的能力也有限，但我仍然非常想在这里感谢瑞典文学院能够把这个奖项颁给我。

在这个世界上，仍然有很多伟大的作家，都有资格获此殊荣，我想，每一个获得诺贝尔奖的人，只要明白这一点，都会十分谦逊地来领奖。当然，对于有资格获奖的作家，我们也无须把他们的名单一一列出，因为，我相信每一个人自己心中都有一杆秤，都有自己认为最合适的人选。

我因为不能亲自来领奖，所以只好委托我国的大使来帮我宣读这封感谢信，信的内容有限，但我内心的激动和感恩之情却难以言尽。纸面上的东西，人们未必能够立刻就理解它的意思，但是，随着时

---

①海明威本人由于身体的原因未能亲自参加颁奖仪式，这份发言是由当时的美国大使约翰·卡波特代读的。

间的推移，人们的理解会越来越正确、客观，这和作者本人遣词造句的能力无关。所以，作为一个作家，有的时候也是幸运的，因为你会因自己所写的东西不朽，当然，有时也会被淹没在人群之中。

写作的最高状态是孤独，所以，我认为，虽然现在社会上的作家协会组织种类繁多，在一定程度上，作家们不会感到寂寞。但是，它们对作家写出更高水平的作品到底有无帮助，这点让人怀疑。作为一个作家，如果没有了孤寂感，可能会在人群的包围中迷失自己，作品的质量也可能会不断下滑。因为作家的生活本身就要求是孤独的，一个优秀的作家，必须每天都面对着或者永恒或者缺乏永恒这一特性的东西。

作家还应该永不止步。每个作家在创作每部作品时，都是一个全新的过程，因为作家的职责就是不断努力提高自己的水平，或是尝试前人失败之处，力争攻克它，凭借运气成功的只是极少数。

如果文学创作真的那么简单，换汤不换药，换一种写作方式把已经成熟的作品再写一遍后，就算一部新的作品了，那么人人都能搞文学创作。但实际上，真正的文学创作从来都是一件辛苦的差事。另外，从过去到现在，世上已经涌现出了一大批杰出作家，这对当代作家来说也是一种压力，这使当代作家不得不继续往前探索，到达无人抵达的境地。

作家要做的应该是把他的想法写下来，而不是说出来。所以我想，作为一个作家，我今天说得有点多了。

再次谢谢大家！

目 录

老人与海

他是个老头儿，独自驾一条小船在墨西哥湾里打鱼。这次老头儿已经连续 84 天都没有捕到鱼了。头 40 天还有个男孩跟着他。可连续 40 天都没有收获，男孩的父母觉得这老头儿倒霉透顶了。男孩便按照他们的命令跟上别的船，第一个礼拜就捕了三条好鱼。男孩看见老头儿开着空船回港心里很难受，总是走下去帮老头儿收拾线圈、吊钩，还有鱼叉和船帆。船帆上破的地方用装面粉的袋子修补过，收卷后远远看去就像是一面永远失败的旗子。

　　老头儿显得既消瘦又憔悴，脖颈上有很深的皱纹，双颊布满褐色斑，那是热带海面反射阳光造成的良性皮肤瘤。老头儿粗大的双手由于长期拉拽套住大鱼的粗糙绳索，留下了很多很深的伤疤，但都不是新疤，每一块都像沙漠里被侵蚀的地方，古老而干涸。

　　老头儿浑身都显得很苍老，但那双眼睛是个例外。眼珠子有着海水一样的颜色，看上去永远是快乐的，似乎从未失败过。

　　"桑蒂亚哥，"他俩一起从小船停泊的地方爬上来时，男孩对他说，"我又能跟你一起打鱼了。我们前些天赚了钱。"

　　男孩打鱼的本领是老头儿教的，男孩很喜欢他。

　　"不行，"老头儿说，"你现在跟的是一条走运的船，第一个礼拜就可以打到三条好鱼。好好跟下去吧。"

"可是，你应该记得，有一次你连续87天都没有打到鱼，后来三个礼拜我们天天抓到大鱼。"

"记得，"老头儿说，"我知道你不愿意离开我。"

"那是我爹安排的。我得听他的，因为我是孩子。"

"嗯，"老头儿说，"我理解他。"

"他没有多大信心。"

"嗯，"老头儿说，"但是我们有的是，对吗？"

"对。"男孩说，"我请你去高台酒店喝啤酒，然后我们再把工具搬回去，怎么样？"

"行啊，"老头儿说，"大家都是渔夫嘛！"

高台上不少渔夫在开老头儿的玩笑，但他并没有生气。一些老渔夫看到他时，感到难过，但并未流露出来，他们只是轻声谈论着海水与放钓绳的深度、惯有的晴朗天气和一些所见所闻。那天，捕到鱼的人都回到了港口。马林鱼杀完，鱼肉被平放在木板上，由两位渔夫扛起，摇晃着送到鱼房，然后冰车把鱼运到哈瓦纳市场去销售。如果是鲨鱼，渔夫便要把它们送到港口另一边的鲨鱼加工厂。运到的鲨鱼会被吊上船台和滑车，除去鱼肝、鱼鳍，再剥了皮，将鱼肉切成条状腌制。

刮东风时，加工厂的鲨鱼腥味会从港口的那边飘来。但是今天的风向转去了北面，到这儿时减弱了不少，腥味也就淡了。此时，坐在高台上，明朗舒适。

"桑蒂亚哥。"男孩说。

"哦！"老头儿答应着。他手里抓着玻璃酒杯，回忆着往事。

"我去寻些沙丁鱼给你明天用吧？"

"不用，我划船还不错，你去打棒球吧，有罗吉欧帮我撒网呢。"

"我要去。既然我不能跟你出海，就要尽量帮帮你。"

"啤酒就是你请的，"老头儿说，"你是个小大人了。"

"我多大就跟你出海了？"

"5岁。那天，我把鱼过早地拉上了船，它差点把我那条小船撞碎，你也差点送了小命，记得吗？"

"我记得坐板被鱼尾啪啪地就甩坏了，记得用大棍子猛敲鱼身的声音，还记得当时你把我推到船头，那里放着湿漉漉的线圈。当时船颤抖着，听到你用大棍子敲打大鱼的声音像在砍树，我全身都是鱼腥味儿。"

"我说起过吗？还是你真记得？"

"我记得，从第一次出海起，所有的事我都记得。"

老人用那双久经风霜却坚定无比的眼睛看着男孩。

"你要是我的孩子就好了，我会带你出海去闯闯。"他说，"只是你有自己的爹娘，现在跟的又是一条好运船。"

"让我去找沙丁鱼吧！而且我知道哪儿可以弄到四份钓饵。"

"钓饵我有，今天剩下的被我放箱子里腌着了。"

"我想找新鲜的。"

"那找一份吧。"老头儿说。他从没丧失过信心和希望，此时更像微风吹起时那样。

"两份。"男孩说。

"好吧。"老头儿同意了，问道："你不是要去偷吧？"

"迫不得已时会，"男孩说，"但这次是买的。"

"那谢谢了。"老头儿说。他天性单纯，从未想过自己何时变得那么谦虚。但是现在他知道自己谦卑客气，其实这样不丢脸。因为礼貌是伤害不了真正的自尊的。

"看看潮水，明天会是个好天气。"他说。

"那你去哪儿呢？"男孩问他。

"一直开去，趁天不亮就出发，到转了风向再回来。"

"我回去也劝船主走远点，"男孩说，"等你钓到大鱼时，我们好赶去帮你。"

"他可不乐意。"

"也是。"男孩说，"但我能看见他看不到的东西，例如鸟儿在空中盘旋时，我会叫他捕海豚。"

"他的眼睛这样差了？"

"快瞎了。"

"怪了，"老头儿说，"他又不捕龟，那最伤眼。"

"可你在莫斯基托海岸捕了那么多年的海龟，眼力还好得很。"

"我可是个非同寻常的老头儿！"

"你现在还能对付一条真正的大鱼吗？"

"没有问题，我有很多对付大鱼的方法。"

"我们赶紧把这些工具搬回家吧，"男孩说，"我还要去抓沙丁鱼。"

两人拿起船上的工具。老头儿扛着桅杆，男孩抱着装有棕色线圈的箱子、鱼钩以及带杆子的鱼叉。放鱼饵的箱子则藏在小船的尾部，那儿还放着用来对付大鱼的木棍。其实不会有人去偷这些打鱼的东西，但最好还是把船帆和粗重的钓绳带回家，以免露水侵蚀。即使老头儿坚信没人会偷他的东西，但把鱼钩和鱼叉留在船上引诱别人确实没有必要。

　　他们沿着大路朝老头儿的棚屋走去。进屋后老头儿把桅杆和船帆靠在墙上,男孩则把箱子和其他船具搁在了旁边。那桅杆差不多和棚屋的房间一样高。这间棚屋是用一种大棕榈树的坚韧的护芽棕皮做成的,屋子里面摆着一张床、一张桌子、一把椅子,另外泥地上还有一只炭灶。除此之外,墙上还挂着一张他妻子的淡色画像,只是他已经取下来了。因为看到画像,他会觉得孤独,现在这张画像就放在屋子角落的架子上,那干净衬衫的下面就是。

　　"桑蒂亚哥,你一会儿吃什么?"男孩问他。

　　"我锅里有鱼肉黄米饭。你想吃吗?"

　　"不了,我一会儿回家吃。那我帮你生火热热?"

　　"不,一会儿我自己热吧。说不定我直接就吃冷的。"

　　"好吧,那我现在就把渔网拿走了?"

　　"嗯,去吧。"

　　其实他们都知道渔网根本不存在,男孩甚至还记得渔网被卖掉的时间。只是这样的对话每天都要发生。男孩心里也明白,那一锅鱼肉黄米饭也是虚构的。

　　"我觉得85是个幸运的数字,"老头儿说道,"我想在这样幸运的日子里抓一条重达千磅的鱼,你想看吗?"

　　"我拿网捕沙丁鱼去了。你就坐门口晒晒太阳吧!"

　　"嗯,我可以看看棒球新闻,昨天的报纸上有。"

　　至于报纸是否也是虚构的,男孩还不知道。但老头儿的确从床底下找出了一张报纸。

　　"这是我去酒窖的时候,皮里哥送给我的。"他解释说。

"哦，那你先看报纸。等抓到沙丁鱼我就回来。然后我会把它们分成两份一起放在冰上冻着，第二天早上我们一人拿一份。我回来后，要告诉我报纸上关于棒球的报道。"

"好的，我相信扬基队输不了。"

"但是我担心克利夫兰的印第安队会赢。"

"放心吧！我对扬基队有信心。迪马吉奥是个伟大的球员。"

"可底特律的老虎队和克里夫兰的印第安队让我担心。"

"那你小心了，不然你连辛辛那提的红人队和芝加哥的白袜队都会担心了。"

"知道了，你先读新闻。一会儿我回来再说。"

"嗯，过了今天就是第85天了，我们要不要去买张带有数字'85'的奖券？"

"当然可以，"男孩说，"只是你之前还有'87'这个数字的记录呢，为什么不买这个数字？"

"同样的事是不会连续发生两次的。你觉得你能弄到一张带'85'的吗？"

"我可以订到。"

"可是要两块半一张呢，谁会借给我们？"

"两块半有什么难的，找谁都可以借给我的。"

"我看我也能借到。只是我一般都避免去借钱。如果现在出去借了钱，说不定下一步就要去乞讨了。"

"桑蒂亚哥，现在已经进入9月了，你要穿得暖和些。"男孩说。

"9月正是大鱼来的时候，"老头儿说，"5月里每个人都可以捕到鱼。"

"那我捉沙丁鱼去了。"男孩说完便走出去了。

太阳下山的时候，男孩走回来，老头儿已经在椅子上睡着了。他从床上拿来一条旧军毯，在椅背上铺好，正好可以遮住老头儿的肩膀。这双肩膀看上去很老但很结实，脖子看起来也依然强壮有力。他低着头睡，显得脸上的皱纹不是很明显。身上的衬衫已经补了很多次，跟桅杆上被修补的船帆差不多，再加上阳光的暴晒，衣服的颜色已经褪成了许多不同的色调。即使这样，老头儿头部仍然十分苍老，眼睛闭着，脸上一丝生命的气息也没有。那张报纸就放在他的膝上，晚风吹来时，他靠一只手臂压着。他双脚裸露着，没有穿鞋。

男孩没有叫醒他。等他再次回来时，老头儿还在熟睡中。

"桑蒂亚哥，快醒醒吧。"男孩说完把手搭在老头儿的膝盖上。

老头儿睁开双眼，神情仿佛刚从很远的地方回来。随后笑笑。

"你拿的是什么？"他问。

"晚餐，"男孩说，"我们现在吃吧。"

"我还不怎么饿呢。"

"吃吧，你不能光打鱼不吃饭啊。"

"我以前那样过。"老头儿边说边站起来，他把报纸折好，又开始折毯子。

"盖着毛毯吧。"男孩说，"只要我还活着，你就不会空着肚子去打鱼。"

"那你得好好活着，自己多保重。"老头儿说，"我们吃什么？"

"黑豆米饭，炸香蕉，还有点炖菜。"

饭菜是男孩从高台酒店带来的，放在双层的金属容器里。他口袋里装着两套分别用餐巾纸包着的刀叉和汤匙。

"这些都是谁给你的？"

"老板马丁。"

"那我要去谢谢他。"

"我都谢过啦，"男孩说，"你不用再去了。"

"我要把一条大鱼的肚肉送给他，"老头儿说，"这样的事儿他不是第一次做了吧？"

"是啊。"

"他这么关心我们，那除了肚肉，我还要送给他别的东西。"

"他还送了两瓶啤酒呢。"

"我比较喜欢罐装的。"

"我知道。但这是瓶装的，哈特威啤酒，瓶子我还得退回去。"

"你想得很周到。"老头儿说，"我们开始吃吧？"

"我一直等着你呢，"男孩柔声说，"你不准备好，我是不会把容器打开的。"

"好了，好了。"老头儿说，"我只是要洗一洗脸。"

"你上哪儿洗去？村子的清水供应站在隔着两条街的大路拐角处。我应该帮他弄点水来的，还有肥皂和一条干净的毛巾。"男孩想，"我怎么这么粗心？我还得帮他找件衬衫、一件过冬的夹克、一双鞋子，还有一条毛毯。"

"你带来的炖菜很好吃。"老头儿说。

"给我说说棒球赛吧。"男孩请求道。

"我说过啦，扬基队是美国联赛中最强的。"老头儿高兴地说。

"可今天他们输了。"

"这不要紧，那了不起的迪马吉奥又焕发活力了。"

"扬基队还有别的好球手啊。"

"是啊,但他在就不同了。另外有一场是布鲁克林对费城的联赛,我要给布鲁克林队加油。但随后我想起了迪克·西斯勒,他在老公园里打出了许多伟大的直球。"

"除了他,谁都打不出那样的好球。他是我见过的把球打得最远的人。"

"他之前常来高台酒店的,你记得吗?我非常想带他出海打鱼,只是我胆子小,不敢约他。让你去约,你也不敢。"

"记得,那次太可惜了,说不定他愿意和我们去呢。这样,我们肯定一辈子都记着这件事。"

"我非常想和伟大的迪马吉奥出海打鱼。"老头儿说,"听说他爹也是渔夫。或许他那时也跟我们一样穷,可以理解我们的想法。"

"伟大的西斯勒他爹可从来没穷过,而且他和我一样大的时候已经参加大联赛了。"

"我像你这么大时,在一条开往非洲的方形帆船上当一个普通水手。傍晚时分,在海滩上就会看到狮子。"

"我知道,你都跟我说过了。"

"那现在我们是谈非洲还是棒球?"

"就棒球吧,"男孩说,"给我讲讲了不起的约翰·J·麦克格罗。"他把"J"念成"约塔"。

"以前,他也常来高台酒店。但他脾气很暴躁,喝醉时举止粗鲁,总出口伤人。他心里想着棒球,还想着赛马。至少他时时刻刻把赛马名单揣在口袋里,还经常在打电话时说到马儿的名字。"

"他是个了不起的经纪人,"男孩说,"至少我爹是这么认为的。"

"那是因为他是最常来这儿的，"老头儿说，"倘若杜洛奇尔连续每年都来这儿，你爹就会认为经纪人中他是最伟大的了。"

"说实话，最伟大的经纪人到底是谁，是鲁克，还是麦克·拱沙勒兹？"

"我看他俩差不了多少。"

"但最伟大的渔夫是你。"

"不，我知道有人比我强。"

"哪里有！"男孩说，"好渔夫有的是，还有一些伟大的。但最棒的只有你。"

"谢谢你！你这样说，我非常高兴。真希望太大的鱼不要来，大到可以证明我们的想法是不对的。"

"只要你一直像你说的那么强壮，就不会有这样的鱼。"

"我或许没有想象中那么强壮了，"老头儿说，"但是我有很多窍门，而且也很有决心。"

"你该睡觉了，这样明天才会精神饱满。这些东西我会送回高台酒店的。"

"那晚安了，孩子。明早，我叫你起床。"

"你是我的闹铃。"男孩说。

"我的闹铃却是年龄。"老头儿说，"老头儿怎么都醒得那么早？是希望白天变得长些吗？"

"不知道，"男孩说，"我就知道年轻人睡得很沉，起不来。"

"记着了，"老头儿说，"我会准时把你叫醒的。"

"我不喜欢船主来叫我。这样好像我比他差劲儿。"

"我明白。"

"好好睡一觉，桑蒂亚哥。"

男孩走出去了。刚才他们吃饭的时候，桌上没有点灯，老头儿把长裤脱下，摸黑上了床。裤子被卷起来当枕头，报纸也塞在里头。他用毯子裹住自己，睡在用另一些旧报纸盖着的弹簧床上。

他很快就睡着了，梦里出现了童年时看过的非洲，长长的金黄色沙滩和白得耀眼的白沙滩，还有高高耸起的海岬和那棕色的巨大的山脉。如今，他天天都梦见这道海岸，在梦中听到巨浪的吼叫声，看见土著人乘船破浪而来。他睡着时闻到了甲板上沥青和破绳的气味，还闻到早晨从陆地上吹来的非洲气息。

通常他一闻到陆风吹来的气息，就会醒来，然后穿好衣服去叫男孩。但是今天晚上陆风的气息很早就来了，他知道时间还早，便继续做梦，看见小岛上白色的山峰从海面升起，后来又梦见加那利群岛的各个港湾和锚地。

他不再梦见暴风，不再梦见女人，不再梦见遭遇过的大事，不再梦见大鱼、打架或角力，也不再梦见他的妻子。他现在只梦见某些地方和沙滩上的狮子，它们在暮色中像小猫一样自由嬉戏，他爱它们，就像爱那男孩一样。他从来没有梦到过那男孩。他就这样醒了，从大开的门那儿望了望月亮，摊开裤子穿好。他在小屋外撒了尿，然后沿着大路走向男孩的房子。早晨的寒气使他不自觉地哆嗦起来。但是他知道哆嗦一会儿后就会暖和，待会儿他就要去划船了。

男孩房子的门没锁，他光脚悄悄走了进去。男孩就睡在房间的一张床上，借着残月的光，老头儿能清楚地看见他。他轻握着男孩的一只脚，直到男孩醒来转过脸望着他。老头儿点了点头，男孩便从床边的椅子上拿起长裤，坐到床上穿好。

老头儿从里面走出来，男孩走在他后面。他还是睡眼惺忪，老头儿把手搭上他的肩膀说："对不起了。"

"不碍事，"男孩说，"男子汉就得这样。"

他们沿着大路向老头儿的棚屋走去，路上有许多光脚的男人扛着船的桅杆在黑暗中走来走去。

到老人的棚屋了，男孩便拿起箱子里的线圈，还有鱼钩和鱼叉，老头儿把桅杆和收好的帆扛在肩上。

"喝咖啡吗？"男孩问道。

"等把船具放好后，我们再喝。"

他们走到一个专门给打鱼人提供早餐的店里，喝着盛在炼乳罐里的咖啡。

"桑蒂亚哥，昨晚睡得怎样？"男孩问他。他现在清醒过来了，但还有一些睡意。

"睡得挺好，马诺林，"老头儿说，"今天我充满了信心。"

"我也一样。"男孩说，"我现在去拿我们的沙丁鱼和新鲜的钓饵。船主人从来不让别人拿任何东西，总是他自己搬家伙。"

"我们不同，"老头儿说，"你5岁的时候，我就让你帮着拿东西了。"

"这我记得，"男孩说，"我去去就回。这儿允许我们赊账的，你就再喝杯咖啡吧。"

男孩走了，光脚踩在珊瑚石砌成的小道上，向存放鱼饵的冷库走去。

老头儿慢慢喝着咖啡。他知道今天的伙食就是这点东西，他该全喝了。很久以来，一吃东西他就心烦，所以没有带过午餐。他只放一瓶水在船头上，这些就够吃一天的了。

这时，男孩带回了沙丁鱼和两份用报纸包着的钓饵。现在他们沿着有些刺脚的小路向小船走去，然后抬起小船，把它推进了水里。

"桑蒂亚哥，愿你好运。"

"你也是。"老头儿说。他把桨绳套在钉子上，身子微微前倾，和水中的桨叶冲力对抗，在黑暗中划出了港。另一些海滩也有船出海，但是月亮已经到了山后，老头儿看不见他们，只听到船桨划水的声音。

偶尔有条船上会传来说话声。不过多数船只都是静悄悄的，只能听见桨声。一旦出了港口，船只就会远远分开，各自向自己所希望能抓到大鱼的地方驶去。老头儿清楚他要去远方，便划进了清晨的海风中，陆地被远远地抛在背后。他划到被渔夫们叫作"大井"的海域，看见了闪着磷光的海草。这里水深突然达到 700 英寻①，潮水冲击海底峭壁，形成漩涡，各种各样的鱼都聚集在此地。有成群的海虾，有可做钓饵的鱼，还有各种乌贼，藏在深不可测的海穴中，等到晚上它们浮上海面时就成了流浪鱼的口中餐。

漆黑中，老头儿觉得天该亮了。他划着船，听到了飞鱼跃出水面的声音，以及它们在黑暗中飞翔时翅膀发出的嗖嗖声。飞鱼是他海上的重要朋友，他喜欢它们。他担心鸟儿，特别是暗色的小燕鸥，它们四处去找食物却很少能成功。他觉得除了那些大鸟和猛禽外，其他鸟儿的生活都比我们辛苦。大海如此残酷，为何像海燕一样的鸟儿会如此纤细、柔弱？大海是仁慈的，又是美丽的。但有时候，它也会变。很突然的就变成残忍的模样。不断落下觅食的鸟儿，卑微地鸣叫着，它们实在不适合在海上生存。

他一想到大海，总是叫她"海姑娘"，这是西班牙语对海的爱称。

①英寻，海洋测量中的深度单位，1英寻=1.8288米。

有时候，爱海的人也会对她说些粗话，只是，大家都把她当女性看待。一些年轻的打鱼人，把浮标当成钓索的浮子，等把鲨鱼肝卖了，用赚来的钱买艘汽艇，就把大海称作"海壮士"，这是把大海当成了男性看待。他们认为海是对手，甚至是敌人。但老头儿一直觉得海是女性，是赐予人恩惠或者撤销恩惠的人，即使她做了坏事，那也是迫不得已。他想，月亮对她的影响，就像影响到一个女人的情绪一样。

他保持匀速向前划去，海面平稳无浪，只偶尔有几个漩涡，所以一点也不吃力，潮水帮他承担三分之一的力气活。临近天亮时，他发现自己划到了比预料中更远的地方。

老头儿想："我已经在这儿转悠了一个礼拜，却一无所获。我今天要去有鲸鱼和大青花鱼群的地方，说不准有条大鱼正跟着它们。"

天微微亮时，他就把鱼饵放下海，任船随着海浪漂荡。第一份鱼饵在40英寻深的地方下沉，第二份沉在75英寻的位置，第三份和第四份分别深达100英寻和125英寻。它们都沉入蓝色的海洋中。每份鱼饵都是头朝下直挺挺的，钓钩紧紧地插在较粗的鱼饵中，突出的弯钩和尖端部分已经用新鲜的沙丁鱼包住。而每条沙丁鱼的双眼都被钩住，鱼身子在突出的钢钩上呈现半圆花形。总之，这样的钓钩没有一个地方不叫大鱼觉得是清香美味的。

两条新鲜的小金枪鱼，也叫小鲔鱼，是男孩给他的，它们像两块铅锤一样被挂在最深的钓绳上。其他两根钓绳上放的是青色大旱鱼和黄色小梭鱼，即使它们已经用过了，但有香喷喷的沙丁鱼作为诱饵，味道还是很鲜美的。每根钓绳都有两个40英寻长的线圈，而且它们还可以和其他备用的线圈系在一起用，这样即使一条鱼拖出300多英寻的钓绳都不碍事。

此时，老头儿看见三根钓竿向小船外侧倾斜，为了让钓绳保持笔直，停留在适当的深度，他缓慢地划着船。天很亮了，太阳马上就升起来了。

太阳缓缓升起，借着淡淡的阳光，老头儿看见了别的船，它们挨着水面漂在海岸不远处。紧接着，太阳越来越亮了，水面反射出耀眼的光线。不一会儿，太阳从海平面完全升起，他的眼睛被海面反射的强光弄得很不舒服。所以，他只顾划船，不去看太阳。他俯视水中，看着一直垂入黝黑的海水中的钓绳。钓绳被他弄得笔直，这样，每个装着他希望的鱼饵都有可能引鱼儿上钩。其他渔夫的钓绳随着海流漂荡，有时仅仅是在 60 英寻深处，他们却以为有 100 英寻。

"我总是可以放很精准，"他想，"但现在我没那么走运了。可谁又说得清呢？可能我今天就有好运了。每天都是新的开始，有好运固然重要。但我宁愿事事精准。这样，当好运来时，我已经做好准备了。"

如今，太阳都出来两个小时了，向东望时已经没那么刺眼了。出现在他眼前的只有海岸另一边的三艘船，看起来低低的。

他想："最受不了早晨的阳光，刺得我眼睛很疼，还好视力没有受到影响。傍晚，我跟太阳对视，都不会出现两眼发黑的情况。傍晚的太阳更有威力。但早晨却刺得眼睛很疼。"

突然，他看见前方一只军舰鸟展开长长的黑色翅膀在天空中飞翔。它飞快地翻转、倾斜、俯冲，又飞起。

"它好像抓到什么了，"老头儿大声说，"看起来它不只是随便看看。"

他向鸟儿盘旋的地方缓缓划去。他一点也不慌，钓绳依然保持着笔直的样子。但他稍稍超过了海流，如此看来他打鱼的方法还是正确的，就是速度比不上引路的军舰鸟。

空中，军舰鸟越飞越高，盘旋着，翅膀纹丝不动。突然它俯冲下来，老头儿看见飞鱼从水面嗖嗖蹿出，拼命地逃走。

"是海豚，"老头儿大声说，"是大海豚。"

他把船桨放下，从船头下面抽出一根细钓绳。钓绳上绑着一层铁丝导管和一只中等鱼钩。他取出一条沙丁鱼装上去，并将钓绳沿船舷放下水，然后将钓绳的另一端在船艄的螺栓上系好。接着他又把另外一根钓绳的鱼饵也装好，放在船头的阴影里。他起身划船，时不时地关注着那低飞在水面捞鱼的长翅膀黑鸟。

不久，他看见黑鸟又开始俯冲，挥着翅膀追踪飞鱼，但总是抓不到。老头儿看见追在飞鱼后面的大海豚把海水弄出阵阵浪花，海豚就在飞鱼穿梭的水下面，只要飞鱼落下来，它们便拼尽全力去追。这可是一群大海豚啊！它们分布的范围很广，几乎没有飞鱼可以逃脱。可那鸟儿是不可能抓住飞鱼的，对它而言，飞鱼太大了，而且速度那么快。

老头儿看见飞鱼一次又一次地从水面蹿出，那只鸟儿还坚持着那些不能成功的动作。他想："那一群海豚都逃掉了，它们游得那么快，那么远。但我可能会抓住一只掉队的，也可能它们周围就有大鱼，我的大鱼肯定在某个地方等着呢。"

现在，陆地上空的云层像山峰一样缓缓升起，海岸就只剩下长长的一条绿线，灰蓝色的山丘在它背后。海水现在是深蓝色的，似乎深得发紫。他仔细看着海水，看见红色的浮游生物漂在深蓝色的水面上，阳光的色彩也变得光怪陆离。他又望望钓绳，它们依然沉在水中看不到的深处。他很开心看到那些浮游生物，因为这证明有鱼。此刻，太阳正高挂天空，水面奇异的阳光色彩和陆地上空的云朵都证明了这正是捕鱼的好天气。但那只鸟现在好像看不见了，水面上，只有几片被晒得发白的黄色马尾藻，以及一只漂在船边的水母。它胶质的浮囊是紫色的，形状有规则，发出彩虹光。它翻翻身，又竖起来。它像个气泡一样快乐地漂来漂去，那些要人命的紫色触须拖在身后一码之外。

"水母，"老头儿说，"你这个妓女。"

他从划开桨的地方，将身子探出望向水里，看见很多颜色和水母触须相同的小鱼在触须间以及水泡底下游来游去。水母的毒液对它们是不起作用的。人类就不一样了，有时一些黏糊糊的触须粘在钓绳上，老头儿把鱼拉回来时，手臂上都是伤痕和肿块，就像碰到有毒的漆藤和橡树一样。水母的毒素发作比较快，跟被皮鞭猛抽似的。

虽然这些闪光的水泡很漂亮，但它们却是最狡诈的生物，所以老头儿爱看大海龟吃掉它们的画面。海龟一发现它们就由正面逼近，全身都让甲壳保护好，眼睛也闭上，然后把水母连同触须整个吃掉。老头儿喜欢看海龟吃掉它们，也喜欢在暴风雨过后的海滩上用脚踩它们，更喜欢听见它们被粗硬的脚底板踩碎的声音。

他喜欢绿色海龟和玳瑁，它们形态优雅，速度很快，而且值钱。对于又大又笨的红海龟，他抱着友好的轻蔑态度，它们总是窝在甲壳里，交配的方式很奇特，吃水母时会闭上眼睛。

尽管他捕了多年的海龟，却没有什么捕龟技巧。他经常替海龟们伤心，包括长得跟小船一样大，重有一吨的大乌龟。很多人对海龟是冷酷的，因为乌龟被人剖开、杀死后，心脏还能跳好几个小时。"其实我也有这样的心脏，"老头儿想，"我的手脚就和它们的一样。"为了强壮身体，他在5月份时，吃了整整一个月的白龟蛋。这样，9月、

10 月的时候就有力气去抓真正的大鱼了。

同时，他每天都去渔夫放工具的棚屋，从装着鲨鱼肝油的大圆桶中盛一杯出来喝。大桶一直放在那儿，渔夫们可以随便喝。但这种肝油的味道让多数渔夫厌恶。不过，这总比起早贪黑舒服多了，吃了它还能驱寒和预防感冒，而且对眼睛也好。

此时，老头儿抬头望望天，看见那只鸟又开始盘旋了。

"鸟儿找到鱼啦！"他大声说。现在没有飞鱼跃出海面，也没有小鱼四处流动。但老头儿望着望着，看见一只小鲔鱼蹿出海面，一翻身又钻进水里。小鲔鱼在阳光照射下闪着银光，等它钻进水后，其他鲔鱼接二连三地蹿出，它们朝四方跳跃，围着鱼饵快速游动，海水都被搅得翻转起来。

老头儿想："它们要是游得慢一些，我早动手了。"他看着被这群鱼搅得发白的海水，还有那只鸟儿，它现在俯冲下来，吃着刚才在慌乱中被迫游上水面的小鱼。

"这鸟儿可是个好帮手。"老头儿说。这时候，他脚下那根船尾的钓绳绷紧了，原先他在脚上绑了个绳结。现在他把船桨放下，紧紧抓住钓绳，用力往回拉，小鲔鱼也在不断挣扎。他越使劲拉，鱼挣扎就越厉害。然后他看见了青蓝色的鱼背和金色的两侧，于是一甩钓绳便把它甩进船里。它躺在船尾，阳光下，形状如子弹一般，瞪着大大的眼睛，尾巴还灵活地撞着船板，精力几乎都被耗尽了。老头儿出于好心，敲敲鱼头，再一脚把它抖动的身子踢进了阴凉的船尾。

"是条长鳍金枪鱼呢，"他大声说，"把它做成美味的鱼饵吧，足够钓到大鱼了。好像有十磅那么重。"

他记不清自己什么时候开始喜欢自言自语了。曾经他一个人时，偶尔也唱唱歌。有时在小鱼船或者捕龟船上值夜班时，他也会不时地唱起歌。可能是男孩离开后他才开始自言自语的。但他已经记不清了。和男孩一起出海时，他们只在必要时才交谈。比如晚上或者是遇见暴风雨的白天，他们就说说话。在海上没有必要就不说话被认为是一种美德，老头儿一直坚信并且遵守着。如今他好几次都自言自语地说出声来，但是因为此时身边没别人，不会影响到谁。

"倘若我这样自言自语被别人听见，他们会觉得我疯了，"他高声说，"但我又没疯，我才不管这些呢。有钱人的船上有收音机说话，而且还告诉他们棒球的消息。"

"现在的时间可不是用来思索棒球的，"他想，"现在就只考虑一件事儿。""那就是我天生要做的事儿。那群鲔鱼周围很可能会有大鱼呢，"他想，"我只抓到一条落单的金枪鱼。但它们游得那么快，那么远。今天只要在海面上出现的都游得很快，而且都朝东北方向游去。是每天的这个时间都这样，还是要出现什么我不知道的气候征兆？"

现在，他已经看不见绿色的海岸，只能看见青山顶部像积雪一样的白光，以及山顶上的犹如高大的雪山白云。海水异常幽暗，阳光在水中呈现出七色彩虹。海面上数不尽的浮游生物在阳光照射下都看不见了。老头儿就看见碧色海水里的庞大彩虹光圈和那几根垂直在一里深的水中钓绳。

渔夫把所有这类鱼统称为"鲔鱼"，当把它们卖掉或者用来换鱼饵时，才会叫它们各自的名字。现在鱼又沉进水里了。此时阳光炎热，老头儿觉得头顶火辣辣的，划着船，后背都被汗浸湿了。

他想："我应该睡一会儿，任由船漂着，可以先把钓绳在脚上套好，鱼来了我就能醒来，但今天已经是第八十五天了，我要好好的打一天鱼。"

就在这时，他注视着的钓绳，有一根浮出水面的青色钓竿突然开始往下沉了。

"好，鱼来了！"说着他便把船桨轻轻放下，没有碰到船舷。他用右手大拇指和食指轻轻捏着钓绳。他感觉不到任何作用力，就轻轻把钓绳握在手里。这时，绳子又动了一下。这下他用不紧不重的力气试着拉了拉，马上明白了。那个100英寻深处的钓钩下，一条马林鱼正吃着包在钓尖和钩柄上的沙丁鱼。这个钓钩是从小鲔鱼头顶穿过来的。

老头儿灵活地抓着钓绳，用左手轻轻把它从钓竿上解下。现在绳索可以从他指间任意滑动，鱼却感觉不到任何牵引力。

他想："离海岸那么远，又是这个月份，这鱼肯定非常大。吃吧，吃吧，这鱼饵新鲜着呢，我请你吃的。你啊，在这阴暗冰冷的600尺深处是吃不到这么新鲜的东西的。你在黑暗里转上一圈，再拐回来吃吧。"

他感到绳子轻轻动了，又加重了些，准是钩子上的沙丁鱼头很难撕下。过会儿一点都不动了。

"吃嘛。"老头儿高声说，"再转上一圈，你闻闻这鲜美的鱼饵，吃了它们吧，一会儿还有鲔鱼呢。多凉快，多结实，多美味啊，鱼儿，快吃吧，别不好意思了。"

他安静地等着，钓绳就捏在大拇指和食指间。在看着手里钓绳的同时，也不忽略其他几根。或许鱼儿要上下游动，他想。接着又灵活地拉拉绳子。

"它会吃掉鱼饵的。"老头儿大声说，"上帝发发慈悲吧。"

可它游走了，鱼饵还在，老头儿感觉不到一儿点动静。

"不会的，"他说，"它才不会走，准是它记起之前上钩的感觉，在绕弯子呢。"

这时钓绳又轻轻地动了一下，他又高兴起来。

"它就是在转圈，会吃鱼饵的。"他说。

跟着传来一股很猛的力量，那是鱼自身的体重造成的。然后他松手把钓绳往水里放下去，放下去，直到把一卷备用线圈放完。放下去的钓绳轻轻滑过老头儿的指间，尽管拇指和食指用不了多大力，但他同样察觉到这鱼有多重。

"多大的鱼啊，"他说，"现在它正把鱼饵横咬在嘴里，含着游走呢。"

"它会掉头吞下鱼饵的。"他想。这句话他没说出口，因为他明白一说破，好事就不会发生。他心里明白这鱼很大，这会儿它正摸黑游动，嘴里斜叼着鲔鱼。这时候，他感觉不到它的移动，但重量还在。接着重量变大，他便再放一点绳，拇指和食指的力量稍稍加大，结果重量越来越大，一直往水里拉。

"吃了，吃了，"他说，"这会儿我让它高高兴兴地吃一顿。"

他让钓绳从指间继续向下溜，同时把左手伸下去，将两卷备用线圈的一头紧紧系在旁边那条钓绳的两卷备用线圈上。现在，他做好准备了，除去正用着的线圈，还有三个四十寸的线圈备用。

"多吃一点嘛，"他说，"尽情地享用吧。"

他想："快吃吧，这样钩尖就会扎入你的心脏。轻松地浮上来吧，我好将鱼叉扎进你身子。行啦。你准备好了吗？你吃得可够久的啦！"

"开动！"他大声说，双手开始用力，收进一码钓绳，然后使劲往回拉，胳膊轮流用力，用全身的重量当作支撑。

白费功夫了。大鱼在慢慢游开。老头儿一点儿都无法拉动它。他的钓绳非常结实，是专门用来钓大鱼的。他把钓绳套上背，用力拉紧，钓绳上水珠都被挤出来了。这时，钓绳在水里咝咝响着，但他依旧不放松，身体死死顶着座板，然后向后退，以此抵消大鱼的拉力。小船缓缓朝西北方移去。

大鱼慢慢游着，船随着它在水面上移动。另外的钓饵依旧没在水里，毫无动静，可以不管。

"男孩在就好了，他能帮帮忙。"老头儿大声说，"我正被一条鱼拽着走，就像根绑缆绳的柱子一样。我可以把钓绳紧紧系在船舷上的。但那样的话鱼会把绳子扯断，我必须全力拉着它，必要时还得给它放些钓绳。谢谢苍天，它还在往前游，没有沉下去。"

"它要是往下沉，我该如何应对？我不知道。它要是潜入海底死了，我该如何应对？我不知道。但是我得想想办法，我可以做的事儿还多得很。"

他拽紧抵在背上的绳子，注视着它直往水中倾斜，小船艇不停地向西北驶去。

老头儿想："这样它会没命的，它不能就这样不停地游下去。"但四个小时过去了，大鱼依旧如此，而老头儿还是紧紧拽着背上的绳子。

"中午我就钓到它了，"他说，"但到现在还没有见过它。"

他在大鱼上钩之前，已经把草帽扣紧在脑门上了，拉得很低。现在草帽勒得额头难受。这么长时间滴水未进，他口渴得厉害，便轻轻跪下尽量保持绳子不动，爬到船头，伸手去拿水瓶。他打开喝了一点，就靠在船头歇着。他坐在还缠着帆的桅杆上，尽量什么都不想。

他回头望望，一点陆地的影子都看不见。"这都没问题，"他想，"我能借着哈瓦纳的灯光驶回去。太阳两小时后才会下山，也许没到那个时间鱼就浮起来了。要是那时还上不来，也许能跟着月光上来。不然，它也可能跟着明早的太阳浮起来。我浑身都充满了力气，手脚也没有抽筋。肯定是它的嘴被钩住了。但它能拖那么久，说明这是条真正的大鱼啊！它的嘴一定是紧紧咬住了钓钩。好想看看它，只一眼也行，好让我了解对手的样子。"

老头儿从天上的星星看出这大鱼整夜都沿着一个方向前行。天气随着太阳下山变冷了。老头儿背上、胳膊上和老腿上的汗都蒸发掉了。白天时，他把盖着鱼饵箱的麻袋放在阳光下晒了晒。现在，太阳下山了，他就把麻袋系在脖子上，遮住后背，同时小心翼翼塞到勒在肩膀上的钓绳下面。钓绳有麻袋垫着，他觉得可以弯下身靠在船头上，这样舒服多了。其实这样的姿势顶多只是让人好受些，但他却认为已经很舒服了。

他想："我们都拿对方没有办法。如果它还是这样拖着，谁也没有办法。"

有一次他站起来，在小船边撒完尿，然后抬头看看星星，思索自己的航向。此时，钓绳从他肩膀上笔直钻到水里，像一道磷光。鱼和船的速度变慢了，哈瓦纳的灯光也暗淡了许多，现在他明白潮水肯定是把他们带向了东方。"我要是看不见哈瓦纳亮眼的灯光，我们肯定是偏去了更东的地方。"他想。

"要是大鱼还按原来的路线游动，那我肯定能连续看见几个小时的强光。也不知道今天的棒球大联赛怎么样了，"他想，"干我们这一行的有台收音机才棒呢！"然后他又想："我总是想着这东西，想想手头上的事情吧，别干什么傻事。"

随后他大声说："男孩在就好了，他能帮帮我，还可以学点东西。"

"老了就不应该单独出海的，"他想，"但这也是没办法了。为了保持体力，我得记得在鲔鱼没有坏掉前吃掉它。要记得，不论多不想吃，也要在早上吃掉它。"他又在那儿自言自语了。

夜里，两条小海豚在小船旁边嬉戏，他听见它们翻滚和喷水的声音。他可以分清雄海豚喧闹的喷水声和雌海豚叹息的喷水声。

"它们好极了，"他说，"它们玩耍、打闹、相亲相爱。它们和飞鱼一样都是我们的兄弟。"

现在，他可怜起这上钩的大鱼来了。"它真不错，真了不起，有谁知道它多大年龄呢？"他想，"我从未钓过这样大的鱼，也从未钓过如此奇特的鱼。可能是它太狡诈了，不愿跳出海面。它只要轻轻一跳或来个猛冲，我就输了。它那么清楚战斗的方法，也许是以前上钩次数多了。它肯定不清楚现在只是一个人和它周旋，而且还是个老头儿。但它确实是条大鱼，要是鱼肉优良，能在市场上卖好多钱吧？它吃饵的样子像条雄鱼，拖船的样子也像条雄鱼，整个战斗中镇定自若。它接下来打算怎么办？难道是和我一样，不顾死活了吗？"

他想起有一次钓过的成对马林鱼中的一条。雄鱼总是让雌鱼先吃，上钩的也正是雌鱼。它绝望地挣扎，跟疯了一样，不久就没了力气，而雄鱼始终都陪着它，追着钓绳，和它一同在水面转圈。雄鱼离钓绳很近，老头儿担心它会用和镰刀一样锐利，甚至连形状、大小也

26

和镰刀一样的尾巴弄断钓绳。老头儿赶紧用鱼钩钩住雌鱼，用棍子猛敲它，抓住它边缘如砂纸似的、轻剑般的鱼唇，朝头顶猛打，打到它的颜色几乎变成了镜子背面那样。最后，男孩帮忙把它拖上船来。雄鱼依然停在船边。当老头儿解下钓绳，去准备鱼叉时，雄鱼从船边高高跳起，想看清雌鱼身在何处，随后潜到深水里，它淡紫色的双翅——就是它的胸鳍——大大地张开，露出了浑身淡紫色的条纹。它真是美极了，并且一直待在那儿不肯走。

"这是我见过最难过的画面了。"老头儿想。男孩也很难过，请求雌鱼的谅解后，便马上把它宰了。

"男孩在就好了。"他大声说。同时将身子倚在船头的圆形船板上，从勒在肩膀的钓绳上感知大鱼的力量，它正稳稳地向选择的地方游去。

老头儿想："等它落进我的圈套，就会换方向的。它选择待在阴森的水下，远离全部圈套、罗网、诡计。那我就选择去谁也没去过的地方找它。如今我和它被拴在了一起，从中午直到现在，并且我们各自都没有人帮忙。"

"可能我不适合当渔夫，"他想，"但我生来就该干这行，我一定得记住，天亮时吃掉那只鲔鱼。"

天亮前，有什么东西咬住了他后面的一条钓竿。他听见了杆子断裂的声音，钓绳从船舷往外直滑。他在黑暗中摸出小刀，左肩膀把大鱼的拉力挺住，身子往后仰，割断了船舷后面的钓绳。后来又割断了另一条离他最近的绳子，在黑暗中把两个备用线圈的断头绑紧。他用一只手熟练地操作，打结时，一只脚踩住线圈防止它移动。他现在拥有六卷备用的线圈了。从他割断的鱼饵上各收回两卷，另外两卷是从大鱼吃掉的鱼饵上收回的，它们已经全部接在一起了。

他想:"天亮了我会往回退些,退到 40 英寻深的钓绳边,割断它,然后把它与备用线圈接起来。我可能要丢弃将近 200 英寻的上好卡特兰钓绳、钓钩和导线。但这些以后都能再买,倘若我钓上别的鱼,让这大鱼跑了,该拿什么代替它呢?我不清楚刚刚是什么鱼在咬饵。可能是马林鱼、润唇鱼或者鲨鱼。我来不及试探,但必须赶快摆脱它。"

他大声说:"如果男孩在,帮帮忙多好。"

"可是男孩并不在,"他想,"现在就你自己,你还是开始向后退吧,把最后一条钓绳也弄好。即使是在黑暗中,也得赶紧割断它,绑上那两卷备用线圈。"

他开始去做了。黑暗中这样很困难,有一次,大鱼突然跃起,把他拖倒在船板上,眼睛下划出了一道伤口。鲜血沿着脸颊往下滴,但还没等流到下颚就已经凝固干掉了。他缓缓移向船头,靠在木板上歇息。他拉拉麻袋,弄弄绳子,把它挪到肩上其他地方,用肩膀固定住,轻轻试探大鱼的拉力,然后伸手试试小船在水中的速度。

"鱼刚才怎么倾斜一下,"他想,"肯定是钓绳从它高高耸起的脊背上滑掉了。它的脊背不会和我的一样痛得难受。不过,无论它多大都不会一直拖着小船的。如今,所有烦人的东西都处理干净了,我还有那么多备用绳子,一个人不能再奢求其他什么了。"

"大鱼啊,"他轻轻地说,"我会跟你斗到死。"

"我觉得,它也会跟我斗到死吧。"老头儿想。他在等天亮,此时的寒气逼人,他贴在木头船舷上取暖。"它能撑多长时间,我就能撑多长时间。"他想。天微微亮了,钓绳展开着,伸进水里。小船不停地走,太阳一出来,便照上老头儿的右肩。

"它向北游去了。"老头儿说。潮水可以把我们远远地送去东边的,他想。愿它任由潮水冲去，那证明它已经疲惫不堪了。

当太阳升高时，老头儿察觉大鱼并没有疲惫不堪。但有个好兆头，因为从钓绳的斜度看，它正往水浅的地方游去。这不能够证明它想跳出来，但或许会跳。

"上帝啊，保佑它跳吧，"老头儿说，"我的钓绳足够对付它了。"

他想："可能我用力拉拉，让它感到疼痛，它便会跳出来。天既然亮了，就让它跳吧，如此它脊骨边的液囊就会充满空气，就不能沉入水底等死了。"

他用手拉紧钓绳，可从钓到这条鱼开始，绳子就绷紧得快要断了。他向后仰着身子，尽力拉钓绳，十分吃力，这时就知道不能再拉紧了。"我可不能猛拉了，"他想，"每次一拉，都会把钓钩划出的伤口弄得更大，等到它跳起来时，可能会甩掉钩子。反正太阳出来了，我舒服了好多。这下不需要一直盯着太阳了。"

有些黄色的海草粘在钓绳上，但老头儿清楚这样能增加大鱼的拉力，所以非常开心。那黄草是墨西哥湾海草，夜间能发出很强的磷光。

"大鱼啊，"他说，"我喜欢你，敬重你。不过今天我会杀死你。"

希望如此，他想。

有只不知名的小鸟从北面飞向小船，从它低低飞过水面上空的模样，老头儿看出它很累。

小鸟飞上船尾，停在那儿歇着。然后绕着老人的头飞了一会儿，便停在钓绳上，看起来舒服多了。

"你有多大啊？"老头儿问小鸟说，"是第一次出来吧？"

他说这些话时，小鸟看着他。它太累了，竟来不及细看钓绳，就用细小的双脚紧紧抓住钓绳，身子还在上面摇摇晃晃的。

"钓绳稳得很，"老头儿告诉它，"稳得很。今夜没有刮风，你怎么会这么累呢？鸟儿都变成这样了吗？"

他想，可能因为老鹰会出海抓它们。这些话他可没跟鸟儿说，毕竟它也听不懂，并且它很快就会清楚老鹰有多厉害了。

"小鸟，先歇着吧，"他说，"然后同人类或鱼类一样出去闯闯。"

说说话他就有精神了，由于他后背在晚上冻着了，如今痛得难受。

"小鸟，你愿意的话就留下来。"他说，"我为不能升起船帆，让吹来的微风送你走感到抱歉。你就给我做伴吧。"

突然，大鱼一拉，老头儿便倒在船头。要不是他把身子稳住，又放了些钓绳，有可能整个人都要跌出船去。

钓绳一动，小鸟就飞起来了，老头儿都来不及看见它飞走。他伸出右手轻轻摸一下钓绳，知道手流血了。

"它肯定被什么东西伤到了。"他边说边往回拉绳子，试试能否拉动大鱼。不过绳子似乎要断了，他只能紧紧握住向后仰，抵消绳索的拉力。

"大鱼啊，现在你感到痛了吧，"他说，"我也很痛啊。"

他抬眼望望四周，想找到那只小鸟，要它做个伴。可小鸟早就飞走了。

老头儿想："你也没停多大一会儿，但是你去的地方一定比这还艰难，但一上岸就会好点。为什么大鱼猛拉一下我就受伤了？我好没用。可能是我心不在焉，只顾着看那只小鸟了。如今，我得专心一点，然后吃掉鲔鱼，防止力气不够。

"男孩在就好了，我应该带上盐巴。"他大声说。

紧绷的钓绳被他转到左肩。他慢慢跪下来，把手放进水里洗干净，又泡了一分多钟，血迹一点点扩散开。随着小船向前走着，海水一下一下地打在他的伤口上。

"它减慢了速度。"他说。

老头儿很想把手在海里多泡一会儿，不过他担心大鱼再猛拖一下，便站起来，稳稳身子，把手伸开晒晒太阳。虽说只是肌肉被绳索勒破了而已，但这却是手上发力的地方。战斗结束前，他非常需要这双手，实在讨厌还没开始战斗就负伤。

手已经晒干，想起该是补充体力的时候了，便说："我要吃掉那条小鲔鱼。我先用鱼钩取出，然后放松地吃它。"

他跪下，把鱼钩伸到船尾找鲔鱼，往身边拉，尽量保持钓绳平衡。然后用左肩膀撑着绳子，用左手和胳膊把稳，先从鱼钩上把鲔鱼取下，再把鱼钩放回去。他用一只膝盖压住鱼身，从头部垂直割到尾部，一条条深红色的鱼肉就下来了。肉片断面呈现楔形图案，他从鱼的脊骨边一直割到鱼肚子。他把切好了的六块肉铺在船头木板上，在裤腿上擦擦小刀，把鱼尾巴拎起，鱼骨全扔进海里。

"一整条我可吃不完。"他边说边用刀把其中一片鱼肉切成两半。他察觉到大鱼正不停地拉着绳子，左手直抽筋。但还得紧紧抓在粗绳上，他厌烦地看了看正发力的左手。

"这手像什么嘛，"他说，"爱抽筋就抽去吧，变成鸟爪子算了。这对你可没好处。"

"麻利点，"他想，"看着斜向水中的绳子，先把鱼吃了，增增手劲儿。也难怪，你都拉了好几个小时的大鱼了。但是你能跟它决战到底。"

他把一块鱼肉放进嘴里，慢慢嚼着。不是很难吃。

好好嚼一嚼，他想，鱼汁都嚼出来才好。如果能有一点酸橙、柠檬或盐巴，味道肯定很好呢。

"手啊，你现在怎样了？"他对着像死人一样僵硬的抽筋的左手说，"为了你，我再多吃些鱼肉吧。"

他吃了刚才剩下的一半鱼肉，仔细嚼着，把皮吐出。

"手啊，感觉怎样？是不是时候未到，说不清楚？"

他直接拿起一整块鱼肉，开始咀嚼。

"这是条强壮结实的好鱼，"他想，"还好我抓的是它，要是海豚就太甜了。它一点也不甜，营养还保留着。"

"但最有用的还是尊重事实，"他想，"有点盐巴该多好。现在也不确定太阳会把剩下的鱼晒干或者晒臭，我还是把它们都吃了的好，尽管也算不上太饿。这会儿大鱼很平静，等我吃完所有鱼片，就能随时战斗了。"

"手啊，你长点耐心，"他说，"我吃这些都是为了你。"

"希望我也能喂那条大鱼，"他想，"不过我还得杀掉它，并且还要留着力气去杀。"

他直起腰，把手放裤管上擦了擦。

"好了，"他说，"手啊，你能放掉绳子了，我现在单用右臂对付它，直到你停止胡闹。"他用左脚踩住刚刚左手拽着的钓绳，身体往后躺，用后背来承受拉力。

"上帝发发慈悲，别让我抽筋了，"他说，"我还不清楚这大鱼接下来要搞什么名堂。"

但是它好像很镇定，一直执行原来的计划，他想。但是，它的计划是什么？他又想道："我的计划又是什么？毕竟它个头大，我得随机应变。它要是跳起来，我就可以杀死它。不过如果它要一直待在水底，那我也就和它斗到底。"

他把抽筋的手放在裤管上擦了擦，想让指节恢复活力，但就是伸不开。"可能太阳一晒就会好些了，"他想，"也可能等消化了强壮的生鲔鱼就会张开。到非用不可的地步，我会想尽办法让它张开的。不过现在我可不乐意强迫它。先让它自己自动变回原样吧。昨夜，是我解了太多钓绳，它可能劳累过度了。"

他望着一望无际的海面，觉得自己非常孤单。不过他能见到水里的七色彩虹，前面伸展的钓绳，还有平静海面上奇怪的波动起伏。信风吹来，白云便聚积在高空，他看向前方，只见一群野鸭在水面上低飞，在蓝天白云的衬托下，它们的身影显得时而清晰，时而模糊。顿时他明白了，即便是孤身一人在海上，他也不会感到孤单。

飓风刮来前，如果你恰好在海上，那么在几天前你就可以看见天上的种种迹象。人们在岸上是看不出来的，因为他们不清楚该找什么，他想。陆地上一定也有不一样的地方，比如云彩的样式不同。但现在看来是不会有飓风了。

他仰望天空，看见朵朵白云就像是可爱的冰激凌，在更高的上空，羽毛般的卷云和9月的天空格外和谐。

"多柔和的东北风啊！"他说，"大鱼啊，这种天气适合我，不适合你。"

他的左手依然抽着筋，但他在慢慢活动着让它展开。

"我讨厌抽筋，"他想，"这是对身体的一种背叛。"在别人面前食物中毒而拉肚子或者呕吐，那是丢脸。不过抽筋——他想成"痉挛"——却像在丢自己的脸了，特别是只有一个人独处时。

他想："男孩要是在的话，他能帮我捏捏胳膊，从前臂开始捏，好让手部放松。不过它早晚会张开的。"

他用右手摸摸钓绳，感知拉力，发现拉力变了，这才发现钓绳在水里的倾斜度也改变了。再然后，他弯下身仔细瞅着绳索，左手按在大腿上，看见钓绳正慢慢升上来。

"它上来了，上来了，"他说，"手啊，快点好起来，张开吧。"

钓绳稳稳地、慢慢地向上浮，小船前的海面跟着鼓起大浪花，大鱼终于要浮出水面了。它不断向上冒出，水从它身上向两侧直泻。在阳光的照射下，它亮闪闪的，头和背是深紫色，两侧的条纹是淡紫色，条纹在阳光里更显宽阔。它的嘴巴像球棒一样长，如一把轻剑那样越来越尖。它整个身体都浮出水面，随后像潜水员一样平稳地沉入水下。老头儿看见那镰刀般的大尾巴沉下去，钓绳开始向外直溜。

"它比我的船还长 2 英尺①，"老头儿说。钓绳不停地快速向外滑，大鱼依然很镇定。老头儿用双手尝试着稳住钓绳。他清楚，如果不能用适当的力度让大鱼缓下来，它可能要拉出全部钓绳，甚至会拉断。

"它可是条大鱼，我要好好收拾它，"他想，"我到死都不会告诉它，它有多少力气，也不告诉它跑掉了该怎样。我要是它，现在就会拼命逃跑，直到某种东西坏掉为止。但是，谢谢上帝，它们没有我们渔夫厉害，尽管它们比较尊贵，能耐也比较强大。"

大鱼老头儿见得多了。很多超过一千磅的大鱼他都见过，并且也曾经抓过那么大的两条鱼，不过从未一个人抓过。此时，就他一个人，也看不见陆地，且正在和比他见识过的更大的鱼纠缠着。现在他的左手依旧如鹰爪子一般，蜷曲着伸不直。

①英尺，欧美国家长度单位，1英尺=30.48厘米。

34

"但是它早晚会恢复的，"他想，"它肯定能恢复然后去帮助我的右手。大鱼和双手现在是我的至宝。它肯定会恢复的。真丢脸，它竟然抽筋了。"大鱼又慢了下来，用它之前惯有的速度游着。

"真搞不明白它为什么跳出来了，"老头儿想，"它好像故意跳出来给我瞧瞧它个头有多大。现在我可看见了，它要能看见我长什么样就好了。但是那样的话，它可能会看见我抽筋的左手。让它认为我的男子气概比实际拥有的更多吧，我肯定没问题。""我要是那大鱼多好，"他想，"全部本事就用来应对我的意志和智力。"

他舒舒服服地靠在船头，忍受着眼前所有的痛苦，大鱼依然静静地向前游着，小船缓缓从阴暗的水面穿过。东风吹来，海面上泛起阵阵浪花，中午时，老人的左手恢复了原样。

"鱼啊，这对你可不利呢。"他说着，把钓绳从围在肩膀的布袋上挪了挪位置。

他觉得舒服些了，却依然痛苦。即使他根本不承认这种痛苦。

"我不怎么虔诚，"他说，"如果能保佑我抓住这条鱼，我乐意念上十遍《天主经》和《圣母经》。若是把它抓住了，肯定去考博瑞圣母那儿朝拜。我说到做到。"他开始机械地念起祈祷文。偶尔他累过头了，背不出祈祷文时，就快速地念，让字句顺口溜出来。《圣母经》比《天主经》容易很多，他想。

"福哉万恩的玛利亚，天主与你同在。你是有福之人，你儿子耶稣也是有福之人。天主圣母玛利亚，今天，还有我们死后，为我们这些罪人祈祷吧，阿门。"然后他又说："天佑的贞女啊，祈求你赐死这条鱼吧，尽管它很了不起。"

祈祷结束后，他感觉心情平静了许多，但依然疼痛，可能疼痛比刚刚还加重了，他靠在木板上，机械地移动左手的指节。

尽管东风正柔柔地吹着，阳光依旧毒辣。

"我还得在船尾的小钓绳上安诱饵，"他说，"要是大鱼计划再过一晚，我就得吃点东西了，瓶子里也没剩多少水了。我觉得这里只有海豚能上钩，但是趁着新鲜时吃掉，味道应该不错。夜里要是有飞鱼上船就好了，只是没有亮光引诱它们。生吃飞鱼非常不错，我都不用切成小块。现在，我要保存体力。苍天啊，我当初不知道它居然有这么大。"

"但是，我还是得杀了它，"他说，"不论它有多伟大，多神气。"

"这不公平，"他想，"但是，我得让它明白人有多厉害，人能忍受多大的疼痛。"

他已经证实过一千次了，如今，他还要再证实一次。每一次都是新的开始，每一次起航，就不再去想过去。

"它要是睡觉就好了，这样我也可以睡会儿，还能梦见狮子，"他想，"狮子何时变成梦里最重要的角色了？老头儿别胡思乱想啦。你就轻轻倚着船头歇会儿，什么也别想了。它正忙着，你就省省力气。"

已经到了下午，小船还不停地慢慢往前走。但是此时东风给船增加了阻力，老头儿随着小浪花缓缓起伏，被绳索勒痛的背也舒缓了好多。

下午，钓绳又浮上来一次。但是大鱼只是在稍微高点的海面下继续游着。老头儿左边的胳膊和肩膀还有后背都洒满了阳光。由此，他明白大鱼早已转向东北方向了。

他已经见过大鱼了，能想象出它游在水里的模样，像翅膀一样的紫色胸鳍舒展开来，直溜溜的大尾巴在深水里划来划去。"不知道它能不能看清海底的东西，"老头儿想，"它的眼睛非常大，比马的眼睛还要大很多，而且能看清黑暗里的东西。我曾经也能看清黑暗里的东西，当然也不是在伸手不见五指的地方，几乎能像猫一样。"在阳光和舒缓活动的帮助下，抽筋的左手已经恢复原样，他就让左手多承受一点拉力，动动后背的肌肉，使绳索换换位置，把疼痛移到别的地方。

"大鱼啊，你要是不累的话，那就太不可思议了。"他大声说。

此时，他非常疲惫，眼看天就要黑了，所以他尽量把注意力转移到其他事情上。他想到棒球大联赛，知道纽约的扬基队正对战底特律的老虎队。

"这是比赛的第二天，我不清楚比赛的胜负，"他想，"不过我一定要充满信心，一定要对得起伟大的迪马吉奥，他把所有事情都做到完美，即使脚后跟长了一块骨刺，疼痛不止。""骨刺是什么东西？"他问自己，"骨质的后爪？我没长过，不知道疼起来时是不是和斗鸡后爪扎进人的脚跟那样。我觉得我肯定受不了这样的疼痛，也不会像斗鸡一样，一只或两只眼睛被啄掉了还可以战斗。和这些了不起的鸟兽相比，人类真是软弱无能。但现在，我还是希望成为这只在阴森海底里的动物。"

"除非鲨鱼要来，"他大声说，"要是有鲨鱼来，求老天爷同情它和我吧。"

"伟大的迪马吉奥会像我一样和一条鱼战斗那么久吗？"他想，"我觉得他会，而且可能战斗得比我还久，毕竟他年轻有力。再加上他爹又是渔夫，但是脚上的骨刺是不是令他无比难受？"

"我也不清楚，"他大声说，"我可没长过骨刺。"

太阳快下山时，他回想起自己曾经在卡萨布兰卡的酒馆中，和码头上最有力气的大个子黑人掰过手腕，以此增强自己的信心。他们整整比了一天一夜，手肘放在桌面的粉笔线上，胳膊向上伸直，两只手紧紧握着。两人都想将对方的手往桌面上压。人们在煤气灯下进进出出，还下了赌注。他注视着黑人的胳膊、手和他的脸。比赛开始八小时后，每隔四小时他们就得换一次裁判，让裁判轮流休息。他和黑人的手指甲缝里都流了血，双方一直看着对手的眼睛、手和胳膊。下注的人坐在靠墙的高椅子上观战。木板墙壁涂成淡蓝色，几盏油灯把他们的影子映在墙壁上。黑人的影子真大，随着风吹动油灯，那影子也跟着在墙上移动。

整个夜晚，输赢的概率来回变换着。他们给黑人甜酒喝，给他点上烟。黑人喝了甜酒，拼命使出所有力气，有一次他把老头儿——当时可不是什么老头儿，而是冠军桑蒂亚哥——几乎压下去 3 英寸。但最终老头儿还是扳了回来，他们又打成了平手。那时，他坚信自己已经占了上风，不过这个黑人真是好样的，是个伟大的运动家。临近天亮时，下注的人们提出和局的建议，但裁判不同意。他用尽全力，将黑人的手一直向下压，向下压，硬是压倒在桌面上。比赛是从星期天早上开始的，直到星期一早上才结束。许多下注的人要求算和局，因为他们得赶去码头扛糖包，或是去哈瓦纳煤炭公司工作。要不然人们都会要求比出胜负的。但是，他算是比出胜负了，并且赶在每个人工作之前。

随后的一段时间，人们都称他"冠军"，次年春天又举行一次比赛。不过下注的钱很少，他非常轻松地就赢了。因为第一次比赛他就击垮了那位黑人的自信心。后来他又参加了几次比赛，之后就再也没有比过了。他觉得要是一心想打败某个人，他肯定会成功。掰手腕会伤害他用来捕鱼的右手，所以他尝试过用左手去比。不过左手总是不愿服从他，他对它失去了信心。

"太阳基本上把这只手晒好了，"他想，"它也许不会再抽筋了，除非夜里异常冷。谁知道夜里会发生什么呢？"

有一架开往迈阿密方向的飞机从头顶飞过，他看着飞机的影子惊起一群一群的飞鱼。

"好多飞鱼啊，里面该有海豚。"他一边说一边抓紧绳子向后仰，试着把大鱼拉近一点儿。可已经滴水的绳子几乎被拉断了，还是拉不动。小船缓缓前行，他盯着飞机，直到它消失不见。

"坐在飞机里的感觉肯定非常奇怪，"他想，"从天空往下看，大海会是什么样的呢？要是飞得低些，可能会看清这条大鱼。我多么希望可以飞在 200 英寻的高空，慢慢看着这条大鱼。我曾经爬上过渔船桅杆的横杠，即使是在那样高的地方也能看见许多东西。从那里看见的海豚颜色会显得更绿，同时可以看见它们的条纹和紫斑，而且是整整一群海豚游泳的场面。这是怎么回事，所有在深水里游速快的鱼都有紫色的脊背和紫色条纹或者斑点？海豚在水里看上去绿油油的，是因为它真正的颜色是黄色的。但是当它们饥饿难耐的时候，身子两侧就像马林鱼一样呈现紫色条纹。难道只有在生气和快速游动时紫色条纹或斑点才肯露出来？"

天黑以前，小船从一大片马尾藻中经过，它在浪花不大的海面上摆动，看上去像是大海正和什么东西在一张黄色毯子下谈情说爱。这时候，小钓绳被一只海豚咬住了。他第一次看见它是在它跳出水面的时候，夕阳下的它金光闪闪，它在空中猛弯身子，胡乱拍打着。

它一次次惊慌地跳出水面，仿佛在表演杂技。老头儿便慢慢退到船尾，蹲下身，用右手抓紧大钓绳，左手使劲把海豚往回拉，每拉回一段钓绳，光着的左脚就把它踩住。海豚被拉到船尾，拼命挣扎着，老头儿探出身子，把这条金光闪闪地带着紫斑的斑鱼儿拉进船来。它的嘴巴因被钓钩勾住而不停地抽搐，身体又长又扁，尾巴和头部拼命往小船底部撞去，直到他朝着闪亮的鱼头狠狠打下去，它才翻了几下，一动也不动了。

老头儿从海豚嘴里拔出来钓钩，重新装上一条沙丁鱼当鱼饵，甩入海中。之后，他慢慢挪动到船头。他洗了洗左手，在裤管上擦干。随后把右手那根勾着大鱼的钓绳转移到左手，空出的右手伸进海里清洗，同时看着要沉下海里的太阳，又看着粗钓绳的斜度。

"它一点也没变。"他说。但是他从海水冲刷右手的感觉中发现船速减慢了好多。

"我去把两根桨交叉绑上船尾，这样到了晚上，鱼就能慢下来。"他说，"它喜欢在夜里行动，我也一样。"

他想："我最好晚一点儿把海豚内脏掏出来，这样血汁得以保存在鱼肉中。现在先绑好船桨，给大鱼增加些阻力。还是让大鱼安静些吧，太阳快下山的时候就别骚扰它了。任何鱼类在面对日落时都很难熬。"

他举着手使它尽快晾干，随后拽住钓绳，放松身子，任由钓绳拖着自己往前去，他身体靠着船舷，由小船承受一半的拉力或者更多。

"我慢慢学会了如何去做，"他想，"至少这一部分我做到了。"这时，他又想到大鱼从上钩以来就没吃过东西，它个头那么大，肯定需要很多东西。"我已经吃掉整整一条鲔鱼了。明天我要吃掉那条海豚。"他把它叫作"金鱼","我应该在掏内脏时就吃一些的。海豚肉要比鲔鱼肉难吃许多。但是,世上的事本来就不轻松。"

"大鱼啊,你现在怎样呢?"他大声说,"我现在很开心,左手也已经恢复,我还有一天一夜的粮食储备。你就尽管拖着吧,大鱼啊。"

他其实并不开心,被绳索勒着的后背让他痛不欲生,几乎处于一种麻木状态。"但是以前我身上发生过更糟糕的事,"他想,"如今我一只手只是轻微破了点皮,另一只手也不抽筋了。两条腿也很健康,再加上我有粮食可以补充能量。"

此时天黑了,9 月就是这个样子,太阳一走,天就黑得快。他在船头的木板上躺下,抓紧时机歇息。第一批星星出来了。他叫不出雷琪星的名字,但是一见到它,就知道其他星星也会马上出来,这些遥远的朋友来给他做伴了。

"这大鱼也是我的朋友,"他大声说,"我从未见识过这种鱼。但是我必须杀掉它。我很开心,我们不必杀掉那些星星。"

"如果有人每天必须去杀掉月亮,那得多艰难!"他想。"月亮说不定会逃走,但是如果有人每天必须要去杀掉太阳,那又是什么情形?我们非常幸运了。"他想。

随后他开始为大鱼担心,同情它什么也没吃。尽管如此,杀死它的心却从未动摇。"它的肉够多少人吃?"他想,"但是他们能吃吗?不!他们不配,从它优雅的举止和高贵的尊严来看,谁都不配吃它。"

"这些事我不清楚,"他想,"但是我们不必去杀掉太阳、月亮或星星,倒真是好事。我们在海上谋生,杀掉自己真正的兄弟已经很难受了。"

他想:"现在我要考虑下水里拖着的大麻烦了。这样非常冒险,但也有好处。若是鱼使劲儿拉，船尾的双桨还会留在原位，要是小船慢下来，我可能会损失好长的钓绳，甚至会让它跑掉。船越轻，我们彼此的痛苦就越长，但这样能保证我的安全，因为它还没用上最快的速度。不管怎样，我要把海豚的内脏先掏出来，免得坏掉，顺便吃一些补充体力。"

"现在，我再歇息一个小时，等确定鱼平静了，再到船尾去做这事儿，顺便想想对策。我得看它如何行动，是不是有所改变。双桨绑在那里是个好主意，但现在应该注意安全。它依然是伟大的鱼，我见到钓钩就钩在它的嘴角，它紧紧闭着嘴巴。钩子带来的痛苦不算什么。饥饿的纠缠，还有对付它自己不了解的敌人，这才痛苦。好好歇着吧，老头儿，它做它的事去了，轮到你上场时再说。"

他感觉歇了好久，觉得差不多有两个小时。月亮出来得很晚，他猜不到是几点。实际上他并没有真正歇着，仅仅是放松一下，肩膀上依旧扛着大鱼的拉力，但是左手按住了船头的舷，把对抗大鱼拉力的任务慢慢转移到小船自身上。

"要是我把钓绳拴紧，事情就简单多了，"他想，"但是鱼只需轻轻一歪，就能把绳子拉断。我要用我的身子去缓解钓绳的拉力，并且随时做好用双手放出钓绳的准备。"

"但是你都没睡过觉呢，老头儿，"他大声说，"都熬了半天一夜了，现在又是一天，都没有睡过。你要想个法子，在它安静的时候小睡一会儿。不睡觉你脑袋会混乱的。"

"我脑袋非常清醒，"他想，"太清醒了，几乎和我的星星兄弟那样清醒。但是我必须睡一觉。任何东西都需要睡觉，日月需要睡觉，当没有浪潮、风平浪静的时候，大海都要睡上一觉。"

"一定不要忘了睡觉，"他想，"先闭上眼睛，想一个简单可靠的办法来安置钓绳。现在回到船尾，去处理那条海豚吧。如果一定要睡觉，那双桨绑着拖在水里太危险了。"

"我不睡也可以，"他告诉自己，"但是那样也非常危险"。

他用双手和膝盖小心翼翼地爬到船尾，以免惊动大鱼。"它或许正处于半睡眠状态呢，"他想，"但我可不愿意它歇着，必须让它拖着游到死为止。"

回到船尾时，他转过身让左手稳住肩上的钓绳，右手从刀鞘里抽出刀子。此刻星光还算亮，他能看见那只海豚。他把刀刃从海豚的头部刺入，把它从船底那儿拉出来。他用一只脚踩着鱼身，由肛门往上剖到下颚顶端。然后放下刀子，用右手将内脏掏得干干净净，把鱼鳃也拔掉。他感觉捏在手里的鱼胃是沉甸甸的、滑溜溜的，就剖开了它。里面是两条小飞鱼，还挺新鲜、坚硬，他把它们并排着放下，将内脏和鱼鳃都丢到水里。它们沉下去的时候，拖出一道磷光闪闪的水迹。此时的海豚冷冰冰的，在星光下显现出丑陋的灰白色，老头儿用右脚踩住鱼头，剥掉鱼身上一边的厚皮。然后再把它反过来剥另外一边。最后他把鱼两边的肉从头到尾全割下来。

他把海豚的骨头扔进水里，想看看水里会不会出现漩涡。不过只看到它缓缓沉下去的磷光。他转过身把两条小飞鱼夹在两片肉中间，将小刀插入刀鞘，身子缓缓挪向船头。他被钓绳压弯了腰，右手握着鱼肉。

回到了船头，他把两片鱼肉铺在木板上，飞鱼晾在旁边。随后给肩上的钓绳换换位置，左手又一次拽住钓绳。跟着他探出身去，在水里洗洗飞鱼，顺便感觉一下水流冲击手的速度。他的手由于刚刚割了鱼皮而闪着磷光,他仔细地注视着海水在手边的动向。水流已经没那么强了。他把手掌在小船外侧搓了搓,那些鳞片便慢慢散开,轻轻向船尾飘去。

"它肯定是累坏了,不然就是正歇着。"老头儿说,"我现在先吃掉海豚肉,然后睡会儿觉。"

头顶的星星格外亮眼,夜变得更冷了,他吃了半块海豚肉和一条去了肠子、切掉脑袋的飞鱼。

"煮熟的海豚非常鲜美,"他说,"可是生吃好恶心。以后不带盐巴或酸橙,我一定不上船了。"

"我要是够聪明,就该把海水洒上船头晒一整天,盐巴就有了,"他想,"但是天几乎全黑了我才钓到这只海豚。是我准备工作做得不好,但我已经用心嚼过了,并没有吐出来。"

云渐渐遮住了东边的天空,他认识的星星都已经消失。如今他似乎要向一个云谷驶去,风也停了。

"天气会在三四天内变坏,"他说,"但是今晚和明天还挺好。老头儿,趁着大鱼还安静稳定,赶紧睡上一觉吧。"

他用右手搂紧钓绳,大腿抵着右手,把所有重量都压在船头木板上,然后将肩上的绳子移下一点,左手撑住了钓绳。

"钓绳只要给撑住了,我的右手就可以搂紧它,"他想,"要是我睡着了,右手松了下来,钓绳溜出去,左手就会弄醒我。这样右手是非常吃重的,但是它已经习惯了受罪的滋味。我能睡二十分钟或半个小时也非常好了。"他全身向前夹住钓绳,把全部重量压上右手,便睡着了。

他并没有梦见狮子,然而梦见了一大群小鲸鱼,排到 8 到 10 英里^①长。它们交配时，会高高地跳到半空中，然后掉到它们在跳跃时形成的水涡内。

接着他梦见已经回到村子，正躺在自己的床上。刮起一阵北风，他感到非常冷，右臂麻麻的，因为他的头枕的是右臂而不是枕头。

然后他梦见了长长的金黄色海滩，看见一头狮子在夕阳西下前来到海滩上，接着其他狮子也来了。他把下巴抵在船头木板上，船已经停下，傍晚风从陆地吹来，他等着看看还有没有更多狮子走上来，他非常开心。

月亮升起都有一会了，他依然在睡，大鱼平稳地朝前拉，小船驶进云谷里。

他的右拳头猛地一歪，撞到脸上，钓绳迅速从他右手中溜出去，他一下子醒了。左手已经没有知觉，他用右手全力拽住钓绳，绳子却依旧往外滑去。他的左手最终抓到钓绳，他把身子往后仰，抵抗钓绳的拉力，此刻背部和左手火辣辣的痛起来，左手支撑了一切重量，勒得很痛。他扭头看着线圈，正顺滑地放着线。就在这时，大鱼跳了起来，海面顿时惊起大浪，又重重落回去，然后接连不断地跳起来，小船依旧慢不下来，钓绳却飞快地朝外溜去。钓绳被老头儿紧紧地拉住，几乎马上就要断掉。随着大鱼一次又一次跳起，钓绳也一次又一次绷得更紧。他被拖到船头，脸趴在那片切下的海豚肉上，一动也不能动。

"我们都在等着这一刻，"他想，"那我就开始对付它吧。"

"它得赔我钓绳，"他想，"得赔。"

他只能听见海浪掀起和鱼落水的声音，根本看不见大鱼跳跃。

---

^①英制的长度单位，1英里=1.609344千米

钓绳飞快地往外滑，将他双手勒得生疼，不过他一直清楚这种事迟早得发生，便尽力让钓绳从长茧的地方滑过，避免它碰到手掌或是伤了手指头。

"要是男孩在的话，他就可以把线圈弄湿，"他想，"是啊，要是男孩在的话，男孩在的话。"

钓绳还在不停地朝外滑去，但速度减慢了许多，他想让大鱼为拖走的每一英寸绳子付出代价。这时他从木板上把头抬起来，不再贴着刚刚撞到的鱼肉片。然后跪着，慢慢站了起来。他一边慢慢放出钓绳，一边朝后移动，直至一只脚碰到那些他看不见的钓绳。"这还有好多绳子，大鱼还要在水里拖着这么多摩擦力大的新绳子呢。"

"也是，"他想，"现在它都跳了十几次了，背上的液囊已经装满了空气，因此无法沉入水底死掉，我也无法捞它上来。它快要开始转圈了，我得好好对付它。它怎么会一下子跳出来呢？难道是饿得难受或是被某种东西吓住了？可能是它一下子害怕了。但是它如此镇定、强健，好像什么也不怕，信心满满。好怪啊！"

"老头儿，你也要镇定，信心满满的。"他说，"你又一次拖住了它，可你无法把钓绳拉回来。不过它快要开始转圈了。"

老头儿这时用左手和肩膀拽着钓绳，弯下身用右手往脸上弄水，洗掉粘在脸上的海豚肉。他担心这肉使自己呕吐，丧失力气。脸洗好了，他把右手浸在水里，任由海水泡着，这时他看见了太阳出来前的第一道曙光。"它差不多是往正东走的"，他想，"看来它累得不轻，正顺着潮水走。它快要开始转圈了，那时我们真正的较量才开始。"

他知道右手在水中泡很久了，便抽回来瞧瞧。

"还挺好的嘛，"他说，"男子汉忍受一些疼痛不碍事。"

他小心拽着钓绳，避免其滑进新弄破的伤口，身子移到另一边，将左手伸进海水里。

"你个废物，做得还挺不错的，"他对左手说，"可是有段时间你却没有帮上我的忙。"

"为什么两只手不能都好用呢？"他想，"我没有好好训练这只手，应该怪我。但是它这一夜做得挺好，仅仅抽了一次筋。它要是再抽，那就任由钓绳勒断吧。"

想到这里，他知道脑袋已经有些不清醒了，他觉得应该再吃点海豚肉。"不过我不能这样"，他告诉自己，"哪怕头昏脑涨，也不能呕吐损失元气。因为我的脸曾经趴在上面，就算吃了也肯定会吐出来的。我还是把那鱼肉留着对付突发情况吧，直到它臭了为止。但是此刻通过补充营养增长力量未免晚了些。""你太傻了，"他告诉自己，"可以吃掉另一条飞鱼啊！"

它已经洗干净摆在那儿，现在就能吃。他用左手拿起它，放在嘴里，细细嚼着，从头到尾全部都咽了下去。

"它比其他东西更有营养，"他想，"至少它能给我提供一些力量。我现在已经做好一切准备。它快转圈吧，让决战开始吧。"

这次从出海至现在，太阳已经升起三次，此时大鱼开始转圈子了。

从钓绳的倾斜度中是看不出大鱼在转圈的。时间早了点，看不清。他感到钓绳上的拉力稍微减少了些，便用右手慢慢往回拽。钓绳又如平常那样绷紧了，但是当拉到快断掉时，绳子向内松了松。他把绳子从肩膀和头上取下，慢慢往回收。他摆动着双手，极力用身体和双腿去拉。双腿和肩膀也随着一摇一摆地转动。

"它转的圈子好大，"他说，"但是它毕竟还在绕圈。"

接着绳子没法往回收了，他拽紧它，阳光下竟拧出了水。随后绳子又开始向外滑了，老头儿跪着，很不甘心让它沉进深水中。

"它正往圈子对面绕去。"他说。"我必须拼命拽住，"他想，"拽紧后它绕圈子的范围就会慢慢缩小。可能再有一个小时我就可以看见它了。现在，我要好好收拾它，早晚会杀掉它。"

但是大鱼不停地在打转，两个小时过去了，老头儿全身被汗浸湿，已经筋疲力尽了。不过此时的圈子变小了很多，从钓绳的倾斜度就可以知道，大鱼已经边游边向上浮了。

一个小时以来，老头儿眼睛直冒金星，汗水流进他的眼睛，也流进他脑门和额头上的伤口。他才不怕眼冒金星。他全身心投入地拽着钓绳，眼冒金星是最正常不过了。但是他已经是第二次出现这样的情况了，这让他有点儿担心。

"我一定要坚持下去，不能为这条鱼丢了性命。"他说，"既然我可以这样完美地钓住它，求上帝帮我撑下去吧，我可以念一百遍《天主经》和一百遍《圣母经》。但是此刻我还念不了。"

"算念过了得了，"他想，"过后我会念的。"

就在这时，他感到双手拽住的绳子猛然歪了一下。来势凶猛，很强劲、很沉重。

"它的长嘴正在敲击铁丝呢，"他想，"这是避免不了的，它肯定要这样做的。但这样它就必须得跳起来，不过此时我希望它继续打转。它必须跳出来才能呼吸，但是每跳出来一次，钓钩造成的裂口便会增大一些，它就越能把钓钩甩开。"

"大鱼啊，快停下吧，"他说，"快停下。"

大鱼又对着铁丝敲击了几下，每下都会甩甩它的头，老头儿便会放出一些绳子。

"我要让它痛在一处，"他想，"我的疼痛没什么大碍，我能忍受。不过它就不同了，疼痛会让它发狂。"

过了一会儿，大鱼停止了敲击，再次缓缓转起来。这时老头儿一直在收进钓绳，但是他又头昏脑涨了。他左手弄来一些海水，淋在头上，然后又弄一些淋在颈背上揉搓。

"我才没有抽筋。"他说，"它马上就浮上来了，我能撑住。你必须要撑住。一点讨价还价的余地都没有。"

他跪在船头，又把绳子挎在后背上。他心想："趁它在朝外绕圈子时，我得歇一歇，一会儿它回来了我再起来收拾它。"

他渴望在船头歇一歇，任大鱼去绕圈子，也不收回钓绳。但从松了一点的绳子可以看出，大鱼开始往小船的方向游来，老头儿赶紧站起来，并左右手交替拉拽钓绳，将绳子收回来。

"我从没有像现在这样疲倦过，"他想，"现在刮起了信风，不过这风能把它拖回港。我是多么需要好风送送我啊。"

"要是下一圈它还往外绕，我还要歇一歇。"他说，"现在我舒服多了，它再绕两三圈，我就能制服它了。"

他的草帽早就转到了脑后，大鱼回身一扯，他便一屁股跌在船头。

"你先忙着吧，"他想，"你转过来时我就抓你。"

风浪变得好大。但这是微风吹的，他还需要借着它回港呢。

"我朝西南航行就对了，"他说，"人在海上是迷不了路的，更何况这仅仅是个长岛。"

直到鱼第三次转弯，他才看见它。

最初他看见的是一个庞大的黑影，它用了好长时间才经过船底，他几乎不相信它会这么长。

"不会，"他说，"它不会这么大的。"

但是它确实这么大，绕完这一圈，它已经浮出水面，距小船仅仅30码，老头儿看见它的尾巴露出了水面。那尾巴比大镰刀的刀刃还要高许多，它竖在深蓝的水上，呈现出淡淡的紫色，不停地朝后扫去。大鱼正在水下游着，老头儿能看到它庞大的身躯和通身的紫色条纹。它的脊鳍朝下，巨大的胸鳍大张着。

这次鱼转完圈子回来后，老头儿看见它的眼睛和两条绕行在它身边的灰色乳鱼。它们一会儿吸在它身上，一会儿又游开去，一会儿又自由自在地在它影子里游泳。他们都有3英尺长，快速游动时会猛甩身子，和鳝鱼一样。

此时，老头儿后背已经湿透，但那不是单单被太阳晒出来的。只要大鱼平静地转过来，他便把钓绳收回一些，他坚信只要鱼再转上两个弯，他就有可能拿鱼叉刺到它。

"但是我必须让它往这边靠，一直靠，一直靠，"他想，"我可不能刺它的头。我要刺进它的心脏。"

"老头儿，镇定一些，坚强一些。"他说。

它又转了一圈，露出了鱼背，但离小船还是有些远。又转了一圈，还是好远，不过露出水面的部分高了许多。老头儿坚信只要再收回一部分钓绳，就能把它拉到船边。

他早已把鱼叉准备好，那卷绑在鱼叉上的绳子放在一个圆筐子里，末端绑在船头的短柱上。

这会儿，大鱼转完一圈回来了，看上去既平静又漂亮，只有它的大尾巴在摇动。老头儿拼了命把它往回拉。大鱼的身子倾斜了一些，随后又竖直身子，转起圈来。

"我能拉动它了，"老头儿说，"我刚刚拉动了它。"

此时，他感到头又晕了起来，但是他拼命拽住了大鱼。"我能拉动它了，"他想，"可能这次就会打败它。""双手啊，使劲拉吧，"他想，"双脚啊，一定要站稳了。头啊，一定要给我撑到最后，你以前都没有晕过。这下我就把它翻过来！"

不过他使出了全身的力气，在鱼离船边非常远时，就使劲儿拉，但大鱼只翻了一下身子，便直身又游开了。

"大鱼啊，"老头儿说，"大鱼啊，你迟早要死的。可是你还想把我也害死吗？"

这样也不是办法，他想。他渴得说不了话，不过此刻伸不开手去拿水喝。"这回，非得把它拉回来，"他想，"鱼再转几个圈子，我就受不了了。""你能受得了，"他对自己说，"你一直都做得到。"

在转下一圈时，他差一点儿就抓住它了。但是大鱼再次直起身子，缓缓游走了。

"大鱼啊，你想害死我啊，"老头儿想，"不过你可以这么做。老弟，我可没见过比你更庞大、更漂亮、更沉稳、更尊贵的鱼了。来吧，害死我吧，我不介意是谁害死了谁。"

"现在你大脑混乱了，"他想，"你一定得保持大脑清醒。像个男子汉一样，忍受所有痛苦。""像一条鱼那样也可以。"他想。

"头啊，清醒一些吧，"他用几乎连自己都听不见的声音说，"清醒一些吧。"

鱼又转了两圈，结果还和前几次一样。

"我不明白，"老头儿想，"每一次都觉着自己快要死了。我不明白。

但是我必须再试一下。”

他又试了一次，当鱼被翻过来时，他觉得自己几乎要晕死过去。大鱼直了身，又缓缓游走，大尾巴还在海里摇摆。

“我必须再试一下。”老头儿承诺说。即使他的手已经使不上劲儿，眼睛已经只能间歇地看清东西。

他又试了一下，结果相同。“原来是这样，”他想，“还没有开始就觉得自己几乎要垮了，我必须再试一下。”

他忍受着全部的疼痛，用上剩余的力量和丧失已久的骄傲，用来应对大鱼带来的疼痛。大鱼慢慢向他这边游来，在他旁边缓缓地游着，鱼嘴差点碰到船板。它开始从船边游过，鱼身子好长、好高、好宽，银光闪闪的，长满了紫色条纹，在水里看几乎大得无法形容。

老头儿把钓绳放下，用脚踩住，将鱼叉尽力高高举起，用上浑身的力气和刚才唤来的力量，从大鱼侧面也就是大胸鳍的后方刺入。胸鳍高高举起，几乎高到老人的胸部。他知道鱼叉已经刺进去，他倚在上面，让它扎得更深一点儿，然后用全身的重量压住它。

就在这时，大鱼翻转起来。尽管死到临头了，它依然从水面跳出来，它那让人惊讶的长度和宽度、力量和美感全都展露无遗。它好像悬挂空中，俯视着小船上的老头儿。然后“嘭”的一声落进水中，激起的浪花溅了老头儿一身，也溅了一船。

老头儿头昏眼花，恶心不止。他弄好鱼叉线，使它轻轻地从割破的双手间滑过。眼睛好点了，他看见仰着的大鱼，它的银白肚子冲着天空。鱼叉柄从大鱼的前端斜着突出来。鱼心脏流出的鲜血把大海也染红了，刚开始鱼血暗暗的，仿佛1英里多深的海中的一块礁石。随后它像云彩一样四处散去。鱼通身银白，静静地随着波浪浮动着。

老头儿用时而清晰，时而模糊的眼睛注视着大鱼。随后将鱼叉线在船头的短柱上绕了两圈，把头埋进手里。

"保持清醒吧，"他抵着船头木板说，"我是个累乏了的老头儿。不过我杀掉了这条大鱼，它可是我兄弟，现在我要开始干苦力了。"

"如今我要去备好套索和大绳，把它绑住了，"他想，"即使现在有两个人，把船装满水来载它，然后把水淘出去，小船肯定也装不下啊。我先做好充分的准备，再将它拉来好好绑住，然后竖起桅杆，扬起布帆，驶回家去。"

他动手把鱼拉过来，将它和小船并排放着，接着用一条绳子穿进鱼鳃，从嘴巴拽出来，让鱼头紧紧靠着船头。"我要看着它，碰着它，摸着它。它可是我的财富。"他想，"不过我要摸摸它却不是因为这个。我觉得我感受到了它的心脏，就是在我第二次往下按鱼叉柄的时候。如今我要把它拉过来绑紧，用套索拴住它的尾巴，另外一根就套住它的腰部，把它和船紧紧绑在一起。"

"老头儿，开动吧，"他喝了一点儿水说，"战斗已经结束，但还有好多苦差事等着呢。"

他抬眼瞧瞧天空，接着瞧瞧大鱼。他细细瞧着太阳。"晌午刚过了一会儿，"他想，"信风刮起来了。这些钓绳现在也用不着了。回到家以后，男孩和我可以把它们都接好。"

"大鱼啊，快来吧。"他说。不过大鱼并没有来。见它翻滚在海浪中，老头儿便缓缓地把小船向它身旁划去。

他把鱼摆平，让鱼头靠在船头上，他几乎不敢相信它有这么大。他把短柱上的鱼叉绳解开，从鱼鳃那穿过去，然后从下巴拽出，在它那长剑似的嘴上绕了一圈，之后再把绳子从另一个鱼鳃穿过去，在长嘴上又绕一圈，再把双股绳打上结，绑在船头的短柱上。然后他割下一段绳索，走到船尾去拴住鱼尾巴。大鱼从起初的银紫色全部变成了银白色，条纹和尾巴呈现相同的苍白紫色，这些条纹比人摊开五指的手还要宽大。鱼的眼睛看上去非常冷淡，有点像潜望镜的镜片，又有点像宗教队伍里圣徒的眼睛。

"杀掉它仅有的办法就是这个。"老头儿说。喝了些水，感觉好点儿了，他清楚自己死不了，脑袋也非常清醒。它看起来不止1500磅，他想，可能比这还重。要是割掉了鱼头和鱼尾，肉还有三分之二的重量，按1磅卖3毛钱算，得有多少收入？

"我得拿根铅笔算一下，"他说，"我脑袋还没有清醒到可以口算出来的程度。但是我觉得了不起的迪马吉奥肯定会为我今天的表现感到光荣。我并没有长骨刺，不过双手和背部非常痛。""也不清楚骨刺到底是什么东西，"他想，"说不定我们自己也长了骨刺，只是不知道罢了。"

他把大鱼紧紧绑在船头、船尾和中央的座板上。它好大，简直跟在船边绑着一条并行的大渔船一样。他割下一段绳子，把大鱼的下颚和长上颚扎起来，防止它张开嘴巴，如此它们就能利索地前行了。随后，他把桅杆竖起来，安上原先是用来当鱼钩的棍子和斜桁，扬起修补过的船帆，小船开始出发。他在船尾半躺着，船朝西南方驶去。

他不需要罗盘来辨别西南方向。他只需要借着信风和船帆飘起的方向就可以知道。"我放条小绳子到水中，在上面系只钥匙似的假饵细钓丝，看看能否钓到什么东西来填填肚子吧。"不过他找不着这样的假饵，沙丁鱼也已经腐烂。因此从海草旁漂过时，他用鱼钩勾上一堆黄色的墨西哥海草，使劲甩甩，藏在里面的小虾便都掉出来落在船板上。差不多有十几只的样子。它们又蹦又跳的，跟沙蚤一样。老头儿用大拇指和食指掐去虾头，连壳带尾放进嘴里，慢慢嚼着吃。虽然这些虾都还小，但是他清楚它们富有营养，而且味道也很好。

水瓶里还装着两口水。他吃完小虾后，便喝下半口。尽管小船上设有障碍，不过航行挺顺的。他把舵柄夹在腋窝下掌舵。他能看见那条大鱼，只需看看自己的手，靠靠背后的船尾，就可以确定这一切真真实实地发生了，不是在梦里。结束之前，他有一时感到很难熬，认为是在梦里。当他看见大鱼跃出海面，在掉下前动也不动地高挂在半空中时，就发现好奇怪，几乎让人无法相信。那时他双眼很模糊，尽管此刻已经恢复到能看清的程度。

此时他清楚大鱼是真真实实存在的，双手和背部也不是梦里的东西。"手很快就恢复了，"他想，"双手的血几乎快流光了，不过海水能把它们治好的。真实存在的海湾中深色的海水便是世界上最好的灵丹妙药。我只需保持脑袋清醒就好。这双手尽了最大的努力，我们航行得很顺利。大鱼紧紧闭住嘴巴，尾巴直上直下的，我们就像兄弟一样前行。"但接着他头脑又糊涂了，他开始想："到底是它拉我回家还是我拉它回家？我要是把它拉在船后面，那就不会有什么争议。""要是把大鱼放进小船里，丧失全部脸面，那也不会有争议。不过它们现在正绑在一起同时前进，"老头儿想，"要是它开心便让它拉我回去吧。我是用了小窍门才打败它的，它对我可没有什么恶意。"

他们很顺利地前行，老头儿的手一直放在海水里泡着，极力保持脑袋清醒。积云高高堆着，天空上满是卷云，老头儿清楚风将刮上整整一夜。他不停地看着大鱼，以确定它真真实实地存在着。此时，距离第一只鲨鱼来袭击他还有一个小时。

鲨鱼的出现并不是个意外。当这大片暗红的血迹在 1 英里深的海水扩散开时，鲨鱼就从海底深处游上来了。它来得如此之快，毫无顾忌，竟冲破蓝色的水面，出现在阳光里。随后它潜入水中，嗅到血的气味，便沿着小船和大鱼的航线一路跟上来。

偶尔气味散失，不过它又会再次嗅到，或者仅仅嗅到那么一丁点儿，它便飞快地追上来，紧紧盯着这条航线。这是条非常大的马科鲨，生来就能游得飞快，速度与海中游得最快速的鱼一样，除了上下颚，它通身都异常美丽。它的背部和剑鱼一样蓝，肚子银白色，外皮光滑而美丽。它有着剑鱼一样的外形，除了巨大的鱼嘴。现在它正在海面下快速地朝前游着，高耸的脊鳍划破水面，一点也不晃动。紧紧闭着的双唇里，八排牙齿齐刷刷往里倾斜。和多数鲨鱼的普通尖牙不一样，它们的形状和人的手指蜷曲成鸟爪的样子很相似。长度简直和老头儿的手指一样长，两面都长着刀片模样的锯齿。这样的鱼生来就可以吃到海里所有的鱼，它们速度如此快，体力如此强，装备如此齐，所向披靡。

老头儿看见它追来，清楚这是条无所畏惧、不管不顾、毫不退缩的鲨鱼。他把鱼叉准备好，绑紧了大绳，盯着鲨鱼朝这边游来。绳子非常短，因为他刚割下一截绑了大鱼。

此时老头儿大脑非常清晰，他满是决心，不过却没抱多少希望。好景不长啊，他想。他盯着鲨鱼游近，匆匆瞟一眼大鱼。"这就像是在梦里，"他想，"我阻止不了它的攻击，但是我可能会打死它。"鲨鱼啊，他想，交噩运去吧。

鲨鱼一会儿就靠近了船尾，它咬大鱼时，老头儿看见它张大嘴巴，那双眼睛非常怪异，牙齿咔嚓一响就从大鱼尾巴上咬下了一大块肉。鲨鱼的头露在水面上，背部正朝上浮起。老头儿听见了大鱼的皮肉被扯裂的声音，就在这时，他用鱼叉朝鲨鱼的脑袋猛扎过去，就扎在双眼之间的线条和从鼻子向后笔直延伸到头部的线条交叉处。其实，实际的线条并不存在。只存在那沉重的蓝色尖脑袋、两只大眼睛和咔嚓咔嚓吃掉一切的尖嘴。但是大脑正好在那个位置，老头儿直挺挺向它刺进去。他拼尽所有的力气，用满是鲜血的双手将一根上好的鱼叉刺向它。他希望并不是很大，不过却带着决心和一腔的不满朝下扎。

鲨鱼翻了个身，老头儿看见它的双眼已了无生气，随后它再次翻了一下身子，自己绕到了两个绳圈里。老头儿清楚它已经快要死掉了，鲨鱼却仍不愿意认命。它朝天大仰，尾巴不停地扫着，两颚嘎嚓嘎嚓地响，犹如快艇一样划破水面。海水被它的尾巴拍打着，激起一阵阵白色浪花。它有四分之三的身体都浮出水面。此刻绳子紧紧绷着，晃了一下，然后啪的一声就断了。鲨鱼静静地在水面上漂了片刻，老头儿注视着它。随后它便慢慢朝下面沉去。

"它几乎吃掉了40磅的肉。"老头儿大声说，"而且它把我的鱼叉和仅剩的绳索卷走了，此刻我的鱼还在滴血，其他的鲨鱼肯定还要来的。"

他不忍心再去看大鱼，因为它被咬得血肉模糊。大鱼遭遇攻击，仿佛他自己遭遇攻击一样痛苦。

"我把攻击大鱼的鲨鱼杀掉了，"他想，"而且它是我见过鲨鱼中最大的。老天清楚我见过不少大鱼。"

"好景不长，"他想，"现在我多么希望这都是在梦里，我从未钓过这大鱼，我现在还在床上躺着读报纸。"

"但是，人可不是为了被打败而生的，"他说，"人可以被毁灭，但是不能被打败。""但是杀死了这条鱼我也很难受，"他想，"现在走霉运的时候即将到来，可是我却连鱼叉都没有。鲨鱼凶残、能干、强健而又机灵。不过我比它还机灵，可能也不是，可能是我武器装备比较齐全吧。"

"不要胡思乱想了，老头儿，"他大声说，"沿着这条航线继续前行，灾难出现就勇敢面对。"

"不过我必须得想啊，"他想，"因为我现在只剩这件事可做了，除此之外还有棒球新闻。我那样打中鲨鱼的脑袋，不知道了不起的迪马吉奥乐不乐意？""这并不是什么伟大的事，"他想，"每个人都可以做到。但是，你觉得我双手上的伤口是否也和骨刺那样造成了很大麻烦？我不清楚。我的脚跟一直没有出过什么问题，除了有一次在游泳时踩到了一条海鳐鱼，给它刺了一下，小腿一下子麻得不行，痛不欲生。"

"老头儿，想些快乐的事吧，"他说，"每过去一分钟，你离家就会近一步。被咬掉40磅鱼肉，前进时会轻快好多。"

等到驶进潮水中部时，他很清楚会有什么事情发生。不过此时什么招也派不上用场。

"不，有招了，"他大声说，"我要把小刀系在一支桨把上。"

随即他便把舵柄夹在腋窝下，用脚踩住帆脚索，按照计划把小刀系好。

"好了，"他说，"我依旧是个老头儿。不过我有了自己的武器。"

此时微风吹得好舒服，他的航行非常顺利。他只朝大鱼的上半身看了看，心里便燃起了希望的火苗。

　　"没有希望就蠢死了，"他想，"而且我坚信这是一种罪过。""停止关于罪过的思考吧，"他想，"难题已经不少了，还思考什么罪过。更何况我也不晓得这个。"

　　"我不明白，也说不准自己信不信那一套。可能杀死大鱼就是一种罪过。我觉得应该是罪过，即使我是为了生存，为了给很多人提供吃食而杀它。但是都这样算的话，那世上无论做什么都是有罪过了。别再想这些了，想也来不及了，并且有专门的人收了钱去做这个的。让他们思考去吧。你生来就是当渔夫的料，就像鱼生来就是当鱼的料一样。桑培德罗是一个渔夫，了不起的迪马吉奥的父亲也是一个渔夫。"

　　不过他很乐意去想这些事情，并把自己卷在里头，因为没有书报可以读，也没有收音机听，所以他继续思考关于罪过的问题。"你杀死大鱼，不只是为了生存，把鱼肉卖掉买粮食，"他想，"你是为了自尊心杀死它的，原因是你是个渔夫。当它还活着时，你喜爱它，它死后你依旧喜爱它。要是你喜爱它，杀死它就不算是罪过，或是可能罪过还要大些？"

　　"老头儿，你想得有些远了。"他大声说。

　　"不过把鲨鱼干掉了好开心，"他想，"它和你一样，需要吃掉活鱼来生存。它不像某些鲨鱼那样，只吃腐尸，或是游来游去满足食欲。它是美丽的，又是高贵的，而且什么也不怕。"

　　"我是因为自我保护才杀死它的，"老头儿大声说，"并且杀得干脆利落。"

　　"再说了，"他想，"每一样东西都会或多或少杀死另一样东西。

我靠捕鱼为生，捕鱼也几乎把我弄死。男孩让我好好活着，我可不能连自己都骗了。"

他靠着船边探出身子，从鱼身上被鲨鱼咬开的位置扯下一块肉，放进嘴里仔细咀嚼，觉得肉质极好，口感鲜美。既紧实又多汁，很像牲口的肉，但它不是红色的，连一丁点儿筋也没有，他清楚这肉能在市场上卖最好的价钱。不过他无法阻止诱人的味道在水中扩散，他清楚危险的时刻即将到来。

和风不停地吹，并微微向东北方转了一些。他清楚风没有停下的意思。老头儿朝前方望去，见不到一丝船帆的影子，也见不到一条船飘起的黑烟。他只看见了从船头跳起的飞鱼，朝两边游开，还看见一大块黄色的墨西哥湾海草，连小鸟都消失得无影无踪。

都航行两个小时了，他靠在船尾休息，不时扯下点鱼肉嚼一嚼，抓紧机会歇歇，保存体力。此时他看见了两条鲨鱼中先出水的那条。

"哎。"他大声说。这个词用任何语言都无法解释，可能跟铁钉扎进一个人手里不由自主叫出的声音一样。"双髻鲨。"他大声说。此刻他看见了第二只鱼鳍随着第一只露出水面，从它那棕色的三角鳍和摆来摆去的尾部就知道是双髻鲨类。它们嗅到了血腥味，很激动，而且还饿到极点。有时兴奋到不小心跟丢了气味，但是它们自始至终都朝这边追来。

老头儿把帆脚索系好，按住舵柄，然后将绑着小刀的船桨拿起来。他努力把它举起，因为他那双手已经痛得不听使唤了。接着他将手轻轻打开，又慢慢握住桨，让双手放松。现在，他又牢牢握住，忍着疼痛，不让自己退缩，并且盯着鲨鱼游来。此时他看见了它们又宽又扁如铲子一样的头部和顶端那白色的宽胸鳍。它们是最令人恶心的鲨鱼，身上的味道非常难闻，喜欢吃鲜鱼，也喜欢吃烂掉的鱼肉，很饿时还会朝船桨或船舵上撕咬。这些鲨鱼，总趁着乌龟在水面上睡着时，把它们的脚或脚蹼咬下来，要是饿昏了头，还会攻击水里的人，尽管那人身上连一丁点儿鱼血或鱼腥味也没有。

"哎，"老头儿说，"来吧，双髻鲨。你快来吧。"

它们这就来了。但是出现的方式不同于刚刚那只马科鲨。有一条转身钻进小船底下，当它开始撕扯大鱼时，老头儿感到小船一摇一摆的。另一条用小的像条缝似的黄色眼睛盯着老头儿，跟着迅速游上来，大张着半圆状的上下颚，往鱼起初被撕过的位置咬下去。它棕色的脑袋以及大脑和脊髓连接处有条非常清晰的纹路。老头儿用系在桨上的小刀往这连接处刺进去，拔出来，再往鲨鱼的黄色眼睛上刺去。鲨鱼松开大鱼朝水下滑去，快死时还不忘记吞下它咬下来的鱼肉。

另一条鲨鱼正一口口咬噬着大鱼，使得小船一直在晃动，老头儿松开帆脚索，让小船横转过来，鲨鱼便从船底暴露在外面。他一见着鲨鱼，就猛地探出身子，用带刀的船桨朝它戳去。可是只戳在了肉上，鲨鱼皮非常硬，这刀子仿佛扎不进去。这一下，震疼了双手，也震疼了肩膀。不过鲨鱼迅速游上来，露出了脑袋，老头儿等它鼻子露出来接近大鱼时，瞄准了它扁平的脑袋扎过去，老头儿把小刀抽出来，朝原来的位置又扎了一下。可它还是死死咬住大鱼不松开，老头儿又一刀扎进它的左眼，鲨鱼依旧没有松开嘴。

"还不死心吗？"老头儿说着，将小刀扎入鲨鱼的脊骨和脑袋中间。此时刺起来非常容易，他知道鲨鱼的软骨已经断开了。老头儿将桨倒过来，把桨片插进鲨鱼的两颚中间，撬开它的嘴巴。他将桨片一转，鲨鱼便松了口沉下去，他说："走吧，双髻鲨。沉到 1 英里深的位置，找你朋友去吧，可能它还是你妈妈。"

老头儿好好地擦擦刀刃，放下桨。之后他找出帆脚索，鼓起帆布，小船开始沿着最初的航线前进。

"它们几乎吃掉了四分之一的鱼肉，而且还是最鲜美的部位。"他大声说，"我多想这仅仅是在梦里，我根本就没钓过这鱼。大鱼啊，我真对不起你。现在所有的东西都不顺心了。"他停止了说话，此刻他一眼也不想去看大鱼。它流血不止，被海水冲刷着，看着跟镜子背面镀的银色一样，身上的条纹仍可以看出来。

"大鱼啊，早知道我就不要出这么远的海，"他说，"这对你我来说都是好事。大鱼啊，我对不住你啊。"

"行了，"他对自己说，"然后仔细看看系在小刀上的绳结有没有断开，让双手休整一下，因为还会有鲨鱼来的。"

"现在要是有块磨刀石就好了，"老头儿细细检查了系在桨柱上的小刀说，"我本来就需要带上一块石头来的。""你需要带的东西多着呢，"他想，"不过你却没有带，老头儿。如今不是考虑你缺少什么东西的时候，好好想想你可以用仅有的东西去干什么吧。"

"你都给我提了那么多的建议了，"他大声说，"我都要烦死了。"

他将舵柄夹在腋窝下，双手伸进水里泡着，小船一直向前开去。

"真不知道最后来的那条鲨鱼撕掉了多少鱼肉，"他说，"现在小船走起来轻了很多。"他一点也不愿想大鱼那残缺不全的可怜的肚子。他清楚鲨鱼的每一次撕扯，肯定会咬掉一片肉。现在大鱼的血迹在水面上留下了一道宽如公路的痕迹，所有的鲨鱼都会追上来。

"它可是一条可以养活一个人一冬天的大鱼。"他想，"别再想这些没用的了，好好歇一歇吧，努力把双手调理好，为剩下的鱼肉战斗吧。水中的血腥味儿如此浓，那我手上的血腥味儿就算不了什么了。这双手也没有流多少血，被划破的地方都没什么大碍，流点儿血没准能让左手不再抽筋了。"

"此时我还需要想想什么事儿呢？"他想，"什么也不需要想了。我肯定得停止想任何事情，好好等着另一批鲨鱼出现。""我多想这仅仅是在梦里，"他想，"但是谁又能说得准呢？可能结局会转好。"

这次来的是一条单独的铲鼻鲨。看它的架势，跟一头猪朝食物冲过去似的，要是猪也有那样大的嘴巴，能装进人的头的话。老头儿先让它咬住大鱼，随后用桨上的小刀朝它脑袋刺去。但是鲨鱼猛地向后一扭，翻了个滚，刀刃啪一声就断掉了。

老头儿坐下来掌舵。他不看大鲨鱼在水里慢慢地沉下去，从刚才那样的大小，慢慢变小，最后只剩一丁点儿。老头儿一直喜欢这种画面，此时他却一眼都不去看。

"如今我还剩下一枚鱼钩，"他说，"不过也派不上什么用场。我还剩下两只桨、舵柄和一根短棍。"

"现在它们战胜我了，"他想，"我已经老了，无法用棍子打死鲨鱼了。但是，我还有船桨、短棍和舵柄，我必须拼命一试。"

他又把双手泡在水里。下午已经过去，天色慢慢暗下来，眼下除了大海和天空，什么也看不到。风刮得更强了，他渴望立刻见到陆地。

"你非常累了，老头儿，"他说，"你身心疲惫了。"

一直到太阳快下山时，才再次有鲨鱼来袭。

老头儿见到两只棕色的鱼鳍顺着大鱼在水中留下的血迹追上来。它们几乎不用细细搜寻气味，肩并着肩，朝小船笔直地游过来。

他卡住舵柄，绑牢帆脚索，伸手去船尾摸短棍。这是从一根破桨上锯下来的，差不多有2.5英尺长。因为棍子上绑着把手，他仅仅能用一只手灵敏地使用，于是他曲起右手，紧紧握着它，眼睛一直盯着鲨鱼游过来。这两条全是斑鲨。

两条鲨鱼同时靠近，他看见离船最近的那条大张着嘴，一下子咬住了大鱼的银白腹部，他便把棍子举得高高的，很用力地敲下去，狠狠打在了鲨鱼宽阔的头顶上。当棍子打下去时，他感到似乎打在了坚实的橡胶上，但是他同样感觉到了硬邦邦的骨头。趁鲨鱼从大鱼旁边往下沉时，他又照着鼻尖狠狠地打了下去。

另一条鲨鱼窜来窜去的，此刻张着大嘴游了过来。它猛地往大鱼身上扑去，闭起两颚，老头儿看见一片片白色的鱼肉从它嘴角掉出来。他操起棍子向它打去，仅仅击中了脑袋。鲨鱼望了他一眼，把咬在嘴边的鱼肉扯走。等它转身去嚼肉时，老头儿又用棍子朝它猛打，却只打到了它坚硬厚实如橡胶般的皮上。

"放马过来吧，斑鲨，"老头儿说，"过来吧。"

鲨鱼向前冲上来，趁它闭上嘴的功夫，老头儿又重重地给了它一下。这次打中了，而且是在把棍子高高举起时打中的。他觉得击中了鲨鱼脑袋后面的骨头，因此对准刚才的位置又打了下去，鲨鱼慢慢咬下嘴里扯着的一块肉，便从大鱼旁边沉入水中。

老头儿等着它再来，但是两条鲨鱼全都没有再出现。随后他见到其中一条在海面上转着圈儿游着，却没有见到另一条的鱼鳍。

他想："我没法指望打死它们了，年轻那会儿肯定可以。不过两条都被我打得受了重伤，它们肯定也很难熬。要是我可以双手拿木棍，肯定会弄死第一条的。""就算现在也没问题。"他想。

他不去瞅那大鱼。他清楚大鱼的一半都被扯走了。太阳在他与鲨鱼激战时慢慢下山了。

"天马上就黑了，"他说，"那时我可以见到哈瓦纳的灯光。要是我再向东边航行远一点儿，就能见到新开辟的海滩上的灯光了。"

"如今，我离岸边稍稍近了，"他想，"希望没有让人太担心。肯定啦，只有男孩会非常担心，但是我知道他对我有信心。很多的老渔夫也会为我担心。还有不少别的人，我可是住在一个非常有人情味的城镇啊。"

他不愿意再跟大鱼说话了，因为大鱼已经体无完肤了。接着他想起一个点子。

"半条鱼，"他说，"你曾经是一整条鱼。我很后悔自己走得太远。我把你我都给毁了。但是我们杀死了很多鲨鱼，你和我一起。我打败了不少只。大鱼，你杀了多少啊？你剑一般的长嘴，可不是白长的啊。"

他爱想这条大鱼，想象它要是在海里自在地游着会如何应对鲨鱼。"我要是能砍下这尖鱼嘴就好了，可以拿来和鲨鱼战斗，"他想，"但是我没有斧头，连仅有的小刀也丢了。"

"要是我把鱼嘴砍下来，就把它系在桨把上，那可真是非常棒的武器。之后我们就能一起作战了。要是它们在夜里出现，你要怎么应对？"

"跟它们打啊，"他说，"我要与它们决一死战。"

但是此刻他们在黑暗中前行，天边没有光，海上没有灯火，只有呼呼刮着的海风，船帆不停地朝前拉，他认为自己可能都死掉了。他把双手贴在一起，掌心上还有知觉。双手还活着，他只需把手掌打开再合上就能体会到活着的痛苦。他把背靠在船尾，清楚自己还没死。这是肩膀的疼痛传来的消息。

"我说过，只要抓住大鱼就会念上很多遍祈祷文，"他想，"但是现在我累垮了，没法念。我去把麻袋拿来盖着肩膀吧。"他在船尾躺着掌舵，等待天空中出现一丝光亮。"我还拥有半条鱼呢，"他想，"可能我运气还不错，还可以将这一半儿带回家。我或多或少也该有点好运吧。""不，"他说，"你走得太远了，好运都被冲跑了。"

"快别犯傻了，"他大声说，"保持脑袋清醒，掌好你的舵，你可能有好多好运气呢。"

"要是哪里有运气卖，我希望能买一些。"他说。

"可是我要拿什么去买？"他问自己，"我可以拿丢失的鱼叉、断掉的刀子和两只割破的手去买吗？"

"说不定可以，"他说，"你曾想用八十四天的海上时间去买。人家差不多也算卖给你了。"

"我不能再瞎想了，"他想，"运气这东西是以很多不同的方式降临的，谁能认得出她？但是我乐意接受不管以什么方式出现的好运，也不管出价多少，我都会给。""希望我可以看见灯火散发出来的光。"他想，"我的念想好多啊，但是此刻我仅仅有一个念想。"他努力让自己坐得舒服些，以便好好掌舵。身上的痛楚，让他知道自己没有死掉。

夜里 10 点钟左右，他看见城市的灯光映在天边的光亮。最初还不是很清楚，仿佛月出之前天上的微光。随后慢慢地看清了，就在大海的那一头。此刻风刮得很大，海浪翻滚。他驶进光的范围内，心里想到，不用多久就可以到达湾流的边缘了。

他想："这下终于结束了。说不准它们还会回来，但现在是夜里，又没有武器，我该拿它们怎么办？"

　　此时，他全身都冻僵了，疼痛难忍。夜里的寒气袭来，他的伤口和身上那些用力过度的部分都在折磨着他。他想："我不想再战了，真希望不必再战了。"

　　不过午夜时分，他还是打了一战，这次他明白搏斗也是枉费力气。鲨鱼成群结队攻来。他只看见了排列在水中的鱼鳍和它们向大鱼扑去时闪的鳞片光。他用棍子猛敲它们的头，听到了鱼嘴一张一合的声音。它们就在船底下，把小船弄得摇晃不止。他看不清它们，完全靠感觉和听觉进行战斗，后来好像什么东西拽住了棍子，棍子也丢了。

　　他扭下舵柄，用手紧紧抓着，朝下面拼命地打。不过现在它们已经游到船头，蜂拥而上，把鱼肉一片片撕下。它们转身再来时，鱼肉在水里闪闪发亮。

　　最后，有条鲨鱼扑向鱼头，他清楚战斗就要结束了。鲨鱼咬到硬鱼头，撕不动肉。他拿舵柄照着鲨鱼的脑袋一次一次打下去。他听见舵柄断开的声音，立刻用手里剩下的那截短棒刺向鲨鱼。他知道鲨鱼被刺中了，短棒裂口尖利得很，于是对准鲨鱼又刺了一下。鲨鱼松开嘴，滚进水里了。这是鲨鱼队中最后一条。没有任何东西再给它们吃了。

　　此刻，老头儿都快喘不上气来了，感觉嘴里流着什么东西，味道怪怪的，好像有点儿铜腥味，甜甜的。他瞬间觉着害怕了，但流量不是很多。

　　他朝海水里啐了一口，说："斑鲨，把这个也吃了，做梦去吧，梦见你杀了人。"

他清楚自己现在败了，败得一塌糊涂。他走回船尾，发现断掉的舵柄短头还能插进舵孔中，可以用来控制方向。他把麻袋围在肩头四周，好让小船顺着航线开去。

现在，船走得很利索，他没有任何想法，也没有任何感觉。此时，他忘记了一切，只想着尽快把小船驶回家去。夜里，有些鲨鱼来咬大鱼的残骸，很像人在桌上捡面包屑吃。老头儿不理会它们，一心放在掌舵上。他只发觉没有重物挂在小船旁边，是如此轻松、顺利。

他想，这船真棒，很完好，全身除舵柄外都好好的，更换舵柄简单得很。

现在他感觉到已经驶进了湾流，可以见到岸上房屋透出的灯光了。他知道这是什么地方，回家很容易了。

他想："不管怎样，风都是我们的朋友。"随后加了句"有时候是的。""至于大海，那里有朋友，也有敌人，"他想，"还有那床，床可是我的朋友。是的，床可是一种了不起的东西。""你被打败了，倒觉得舒服了，"他想，"从不知道竟会如此舒服。到底是什么东西把你打败了？"

"什么也没有，"他大声说，"我只是驶得远些罢了。"

当他驶入港口时，高台酒店的灯光早已熄灭，他知道人们都上床睡了。海风一直在吹，现在吹得更猛了。但港口里却悄无声息，他把船开到岩石下的一片沙石滩前。没人帮他，他只能跨出船，尽力将它拖上岸，牢牢地系在一块岩石上。

他把桅杆拆下，收好风帆，扛着桅杆往岸上爬。此时，他才觉得自己累得不行。他站了一会儿，回头看看，借着街灯看见了竖在船尾的大鱼尾巴，看见了它赤裸裸的如白线一样的脊骨，还有黑乎乎的鱼头和突起的长唇，而这头尾间却什么也没有。

他接着往上爬，到了坡顶摔在地上，肩上扛着桅杆躺了好一会儿。他想爬起来，但是很难，于是干脆坐下了，桅杆还是扛着，望着大路。有只猫从远处走来，干它自己的事儿去了。老头儿看了它一眼，又转过脸怔怔望着大路。

最后，他把桅杆放下站了起来，随后又把它扛上肩，接着往上走。就这样走走停停歇了五次，才走到他的小屋。

他走进屋，把桅杆靠上墙。黑暗中他拿起一个水瓶，喝了一口水，然后躺上床。他拉过毯子，盖住肩膀、后背和大腿，脸朝下躺在报纸上，双臂笔直摊开，手掌朝上。

早晨，男孩朝屋里张望时，老头儿还在熟睡。今天风刮得很大，通常渔船都不出海了，男孩便睡久了些，然后和以前一样来老头儿的屋子看上一眼。男孩看见老头儿在喘气，又看见他受伤的手，一下子就哭了。他悄悄走出去拿咖啡，一路上还哭个不停。

许多渔夫站在小船周围，看船上绑着的战利品。一个渔夫把裤子卷得老高，正在水里用绳子测量鱼骨的长度。

男孩并没有走过去，之前他已经去过了，那儿有人帮他看着小船。

"他怎么样？"一名渔夫大叫着说。

"还在睡觉，"男孩喊道，他不在乎别人看见他哭，"谁也别打扰他。"

"从鼻子到尾巴一共 18 英尺。"量鱼身的人大声说。

"我相信他。"男孩说。

他走到高台酒店，要罐咖啡。

"要滚烫的，记得多加牛奶和糖。"

"还要其他什么吗？"

"不了。一会儿我先问问他想吃什么。"

"那条鱼真大啊，"店主说，"这里可没有见过那么大的鱼。你昨天抓的那两条也挺好的。"

"让我的鱼见鬼去吧。"男孩说完又哭了。

"你想喝些什么吗？"店主问他。

"不了，"男孩说，"让他们别打扰到桑蒂亚哥。我一会儿回来。"

"告诉他我很难过。"

"谢谢你。"男孩说。

男孩捧着罐热咖啡走到老头儿的小屋，在他身边坐着等他起来。有一次，他似乎要醒了，却又睡过去。男孩便到对面借些柴火热热咖啡。

终于，老头儿醒了。

"先躺着，喝口这个。"男孩说。他往玻璃杯里倒了些咖啡。

老头儿接过去喝了。

"马诺林，我被它们打败了，"他说，"我真被它们打败了。"

"那条大鱼可没打败你。"

"对，没错。那是后来的事了。"

"皮里哥正给你看着小船和工具。那个鱼头你准备用来干吗？"

"让皮里哥剁碎了，放捕鱼机里吧。"

"还有那张长嘴呢？"

"你要就拿去吧。"

"那我拿去了，"男孩说，"现在我们说说其他事儿。"

"他们找过我？"

"那当然。连海岸卫队和飞机都出动了。"

"海洋那么大，小船又太小，很难看见的。"老头儿说。他现在很高兴，有人可以说话，不用再对着大海自言自语了。"我真的很想念你，"他说，"你抓到了什么东西？"

"第一天是一条，第二天也是一条，第三天抓到两条。"

"真棒。"

"以后我们就一起打鱼吧。"

"不，我运气又不好，很难再转运了。"

"我才不管有没有好运，"男孩说，"我可以带来好运的。"

"你家人会同意吗？"

"不管他们。昨天我抓到两条。不过现在我们一起去打鱼，因为我有好多事要去学"。

"我们要去找一支上好的长矛，把它随时放在船上。你就用旧福特车的一片钢板做刀刃。我们把它拿到瓜纳瓦科那磨一磨。一定要磨得锋利无比，也不用淬火，以免断裂。我那把小刀已经断了。"

"我再去找把尖刀，把钢板也磨好。这大风还要吹几天啊？"

"可能是三天，可能比这还多。"

"我会安排好一切的，"男孩说，"桑蒂亚哥，好好养你手上的伤。"

"知道了。夜里我吐了些怪东西，好像胸口有什么东西。"

"这也要好好养养，"男孩说，"桑蒂亚哥，快躺下吧。我去给你拿吃的和干净的衬衫。"

"顺便帮我拿几份这几天的报纸。"桑蒂亚哥。

"你要快点恢复，很多东西我还得跟你学呢。你一定吃过很多苦吧？"

"不少啊。"老头儿说。

"我现在去拿吃的和报纸，"男孩说，"你好好歇着，桑蒂亚哥。一会儿我去药房拿些医手的药给你。"

"记得和皮里哥说，鱼头送他了。"

"知道，忘不了。"

男孩走出去，踩着古老的珊瑚路，他又哭了起来。

当天下午，一群旅客来到高台酒店，其中一个女客向海水望去，看见了一大堆空啤酒罐和死梭鱼，也看见了那条又大又长的脊骨和另一边翘得很高的尾巴。此时，港口处东风掀起阵阵海浪，那尾巴跟着上下摆动。

"那是个什么东西？"她指着大鱼长长的脊骨问一名侍者，现在那只是堆垃圾，等着潮水把它冲走。

"鲨鱼，"侍者说，"那是鲨鱼。"他想把事情的经过说清楚。

"我从来不知道鲨鱼竟然有这么漂亮、优美的尾巴。"

"我也是。"她的男伴说。

大路的另一端，小屋里的老头儿再次进入梦乡。他依旧趴着睡，男孩就坐在他旁边，等着他。老头儿这会儿正梦见狮子。

永别了，武器

第一卷

1

那一年夏末，我们住在一个小山村的房子里，从这里能够看得到小山村与群山之间隔着的溪流和平原。河床上大大小小的鹅卵石在太阳的照射下显得干爽而白净。蔚蓝色的河水清澈见底，水流湍急。屋旁大路上经过的军队掀起滚滚尘埃，纷落在路旁大树的枝叶上，树干上已经覆盖了一层厚厚的灰尘。那年的树叶凋落得比往常早，我们看着军队从眼前的大道踏过，扬起漫天尘土。微风掠过，树叶缓缓坠落。军队经过之后，空荡灰白的路面再次恢复平静，只留下满地落叶。

在平原上庄稼旺盛地生长着，还有一大片一大片的果园，而平原另一端的山脉却光秃秃的。山中正在打仗，晚上我们能看见炮火此起彼落，就如同夏天的闪电，所不同的是夜里的风非常凉爽，完全没有夏日里暴风雨将至的感觉。

黑夜里，我们时而会听到有军队从窗下经过，还有牵引车拉着大炮行走在大道上的声音。晚上也很热闹，道路交通繁忙，路上有不少鞍袋两侧挂着弹药盒的骡马，还有运送士兵的灰色卡车以及满载货物缓缓前行的卡车，车上的货物被帆布遮盖着。白天也有牵引车拉着大炮在大道上走过，青绿色的枝叶把长长的炮筒裹得严严实实，就连牵引机上也绕着爬藤。放眼向北望去，在一座山谷的北端有一片板栗林，板栗林的后面是另一座山，紧挨着小河。那座山中也曾有军队交火，只是未分出胜负。秋雨过后，板栗树叶掉落一地，空留下光光的树枝和被雨水浸得发黑的树干。稀稀落落的葡萄藤，也只剩下光秃秃的枝干。漫山遍野都被雨浸得潮湿，放眼望去，一片枯黄，死气沉沉，满目萧条；氤氲的雾气在河面弥漫，云朵悬于山顶。卡车经过时，路上泥水飞溅，士兵们浑身湿漉漉的，身上都是烂泥，就连来复枪也是湿的，他们每个人都把两个灰色皮质弹药盒挂在腰带前方，盒子里面装满了六点五厘米的细长弹药。这弹药盒盖在披肩下面，士兵们走在路上，看上去如同怀有六个月身孕的妇女。

道路上时而会有灰色的小汽车疾驰而过，通常是一位军官和司机并坐前头，后排还挤着几名军官。比起部队用的卡车，这种汽车更易溅起泥水。倘若一位小个子坐在后座，左右两边的将军，则会使他显得更矮小，只露出帽子的顶端和窄小的脊背，却看不到他的面孔。如果汽车开得飞快，十有八九坐在里面的小个子便是国王。他住在一个叫乌蒂娜①的地方，几乎每天去巡视战况，战况却依然糟糕透顶。

冬天刚到，阴雨便连绵不绝，随之而来的还有霍乱。好在灾情

————————
①意大利东北部意军总司令部所在地。

很快得到了控制，即便这样部队也折损了7000人。

2

翌年，我方战争取得多次胜利，顺利攻下了位于山谷和板栗林坡地那头的一座山。南边的台地平原之外的高原一端也取得好几场胜利，8月我们渡过那条小河，在葛瑞齐亚①的一处房子驻扎。砌有围墙的花园里种着许多茂盛的树木，中间还有一座喷泉，一株紫藤紧贴在屋子侧面的墙壁上。此时，战场在几座山之外，而不像之前在1英里外。小镇环境优美，依山傍水，我们的房屋也很舒适。镇子后边是一条河流，前面是高山，高山仍由奥军盘踞。攻下了这座小镇，奥军似乎想在将来战争结束后回到这里居住，所以不时会从山上发射几枚炮弹。让我非常庆幸的是，他们并没有对这里进行连番轰炸。镇上的居民并未因战火离开，医院、咖啡馆以及炮兵队分布在街的两侧，另外还有两家妓院，一家对士兵开放，另一家只招待那些军官。夏天过完，晚间的气温已很低，战火在镇外的群山间燃烧。这里曾经是战场，有一座满是弹痕的桥梁，河边还有被炸毁的地道。这里还有很多树木，不仅围绕着广场，还整齐地排列在通往广场的道路旁。除此之外，镇上也不乏姑娘，国王乘坐着汽车从这里经过，有时候我们可以看到他那有着山羊须般灰胡子的脸和伸着长脖子的小身板；一扇墙被炸毁的房屋内部暴露无遗，墙壁倒塌后的泥灰碎石在花园或附近的街上堆积。而卡索②战场又万事顺利，

①位于意奥边境处，1916年8月被意大利军队攻下，之前属于奥匈帝国。
②意大利北部的卡索高原，1917年有重要战役在此发生。葛瑞齐亚正是位于卡索高原上。

让这个秋天和去年我们困居在乡下的感觉大相径庭，更何况战局也有所好转呢。

镇外高山上的橡树林已不复存在。那年夏天我们初来乍到，可以看到一片青翠的树林，而如今却只有残败不堪的树桩和断开的树木，还有被炮火炸得支离破碎的土地。晚秋的一天，我们来到原先长着橡树林的那个地方，仰望天空，一片乌云快速飞来，使得太阳变成暗黄色，身边的一切都成了灰色，乌云满天。那云笼在山顶，又忽然像落在我们头顶，这才发现，原来那是雪。没多久，大片的雪花纷纷扬扬，遮盖了赤裸的大地，只有一些残木桩挺在那里，也遮住了我们的大炮，只依稀可见雪地上那一条条通往战壕后面厕所的小径。

过了不久，我们就下山回城了。站在专门接待军官的妓院窗户下，我和朋友一起喝着"亚斯蒂酒①"，看着窗外纷纷飘落的大雪，我们知道今年的战斗算结束了。河流上游那片山区以及河流彼岸的山头直到现在仍未攻下，看来全都只能明年再攻打了。朋友看到窗外与我们同饭堂的神父小心翼翼地在泥泞的路上走着，于是就敲着窗户吸引他的注意。神父抬头一看，发现是我们，便微微一笑。朋友示意他进来坐坐，却被神父拒绝了。那晚聚餐，大家专注又快速地吃着通心面，有人用叉子将面条高高挑起，然后将垂下的面条送入口中，或者直接挑起用力吸入口中。我们一边吃着面，一边从盖着茅草的加仑圆瓶里弄酒喝，酒瓶吊在金属制成的篮子里，只要伸出食指抠下瓶颈，便可以用手中的玻璃酒杯接住那含有丹宁酸的美酒。晚餐结束后，上尉便开始同神父开起玩

①亚斯蒂本是意大利北部一座古城，此处指的是那里产的白葡萄酒。

笑来了。

年轻的神父极易脸红，虽然他也和我们一样穿着军装，但是他的灰色军服上绣着一个十字架。他的左边胸袋的上方有一块暗红色天鹅绒，十字架绣在上面。据说为了能让我完全听懂，不遗漏任何一点信息，上尉有意说着不是很纯粹的意大利语。

上尉开玩笑说："神父今天去找姑娘了"，他边开玩笑边用眼睛瞄着我和神父。神父微笑着红着脸摇头否认。这不是上尉第一次整他了。上尉又说道："真没有？可是我今天看到了。"

神父再次否认。其他军官也觉得上尉这玩笑开得有意思。

上尉没有停下来，对着我道："神父没有找姑娘，神父从来不会去找姑娘的。"他帮我斟满酒，一直盯着我的双眼，同时也用余光观察着神父。

"神父每晚找五个女人。"旁边的人听后都笑了。他又做了个手势说："神父每天晚上可是五对一啊！"尽管如此，神父仍当上尉在开玩笑，保持着沉默。

这时候少校开口了："教皇爱的是法兰兹·乔瑟夫①，他希望奥军取得胜利。他的钱就是奥地利捐赠的。我可是无神论者。"

中尉对我说："《黑猪》这本书让我的信仰也动摇了，推荐你看下，你读过没有？没有的话我送你一本。"神父认为《黑猪》是非常下流的脏书，他打心眼里不喜欢。中尉坚信这本书的价值很高。于是他跟我说："这本书可以让你认识到那些神父真正的面目，你一定会喜欢它的。"听到这话后，我转过头面带微笑地看着神父，他也隔着烛光微笑着劝我不要去读那本书。中尉仍不放弃，他说："我找来给你

_____
①法兰兹·乔瑟夫：当时奥地利的在位皇帝，该国贵族大都信奉天主教。

看看"。

少校说："我可不相信共济会①，一切有思想的人都是无神论者。"可中尉却说："共济会真是高贵的组织，我是相信它的。"这时有人推门进来，我看到门外大雪纷飞。

"下雪了，这下不会再有进攻了。"我说。

少校也赞同我的话，"当然了，你可以去罗马、拿波里、西西里那些地方度假。"

中尉说："你去阿玛菲才对。我家人在那里，我可以写信把你介绍给他们，他们会把你当成儿子来好好招待的。""他应当去巴勒摩。""他得去卡布里。"

"我建议你去看看阿布鲁齐区，我的家人在卡布拉可达，你可以去拜访他们。"神父说，"大家听，他居然连阿布鲁齐区都说出来了。那边的风雪远远比这里狂躁，他才不喜欢去看那些农民呢。他更应该到文化和文明的中心地带去！""他应该去找漂亮的姑娘。我给你几个拿波里的地址吧。那些漂亮的小妞们——由她们的妈妈陪着。哈哈哈！"上尉伸出手，将拇指向上竖起，其他手指张开，烛光将他的手映射在墙壁上，看起来就像他在表演手影戏。这时候他又开始用那不纯粹的意大利语说话了。他先是用另一只手指着那只手的拇指说道："你去的时候是这个样子的。"接着又指着小指说道："你回来时候是这个样子的。"人们听了又是一阵哄笑。

上尉说："快看清楚了"。说着他又将手伸出并张开手指，再次

_____

① 这是一种地下组织，起初可能是中世纪时期石匠之间互相救济的组织。天主教禁止教友参加这种团体。

让烛光将他的手影映射在对面的墙壁上。他拨弄着手指头，从拇指开始一个一个地数起并喊出那些名字。"'索多—田兰'（拇指），'田兰'（食指），'甲必丹诺'（中指），'马佐'（无名指），'田兰—科涅罗'（小指）。你去的时候索多—田兰！回来时田兰—科涅罗！"大家大笑起来。

他看着神父大喊道："神父每天晚上五对一！"他们又哄笑起来。

"你应该赶紧去度假的。"少校说。

"我倒是很想带你去几个地方看看的。"中尉说。

"回营的时候记得带架留声机。"

"一定得带好听的歌剧唱片。"

"你得带歌王卡罗素的。"

"千万不要带卡罗素。他的声音听起来像牛的叫声。"

"难道你不希望你能有那样的嗓子？"

"他的声音跟牛叫一样，像牛叫！"

神父说："我还是希望你能去阿布鲁齐区。"其他人又开始大声吵闹了，"那里有非常刺激的打猎活动。你会喜欢上那边的居民的，那里虽然很冷，但是天气晴朗而且干燥。我父亲是有名的猎手，你可以住在我家。"上尉开始催我们了，"还是先去妓院逛一趟吧，等会儿人家关门了。"我对神父说："晚安。"

他也回敬道："晚安"。

3

我回到前线的时候，我们的部队仍然在那个小城里驻扎着。郊区的炮火比以前多了许多，春天又到了。田野一片碧绿，葡萄藤上也冒出了新芽，道路两旁的树木又长出了一片片嫩绿的叶子，清爽的海风从海上吹过来，小镇和周边的小山以及山上的古老城堡错落有致，远远看去就像一只杯子，而背后则是一座黄褐色的高山，山坡上微微绽绿。在城里，枪炮声明显增多了，而且还新开了几家医院，走在大街上可以碰到一些英国军人，有时候还有英国的女人，除此之外，毁于炮火的房屋也明显多了。在这暖洋洋的春天里，我在林荫道上走着，墙上反射过来的阳光将我烘得全身发暖。我们住的还是之前那栋房子，这一切都跟我离开营地去度假时没有变化。房门并没有关，我往大房间里瞧瞧，看到少校坐在书桌旁，窗户打开着，阳光射进屋里。他没看到我，我不知道该先进去报到，还是先上楼洗把脸。我决定先上楼。

我和雷纳迪中尉共用的房间面对着院子，我的卧床上铺着毯子，东西挂在墙上，防毒面具在一个长形的锡罐内，钢盔挂在一根楔子上。我的扁皮箱搁在床脚，皮靴在皮箱上发出油油的亮光。我的奥军狙击步枪有泛蓝的八角枪筒和可爱的暗红木贴颊防护枪柄，如今横挂在两张床铺上方。雷纳迪在另一张床上睡得正熟。他听到我进屋就醒了，坐起身来。

"嘿！怎么样，玩得爽吧？"他说。

"非常棒。"

握手的时候，他用另一只手臂勾住我的脖子吻我。

他说："你全身脏得要命，应当洗个澡。去了哪些地方啊？将你的经历详细地跟我讲讲吧。"

"我到处去玩，去过米兰、佛罗伦萨、罗马、拿波里、圣乔凡尼别墅、麦西纳、陶米纳——"

"你说起话来就像在背时间表。有没有什么艳遇？"

"当然有。"

"快说，在哪遇到的？"

"米兰、佛罗伦萨、罗马、拿波里——"

"停停停，告诉我最棒的一次就行了。"

"在米兰。"

"因为米兰是你的首站嘛。你具体是在哪里遇到她的？是在'海岬'吗？你们一起去哪玩过？你心情怎么样？赶紧仔仔细细地道来。老实交代，你们是不是上床了？"

"是的。"

"这也没什么。现在我们这也有年轻漂亮的姑娘。"

"那真是太好了。"

"你不信我说的？下午我就带你去看看。城里有英国来的姑娘，长得很漂亮。现在我喜欢的是巴克莱小姐，我会带你看她的。或许我还会娶她。"

"我得先洗洗收拾一下，然后去向上级报到，现在大家都闲着吗？"

"你离开营地的这段时间，这里没什么重伤，只是有些人会有霜害、冻疮、黄疸病、尿道炎、故意受伤、肺炎和软硬性下疳。每周都会有人被碎石伤到，其中有几个是真的受伤了。他们说下个礼拜又要打仗了，或许以后还要继续打。你说我到底应不应该跟巴克莱小姐结婚呢——我说的是战争结束以后？"

"当然要结了。"说话的同时，我倒了一脸盆水。

雷纳迪说："晚上你得把一切都告诉我。为了能够精神饱满地去见巴克莱小姐，现在我得回去睡觉了。"

脱下军装和里面的衬衫后，我用水盆里的冷水擦洗身体。用毛巾擦拭身体的时候，我环视了下屋内屋外，然后转过头看着床上闭目养神的雷纳迪。他有着帅气的外表，跟我差不多大，是阿玛菲地区的人。他喜欢当一名外科医生，我们俩是很要好的伙伴。在我正盯着他看的时候，他忽然睁开了眼睛。

"你有钱吗？"

"有。"

"那就借我 50 里拉吧。"

我将手上的水擦干，从墙上挂着的军衣口袋里找出钱夹并拿出钱来递给他。接过钱后，他没有站起来，而是将钱折叠好后放进裤兜里。他开玩笑似地说："我要让巴克莱小姐觉得我很有钱。你是我的好伙伴，得在经济上给予我支持。"

"去死吧你。"我说。

那天晚上聚餐，我挨着神父坐，听说我没有去阿布鲁齐区，他感到失望而且沮丧。他曾写信告诉他父亲说我要去，于是他父亲准备好了一切以便招待我。我也感到有些不开心，想不明白为何当初没有去阿布鲁齐区。我告诉他我确实是想去的，但后来因为被许多事情耽搁了所以没去成，后来他总算信了我的话，知道我是真心想去的，于是就不再难过和伤心了。喝了许多甜酒后，我又继续喝咖啡和橘子味甜酒。后来我醉眼蒙眬地说："我们往往不能随心所欲地去做一件事情，我们从来也不那样做。"

在我们俩聊天的时候，有人起了争执。其实我曾经想过去阿布鲁齐地区。我从未到过那种路边冻结成冰的地方，阿布鲁齐地区经常是天冷气清，又冷又干，飘落的雪花干得就像白色的粉末一样，雪地上会留有兔子的脚印，一看见头发被雪染成白色的你，那些农民便会脱下帽子喊你"老爷"。可惜我去过的都是诸如咖啡馆那样飘着烟雾的地方，一到晚上头脑昏昏沉沉、眼冒金星，为了让房子停止旋转，你必须双眼盯着墙壁看。晚上喝醉了躺在床上，你就能体会到人世间的一切也不过如此，大脑从兴奋状态中苏醒，却想不起睡在身边的人是谁。黑暗之中，世界都变得恍惚，一切都如同梦境，你不得不装傻装糊涂，告诉自己这所有的一切就那样，就那样而已，完全不用放在心上。有时，你会莫名其妙地变得异常小心谨慎，随着天空渐亮，怀着这种心情从梦中醒来，于是一切都已成为历史。感觉现实世界显得过于尖锐，甚至有时候还会因价格过于昂贵而喋喋不休。有时候醒来感觉很愉悦、很温馨，于是一块儿吃早餐、中餐。可有时候却一点都不开心，匆忙逃到街上游走，这也总是第二天的开始，接下去便是另一个夜晚。我想将夜晚的情况告诉神父，并跟他分析白天和晚上的区别。我告诉他晚上倒还不错，只是白天干净而严寒这点我说不出来；事实上到现在我仍然说不出口。不过不可否认的是如果你有过这方面经验的话，你一定会很清楚的。虽然没有这种经验，但是他知道我确实是真心想去阿布鲁齐地区，只是没去成罢了，所以我们仍旧还是朋友，尽管有些地方存在分歧，但我们还是有不少共同爱好的。他总是知道许多我并不知道的事情，当然，即便我知道了，也总是会忘记。但是这一点我也是后来才知道的。我们一起去参加了聚餐，茶余饭后，人们仍旧争论不休。我们俩都保持沉默。于是上尉大声喊道："神父不高兴了，神父不找小姐就不开心。"

"我很好。"神父说。

"神父不高兴，他希望奥军取得战争的胜利。"上尉说，其他人都在认真听着，神父只是摇摇头。

"没有的事。"他否认道。

"神父是永远都不希望我们进攻。你不是希望我们永远不要进攻吗？"

"不，既然战争发生了，我想我们是一定要进攻的。"

"一定要进攻，要进攻！"

"随便他吧。"少校说道，"他这人其实还是不错的。"

"他也是没办法才这样想的。"上尉开口说话了。我们于是都起身散去了。

4

这一天早上，我被从隔壁花园传来的炮声吵醒了，看到阳光已经从窗户上照射进屋，我便起床了。起来后我站在窗旁往外看去。铺满细沙碎石的小路还是一片潮湿，小草上沾着的露珠也还未干。大炮连开两炮，每次都像狂风掠过，震得窗子一阵颤动，就连我的睡衣前摆也在摇动。没有看见大炮，不过显然炮弹是从我们头顶上方发射过去的。大炮离我们如此近让我们感到很不舒服，不过好在这种炮不是很大。远远看着花园的时候，我听见卡车发动的声音。过了一会，我穿好衣服走下楼，在厨房里喝了些咖啡后便来到了车库。

长长的车棚下并排停着十辆车，都是一些上重下轻并且车头较短的救护车，它们统一被漆成了灰色，看起来倒是挺像那种搬场的卡车。院子里停着一辆，修车的师傅正在检修，还有三辆现在停在山里面救治伤兵的地方。

"敌人的炮火打到过这边吗？"我问一名修车师傅。

"没有，中尉先生。那边有座小山掩护着。"

"这里的情况怎样呢？"

"不是很糟糕。这辆车子不太好使，不过旁边那几辆还是能开的。"他停下手头工作，笑着问我："你度假回来没多久吧？"

"没错。"

他伸出手在工作服上揩了几下，微翘着嘴笑笑，"怎么样，玩得尽兴吧？"其他几个师傅也咧开嘴露出微笑。

"还不错，"我说，"这部车子怎么啦？"

"不太好，它老是出毛病。"

"那现在是哪个地方出状况了？"

"新轮圈。"

我让他们继续工作，便不再打扰他们。这辆空车好像很难看，此时引擎正打开着的，零件在凳子上堆放着。我进入车棚一辆辆视察那些车子。这些车子挺干净的，并且有几辆还是刚洗过，只有几辆上面落满了灰尘。我又开始认真检查轮胎，看看有没有被割过或者被石头磨伤的痕迹。所幸这一切似乎都没什么问题。好像即使我不在这里照料它们，它们也能跟我在场照料时一样完好，并没多大差别。之前我还不确定我不在时别人能否调配需要的材料，能否顺利将伤者和病人从山区的战场接到野战治疗所，再按伤员的病情安排其进不同的医院，原以为这些都得有我在才能完成，现在看来也并不是这样啊。看起来我在不在营地都无关紧要嘛。

"能顺利找到所需零件吗？"我继续问那修车师傅。

"没有问题的，中尉先生。"

"现在加汽油去哪里加？"

"还是原来的地方。"

"嗯，好。"我说道，然后又走回屋里，去饭堂里喝了一杯咖啡，加了炼乳的浅灰色咖啡，味道很甜。鼻尖开始有些微的干燥感，今天气温一定不低。这一天我去山区的阵地上巡查车站，回到小镇时天色已晚。

我不在营地的那段时间，这里的情况仿佛更加乐观。据说我们的部队又开始发起进攻了，我们所属的那个师要负责前去攻取河流上游的某处，少校嘱咐我在进攻这段时间要负责好各个救护车站。我们的前线攻击部队将会在峡谷上方渡过那条河流，然后在山坡上拉开阵地展开攻击。停车站需要尽量安排在湖边，并且要做好隐蔽工作。不过话又说回来了，停车站的地点是由步兵前去选取的，但具体筹划实行，还得由我们决定。这样让我有一种排兵布阵的感觉。

我全身脏兮兮的，于是上楼去清洗，雷迪纳正拿着一本《雨果氏英语语法》。他穿戴得整整齐齐，脚踩乌黑的靴子，头发梳理得光亮如镜。

"正好，"看到我上来了，他赶紧说，"等一会儿你陪我一起去看巴克莱小姐。"

"不行。"

"去吧！算我求你了，跟我一起去，帮我给她留个好印象。"

"那好吧，等我洗完澡。"

88

"好，随你怎么洗。"

洗完澡，梳好头发后，我便和他一起出发了。

"等等，我们先喝杯酒。"说完他便打开皮箱拿出一瓶酒。

"我不喝这种橘子味甜酒。"我说。

"不是的，这是格拉巴。"

"那好吧，就喝这个。"

他倒上两杯酒后，我们便举起酒杯干了一杯。这种酒真烈。

"要不再喝一杯？"

"没问题，"我说。待我们喝完第二杯后，雷纳迪将酒收好，我们一起下楼。在街上走，感觉有些热，不过太阳即将下山，大家显得很愉悦。战前德国人建设的一栋大别墅，如今被改装成英国医院，这时候巴克莱小姐正和另一名护士待在医院的花园里。隔着一片树影看到她们那洁白的护士服后，我们走过去。雷纳迪对着她们行了个军礼。我也行了一个比较适中的礼。

巴克莱小姐问我："你好，请问你是意大利人吗？"

"不是的。"

雷纳迪和巴克莱的朋友有说有笑地聊着。

"那太奇怪了哦——竟然也加入了意大利的军队。"

"不，我没有加入军队，我只是在救护队工作。"

"仍然感觉有点怪，那你为什么加入救护队呢？"

我回答说："我也说不清，我认为不是做什么事情都需要有充分的理由的。"

"是吗？但我从小就认为万事皆有缘由。"

"那可真是太有意思了。"

"我们非得这样斗嘴吗？"

"那倒未必，"我说，"这样倒可以让人松一口气，对吧？"

"那根藤杖是做什么用的？"我问她。巴克莱小姐长得特别高。她穿着护士服，长着金黄色的头发和碧色的眼睛，眼球是灰色的，皮肤略显暗黄。看起来确实挺养眼。她手持一根类似玩具马鞭的细长的藤杖。

"这是一位青年的遗物，他去年阵亡了。"

"对不起。"

"他人挺不错的。本来是要和我结婚的，却在索姆河战役中阵亡了。"

"那一仗真是太可怕了。"

"你也经历了？"

"没有。"

"我听别人讲过。我们这边其实并没有这一类战争。这根藤杖是他妈妈寄过来给我的。这件东西同他的其他遗物一起被送回去。"

"你们很久前就订婚了？"

"我们从小就生活在一起，订婚8年了。"

"那你们为何不结婚呢？"

她说："我也不知道为什么。我真后悔没有嫁，我真蠢。这件事情我本可以听他的，只是我以为那样反而对他不好。"

"我懂了。"

"你有没有喜欢过谁？"

"从来没有。"我说。

我们找了一张长凳坐下，我盯着她看。

"你的头发真好看。"我说。

"你喜欢它？"

"是的，我很喜欢。"

"他去世的时候，我真想将它们全给剪了。"

"不要。"

"那时候我是想为他做些什么的。你知道，对于那件事情我本来无所谓的，我本可以顺着他的。早知道会这样，我什么都听他的。不管是结婚还是其他我都愿意听他的，这些道理直到现在我才明白。"

我默不作声。

"那时候我不懂这些道理，我以为将自己给了他反而对他不利。我以为他会熬不住，直到他因战殉国，什么都完了。"

"这我不知道。"

"唉，真的是这样，一切都完了。"

我们向雷纳迪那边望去，他正和另一个护士聊着。

"她叫什么名字？"

"弗格森，海伦·弗格森。你的朋友是个医生吧？"

"没错，他是个不错的人。"

"那真是太好了。这离前线那么近，以至于难以找到好人。这儿距离前线很近，是吗？"

"是的。"

"这条战线简直是在胡闹。不过这一带风景不错。你们确定要进攻了吗？"

"对。"

"那样的话我们就有事可做了。现在我们还在闲着。"

"你当护士很久了吧？"

"1915 年底，他刚一入伍我就当了护士。我记得当时有个很傻的想法，想象着他带着刀伤，也许头上缠着绷带，或者肩膀处被枪击伤，来到我所在的医院。那种画面真有趣。"

"这前线倒真是挺有趣。"我说。

她说："是的。人们还不知道法国的样子呢。如果知道了，这仗恐怕也没法继续打了。他并不是被刀枪伤到的，而是被炸得尸骨无存了。"

我仍旧默不作声。

"你觉得这战争会一直持续下去吗？"

"不会。"

"什么可以让战争停止？"

"总会有一个地方最先撑不下去。"

"我们会撑不下去的。我们在法国不就没撑住吗？他们若还是像索姆河那样乱搞，就肯定撑不下去。"

"这边是没问题的。"我说。

"你认为不会？"

"不会。他们今年夏天的战况还是不错的。"

她说："可能会垮的，谁都有可能会垮。"

"德国人也不例外。"

她说："不，我不这样认为。"

我们走到雷纳迪和弗格森小姐那边去。

"你喜欢意大利吗？"雷纳迪用英语向弗格森小姐问道。

"很喜欢。"

"我不明白。"雷纳迪摇摇头。

我用意大利语给他翻译了一遍，他还是摇摇头。

"这样不行。你喜欢英国吗？"

"不怎么喜欢，你知道，我是苏格兰人。"

雷纳迪看着我不说话。

"弗格森小姐是苏格兰人，所以她喜欢的是苏格兰而不是英格兰。"我用意大利语告诉他。

"但是苏格兰不就是属于英国吗？"

我把这句话翻译给弗格森小姐听。

"不算是。"弗格森小姐说。

"不算是？"

"嗯，我们不太喜欢英国人①。"

"你们不喜欢英国人？连巴克莱小姐也不喜欢？"

"噢，那不一样。她是有着苏格兰血统的。你可不能这样较真儿啊。"

过了不久，我们道了晚安然后辞别。在回去的路上，雷纳迪说："我一看就知道，巴克莱小姐对你的感觉比对我好。不过那位苏格兰的小护士也是很可爱的。"

"确实很可爱，"我说，其实我根本没留心看她，"难道你喜欢上她了？"

"那倒没有。"雷纳迪说。

5

次日下午，我又去找巴克莱小姐。当时她不在花园里，于是我

_____
① 受英格兰人欺压，苏格兰人和爱尔兰人在情感上有距离。

从停放救护车的别墅侧门走了进去。进入屋内后看到护士长在，她告诉我巴克莱小姐正在工作——"你知道的，如今正是作战时期。"

我说我明白。

"你是美国人，现在在意大利军中？"她问我。

"是的，小姐。"

"为什么这样呢？你为什么不在你们自己的军队中效力呢？"

"我也不知道，"我说，"我现在可以去找她吗？"

"现在恐怕不行，你能告诉我你为什么要加入意大利的军队？"

我说："我人在意大利啊，况且我也懂意大利语。"

她说："哦，我现在也在学。意大利语很动听。"

"有人说两周就能学会。"

"噢，我可没那么聪明。我现在已经学两个月了。她7点才下班，那个时候你再来看她吧。但是你不要带一群意大利人来。"

"即便能让您听优美的意大利语也不行？"

"不行，哪怕是漂亮的军装也不行。"

"晚安。"我说。

"回见，中尉。"

"再见。"我行了个军礼然后退出房间。像意大利人那样对外国人行礼总觉得有点尴尬，意大利式的军礼似乎不适合用在外交上。

这天天气非常热，我逆着河水游到河流上游①的普拉瓦桥头。这是我们预定的总攻发起地。去年无法深入河流对岸，因为唯一一条从山隘通到浮桥的路，埋伏有许多敌军，机关枪和炮弹足足有1英里长。路面也显得过窄，所以我们不能运输进攻部队通过这里，还

①指伊孙左河，在意大利和奥地利交界处，全长大约75英里。

会使得奥军将它变成一座屠宰场。但是意大利军队从另一边渡过河流，占领了对岸敌军的一小段路并守住了 1 英里半左右的地带。那是个险恶地带，敌军本不应该让意大利占领。因为这个时候奥军仍占据着河流下游一处桥头堡，所以我想这应该是双方互相退让的结果。奥军挖的战壕在离意大利阵营只几码①远的山上。那边曾经是一座小城，但如今却堆满了瓦片碎石，还有一个火车站和被打得稀烂的水泥桥旧址。由于位置太暴露了，目前无法修理使用。

我沿着那条窄小的山路将车开到了山下的救护站，然后徒步穿过山梁掩护的浮桥，走进废弃的小镇和山坡上的战壕，发现大家都在防空战壕里。那边摆放着一些火箭架，如果电话线被切断，我军可以发射火箭向炮兵求援，或者发射讯号。周围很安静，天气闷热，路面泥泞。我隔着铁丝网往敌军阵营里瞧，没有发现一个人，在一处防空壕里陪一名上尉喝了会酒，就按原路折返到桥边。

我们即将修建好一条开阔的新路，这条路盘旋上山，弯曲着通向浮桥。新路修好后，我们就要进攻了。这条路下山急转弯后通往森林。当时计划新路由进攻部队专用，而空车、马车、救护车和其他所有回去的车辆则走那条狭窄的旧路。负责抬担架的士兵需要接伤者过浮桥，总攻开始时我们会依此计划行动。据我观察，高山和平原衔接的那段大概 1 英里长的新路，一定会是奥军攻击的重点，情况很可能会非常糟糕。不过我发现了一处地方，救护车经过那段危险地带后，可以在那里隐蔽，静静等待抬担架的士兵将伤兵抬过浮桥。要不是新路还未完工，我真想开车走走新路。新路看起来比较宽阔且平坦，坡度也适中，可以看到道路

①英美制长度单位，1码=0.91440183米。

弯弯曲曲穿过山边森林里的空地，弯处让人过目不忘。救护车有金属制刹车，绝对安全可靠，况且下山的时候肯定是空车，不会出什么问题。我开车从那条狭窄弯曲的小路回去了。

车子被两名军警拦下了。因为刚刚有一枚炮弹打了过来，而在我们等待的时候，又有三枚炮弹落了下来。那些都是77毫米口径的炮弹，嗖的一声就射过来了，然后便看到一片灰黑色浓烟吹到马路对面。这时候军警挥手为我们放行。我从炮弹着陆点经过，绕开那被炮弹轰开的小坑，一股强烈的炸药味和炮弹击中石块的味道扑鼻而来。我开车回到位于葛瑞齐亚的别墅，然后去看巴克莱小姐，当时她正在上班，我们没有见到面。

快速用过晚餐后，我便赶往英国军队医院所在的别墅。那里确实美丽宽阔，院子里的树木异常繁茂。巴克莱小姐和弗格森小姐一起在花园里的长椅上坐着。见到我，她们好像很开心，不久弗格森便找了个借口先行告辞了。

"我就不凑热闹啦！你们两个单独聊会更开心。"她说道。

"海伦，你不要走啊！"巴克莱小姐说道。

"我得走了，等下我还要写几封信。"

"晚安。"我说。

"你也是，亨利先生。"

"不要写那些让检查员找麻烦的信件。"

"这你大可放心。我只会写我住的地方环境有多优美，意大利人有多么勇敢。"

"若这样写你会受到嘉奖。"

"那就太好了，晚安，凯瑟琳。"

"再见。"巴克莱小姐说道。弗格森消失在夜色中。

"她人真不错。"我说。

"噢,的确。她是个护士。"

"难道你就不是?"

"噢,不,我只是所谓的救护队中的志愿者。我们工作都很认真、很努力,但是大家都不相信我们。"

"有什么理由吗?"

"没事的时候他们是不信任我们的。等到真正有事要做的时候他们才会信任我们。"

"这有什么差别吗?"

"护士就像医生一样,得有一段较长时间的训练,救护队志愿者可是不需要经过这么长时间训练的。"

"原来如此。"

"意大利人不允许女人靠近前线,因此我们总是小心翼翼的,呆在这儿从不出门。"

"但我却可以进来。"

"噢,那确实是,我们又不是出家了。"

"我们不谈战争了吧。"

"这却不容易,它无法回避。"

"避而不谈就是了。"

"那行。"

暗夜之中,我们默默注视着对方。在我眼里她如此美丽,我抓住了她的纤纤玉手。她没有抗拒,于是我大胆地握着她的手,又伸过手拥抱她。

"别这样。"她说。我把手缩了回来。

"为什么不行？"

"不。"

"抱一下，拜托了。"我在黑暗中慢慢凑上去想吻她，却突然感觉脸庞刺痛。她用力打了我一巴掌。被她打中鼻梁和眼睛后，我不由自主地流出了眼泪。

"我不是故意的。"她说。我反而觉得自己占了优势。

"打得好。"

她说："真的很抱歉。我就是无法忍受当护士就要被人调戏的观点，我不是故意打你的。疼吗？"

她在黑暗里看着我，我很生气，但却胸有成竹，就像下棋一样，我将事态的发展看得很清楚。

我说："你打得对，没有关系的。"

"真是可怜。"

"你知道我的生活确实很可笑，我甚至连英语都不讲。而且你又如此漂亮。"我凝视着她。

"你别说这些没用的。我已经跟你道歉了。我们还可以继续聊下去。"

"对，况且我们回避了战争。"我说。

她笑了起来，这是我头一次听到她的笑声。我静静地盯着她看。

"你真会讨人欢心。"她说。

"没有吧。"

"是的，你真是挺可爱的。如果你不介意的话，我想吻你一下。"

我注视着她的眼睛，就像刚才那样搂着她，吻着她。我用力地吻她，紧拥着她，试图让她张开嘴唇；可她的小嘴紧紧闭着。我的气没有消，被我突然抱住后，她身体竟然在发抖。我抱紧了她，让她贴住我的身体，感觉她心跳很快，她的嘴唇张开了，头仰着向后贴着我的手，然后便靠着我的肩膀抽泣起来。

她说："噢，亲爱的。你会一直对我好吧，亲爱的？"

该死，我心里想着，我轻轻抚摸着她柔顺的秀发，拍拍她的肩膀。她又哭了。她抬起眼泪汪汪的眼看着我，"你能保证吗？或许我们今后要面对的是离奇的生活。"

片刻后，我送她到别墅门口，目送她进屋后，就独自回去了。回到别墅，上楼回房间了，当时雷纳迪正在床上躺着。他看着我进来。

"你们俩的关系发展得蛮快嘛？"

"我和她真的只是普通朋友。"

"瞧你那样，跟发情狗似的。"

开始，我并没有听懂"发情"的意思。

"跟什么似的？"

他便解释了自己的话。

我说："你自己不也像发情的公狗？"

"停，再说下去我们就要互相诋毁了。"他大声笑起来。

"晚安。"我说。

"公狗，晚安。"

我丢了个枕头过去，扑灭了他的蜡烛，然后摸黑上床睡觉。

雷纳迪捡起蜡烛，重新点燃，继续看他的书。

6

　　我到前线救护站忙活了两天。回到住处时已经很晚了，直到第三天傍晚才去看巴克莱小姐。她没在花园里，我便到医院的办公室等她。这间办公室，贴墙边摆着一排涂满油漆的木桩，上面摆放很多大理石雕像。就连办公室对面的走廊上也摆着一排排大理石雕像。这些雕像具有大理石的所有特性，所以看上去相差无几。雕塑作品总让人觉得枯燥——青铜看起来有点重，但是大理石雕像却像墓地。但"墓地"也有好的，比萨①那的就不错。热纳亚②的却一无是处。医院所在地原本是一个德国富翁的别墅，这些半身雕像他一定是斥巨资购买的。不知这些雕像是谁的作品，那家伙究竟捞了多少钱。那些雕像也不知道是否同族；不过它们都很有古典风范，其他名堂就看不出来了。

　　我拿着一顶帽子，在椅子上坐着。尽管钢盔让人很不舒服，但在葛瑞齐亚我们还得戴着，这感觉太搞笑了，因为这座小城的居民还没有撤走。到前线去时，我戴了一顶钢盔和一副英国产的防毒面具。我们现在开始能搞到一些防毒面具了，这可是真正的面具。按规定我们还配自动手枪，就连医生和卫士官也如此。此刻我便能感觉手枪正顶着椅背。如果别人看不到你的手枪，你便有被逮捕的风险。雷纳迪带着的枪套里塞的是纸巾，我身上带的可是真正的手枪。在真正射击之前，我总感觉自己能百发百中，后来才发现，这只是我的感觉。那是一把7.65毫米口径的奥产短筒枪，发射的时候后挫

①意大利中西部的古城。
②意大利西北部地中海边的城市。

力很大，震动得厉害，几乎打不中任何目标。我对着标靶练习射击，绞尽脑汁让枪筒不要震动太大。经过一段时间的练习，终于能在二十步以外，打到离标靶一码远的地方了。开始的一段时间，我总觉得随身带枪很尴尬，时间长了也就没感觉了，只是偶尔碰到讲英语的人，我会感到不好意思。此刻我正在椅子上坐着，一名传令兵从书桌后面不屑地看着我，我闲着无聊便盯着大理石做的地板、木质的柱子和那些大理石像，还有画在墙上的壁画，静静等候巴克莱小姐。那壁画还蛮好看的。当壁画开始裂开，掉碎片时，就会显得很好看。

我看到凯瑟琳·巴克莱从大厅走过来，连忙起身。她来到我这边，虽然看起来不是很高，但却显得非常可爱。

她说："你好，亨利先生。"

"你好！"我说。书桌后面的传令兵在侧耳倾听我们的谈话。

"我们坐这还是去花园呢？"

"还是去外面吧，那里比较凉快。"

我随她走到了花园，传令兵一直看着我们。走到砾石车道上，她问我："你去哪了？"

"去阵地上的救助站了。"

"你不能送张便签过来吗？"

我解释说："可是不太方便。我原以为一天之内能赶回来。"

"你原本应该告诉我的，亲爱的。"

我们渐渐偏离了那条砾石车道，在树荫下漫步。我握住她的手，一时忘情，不禁停下来吻了她。

"有没有其他地方可去？"

她说："没有，我们只可以散散步。你走了好几天吧。"

"3天，我现在不是回来了吗。"

她看着我问："你是爱着我的，对吧？"

"对。"

"你曾经告诉过我你爱我的，是吧？"

我不得不假装很肯定地说："没错，我说过。"其实我从未说过这句话。

"那你以后叫我凯瑟琳吧？"

"好的,凯瑟琳。"我们继续在一条路上走着,最后,停在一棵树下。

"跟我说'晚上我回来陪凯瑟琳。'"

"晚上我回来陪凯瑟琳。"

"噢，亲爱的，你来了，是吗？"

"没错。"

"我也好爱你，真的很爱，你不会离开我吧？"

"不，我会一直在你身边的。"

"噢，我真是太爱你了。再把手搁在这儿。"

"我的手并没有移开呀。"我把她转了过来，以至于在吻她时能看着她的脸，我看着她闭着眼任我亲吻。于是，我吻了吻她紧闭着的双眼。可我发现此举让她癫狂。不过也没什么要紧的，我不在乎背上什么情债。这总比那些每天晚上到军官妓院找姑娘的军官强多了。想想看，妓院里的那些姑娘爬在你身上，或是反戴你的帽子表示亲昵，而你却要陪着同僚一次次穿梭在这类姑娘群中上楼，多么糟糕。我明白自己并不爱凯瑟琳·巴克莱，从没对她动过真心。这就像是类似桥牌的一种游戏而已，你可以不玩桥牌只坐着说话聊天，或假装是在赌钱或其他的什么筹码。赌注到底是什么，没人能说得清楚，可我认为这很不错。

"希望我们能有地方可去。"我说。我感觉自己像一般男人一样，无法将那种乌托邦式的爱情长久维持。

"仍旧没有地方可去。"她说。她从沉思中忽地回到了现实。

"那我们一起坐一会儿。"

我们就这样坐在扁石凳上，我又像上一次一样握住她的纤纤玉手。可这一次她拒绝我搂着她。

"你累吗？"她问我。

"不。"

她低着头盯着地上的草。

"我们正在玩一种危险游戏，难道不是吗？"

"什么叫危险游戏？"

"你是在装糊涂吧。"

"我是真的不明白。"

她说："你是好人，你一味地由着你的规则来玩，可惜玩的只是堕落的游戏。"

"你一向都能看穿别人的吗？"

"很难说，但我能看穿你内心的想法。你不必装作爱我，游戏到此为止。你还有什么可说的？"

"不过我的心告诉我，我是真的爱你。"

"不到必要时，我们还是不要说谎吧。瞧我，刚刚闹了个小笑话，不过，现在好了。你明白的，我没有发疯也没有昏迷，只是有时候会犯点傻。"

我碰了碰她的手："哦，我亲爱的凯瑟琳。"

"现在听着有些滑稽——凯瑟琳。你的发音很奇怪。不过你真不错，你是个好小伙子。"

"神父也这样说过。"

"是的，你很好。你还会再来找我吧？"

"那是肯定的。"

"你不必再说你爱我了，一切都过去了。"她站起来，友好地伸出手，又对我说，"晚安。"

我告诉她我想吻她。她说："不，我现在很累了。"

"吻我一下嘛。"

"我真的累了，亲爱的。"

"快吻我。"

"你很想要我吻你吗？"

"没错。"

于是我们开始互相亲吻，可她突然停下来，挣脱了。"不，晚安，"她摇摇头说，"拜托，亲爱的。"我们到了门前，我站在原地看着她沿着大厅走去的背影，最后我才转身回家。燥热的夜晚，山区里的战事依旧持续。圣加布里尔①的火光不息，我站在那里盯着这些炮火。

我在玫瑰别墅门前停了下来。百叶窗被拉下来了，里面却传来阵阵嬉笑声，甚至还能听到有人在唱歌。我徒步回家。正在换衣服时，雷纳迪走了进来。

他说："啊哈！事情进展得似乎不大顺利呀。宝贝，遇到难题了？"

"你到哪儿去了？"

"到玫瑰别墅去了。在那儿被好好地熏陶了一番。歌声不断啊，

_____

① 在哥里察东南方向，控制着卡索高原。

我们都参与了，你去哪了？"

"去拜访一个英国人。"

"谢天谢地，我可是和英国人没有一丝瓜葛。"

7

翌日，我从第一处救护站回来，把汽车停在了分发站，那是让伤患者或病患者凭病历分到不同医院的地方。我开车出去，司机把文件交给坐在车里的我。天气闷热，天空瓦蓝瓦蓝的，一片云也没有，路面被烈日映得白晃晃的，尘土飞扬。坐在菲亚特牌汽车的座位上，脑子里一片空白，我无聊地看着车窗外一个军团从我身边经过。士兵们顶着烈日行军，热得汗流浃背。大部分士兵把钢盔挂在背包上，只有少部分把钢盔戴在头上，那钢盔大得能盖过他们的耳朵。军官都戴着稍微合适一点的钢盔。这是巴西卡利特①军旅里的一半的兵力。军团走过之后，一群脱队的散兵出现在我的视野里。他们浑身是汗和泥，有的看上去快要支撑不住了。掉队的士兵经过后，又来了一名士兵，他走起路来有些跛。他停下坐在路边，我下了车，向他走去。

"你怎么啦？"我问。

他抬头看着我，然后缓缓地站起来，"我正在追赶大部队呢。"

"出了什么事？"

"是战争。"

"你的腿怎么回事？"

"腿没事，是疝气复发。"

---

①巴西卡利特是地区名，位于意大利东南部。

我问他：“为什么不跟着运输车走呢？为什么不到医院去？”

“他们不让我去呀。中尉说我故意丢掉了自己的疝带。”

“让我看看。”

“掉下来了。”

“哪一边？”

“这边。”

我伸出手摸了一下。

“你咳嗽一下，试试。”我说。

“我担心它会胀大。现在已比今天早晨胀大了一倍呢。”

我说：“你再坐一下，等他们把伤员的病历送来，我就可以载你到军医那儿了。”

“他也会说我是故意的。”

我说：“他们也没法子。这毕竟不是受伤。这是老毛病，对吗？”

“可我把疝带弄丢了。”

“他们会把你送到医院的。”

“我能不能留在这儿，中尉？”

“不能，我手里没你的病历。”

这时，司机走了过来，手里拿着那些伤员的病历。

“四名去105医院，两名到132医院。”他说。那些医院在河的对岸。

“你开车吧。”我说。我扶那个患疝气的士兵上了车。

“你会说英语？”他问我。

“是的。”

“你怎么看这场该死的战争？”

“非常讨厌。”

"我也说很讨厌嘛。耶稣基督啊，我也说很讨厌嘛。"

"你去过美国吗？"

"去过匹兹堡。看得出来你是美国人。"

"难道我的意大利语不地道？"

"不管怎样我都能看出你是美国人。"

"又一个美国人。"司机用意大利语说。

"中尉，你一定要把我送到原来的部队吗？"

"我只能这么做。"

"因为上尉军医知道我有疝气。我扔了那该死的疝带，想让病情恶化，这样我就不用上战场了。"

"我知道了。"

"你能不能把我带到其他地方？"

"若是在战场边缘，我可以把你送到就近的医疗站，但在这里，你必须得有病历才行。"

"若是我回去了，他们会让我动手术的，以便让我一直待在战场上。"

我沉思片刻。

"你也不想上战场吧？"他问我。

"不。"

"耶稣基督啊，这难道不是一场该死的战争吗？"

我说："你听好了，你现在下车，倒在路上把脑袋撞个包，等我回来时，再把你弄上车，送你到医院。阿铎，在路边停车。"于是，我们在路旁停了车，我把他扶下了车。

"我就待在这儿，中尉。"他说。

"回头见。"我说。我们接着向前行进，在前方一英里左右追上那个部队，渡了河，河里全是未融尽的雪水，正疾速流过桥桩。我们沿着大路穿过了平原，在两个医院卸下伤兵后调头，疾驰，想找到那个匹兹堡来的人，我们又遇上了那个部队，他们行进得很慢，天气似乎更热了。然后又遇见那队掉队的散兵。接着我们看到一辆马拉的救护车停在路边，那个患疝气的士兵被两人抬上了车。我们回来了，可他对我摇头，脱下钢盔，他前额的鬓角鲜血淋漓，鼻子也擦伤了，流血的地方很脏，头发上也全是泥水。他叫道："看，这个大包，中尉！没法子，他们回来找我了。"

　　5点钟时，我回到别墅，在洗车的地方冲了个澡。然后回到房间里草拟报告，我坐在敞开的窗户前，身上穿着长裤和汗衫。两天后总攻就要开始了，我会开车到普拉瓦桥头。我已经好久没写信回美国了，明知道该写信，却迟迟不肯动笔，现在即便想写，也无从下笔了。我寄了几张军中的"战区"明信片，多余的话什么都不说，只说我平安就足以应付亲友了。那些明信片在美国一定很珍贵：新鲜又神秘。这正是个新鲜又神秘的战区，但和其他意奥之战相比，也算得上惨烈了。奥地利军队生来就是给任何一位拿破仑打胜仗用的；但愿我们能有像拿破仑那样的将领，可惜我们只有肥肥胖胖的康多纳①将军和有着又细又长的脖子并且留有山羊胡子的瘦弱不堪的将领维多利奥·伊曼纽尔。右翼虽有奥斯塔公爵，但或许他太英俊而难以成为伟大的将军，但他无疑看起来像一名男子汉。很多人希望他成为国王，他的样子也像国王。统率第三军的他是国王的叔叔，而我们在第二军。第三军有几支英国炮兵一起作战。在米兰，我曾碰见那边来的两名炮手。他们很友好，我们在一起度过了一个美好的黄昏。

①康多纳(1850—1928年)，意大利将军，贵族。

他们高大威猛却很腼腆，能照顾别人的想法。我多么希望能待在那支英国军队里，那样一切会单纯得多，虽然我很可能会战死。我现在从事的救护工作是不会死人的，但这也不是绝对的，有时候连英国救护车司机也会丢掉性命。罢了，我知道我不会死，起码不会死在这一场与我无关，感觉连电影里战争的危险程度都比不上的仗里。但我还是祈求上帝让战争快点结束，或许今年夏天就会结束了。或许奥地利会垮台，他们在别的战争中总是失败的一方。可这一次是怎么了？人人都说法国要完了。雷纳迪说法军叛变，军队会开往巴黎。当我问他结果时，他说："噢，我们拦住他们了。"停战后，我想去奥地利，我要去黑森林①，我要去哈兹山脉②，但哈兹山脉究竟在哪儿？他们正在卡派西亚的山林里打仗，反正我不喜欢去那边，即使那儿也许会很好。如果未发生战乱，我还可以到西班牙去。夕阳西下，天气渐渐有了凉意，但愿凯瑟琳·巴克莱此刻就在这儿，这样我可以在吃完饭后去看她，并陪她畅游米兰。我先要到"海神"餐厅吃饭，然后在这炎热的傍晚，尽情地漫步在曼梭尼大道上，穿过街道，再转弯沿着运河边上走，之后可以陪凯瑟琳·巴克莱到旅馆去。或许她会把我当作死去的爱人看呢。我们从前面进入，茶房脱帽向我行礼，我向老板要钥匙时，她就在电梯旁等我。然后我们携手走进电梯，电梯走得很慢，每上一层楼就咔啦咔啦地响。终于，我们到达了要去的那一层。侍者开门静立，她跨出梯门，我跟在她身后，我们沿着走廊来到门前，我随即把钥匙插进锁孔开门进去。接着我打电话叫人送一瓶冰"卡布里白酒"，听着那装备冰块和银质冰桶的撞击

① 古德国南部风景区。
② 德国中部的一座山。

声音沿着走廊渐渐传送过来，伴着侍者的敲门声，我会让他放在门外，因为我们那时候肯定都没穿衣服。天气会很热，而窗户大开着，能看见燕子飞过屋顶，待到天黑，走到窗边会看见小蝙蝠在屋子周围觅食，然后绕着树梢飞。房门锁上了，天气很热，我们喝着冰的"卡布里白酒"，盖着一层薄薄的被单，在米兰炎热的夏夜里燃烧热情直至天亮，情形理应如此。我要快点吃完晚饭，快点见到凯瑟琳·巴克莱。

食堂里人们依然喋喋不休。我喝了些酒，因为如果今晚我不喝酒，别人会觉得我不合群。我和神父谈关于安尔兰①天主教的事情，主教似乎是蒙受不白之冤的高贵的好人，身为美国人的我自然也算是被冤枉的人之一，其实我对这些事一无所知，但既然神父解释说是因误会引发的冤情，为避免失礼，我只好佯作知情。神父滔滔不绝地说着主教为何被迫害，如何受他人冤枉，听了这些我若再说自己一无所知，那就太不礼貌了。我觉得主教们的姓氏真的很美——他是明尼苏达人，于是便有一个可爱的名字：明尼苏达的爱尔兰、威斯康辛的爱尔兰、密西根的爱尔兰。"爱尔兰"一字发音就像"小岛"，所以听着很美。不是这样。不仅这样。是的，神父。这是真的，神父。或许吧，神父。不，神父。算了，也许是，神父。你比我更清楚，神父。神父是个善良的人，但是很无趣。军官们不是好人，也很无趣。国王人不错，也很无趣。酒不算好酒，但不会让人觉得无趣。它让你牙齿上的珐琅质脱落后留在口腔顶上。

洛克说："神父被人关起来了，因为他持有的利息 3% 的债券被他们发现了。那一定是在法国，因为在这边这事绝不会发生，他绝

①美国天主教教士约翰·安尔兰（1898—1918年），1888年升大主教。

不会被逮捕，他会否认知道有那利息3%的债券，贝西尔就发生过这样的事情。我在那边，从报上得知消息后到监狱求见神父。显然，他的债券是偷来的。"

"我不信有这样的事。"雷纳迪说。

洛克说："信不信由你。不过我是对我们神父说的，同为神父，他听了一定会有所启发的。"

神父笑了笑，他说："继续说吧，我听着呢。"

"当然，一些证券尚未加以证实但他们的确在神父身上搜到利息3%的债券，不过我记不清呈公债还是地方债券了。故事的重点是当我站在牢房外探监时，仿佛对着神父祷告说：'神父，把福气赐我吧，既然你已经犯了罪。'"

所有人都笑了。

神父问："他说了什么？"洛克不理会他而继续跟我说他的笑话，"你听出笑点了吗？如果你没理解错，这会是个很好的笑话。"他们又给我倒了点酒，我讲了一个英国兵被安置在淋浴龙头下的故事。然后少校讲了11个捷克人和匈牙利班长的故事。我又喝了点酒后大侃马师发现硬币的笑话。少校又讲了一个描写某公爵夫人晚上睡不着觉的故事，这故事内容和意大利的某个故事相似。此时神父离开了，我谈起巡回推销员早上5点到马赛大喝西北风的故事。少校说他曾听到过一个说我很能喝酒的传闻。在我坚决地否认后他仍说确有其事，可以凭酒神的尸体检验真假。"不是酒神，"我说，"不是酒神"。"是酒神。"他说。我陪巴喜·菲利普·维辛萨狂饮了一杯又一杯。巴喜拒绝说，他已经比我多喝了一倍了。我说这是下三烂的谎言，管他是不是酒神呢，菲利普·维辛萨·巴喜或巴喜·菲利普·维辛萨一整晚根本没碰一滴酒，还有，他的姓氏到底是什么？他也同样问我到底是叫费雷德里克·亨利①还是叫亨利·费雷德里克？我说别管他姓什么叫什么，是不是酒神，要比过才知道。于是少校叫我们用大杯子比赛喝红酒。喝到一半时我忽然想起还有什么地方要去，便不比了。

我说："就算巴喜赢了吧，他比我棒多了。我得离开这儿了。"

雷纳迪说："他是真的一定要走了，要约会呢，我全知道。"

"非走不可？"巴喜说，"改天再比。哪天你觉得状态好些了再比。"他拍了拍我的肩膀。桌上有蜡烛，军官们正尽兴。"晚安，诸位。"我说。

雷纳迪同我一起走出来，当我们站在门外的草坪上，他说："你醉了，还是别去那儿了。"

"我没有醉，雷纳迪。真的。"

"你还是嚼一点咖啡豆再去吧。"

"瞎说。"

"我去找一些来，兄弟，你在这溜达一会儿。"他返回时带了一些炒咖啡豆。

"嚼嚼吧，兄弟，上帝与你同在。"

"是酒神。"我说。

"那我陪你去。"

"我很好，不用陪。"

我们一起穿过小镇，我边走边嚼咖啡豆，到了通往英国别墅的车道的门口，雷纳迪突然跟我道晚安。

我说："晚安，为什么你不跟我进来？"

他摇了摇头。说"不了，我更喜欢单一的快乐。"

①本书主人公姓名的意大利文读法。

"谢了，你的咖啡豆。"

"不用，兄弟，用不着。"

我沿着车道向前走去，路旁的松柏轮廓清晰。我转过头，看到雷纳迪还在原地目送着我离开，就向他挥了挥手以示道别。

我坐在接待室里等凯瑟琳·巴克莱下楼。发觉有人正沿着大厅向我走来，我立即站起身，可来人不是凯瑟琳，而是弗格森小姐。

她说："嗨，凯瑟琳让我转告你她今晚不能和你见面了，让我转达歉意。"

"真遗憾，她没生病吧？"

"她只是身体不太舒服。"

"能否麻烦您转告她我也很担心她？"

"好，我会的。"

"你觉得我明天再来一趟怎么样？"

"不错。"

我说："非常感谢，晚安。"

走出别墅，一种失落空虚之感涌上心头，我一直将与凯瑟琳的会面当作一件平常事，今天还喝醉了差点儿忘记与她的约会。看见不到她时，心里竟然空落落的。

8

第二天下午，我们听说在夜里部队将从上游发动攻击，而我们要开四辆救护车到那边，无人知晓实情，但大家都在议论这事，肯定的语气中又胡乱搬弄些所谓战略。我坐在领头的那辆车上，穿过路口来到英国医院，我让司机停下来，后面的车也停了下来，我下了车嘱咐他们继续行进，如果我们没能在柯曼十字路口赶上他们，他们就在那儿等。我急忙跑上车道，到接待室求见巴克莱小姐。

"她正在工作。"

"我能否见她一面？"

他们知会一名传令兵去叫她，她才随着传令兵出来了。

"我顺路来看看你有没有好点儿，他们说你在工作，可我还是想见你一面。"

她说："我很好。昨天大概是中暑了吧。"

"我得走了。"

"我送你出门。"

"你身体没大碍吧？"我在外面问她。

"没什么，亲爱的。那你今晚来吗？"

"不。我现在要去普拉瓦桥头表演。"

"表演？"

"我想我们不会有什么危险的。"

"你还会回来的吧？"

"那要等到明天。"

她解下戴在脖子上的一件首饰，放在我手心，说："这是圣安东尼①。明天晚上来吧。"

"你不是天主教徒吧？"

"不是，但他们说圣安东尼像很灵。"

"那我会替你好好照看它的，再见了。"

_____
①约公元三四世纪中的埃及隐士，基督教初期第一所修道院创办人。

114

她说："不，千万不要说再见。"

"好吧。"

"乖乖的，注意安全。不，你不能在这儿吻我。这儿不行。"

"好吧。"

我回头望见她仍站在台阶上向我挥手，我吻了吻自己的手，给她一个飞吻。她又挥了挥手，于是我走出车道，爬上救护车前座又出发了。圣安东尼像放在一个小小的金属盒中，我打开盒子盖，把它倒在我手上。

"圣安东尼？"司机问我。

"没错。"

"我也有个。"他的右手离了方向盘，摸索着解开一粒军衣纽扣，从衬衫底拉出神像。

"看到没有？"

我重新将圣安东尼像放入盒子中，缠上那小金链，塞进胸袋。

"你不戴起来吗？"

"不。"

"还是戴上吧。本来就是给人戴的。"

"好吧。"我说。我解开金链的钩，环在脖子上戴上并钩好。我把圣像悬在军装外边，解开军装上端的纽扣和衬衫领的扣子，最后将它塞入衬衫下。车子仍在行进，感觉金属盒子贴着我的胸脯，可不久后它就不见了。我受伤后把它丢了，可能是在某个救护站被人拿走了。

我们在桥面上开得很快，不久就看见了先行的那三辆车开过后扬起的尘土。在弯弯的路上车子显得很小，车轮掀起尘土在林间飞散着。我们赶上那三辆车并超了过去，转而向一条上坡的大道。果然，若你乘坐的是第一辆车，就是坐救护车出门也很快乐。我仰着靠在座位上看着窗外乡村的美景。我们正在河流此岸的低矮山丘上行驶，路面的坡度渐渐升高，北边有积雪尚未消融的高山。我回头看去，其他三辆车子正在爬坡，中间隔着漫天的尘土，我们与一大排载着货物的骡子擦肩而过，赶骡子的人头上都扣着红色的土耳其帽子走在旁边，他们是意军的狙击兵。

甩开了骡子队，路面上空空的，我们爬过一座又一座的小山，从一座长丘的肩部进入河谷。道路两旁都是树，隔着右边的树我看到了清浅且湍急的河流。河面低低的，有一片片沙洲和一片片圆石，水道窄窄的，有时河水就像是照在满是砾石的河床上的一道薄光。在河岸边上，我发现几个水潭，潭水澄清碧绿。河上有几座石拱桥，车辆在这驶离大道，经过一栋栋石质的农舍，农舍南侧石墙和田间矮石墙边种了不少梨树。路面沿着河谷延伸了好远，随后我们转了个弯，又开始爬坡了。山路陡峭，我们穿梭在板栗林间，顺着一道山脊一直行进着。我隔着树林往下看去，看到阳光下河川两岸分别驻扎的两军。我们开进山脊顶部崭新的军事道路，我向北远眺，两座山脊的雪线下苍翠欲滴，而上端却在阳光的照耀下白得迷人。然后沿着山脊上了坡，又看到了第三座山脊，那是一座更高的雪山，呈现出粉白的颜色。其上有一道道奇怪的平原深沟，山外有山，看上去真不知道那是真的还是假的。这些都是奥地利人的高山，我们那儿没有这些的。前方有个迂回的右转弯，我低着头看见路面在树丛间陡陡地挂着。此路有军队、卡车和载送山炮的骡子。我们沿着路的边缘往下走，看见河面在那远远的下方，有一排枕木和铁轨在河边，铁路从老桥梁上渡河。对岸河边的山丘下有一座破烂的房子，属于那个要被攻打的小镇。

当我们下山转向河边的大道时，夜幕正慢慢降临。

9

大路非常拥挤，路边堆满了玉米秆和草席编成的屏障，头顶上也是草席，就像走进了马戏团或者土著居民的村落。我们的车在这些草棚中穿行，一会儿便到了露天的路面，这里原本是个火车站。此段道路比河岸还低，河岸边挖了很多足以让步兵藏身的深洞。夕阳西下，我望向河岸，看到那边奥军的侦查气球悬在对面的山顶，余晖中这些气球看上去是黑色的。我们在由砖厂炉灶和部分深坑改造成的救伤站停了车。那儿有三个熟人。我从少校口中得知，总攻开始后，我们的车子就要将伤员运回去，依旧要穿过草棚，转向山梁上的大陆，而后到达下一个救护站，那边还会有其他救护车等待运送伤员，他希望这条路不会太拥堵，这是交通命脉。加盖草棚在路面上是为了掩住奥军的耳目。步枪或机关枪的攻击对用河岸掩护的砖厂没有用。河上的桥被炸毁了，桥的遗骸还在等着再次轰炸的来临，他们想再造一座桥，以便于军队渡河。少校个子矮小，留了两撇胡子向上翘着。他在利比亚[①]参战时添了两条受伤纪念杠。他客气地说若是事情顺利进行，我便可以得到勋章。我只能笑笑附和。我问他司机怎样藏身，他就派士兵领我去看大防空壕。我跟着那士兵，到了防空壕。司机们就安逸地留在那儿等待指示。少校邀请我喝酒，

①利比亚当时是意大利的殖民地。

我们尽兴地喝着甜酒直到夜幕降临。我从他们口中得知攻击在天黑后开始。我回防空壕时听见司机讲话声渐稀。我给他们各自一些马其顿牌的散装香烟,这种烟老是掉烟草,得先捻捻尾部才行。马奈拉拧亮他那外形很像菲亚特汽车冷却器的打火机,然后一一传用,顿时烟雾缭绕。

我向他们传达自己听来的消息。

"刚才我们下坡时怎么没看到那个救护站?"巴西尼问我。

"在我们拐弯处还要再远一些。"

"那条路将会很难走。"马奈拉说。

"他们会炸毁我们的。"

"或许吧。"

"吃饭呢?什么时候?中尉?一旦战事开始,我们可能就没有机会吃东西了。"

"那我现在去看看。"我说。

"你要我们还待在这儿吗,还是可以四处逛逛?"

"最好还是待在这儿吧。"

我到了少校所在的防空壕,他说野战厨房很快会送东西来,司机们可以吃到炖菜,若是没带餐具,他会借给他们。我说他们或许有的。我回去告诉司机们食物一来我就去取。马奈拉说:"但愿能在总攻前吃到饭。"之后,他们中间是一阵沉默,一直到我离开,他们才又开始交谈。他们都是平凡的机械师,都讨厌战争。

我出去查看了车子,顺便看看形势,随即回来和四名司机一起待在防空壕里。我们坐在地上,背靠着墙吐烟圈。外面天色全黑了。防空壕的地面很干燥、暖和,我的双肩顶着墙,把腰背倚在地面上,松松筋骨。

"进攻由哪支部队发起呢？"古佛齐问道。

"狙击兵。"

"都是狙击兵吗？"

"大概是吧。"

"这儿的军队不多，难以发起真正的攻击。"

"说不准这是声东击西，让对方忽视真正要攻击的地方。"

"士兵们知道谁进攻吗？"

"我觉得他们不知道。"

马奈拉说："他们当然不知道。若是他们知道就不会进攻了。"

巴西尼说："会的，他们一定会。狙击兵都是傻瓜。"

"他们都很勇敢，而且军纪严明。"我说。

"他们膀大腰粗的，身体强壮，但他们仍旧只是一群傻瓜。"

马奈拉说："掷弹的人个子挺高的。"这是句玩笑话，随即大伙儿的笑声回荡在壕沟里。

"中尉，士兵们不肯进攻被枪毙时你在场吗？每十人枪毙一个呀！"

"我不在场。"

"是的。那时他们把拒绝进攻的士兵们排成一列，每十人中抓出一人，让军事警察枪毙。"

"军事警察，"巴西尼说着，往地上啐了一口，"那些个子都超过6英尺的掷弹兵都不肯进攻。"

"若是人人都不肯进攻，战争自然而然就结束了。"马奈拉说。

"掷弹兵不见得都是反战者，他们都是怕死的，军官都来自好家庭。"

"有些军官可是身先士卒冲出去了。"

"听说有一个士官枪毙了两个不肯出战的军官。"

"一些士兵也冲出去了。"

"每十人枪毙一人的时候，出战的人也没有奉命排队。"

巴西尼说："我的一个同乡就被军事警察枪毙了，他是个高大伶俐的掷弹兵，却总是待在罗马和女孩子厮混，总是和军事警察在一起，哈哈。"他大笑，"现在他们派了一名卫士带着刺刀守在他家门外，不准他接近他的父母和姐妹，他父亲没有了公民权，甚至不能投票，法律也遗弃了他们，他们的私有财产再也得不到保护，人人都可夺去。"

"要不是怕连累家属，谁又肯出战呢。"

"肯，山地军团就肯，那些欧洲胜利兵肯出战，有些狙击兵也肯。"

"狙击兵里也有人逃跑，虽然现在他们尽量回避那回事。"

"中尉，你应该制止这些言论，军队万岁！"巴西尼带着讽刺的口吻说。

我说："我听得出来你们话里的意思，不过你们只要好好开车就行了，言行谨慎些——"

"并且别让其他军官听见。"马奈拉紧接着补充道。

我说："我相信我们要坚持到停战，若是仅一方停战，事情是不会了结的，假如我军停战，情况不会好转只会更糟。"

巴西尼讨好地说："不，不会更糟的，世界上最糟糕的事就是战争。"

"可战败了更糟。"

巴西尼仍旧一副讨好的语气，"我不信，战败意味着什么？你可以重返家园啊。"

"他们会紧随其后，抢占你的家园，霸占你的姐妹。"

巴西尼说："我不信，他们不会对人人都这样的，各自守护好自己的家，保护自己的姐妹，让其留在家里。"

"他们会想尽法子吊死你，不然就会让你再次投入军队去当步兵，而不是只叫你开救护车。"

"不，他们不会把所有人都吊死的。"

马奈拉说："并且外来民族也不会叫你当兵的，怕你第一仗就逃跑了。"

"例如捷克人①。"

"我想你认为被征服的感觉不太糟，是因为你还没有切身体会到。"

巴西尼说："中尉，我们明白你不排斥让我们说出心里话。听着，世界上最糟糕的事就是战争，我们救护队的人算不上体会到了战争的残酷，等我们真正体会到时或许他们已经不能制止战争带来的恶果了，因为他们那时定会疯掉。就是那些喜欢战争的人或是怕军官的人促成了战争。"

"我明白你所说的，但我们还是得坚持到底。"

"不，战争是无穷无尽的。"

"有的，会有尽头的。"

巴西尼坚持摇摇头。

"战争不靠胜利赢取，那我们攻下了圣加布里尔又怎样呢？我们攻下卡索、蒙法孔和特里斯特又怎样呢？我们到时会在哪儿呢？难道你今天没看到远处所有的高山吗？你觉得我们能全部攻下吗？多希望奥军能提出停战，必须有一方先提出，那么我们为何不先提出呢？他们若是攻下了意大利便会忙于奔波，他们有自己的国家，可是，

①第一次世界大战初期，因奥匈帝国压迫少数民族，捷克军团不肯作战，相继投降俄军。

战争却总不停歇。"

"你是个演说家。"

"我们会思考，我们也看书，我们不是农民，我们是机械师，并且就算是农民也会懂的，不喜欢战争，每个人都讨厌打仗。"

"一个阶级国家，上级永远傻头傻脑的，永远也不会懂这种感觉，才导致了这一切的一切。"

"还有，他们从中牟利。"

巴西尼说："大部分没有利益可图，他们全因太笨才无故地发动战争。"

马奈拉说："别再说了，已经说得够多的了，中尉听不下去了。"

巴西尼说："他喜欢听，我们会改变他的看法。"

"不过，现在还是罢了。"马奈拉说。

"中尉，能吃饭了吗？"古佛齐问道。

"我出去看看。"我说，高蒂齐站起身来和我一同走了出来。

"中尉，有什么我可以效力的？我能否帮得上忙？"他无疑是司机中最安静的。

我说："如果你愿意，就跟我一起去瞧瞧吧。"

外面很黑，山顶上时不时晃动着探照灯的长光。那边前线的军用卡车上驾着大大的探照灯。若是晚上你在前线后方超了车，军用卡车就会在路边不远处停下，车上的军官用探照灯照向你，怪吓人的。我们穿过砖厂到达大的救护站入口处的小棚下，黑色的夜幕下，被阳光晒干的树枝被习习晚风吹得沙沙作响。救护站里灯火通明，少校坐在一个箱子上。一名上尉军医向我走来，告诉我总攻提前一个小时发起，又递给我一杯"科奈白兰地"。灯光下，餐台、器具、小脸盆和塞紧的酒罐都散发着夺人眼球的光。高蒂尼站在我身后。少校从电话边站起身。

他说："现在开始了，没有提前。"

我向外面张望，只见后面黑漆漆的山头上间或显现出光球，那是奥军的探照灯。周围寂静了一会儿，不久我们身旁的大炮全部开始了轰击。

"小心点。"少校说。

"少校，关于晚饭的事。"我说，他没听见，我不得不复述一遍。

"还没送来。"

突然一个炮弹在砖厂外落地爆炸，传来一声巨响，杂乱声中能听见砖块和泥土纷纷落下来的嘈杂声。

"那还有什么可以充饥的？"

"我们有奶油发面食品。"少校说。

"你给什么我就拿什么。"

少校吩咐一名传令兵到后面取一铁盆冷通心面给我，我随即递给高蒂尼。

"有没有乳酪？"

少校不情愿地吩咐传令兵，传令兵又潜回洞里拿了一夸特白乳酪给我。

"多谢。"我说。

"你最好不要出去。"

有东西挡在门口，一名抬担架的人探头进来。

少校说："抬进来呀，你们在干什么？难道还要我们出去抬他？"

两名担架兵架住伤者的腋下和双腿把他抬了进来。

"把军衣扯开。"少校说。

他手拿一支钳子，钳子尾端带着纱布，两名上尉脱下了外衣，"走开。"少校对两名担架兵说。

"走吧。"我对高蒂尼说。

"你还是等炮击结束再走吧。"少校转头对我说。

"可他们还饿着呢，"我说。

"随你便吧。"

走出坑外，我们跑着过了砖厂。忽而一枚炮弹在河岸边爆炸，又来了一枚，我们没听见响声却感到一股大浪一样的疾风涌来，我们趴在地上，在一阵闪光、撞击与火药味之后，我们近距离的听到了弹片的嗖嗖声和砖块落地的沙沙声。高蒂尼站了起来，向防空壕跑去，我紧随其后，手里拿着的乳酪平滑的表面沾满了碎砖粉，防空壕内，三名司机贴着墙坐成一排，正在吐烟圈。

"给你们，爱国志士们。"我说。

"车子还好吧？"马奈拉问道。

"还好。"

"你被他们吓着了吧，中尉？"

"是的，你说得没错。"我说。

我取出一把小刀，打开擦了擦刀刃，削去被弄脏了的乳酪表皮，古佛齐递给我那盆通心面。

"你先吃，中尉。"

"不，放在地上大家一起吃吧。"

"我没有叉子。"

"混蛋。"我用英语说。

我把乳酪切成片，放在通心面上。

"坐下吃吧。"我说，他们坐下来却没有动，我将手指伸进通心面中向上一提，却有一团滑掉了。

"举高一些，中尉。"

我举到同手臂一样高才让面条乖乖地根根分明地垂下来，我把它放到嘴里用力吸食，再咬断，细细咀嚼，然后咬一口乳酪，再咀嚼，再吞一口酒，满口金属生锈的怪味儿，我把饭盒递给巴西尼。

他说："我在车上搁得太久，生锈了。"

他们也一起吃起来，下巴贴着小铁盒，脑袋向后仰着来吃末端，我又吃了一口配上乳酪和酒的通心面。外面又传来一声惊天动地的某物落地的巨响。

"420毫米口径的或是火箭炮。"古佛齐说。

"他们有巨型史科达①炮，我看见弹坑了。"

"口径305毫米。"

我们接着吃，外面传来一种类似咳嗽的声音，又像火车引擎开动的声响，接着是惊天动地的爆炸声。

"这儿算不上是深防空壕。"巴西尼说。

"刚才那个是大型的壕沟迫击炮。"

"是的，长官。"

我吞下最后的一片乳酪，又咽了一口酒。伴着其他的声响，我听到了一声咳嗽，再是啾——啾——啾——啾——然后有一阵闪光，像是鼓风的灶门忽然被打开了，先传来一阵吼声，随即又发出白光，再变为红光，在一阵疾风里不断地闪着。我想呼吸却实在不能呼吸，

_____
①捷克著名兵工厂，当时的捷克属于奥匈帝国。

我感觉自己的身体与灵魂分离了，越离越远。我整个人晕了过去，觉得自己早就死了，还错误地以为自己现在才死。于是我在风里飘啊飘地向前去了，却又觉得自己在向后滑。我呼吸着，又回来了，可地面裂开了，我的脑袋前方有一块碎木片。我的头部颠簸摇晃着。我听到有人在哭，有人的尖叫声。我想移动一下身子却发现无法动弹。我听见对岸和河边的机关枪和步枪一起开火的声音。有一阵巨大的嗒嗒声，我看见照明弹爆炸后白晃晃地在空中飘浮着。接着火箭升空又听见炸弹声，一切都在一瞬间发生了。然后我听见身旁传来"我的妈呀！噢，我的妈呀！"我使劲地扭动我的身子，终于拔出了双腿，转过来摸他，才认出是巴西尼，我摸到他时，他被吓得尖叫了一声。他的两腿朝向我，我在忽明忽暗之中瞥见他的大腿已血肉模糊。他的一条腿断了，另一条腿由腿筋和裤管勉强支撑着，残肢也是歪曲的，似乎已经不再相连了。他疼得咬了咬手臂，又忍不住呻吟道："噢，我的妈呀！我的妈呀。"接着又说，"救命，玛利亚。救命，玛利亚。噢，耶稣，射死我吧。基督，把我射死吧。我的妈呀，我的妈呀，噢，纯真又可爱的玛利亚，把我射死吧。停，停，停。噢，耶稣，可爱的玛丽，帮我止住疼痛吧。噢，噢，噢，噢。"然后哽咽道，"我的妈呀。"后来他就不再呻吟了，一个劲儿地咬着手臂，断了的腿有节奏地抽搐不停。

我将双手放在嘴边，蜷成喇叭状，大喊："担架兵！担架兵！"我想接近巴西尼来想法子替他止血却不能动。我再试了试，两腿只能勉强移动一点点。我用双臂和肘部向后一点一点地挪动，现在巴西尼平静了下来。我坐起来，停在他身边，慢慢解开我的军衣，想要扯下衬衫底部却做不到。我咬住衣服边缘，好不容易弄出了一个裂口。这时候我想起他还有绑腿，司机们都有绑腿，不像我只穿羊毛袜。可巴西尼只有一条腿了。我正解着他的绑腿想要为他止血，却发现这是徒劳的——他已经断气了。我坐直了去找另外三人。此时却发现有一个不明物体在我脑袋里动来动去，活像洋娃娃眼球后面的铁块，在里面敲打着我的眼球后方，我两腿和鞋子湿湿的。我中了弹，慌忙中发现我的膝盖不见了。我把手伸向我的膝盖，可它已陷入胫骨中。我在衬衫上擦拭手掌，浮光中，我看到了我的腿，可怕极了。我向天祈祷"噢，上帝，让我离开这儿吧。"但我知道还有三人，一共有四个司机，现在巴西尼死了，那么还有三人。忽然有人挟着我的腋下，还有一人抬起我的双腿。

我说："还有三人啊，有一人死了。"

"我是马奈拉，我们想要去找担架却没找到，你还好吧，中尉？"

"高蒂尼和古佛齐呢？"

"高蒂尼还在阵地包扎伤口，古佛齐正抬着你的腿部。来抱住我的脖子，中尉，你的伤怎样了？"

"在腿部，高蒂尼呢？"

"他还好，是巨型的壕沟迫击炮弹。"

"巴西尼死了。"

"是的，他死了。"

一颗炮弹落在附近，他们都倒在地上，把我重重地甩了下来，马奈拉说："对不起，中尉，抱紧我的脖子吧。"

"我怕你又把我甩下来。"

"刚才是因为我们被吓着了。"

"你们没有受伤？"

"我们都或多或少受了点伤。"

"高蒂尼还能开车吗？"

"我想不行。"

在我们到达阵地以前，他们又把我甩出去一次。

"你们这些杂种。"我说。

马奈拉说："对不起，中尉。我们不会再把你甩下了。"

我们一大堆人躺在阵地外围的地上，四周黑漆漆的，他们抬着人进进出出，门帘掀开时我看到救护车射来的光，死者被搁在一边。医生们的袖子高卷着，就像屠夫一样，浑身血淋淋的。担架不够用，有些患者吵吵嚷嚷的。救护站门棚里的树叶被晚风吹拂着，天渐渐凉了。担架兵时不时地进来卸下伤员又急忙出去。我一到达救护站，马奈拉就请出一位医药士官替我上绷带。士官说伤口里有不少泥沙而没有过多的出血，还说会尽快替我疗伤，然后他回屋去了。马奈拉说高蒂尼的肩膀血肉模糊而且脑袋也受了伤不能开车。英国人开来了三辆救护车，每辆车上都有两名人手。其中一位走到我身旁，高蒂尼脸色苍白，病容满面，英国人躬下他的身子。

"你的伤严重吗？"他问我，他是个戴着钢边眼镜的高个子。

"腿部受伤了。"

"希望不严重，你要抽烟吗？"

"谢谢。"

"听说你折损了两名司机。"

"是的，一个死了，另一个就是你带来的这个家伙。"

"运气实在太差了，要我们接管汽车吗？"

"我正要开口请求呢。"

"我们会好好照管的，并开回 206 别墅，你应该是那儿的吧？"

"是的。"

"我是个英国人。"

"不是吧！"

"是的，英国人，难道你以为我是意大利人？我们某个单位里倒有几个意大利人。"

"若是你肯接管汽车就好了。"我说。

"我们会注意的。"他站直了身子，"你的这个朋友急着要我来看你。"他拍了拍高蒂尼的肩膀，高蒂尼闪了一下，露出笑容，那英国人忽然说起了流利的意大利语。"好了，现在一切都安排好了，我来见了你们的中尉又接管了两辆汽车，你可以安心了。"他突然不说了，不久又说，"你得马上离开这儿，我去见军医，再载你回去。"

他到了救护站，小心地跨着到达伤者身边。厚帘子掀起，灯光又漏了进来，他又出现在屋里。

"他会照顾你的，中尉。"高蒂尼说。

"你还好吧，法兰科①？"

"我还好。"他在我身边坐下了。没多久救护站前的厚帘子被掀开了，两名担架兵走了进来，高个子英国人在后面。他带着他们来找我。

"美国中尉在这里。"他用意大利语说。

我说："我可以等，还有很多人都伤得比我重，我没什么大碍。"

他说："来来来，别逞能了。"又改用意大利语，"小心点，他双腿疼得厉害，他可是威尔逊②总统的子民啊。"他们把我抬进了疗伤室，

①高蒂尼全名为法兰科·高蒂尼。
②美国当时的总统，这时美国未正式参战。

里面所有的手术台都在忙着，瘦弱的少校气呼呼地望着我们，他认出我了，握着钳子的手向我挥了挥。

"还好吧？"

"嗯。"

那个高个子英国人用意大利语说着："是我带他进来的，美国大使的独生子，他就待在这儿等着你给他疗伤呢，然后他就随第一批伤患一起载走。"他躬身看我，"我想办法让副官为你办病历，这样会快得多。"他低着头从门口走了出去。而眼前少校解开钳子，把它浸入一个脸盆中。我的目光随着他的手势打转，他绑好绷带后担架兵把伤者抬下了手术台。

"让我来治疗这位美国中尉，"一名上尉说，他们把我抬上了手术台，那台子又硬又滑，散发着化学药品的气味和甜甜的血腥味。他们脱下我的长裤查看，士官副官填写报告，一起为我治疗。"左右的大腿、左右膝及右足的多处表皮伤，右膝和右足的深度重伤与头皮的划伤。"——伸手摸了摸——"痛不痛啊？""基督啊，痛得很！""因公受伤并且头盖骨可能破裂，这样军法处就不会说你是自伤了，"他说，"你要喝一杯白兰地吗？你怎会这样倒霉？你想要干吗？自杀？请用抗破伤风的药，在两腿上画记号，谢谢你，让我清洗干净再包扎，好极了，你的血液凝结了。"

副官把埋在文件上的头抬了起来说："是被什么弄伤的？"

上尉医官问："你是被什么击中的？"

我闭着眼睛慢慢地说："一枚巨型壕沟迫击炮弹。"

上尉弄得我痛入肺腑之后才切割纱布——"你确定？"

"我——"他割开了我的肉，我试图安静点却办不到，"我确定。"

上尉医官对他发现的一件东西很感兴趣，"敌人壕沟迫击炮弹的碎片，若是你愿意，我可以再探进去找找。还不到必要时，那我把一切画下来——痛不痛？好，比起即将到来的剧痛，这不算什么呢，给他拿一杯白兰地过来就可以不痛了。只要不感染细菌就用不着担心。对了，你的头部感觉怎样？"

"很难受。"我说。

"那还是别喝这么多的白兰地吧，你要是有裂伤会发炎的。这样感觉如何？"

我浑身冒汗。

"基督啊！"我说。

"我想你的确有裂伤，我来帮你包扎，脑袋别乱动。"他给我绑上绷带，手脚麻利地把绷带系得又紧又牢。"好啦，祝你好运，法兰西万岁。"

"他是个美国人。"另一名上尉说。

上尉医官说："我以为你曾说过他是法国人，他会说法语，我以前一直以为他是法国人。"他喝下半杯法国"科奈白兰地"。"带那重伤的进来，还要一些抗破伤风的药。"上尉向我挥手，他们把我抬起来向外走时门帘划了我的脸。到了外面，副官跪在我身边柔声问道："姓氏？中名①？教名？军阶？生于何处？什么兵种？什么军团？……""中尉，我真遗憾你的头部受了伤，希望你能有所好转，现在我用英国救护车载你回去。"

我说："我还好，多谢。"少校说的剧痛现在开始了，我疼得顾不得眼前的一切了。过了一会儿，英国救护车开了过来并把在

————————————
①中名：西方习俗，除了教名外中间有一个名字，用来纪念父母、亲戚或朋友。

担架上的我抬进救护车里。里面还有一个伤者,我在绑带堆里看得见他油油的鼻子露出来,听到他呼吸沉重。又有几个担架被滑进上方的吊链中,高个子英国司机走来探头查看。他说:"我会开平稳些,让你舒服些。"我感觉得到引擎发动,他爬上前座后放开刹车又拉起离合器的一系列动作顺畅完成,于是我们出发了。我静静地躺着忍受着钻心的疼痛。

救护车缓慢前行。忽而停车,忽而倒车回转,最后又迅速往上爬。我觉得有什么东西滴下来,先是流得缓慢有规律,后来就似一股激流,我大声呼喊,司机停下车,从座位后的小孔问话。

"怎么了?"

"我上层担架上躺着的人正在流血呢。"

"我们快到山顶了,我一人难以挪动担架。"他发动了汽车,血继续不断地从上方不知何处流下,我设法挪到一边以免血滴在身上。可血水已经渗开了,我的衬衫底下湿漉漉黏糊糊的。我浑身发冷,腿部又疼,觉得恶心极了。不久血柱渐渐地小成了滴状,上面的人动了一下后安静了下来。

英国人回头问道:"他怎么样了?我们就快到山顶了。"

"我想他大概没气儿了。"我说。

血慢慢滴落,像是夕阳西下后冰柱的融水一样一滴一滴落下来。路面的坡度渐渐高了,夜里车上十分寒冷,他们在山顶的阵地将那个担架拖出,换上另一个担架继续行进。

10

在野战医院的收容室里，他们说下午会有人来看我。天气闷热，有许多苍蝇在屋里。我的传令兵把纸剪成条状后绑在棍子上做成赶苍蝇的工具。苍蝇停在天花板上。一旦他停下眯会眼，苍蝇就飞下来，我鼓起腮帮吹气驱赶它们。最后索性用手遮住脸也睡着了。天气炎热，我一觉醒来，感觉两腿刺痒难耐。我把传令兵叫醒，他帮我在绷带上倒了些矿泉水。床铺湿了，凉凉的。病房里醒着的伤员有一搭没一搭地聊着天。下午正是安静的好时光。早上，三名男护士和一位医生依次巡视伤员，把伤员抬下床铺，推进医疗室治疗，护士则趁机铺床。到医疗室可不愉快，我后来才懂，即使病人躺在床上也可以铺床的。传令兵倒了矿泉水让床铺凉爽又舒服，我正想让他替我抓两脚的痛痒处，这时，一名医生带着雷纳迪进来了。他戴着手套迅速走来弯身吻我。

"你还好吧？兄弟？感觉怎样？我给你带来了这个——一瓶科奈白兰地"。传令兵给他搬来了一张椅子，他坐了下来，"好消息！你会得一枚勋章，他们想要给你银质勋章，可或许只能弄到青铜制品。"

"这是为什么？"

"因为你受了重伤。他们说，若是你能证明你做过些英勇的事迹就可以得银质勋章。否则就只能得青铜制品。告诉我事实的经过。你有什么英勇的事迹吗？"

我说，"没有，我中炮弹时正在吃乳酪。"

"正经点。事前事后你肯定做过些英勇的事迹。仔细想想。"

"我没有。"

"你背人了吗？高蒂尼说你背了好几个人，可第一处阵地的少校医官说没可能。授勋推荐书上必须有他的签名。"

"我没有背人。我根本不能动弹。"

"没关系。"雷纳迪说。

他脱下手套。

"我想我们能弄到银质勋章的。你不是拒绝了先疗伤吗？"

"并不是十分坚决。"

"没关系。看你伤得多重啊。还有你一向都有到最前线的英勇请求。再说这次总攻进展非常顺利。"

"他们渡河顺利吗？"

"顺利极了。他们抓了将近千名俘虏。你没看见公告？"

"没有。"

"那我拿给你看。这是一次成功的突击。"

"其他情况怎样？"

"好极了，我们什么都很顺利，所有人都为你骄傲。告诉我事实的经过吧，我坚信你会得银质勋章的。告诉我吧，全都告诉我！"他停下思索，"说不定你会得到一枚英国的勋章。有个英国人在那边，我去问他愿意不愿意推荐你，他应该可以想个法子的。你痛吗？来喝一杯。传令兵，拿一个螺旋锥来。噢，你真应该看看我现在切除三米小肠的手艺，比以前高明多了。你给我翻译了就可以寄到《手术针》①杂志发表了。我比以前健康。可怜的兄弟，你感觉怎样？那个该死的螺旋锥拿来没有？你真是勇敢，哦。我忘了你身体不适。"他用手套拍拍床的边缘。

---

①英国著名医科杂志。

"中尉先生，螺旋锥拿来了。"

"打开瓶子，再拿一个杯子来。喝吧，兄弟。你可怜的脑袋怎么了？我来看看你的病历——你没有裂伤嘛。第一个阵地的少校简直就是屠夫嘛。让我给你疗伤绝不疼。我从不弄痛人家，我懂得怎么做。我正慢慢学着把事情做得更稳、更成功。你千万要原谅我这样说，兄弟，我看你受重伤心里不好受。喏，喝了这一杯，很不错的哦，花十五里拉买来的应该不错，五星啊。我一会儿去找那个英国人，他会给你弄一枚英国勋章的。"

"勋章不是这样就该得的。"

"你真谦虚。我会让可以指挥那个英国人的连格军官去。"

"巴克莱小姐你见到没有？"

"我会把她带来的。现在我就去把她带来。"

我说："别去，告诉我葛瑞齐亚的情形吧。姑娘们好吗？"

"没有姑娘。已经两个礼拜没换新人了，我好久不去了。真丢脸，她们都不是小姑娘，是老战友了。"

"你都不去了？"

"我只顺道去看看有没有新人。她们都问起你了，她们待得久了都变成老朋友了，真丢脸。"

"或许小姑娘都不想再上前线了。"

"当然想。她们有很多姑娘，只是管理不善，只供后方那些躲在防空壕里的人寻欢作乐。"

我说："可怜的雷纳迪，孤身奋战，又没有新鲜的姑娘。"

雷纳迪又给自己倒了一杯"科奈白兰地"。

"我想这对你没有大碍的，兄弟。你喝吧。"

我喝下了"科奈白兰地"，觉得浑身暖洋洋的。雷纳迪又倒了一杯酒安静了下来。他举起玻璃酒杯，"这一杯敬你英勇的伤痕，还有祝你荣获银质勋章。兄弟，你大热天的一直躺在这儿，难道都不烦躁吗？"

　　"有时会。"

　　"我难以想象就这样躺着是什么滋味，我会发疯的。"

　　"你本来就疯疯癫癫的。"

　　"你能回去就好了。半夜没有人梦游归来，又找不到人开玩笑，找不到人借钱，没有血性朋友或室友。你怎么会受伤呢？"

　　"你可以拿神父来开玩笑。"

　　"那个神父啊，哪里是我在开他玩笑啊，是上尉。我可喜欢他呢，你要是必须要有一个神父，就是他了吧。他为了要来看你做足了准备。"

　　"我也喜欢他。"

　　"噢，我知道。有时我觉得你和他有些那个，你懂的。"

　　"不，你不知道。"

　　"知道，有时候我觉得。那就有点像是安科纳炮兵大队第一军团的朋友一样。"

　　"噢，去你的。"

　　他站起身来顺手戴上手套。

　　"噢，我喜欢逗你玩，兄弟。你有你的神父和英国女朋友，但你其实骨子里和我差不多。"

　　"不，才不是这样呢。"

　　"是的，我们有共同点。你就像个意大利人，一腔烟火，除此以外别无他物，你只是在装作是美国人。我们是相互爱慕的兄弟。"

"我不在的时候你要乖一点。"

"我去请巴克莱小姐来好了。没我你会和她相处得很愉快。你们会很纯洁、很甜蜜的。"

"噢，滚你的。"

"我去请她来，请你那可爱又冷静的女神，英国女神。老天，男人和这种女人在一起只能崇拜她，什么也不能干。此外，英国女人还有什么好的呀？"

"你是一个不折不扣的无知的臭嘴巴的意大利佬。"

"你说什么？"

"你，一个无知的意大利佬。"

"意大利佬，你不也是一个冷面的……意大利佬。"

"你不仅无知，还愚蠢。"我知道这话刺中了他，于是就乘胜追击，"没知识，没经验，就因经验不足而愚蠢。"

"真的？那我可要说你那些好女人的故事，你的女神们。和一个洁身自好的处女上床与跟一个妇女上床，只有一个差别，那就是处女会痛，我只知道这一点。"他用手套拍打着病床，"并且你永远不知道乖女孩是否真的喜欢。"

"别生气嘛。"

"不，我没生气。我告诉你全是为你好，兄弟。省得你麻烦。"

"这是唯一的差别吗？"

"对。但是有着千百万个像你一样的人还不知道。"

"谢谢你能告诉我。"

"别吵架，兄弟，我太爱你了。可千万别当傻瓜。"

"不，我会像你一样精明的。"

"别生气啊，兄弟。笑一个，喝一杯，我现在真得走了。"

"你真是一个老好人。"

"你相信吧。我们骨子里都是一样的。我们可是战友。来和我吻别吧。"

"你醉了。"

"还没，只是多情了些。"

我感觉到他的气息缓缓向我贴近。"再见。我会来看你的，很快。"他的气息移走了，"如果你不愿意，我就不吻你了。我去请你的女朋友来。再见，兄弟。科奈白兰地放在床下。但愿你早日康复。"

他转身离开了。

11

天黑了神父才来。医院里吃过饭了，连碗筷都收拾好了，我躺在床上望着一排排床铺和窗外在风中晃动的树梢。风吹进来了，有些凉意。苍蝇停在天花板上，时而又停在电线悬挂的灯泡上。晚上病房里只有抬人进屋或有什么工作要做才开灯。黄昏后夜幕降临，病房里一片黑暗。我觉得自己就像是小孩子一样，早早吃过晚饭后被人安顿在床上。传令兵在病房里走动，在我的病床前停下脚步。神父和他一起进来了，他站在那，小小的个子，面容棕黄，有些尴尬。

"你还好吧？"他问道。他将几包东西放在床边的地板上。

"还好，神父。"

他坐在原先给雷纳迪坐的那张椅子窘迫地眺望窗外，面带倦容。

他说："我只能待一会儿。现在太晚了"

"还不算太晚。食堂的气氛怎样？"

他微笑："我仍旧是大笑柄。"他的语气中露出几分疲倦，"感谢上帝，他们都还平安。"

他说："幸亏没什么大碍，但愿不是太煎熬。"他似乎很疲惫，我看他的倦容很不习惯。

"现在不那么难受了。"

"食堂里没你了无生趣。"

"真希望我在场。我向来喜欢听你讲话。"

"我带了些小东西给你，"他说，然后拿起地上的那几个包裹，"这是蚊帐，还有苦艾酒。你喜欢苦艾酒吧？还有些英国的报纸。"

"请你打开吧。"

他很高兴，动手拆开了纸包。我把蚊帐拿在手里。看他举起苦艾酒后又放在床边的地板上。我从那叠英国报纸中抽出一张，借着射进病房的微光看到标题——《世界新闻报》。

"其他的都有些插图。"他说。

"看这些报纸会很有趣的。你打哪儿弄来的？"

"我从密斯特里①订阅的。"

"你来这儿可真好，神父。你要喝一杯苦艾酒吗？"

"谢谢。是送你的，你就留着吧。"

"不，喝一杯嘛。"

"好吧，那我再带些给你。"

传令兵拿来了杯子，打开酒瓶时把软木塞给折断了，只能把下半截推进酒瓶中。我看得出神父有些失望，可他说："没关系。不碍

————————
①意大利的一个海滨城市，连接着威尼斯岛。

事的。"

"祝你身体健康，神父。"

"愿你早日康复。"

然后他手拿着玻璃杯，我们就干坐着什么也没说。有时我们很谈得来，可今晚却找不到话说。

"你怎么啦，神父？你看起来很累。"

"我很累，但我无权这样。"

"是因为暑气吧。"

"不。现在才是春天呢。我只是情绪有些低落。"

"是战争倦怠症？"

"不，但我确实讨厌战争。"

"我也讨厌它。"我说。他摇了摇头，望向窗外。

"你不在乎的，你没有看清楚。请你多包涵，我知道你受了伤。"

"这只是意外。"

"就是受伤，这点我知道你也不清楚。我虽没亲眼看到什么，但是我能感受得到。"

"我受伤时谈的就是这个话题。巴西尼正在发表他的见解。"

神父放下玻璃杯。他是思想开了小差。

"我了解他们，我和他们一样。"他说。

"可你不同。"

"其实是一样的。"

"军官们没看出来。"

"有些看出来的。有些也很敏感，比我们感觉更严重。"

"他们是与众不同的。"

"与教育或钞票无关。而是别的什么原因，像巴西尼这种人就算受过教育，有了钱，也不想当军官。我也不愿当军官。"

"就你的级别算是军官了。我也是个军官。"

"我其实算不上。你甚至不是意大利人，你是个外国人。与其说你像士兵不如说你就是个军官。"

"有差别吗？"

"我说不出来。有的人喜欢战争，在同一个国家，有的人好战，有的人却厌战。"

"但好战者会驱使厌战者上战场。"

"是的。"

"而我却为好战者提供帮助。"

"你是个外国人。你是爱国志士。"

"厌战者怎样呢？他们能阻止战争吗？"

"我不知道。"

我望着他眺望窗外的面孔。

"他们有办法阻止吗？"

"他们无组织，是无法扭转事态的，等他们组织起来却又被领袖出卖。"

"那不就是没希望了？"

"不会的，会有希望的。至于是何时我不敢妄想什么，我只是始终怀着希望却常常无果而终。"

"或许战争会结束。"

"希望如此。"

"那你要干吗？"

"如果可以，我会回阿布鲁齐区。"

他棕黄的面孔忽而流露出喜色。

"你爱阿布鲁齐？"

"是的，很爱那儿。"

"那你应该去那儿，"

"我真的很想去。我只求住在那边爱着上帝，并为他服务。"

"并且受人尊敬。"我说。

"是的，还受人尊敬。怎么不会那样呢？"

"一定会的。你应该受人尊敬。"

"无所谓了。不过在我的家乡大家都敬爱上帝，不会像现在成为下流的笑柄。"

"我明白。"

他朝我微笑。

"你明白，但你并不爱上帝。"

"不爱。"

"一点儿也不爱？"他问道。

"有时夜里我会怕他。"

"你应该爱他的。"

"我没什么感情的。"

他说："有，你有。你说的那些长夜的故事不是爱而只是激情和肉欲。当你爱一个人时就会想要为他做点事情。你渴望牺牲，渴望服务。"

"我没有爱过什么人。"

"你会的，我知道你会的。到那时你会觉得快乐的。"

"那是另一回事。除非你拥有才会知道。"

我说："好吧，若是我知道了就告诉你。"

"我待得太久了，也说得够多了。"他担心自己逗留得太久，有些不安。

"不，别走嘛。那爱女人呢？我如果真的爱一个人滋味是一样的吗？"

"我不知道，我没爱过女人。"

"那令堂呢？"

"是的，我爱我母亲。"

"你一直都爱上帝吗？"

"从小开始的吧。"

我说："好吧。"我都不知如何是好，"你是乖孩子。"我说。

他说："我是孩子？可你叫我神父哩"

"那只是礼貌。"

他露出笑容。

他说："我真的得走了，你还需要我帮什么忙吗？"他满怀希望等我回答。

"不用了。聊聊天就好了。"

"我会代你向会餐的军官们问好。"

"谢谢你的好礼物。"

"没什么。"

"再来看我。"

"好，再见。"他拍了拍我的手。

"再见。"我用方言说。

"再见。"他重复道别。

屋里黑黑的，传令兵站起身来陪着他出去了。我还蛮喜欢他的，希望有一天他能如愿以偿地回到阿布鲁齐区。他在军官群中的生活糟透了，尽管他很谦和，但我能想象得出他在家乡的美好生活情景。他对我说，卡布拉科达城下的小溪可以抓鲟鱼，还有那儿的晚上不允许吹笛。演奏小夜曲时不准吹长笛。我问他为什么，他回答说因为女孩子晚上听长笛不好。农民都尊称他为"先生①"，向他脱帽致敬。他父亲每天打猎，乏了就在农夫家歇脚用餐，他们向来受人尊敬。外国人打猎需要出示一份良民证书。离那儿很远的意大利的巨岩有野熊出没。亚奎拉是个不错的小镇，夏夜凉爽，阿布鲁齐区的春天和秋天都很迷人，可以在板栗林里打猎。鸟类的羽毛长得很美，它们吃葡萄度日，很肥硕，若是你肯到农夫家吃饭就不必带上午餐，他们一向热情。想着想着我就进入了梦乡。

12

房间是矩形的，很长，右边有窗户，尽头有一扇通往疗伤室的门。我这排床铺面对着窗口，另一排在窗下面对着墙壁。你若是向左躺就可以看见疗伤室的门。那儿有一扇门常有人进进出出。如果有人快死了，他们就在床铺周围围上屏风，在屏风下只看得到医生和男护士的皮鞋及绑腿，偶尔有人低声交谈。当神父从屏风后走出，就会看到男护士们抬着盖了毯子的死者也跟着沿着床铺间的走廊出来，屏风也被折起来了。

①西班牙人和葡萄牙人对男士的尊称，相当于"老爷"。

那天早上，管理病房的少校征询我的意见，问是否能动身，得到我的肯定回答后，他便交代第二天一大早就出发，否则天会越来越热。

　　当你被送往疗伤室时可以看见窗外花园里的新坟。一名士兵正坐在门外制作十字架，并在上面漆上死者的姓名、军衔和军团名称。他也在病房帮忙，还用闲暇时间为我用奥军的弹壳做了一个打火机。医生们彬彬有礼，很勤劳。他们一心要把我送往米兰，那边的 X 光设备比较好，我在那儿可以接受机械治疗。我也渴望去米兰，他们想要把我送往后方，越远越好，因为一旦进攻开始，这里的病床就会不够用。

　　我离开野战医院的前一天晚上，雷纳迪和我们会餐团的少校来看我。他们说我会被送到米兰刚成立的美国医院。一些美国救护单位会被派来，那座医院将照顾他们和所有在意大利服役的美籍人士，有不少红十字会的人。美国对德国宣战了，但对奥国却没有①。

　　意大利人相信美国很快也会向奥国宣战，他们很高兴美国人来，红十字会也这样。他们问我威尔逊总统是否会对奥国宣战，我说那是迟早的事。虽然我不知道我们跟奥国有什么过节，但既然对德国宣战了，那从逻辑上说也会对奥国宣战。他们还问我美国会不会对土耳其宣战。我觉得不大可能，我说，火鸡是我们的国鸟②，不过这个笑话他们都听不懂，效果很不好。我只好改口称我们或许会向土耳其宣战。那保加利亚呢？我们喝了几杯，我很肯定地说会，也会对保加利亚和日本宣战。他们说："可日本不是英国的盟国吗？""你

①1917年4月6日美国对德宣战，对奥匈帝国则是12月才宣战。
②英语中火鸡与土耳其是相同的词，美国圣诞节时候，火鸡是珍贵食品。

不能信任残忍的英国人。""日本人要的是夏威夷。"我说。夏威夷在哪？在太平洋。日本人为何要它？我说："他们只是说说，不敢真的要。""日本是一个奇妙的矮个子民族，他们喜欢跳舞和淡酒。"少校说，"就像法国。我们要从法国人手中夺得尼斯和萨佛亚。"雷纳迪说："我们还要夺得科亚嘉和整个亚德里海岸。"少校说："意大利要恢复罗马时代的光荣。""虽说我不喜欢天气炎热而且跳蚤又多的罗马"。"你不喜欢罗马吗？噢，我爱罗马，罗马是各国之母。我们都去罗马吧。我们今天去罗马就永远不回来了吧。"少校说："罗马是个漂亮的城市。"我说："是各国的父母。"雷纳迪说："罗马是阴性的，怎可能是父亲。那谁是父亲呢？圣灵吗？哦，不，不要亵渎神明。""我没有亵渎神明，我只是打听情报。你醉了，兄弟。""谁让我喝醉的？"少校说："因为我爱你，还有美国参战了，所以我让你喝醉的。""是彻底参战。"我说。雷纳迪说："兄弟，你明天去罗马。"我说："不，到米兰。"少校说："对，到米兰去，到水晶宫，到'海岬'，到坎培瑞，到碧菲名店，到拱廊街。你这幸运的小子。还是到'大意大利'去。"我说："到那边我要借乔治①的钱。"雷纳迪说："到'史卡拉歌剧院'。你会去'史卡拉'。"我说每晚必去。少校说："对，每晚都去，可你没那么多钱花。"

票价很贵，我说："我要以我祖父的名义开一张凭票付款的汇票，一张凭票付款的汇票啊。他可得付款，不然我就得坐牢。银行的甘宁汉先生就是这样做的。我得靠汇票过日子。爱国的孙子为意大利效命，他的祖父能让他坐牢吗？"雷纳迪说："美籍爱国志士万岁。"我说："凭票付款的汇票万岁"。少校说："我们得安静点，人家已经

①米兰一家大饭店的茶房头目。

警告我们好多次了。费雷德里克，你明天真的走？"雷纳迪说："我告诉你，他去美国医院是去找美丽的护士，而不是待在野战医院看留胡须的护士。"少校说："是，是，我知道，他去美国医院。"我说："我不介意他们留胡子，如果谁想留胡子就留吧。少校先生，你怎么不留胡子？塞不进防毒面具吗？可以的，可以啦，所有东西都能塞进防毒面具里。我会在防毒面具里吐的。"雷纳迪说："别嚷嚷，兄弟。我们都知道你曾上过前线。噢，兄弟，你走了留下我怎么办呢？"少校说："我们得走了，气氛变得伤感了我不喜欢。听着，我要给你个惊喜。你的英国女郎。你记得吗？你每晚到医院去看的英国女郎？她也要到米兰去。他们还没有从美国调护士来，所以她和另一位护士要被调去美国医院。今天我和他们部门的主管谈过了。他们在前线安排了太多女人。现在要调一部分回去。你喜不喜欢，兄弟？很好。不是吗？你到大都市去，又有你的英国女郎投怀送抱。为什么我不受伤呢？"我说："也许会哟。"少校说："我们得走了。我们喝酒吵闹，打扰到费雷德里克了。""别走嘛。""要走，我们一定得走。再见，祝你好运。""一路顺风，再见。""再见。再见。""快回来，兄弟"。雷纳迪吻我，"你身上都是消毒药水味儿。再见。""兄弟，再见。一路顺风。"很快少校拍了拍我的肩膀。他们蹑手蹑脚地走了。我发现我醉得很厉害，就呼呼地睡着了。

我们第二天一大早就动身前往米兰，两天后到达。路上感觉很糟。我们在密斯特里停留了很久，那里的孩子们都上前看热闹。我便叫了一个小男孩去买"科奈白兰地"，可他回来说他只能买到"格拉巴白兰地"。我又叫他去买，到手后把零钱送给了他，就和旁边的旅客喝得烂醉，躺在地板上很不舒服地睡到维森萨过了才醒，在地板上狂吐了一番。这不要紧，因为旁边那个人说他曾在地板上吐过好多回。后来我口渴难耐，在佛萨纳外面的围场叫一名火车边巡行的士兵给我弄一杯水来。我叫醒另一个喝醉的小伙子乔治提，给他喝水。他叫我倒在他肩上，又呼呼睡去。那士兵拒绝我给他的小费，又给我买了一个汁水丰富的橘子，我看见那个士兵一趟趟在货车边来回，不久火车开动了。

第二卷

13

大清早，到了米兰，我们停在货运场上。躺在救护车的担架上，我不知道自己的确切位置，而当他们抬担架下车时，我看到市场和一家酒店，酒店门前正打扫着。居民用水洒在街道上，充满了清晨的气息。他们放下担架进了屋。留着灰白头发的门房同他们一起出来，他戴着门房小帽，身上穿一件衬衫。担架进不了电梯，所以以他们商量要把我抬出担架坐电梯还是扛着担架走楼梯，我静静地听他讨论。最后决定坐电梯，于是他们把我抬出担架。我说："慢点儿，轻点儿。"

电梯很小很挤，两腿弯曲着十分疼痛，"我得把腿伸直。"我说。

"没办法，中尉先生。空间太小了。"说这话的人用手臂扶着我，我就环抱着他的脖子任由他充满大蒜和红酒味儿的气息喷在我的脸上。

"斯文点。"另一个人说。

"狗娘养的才不斯文呢。"

"斯文点，我说。"扛我脚的人重复了一遍。

我看到电梯的门关上了，格子窗紧闭着，门房按着四楼的电钮显得很担心的样子。我们很慢地往上移动。

"重吧？"我问那个满是大蒜味儿的人。

"没什么，"他说。他满脸臭汗，还一路哼气儿。电梯继续向上移，终于停了。扛腿的人打开门往外走，到了一个有好几扇铜板门的阳台上，扛脚的人按了一个门铃。我们听见屋里的铃声，却久久没人出来。这时门房爬上楼梯。

"他们呢？"担架员问。

门房说："我不知道，他们睡在楼下。"

"找个人来。"

门房按铃后又敲门，然后开门进屋。他返回时带回一个戴眼镜的老太太。她的头发蓬松得快要掉下来一样，身穿着护士服。

她说："我不懂，我听不懂意大利语。"

"我会说英语。他们想找个地方把我安置下来。"我说。

"房间都还没准备好呢。没想到会有病人。"她整理着自己的头发，用近视的眼光慢慢打量我。

"随便找一个房间把我放下吧。"

她说："我不知道，没想到会有病人。我可不能随便找个房间安置你。"

我说："随便哪间都行。"然后用意大利语对门房说，"去找个空房间。"

门房说："都是空的，你是第一位病人。"他手拿着帽子看看那位年长的护士。

150

"看在基督的分上，给我找个房间。"两腿弯曲的剧痛延续着，是那种深入骨髓的剧痛。门房和灰发妇人进屋去了。"跟我走！"他说。他们抬着我走过长长的甬道，跨进一个百叶窗紧闭的房间。屋里散发着新家具的味道。屋里只有一张床和一个装了镜子的大衣橱。他们把我放在床上。

女人说："我没法铺床单，床单都锁在柜子里。"

我没和她说话。我对门房说："我口袋里有钱，在扣住的那只。"门房拿出钱来。两名担架员站在床边，手里拿着帽子。"他们各5里拉，你自己拿5里拉。你把放在另一个口袋里的我的病历交给护士。"

担架员行礼告退。我说："再见，多谢。"他们再度行礼，走了。

我对护士说："那些病历记下了我的病情和已用的治疗方法。"

女人戴着眼镜拿起病历细看。有三份折得好好的病历。她说："我不知如何是好，我看不懂意大利文。而且没有医生的吩咐，我不能采取任何措施。"她哭着把病历放在围裙口袋里。

"你是美国人吗？"她边哭边问。

"是的，那请你把病历放在床头案几上。"

屋里光线幽暗却很凉爽。我躺着模模糊糊地看房间里的大镜子。门房面容随和地站在床边。

我对他说："你可以走了。"我又对那护士说："你也可以走了。你姓什么？"

"华克。"

"华克太太，你现在可以走了。我要好好睡一觉。"

屋里就我一人，阴森森的，没有医院的药水味儿。床垫既结实又舒服，我躺着什么也不做，甚至呼吸缓和，腿也不觉得痛了。我觉得高兴极了。不久我想要喝水，发现床边有一根绳子系着电话，就按了一下，见没人来，便又呼呼睡去了。

醒来时，我四处张望，百叶窗里有阳光透进来，天亮了，我看见大大的衣橱，空空的墙面和两张椅子。我的双腿缠着绷带躺在床上，我不敢动自己的腿。我渴了，便伸手摸到电话按电铃。后来门开了，进来一个年轻貌美的护士。

"早安。"我说。

"早安。"她说着走到床边，"我们找不到医生，他到科莫湖①去了。没人知道有病人要来，你怎么了？"

"我受伤了。双腿和足踝，脑袋很疼。"

"你姓什么？"

"亨利，费雷德里克·亨利。"

"我替你清洗一下。在医生没来之前不能解开绷带。"

"巴克莱小姐在这儿吗？"

"不，这儿没有人姓巴克莱。"

"我进来时，痛哭的那个女人是谁？"

护士哑然失笑，"那是华克太太。她值夜班时睡着了，她没想到会有人来。"

我们一边谈话，她一面替我宽衣，就是不解绷带，她轻轻地替我洗浴，清洗得很愉快。我头上有绷带，可她把边缘四周都清洗一遍。

"你在哪儿受的伤？"

"伊森佐，在普拉瓦北方。"

"那是哪儿呀？"

①意大利北部边境上的一个湖，长35英里，宽3英里，是著名景区。

"葛瑞齐亚北面。"

我看出她对这些地名都不大懂。

"你疼得厉害吗？"

"不，现在不太厉害了。"

她往我嘴里放了一根温度计。

"意大利人都夹在腋下。"我说。

"别说话。"

她拿出温度计来看，随即摇了摇头。

"多少度？"

"你不必知道。"

"告诉我嘛。"

"差不多是正常温度。"

"我向来不发烧的，我的两腿都是旧铁片①。"

"你这是什么意思？"

"满是壕沟迫击炮的弹片、旧螺丝钉、弹簧等。"

她摇头笑笑。

"若是你腿中有异物，引起发炎了你仍会发烧的。"

我说："好吧，让我们看看结果。"

她走出房间，随后和那个大清早来的老护士一同进屋。我待在床上，我看着她们一起铺床觉得很新奇，这是一套全新的铺床方法。

"这里谁管事？"

"范·坎本小姐。"

"有多少个护士？"

_____
①可能暗比耶稣被钉在十字架上的事情。

"就我们两个。"

"会再添吗？"

"是的，就要调来几个。"

"什么时候？"

"我不知道。你这病人问得也太多了吧。"

我说："我没生病而是受伤。"

她们铺好床后让我躺在干净平滑的床单上，身上也盖了被单。华克太太走出门，带回一件睡衣短袄帮我穿上，让我感觉很舒服。

"你们对我真好。"我说。戈吉小姐莞尔一笑。"我能喝水吗？"我问道。

"当然，你还可以吃早餐。"

"我不需要早餐，拜托把百叶窗打开，好吗？"

屋里光线原先很差，百叶窗拉开以后，立刻阳光灿烂，我眺望阳台与一座座的屋瓦和烟囱。

我看着屋瓦上空，蓝蓝的天空上白云朵朵。

"你真的不知道她们什么时候来吗？"

"为什么总打听这个？难道我们照顾得不好？"

"不是。"

"你要用夜壶吗？"

"我试试吧。"

她们扶我起来不过没用，事后我躺着看外面。

"医生何时会来？"

"等他回医院。我们已经试着打电话到科莫湖找他了。"

"没有其他的医生吗？"

"他可是本院的专属医生。"

戈吉小姐带来一壶水和玻璃杯。我连着喝了三杯,她们便离去了,我眺望着窗外,过了一会儿便睡着了。我吃了点午餐,下午护士长范·坎本小姐来看我。她不喜欢我,同样的,我也不喜欢她。她身材矮小,且个性多疑,太称职了些。她提了很多问题,好像觉得我加入意大利军有些不体面。

"我可以在用餐时喝点酒吗?"我问她。

"有医生的处方才行。"

"那他来之前,我就不能喝了?"

"是的。"

"你想他会露面的吧?"

"我们给他打过电话了。"

她走出去后戈吉小姐回来了。

"你怎么对范·坎本小姐那么不客气?"她以娴熟的技巧为我服务,然后问我。

"我不想的,可她盛气凌人。"

"而她说你跋扈又失礼。"

"我没有。可是没有医生的医院算什么医院?"

"他快回来了,他们打过电话到科莫湖去找他的。"

"他在那边干吗?游泳?"

"不,他在那儿有一个诊所。"

"那他们为何不另请一位医生?"

"嘘!嘘!乖乖的,他会回来的。"

我叫人把门房找来,并用意大利语叫他到酒店给我买一瓶"辛萨诺"苦艾酒、一圆罐塔什康所产的红葡萄酒和晚报。他走了，回来时带着用纸包着的酒瓶，他替我拆开纸包后，我又叫他拔出软木塞后将果酒和苦艾酒放在床下。他们都走了，我躺在床上看报，前线的新闻啦，阵亡军官的名单和勋章啦，又伸手去取那地上的那瓶"辛萨诺"苦艾酒，直挺挺地放在肚子上，玻璃凉冰冰地贴着胃，印出许多圆环。我喝了几口，停住的时候就仍搁在胃部。我望着窗外的一排排屋顶上空，天色渐渐黑了。燕子在空中盘旋着，我喝着酒看着它们在黑夜的屋顶上飞来飞去的。 戈吉小姐拿来一个玻璃杯，里头有一些蛋奶酒。她进来时，我急忙把苦艾酒瓶藏到床铺的另一边。

她说："范·坎本小姐加了点雪利酒。你不该对她这样失礼的，她年纪不小了，这家医院对她而言是重任，华克太太年纪老了又帮不上什么忙。"

我说："她是个了不起的女人。我很感谢她。"

"我马上帮你拿晚餐来。"

我说："没关系，我不饿。"

她端来盘子置于床头几上，我谢谢她，并吃了点晚餐。此时外面黑漆漆的，只见探照灯的强光在空中移动。我观望一会儿就又呼呼睡去。我睡得很香，只因做噩梦醒了一次，满身大汗，惊惶不安后又睡着了。天还没亮我就醒来了，听见鸡叫没了睡意，天色终于慢慢亮了。疲惫的我看天色大亮，竟又睡着了。

14

我醒来后发现屋里充满了灿烂的阳光，我还以为自己又回到了前线，于是便在床上舒展四肢。感觉两腿隐隐发疼，我低头检查，看见脏兮兮的绷带，它们提醒了我自己在什么地方。我伸手拉铃绳，按按电钮。听见大厅嗡嗡响和人穿橡胶鞋沿着大厅走来的脚步声。是戈吉小姐，在灿烂的阳光下她显得有些老，也没上回漂亮。

她说："早安，昨晚睡得好吗？"

我说："好，谢谢，好极了。我能否理个发？"

"我进来看过你，发现你还睡着，可床边有这玩意儿。"

她打开柜门，拿起那几乎全空了的苦艾酒的酒瓶，她说："另一瓶我把它从床下收进柜子里了。你为何不叫我拿玻璃杯呢？"

"我以为你不会让我喝。"

"我会陪你喝一些的。"

"你是个好心的姑娘。"

她说："你千万别再一个人喝了，这样不好。"

"好吧。"

"你朋友巴克莱小姐来了。"她说。

"真的？"

"是的，可我不喜欢她。"

"你会喜欢她的，她人好极了。"

她摇摇头。"我相信她好。你能否向这边挪点儿？好，我替你梳洗后就准备吃早餐。"

她用一块布、肥皂和温水为我擦洗。她说："把肩膀抬起来，好。"

"我能否先理发再吃早餐？"

"那我叫门房去请理发师。"她出去又回来，"他去叫了。"她说着，把手上的布块又浸进水盆里。

理发师随着门房进来了。他看来大概 50 岁，留着上翘的头发。戈吉小姐替我洗完后走了，理发师在我脸上抹肥皂，替我刮胡子。他一本正经，不说一句话。

"怎么啦？你没听到些新闻吗？"我问他。

"什么新闻？"

"随便什么都可以，城里发生了什么事情？"

他说："现在还是战时，敌人的耳目多着呢。"我抬头看他。"请你现在安静些，脸部不要乱动。"他说着，继续刮胡子，"我一句话也不说。"

"你怎么回事？"

"我是意大利人，不和敌人交谈。"

我没跟他计较。如果他是疯子，我愈早脱离剃须刀愈安全。我多次想仔细看他。他说："小心，剃刀可是很锋利的。"

剃完后，我付了钱和半里拉的小费。他竟把小费还给我。

"我不拿。虽然我没有上前线，可我是意大利人。"

"滚蛋。"

"告辞。"他说着用报纸包好剃刀走了，5 枚铜币被撇在床头几上。我按铃，戈吉小姐来了。"拜托你把门房叫来，好吗？"

"好吧。"

门房进来了，强忍着笑声。

"那理发匠是疯子吗？"

"不，先生，他误会了。他没听清楚，以为你是奥军军官。"

"噢！"我说。

"呵，呵，呵！"门房大笑，"他真有趣，他说你若是动了，他就会——”他用手指比了一下喉咙。

“呵，呵，呵！”他设法忍住狂笑却不能，“我告诉他你不是奥军，呵，呵，呵！”

我挖苦说：“他若是割断我的喉咙才好玩呢。呵，呵，呵！”

我又说：“呵，呵，呵！滚出去！”

他走了，却还能听见他在大厅里狂笑。接着又听到有人顺着长廊走了过来。我下意识地望向门——凯瑟琳·巴克莱。

她进了屋，来到我身边。

“嘿，亲爱的。”她说，她显得年轻漂亮极了。我觉得我没见过这样美的女人。

“嘿。”我说，我一见她就觉得爱上她了。我的五脏六腑在体内翻腾。她望向门口见没人，就坐在床边，低下头来吻我。我把她拉近我，狂吻不止，听见她的心脏正狂热地跳动。

我说：“甜心。你能来这边，真是太好了，不是吗？”

“到这儿来不难。可要长期留下就难了。”

我说：“你一定得留下，噢，你叫人痴迷。”我为她痴狂。我简直不敢相信她真的就在我身边，于是把她紧紧搂着不放。

她说：“千万别，你还没有康复。”

“好了，我都好了。来嘛。”

“不，你的体力还不能支撑。”

“能，能，拜托了。”

“你真的爱我吗？”

“真的爱你，我为你痴狂。来吧，拜托了。”

“听到我们的心跳了吗？”

"我不想理会心跳的事，我现在要你，我为你疯狂。"

"你真的爱我吗？"

"别老问这句话。拜托，拜托，凯瑟琳。"

"好吧，不过只来一会儿。"

我说："好吧，关上房门吧。"

"你不能，你不该这样的——"

"来嘛，别说话了，拜托来嘛。"

凯瑟琳坐在床边的椅子上。房门又打开了，狂劲儿过去了，激情未散，我从没这样愉快过。

她问我："现在你相信我爱你了吗？"

我说："噢，你真可爱。你一定得留下，他们不能把你调走，因为我爱你爱得发狂。"

"我们得小心谨慎些。这简直是疯了嘛，我们不能这样的。"

"晚上可以。"

"在别人面前我们得万分小心，你得注意点。"

"我会的。"

"你得当心，你真甜，你真心爱我是吗？"

"别再问这句……你都不知道这句话对我的影响。"

"那我要小心了，我可不想又影响你。现在我真的得走了，亲爱的。"

"马上回来啊。"

"我看看吧。"

"再见。"

"再见，甜心。"

她走了。天知道我不想爱上她，不想爱上任何人。可我已经坠入了情网，我躺在米兰医院的病床上胡思乱想，最后戈吉小姐走了进来。

她说："医生从科莫湖打电话来说就要回来了。"

"那什么时候到？"

"下午吧。"

15

直至下午也没有发生什么事。医生是一个沉默寡言瘦小的人，似乎不大喜欢战争。他从我的大腿中取出不少小铜片，动作优雅得惹人生厌。他用一种叫"雪片"的当地麻醉药麻醉我的肌肉组织止住剧痛，直到他用探针、外科小刀和钳子深入麻醉部位的下方，我才感到痛。我清楚知道了麻醉的区域，不久之后，医生说最好照照X光。探针不能尽如人意。

我到玛琪奥列医院照X光，执行的医生性子很急，却能干爽快。病人抬起肩膀，就可以透过机器亲眼看到某些较大的异物。底片过后再送。医生要我在他的皮夹记事簿里留下我的姓名、军籍和感想。他声明那些异物丑陋、邋遢。大骂奥国人是婊子养的。又问我杀了多少敌人。我一个也没杀，可我骗他说杀了不少。戈吉小姐陪我去的，医生伸手搂她，夸她比克丽奥帕特拉美，她听不懂。克丽奥帕特拉是埃及艳后，是的，她正是。我们乘救护车回了小医院，不多久经过一番扛抬，我又上了楼回到病床上。下午底片送来时，医生发誓说立刻可以弄好，确实如此。凯瑟琳·巴克莱拿过来给我看。装在红封套里的底片被她抽出来举着对着阳光，同我一起看。

161

"喏，你的右腿。"她说完又把那张底片放在封套中。"这，你的左腿。"

我说："都收起来。你到床上来吧。"

她说："不行，我只是拿进来让你看一眼就走。"

她走了，我静静地躺在床上，天气炎热得让我很不舒服。我叫门房去找所有能买得到的报纸。

他还没回来，就有三位医生来了。我发现医术差劲的医生都喜欢找人做伴一同会诊。一个不能好好帮你割盲肠的医生会向你介绍一个不能好好为你割扁桃腺的医生。现今这种庸医一来就是三位。

"就是这个小伙子。"有着细白手指的住院医生说。

"你好。"又高又瘦留着胡子的医生说。另一位医生手里拿着红封套的 X 光底片，什么也没说。

"解开绷带？"留胡子的医生说。

"当然，护士，请把绷带解开。"住院医生对戈吉小姐说。戈吉小姐解开了我的绷带，我低头看了看我的双腿。在野战医院时，伤口还很像不怎么新鲜的碎牛肉片。而今长了外皮，膝盖肿胀得发白，腿肚儿凹陷下去，好在没有生脓。

住院医生说："很好嘛，干净细致。"

"嗯。"留胡子的医生说。另一个医生站在住院医生后面打量着我的伤口。

"请动一动膝盖。"留胡子的医生说。

"动不了。"

"试试用关节？"留胡子的医生问道。他是个袖章有三颗星加一条直纹的一级上尉。

162

"当然。"住院医生说。他们两个尝试着把我的右腿慢慢地弯曲。

"痛。"我说。

"好的，好的。再弯点，医生。"

"打住，到极限了。"

"部分接连愈合。"一级上尉说，他挺直了腰杆，"医生，我能否再看看底片？"另一个医生递给他一张片子。"不，左腿的，拜托了。"

"这就是左腿的，医生。"

"没错，我从另一个角度看差了。"他把手中的底片交还，又拿起另一张底片细细地看了好久。"你看见了吧，医生？"他指着一个在强光下清楚显现的圆形异物，又研究那张底片好久。

留胡子的一级上尉说："我只知道这是个时间问题。也许要3个月或半年。"

"一定得等到关节滑液再长出来才行。"

"当然，这是迟早的事。在抛射体被包在囊内前，我不能就这样割开膝盖。"

"我相当同意，医生。"

"要6个月来做什么？"我问他们。

"需要6个月才能开刀，抛射体被包在囊内后动刀才安全。"

"我不信。"我说。

"小伙子，还想保住你的膝盖吗？"

"不。"我说。

"你说什么？"

我说："我希望能把它切除掉，就可以在上面戴一副铁钩。"

"你这是什么意思？一副铁钩？"

"他是在讲笑话呢。"住院医生说。他轻轻地拍了拍我的肩,"他是想保住膝盖的,这个小伙子很勇敢,甚至有人提名让他接受银质的勇气勋章。"

"恭喜。"一级上尉说。他友好地拉拉我的手,"为了你的安全,我不得不说,你至少要再等6个月才能动膝盖手术。当然你也可以有自己的主张。"

我说:"非常感谢!我尊重你的意见。"

一级上尉看看表。

他说:"我们现在得走了。祝你早日康复。"

"祝福你们,也很感谢你们。"我说。我和第二位医生瓦瑞南特·安瑞上尉握手后他们三位就都走了。

"戈吉小姐。"我叫道,她进来了,"麻烦你把住院医生叫回来。"

住院医生手拿着军帽进来到床边,"你要见我?"

"是的,我等不到6个月后才开刀。老天,医生,你在床上躺过6个月吗?"

"你不会总躺在床上,你可以拄着丁字杖走到户外晒太阳。"

"一定要等到半年后再动手术吗?"

"这样最安全,异物得先被包在囊中,关节滑液才会长出来。再开刀治膝盖那就很安全了。"

"就你而言,你也认为我非得等那么久才行?"

"这是最安全的法子。"

"那个一级上尉是谁?"

"他可是米兰数一数二的外科医生。"

"他是个一级上尉,对吧?"

164

"是的，但他同样也是个出色的外科医生。"

"我不希望我的腿伤任由一级上尉胡来。若是他医术高明，早就升为少校了。医生，我可知道一级上尉是什么意思。"

"他绝对是个出色的外科医生，我宁愿相信他的判断，也不听信其他医生。"

"别的外科医生能来诊断吗？"

"只要你愿意，什么都行。不过我宁可相信巴利拉医生的看法。"

"你能否请别的外科医生来为我看看？"

"那我去请瓦伦蒂尼来。"

"他是谁？"

"玛琪奥列医院的医生。"

"好，我会非常感激的。你明白的，医生，我不能躺在床上半年。"

"可你要知道你不会在床上干躺着的。你还要接受日晒治疗，做些轻松的运动，等异物被包在囊中就开刀。"

"可我等不了半年。"

医生张开拿帽子的纤细指头朝我微笑着说："你急着回前线？"

"我为什么不回去呢？"

他说："棒极了，你真是一个高贵的小伙子。"他俯身亲吻我的额头。"我去请瓦伦蒂尼，别再担心也别激动了。乖乖地等着。"

"你要喝一杯吗？"我问他。

"不，谢谢你，我从不碰酒精。"

"就只喝一杯。"我按铃叫门房拿个玻璃杯来。

"不，不了，谢谢，他们还在等我呢。"

"再见。"我说。

"再见。"

2 个小时后，瓦伦蒂尼医生匆匆走进来，他的胡子尖端都立起来了。他官拜少校，脸晒得黑黑的，却经常堆满微笑。

他问我："这么个烂东西，你是怎么弄的？让我看看底片。嗯，嗯，这就对了。你看起来像一头山羊一样健壮。哦？那位漂亮的姑娘是谁？她是你的女朋友吗？我猜是的。这不是一场血腥残酷的战争吗？这儿感觉怎样？你是个乖孩子，我会让你康复的。这儿痛吗？一定很痛吧，这些医生真爱折磨人。截止至今，他们用了什么治疗方法？那姑娘不会说意大利语吗？她应该学会。好一个可爱的姑娘，我可以教她意大利语。哦，我自己都想在这儿当病人了。不，可我将来可以免费为你们接生。她听懂这句话了吗？她会把你变成乖小子的。她这漂亮的金发女郎。好，没关系，好一个可爱的姑娘。问问她能不能陪我吃个饭。不，我不会抢走你的心上人的。谢谢你，多谢，小姐，就吃个饭好了。"

"好了，我要查的就这样了。"他拍了拍我的肩膀，"不用绑上绷带了。"

"要喝一杯吗，瓦伦蒂尼医生？"

"喝一杯？当然，我可要喝十杯。在哪？"

"在衣橱内。巴克莱小姐把酒瓶拿来。"

"干杯，敬你，小姐。好一个可爱的姑娘。我会给你带更棒的科奈白兰地来。"他抹抹胡须。

"你希望何时开刀？"

"明早吧，不能再提前。你的肠胃要是空的。还有身子得清洗干净。我到楼下见护士长，讲一些事情。再见，明早见。我会给你带更棒的科奈白兰地来。你在这儿很舒服。再见，明天见。好好睡上一觉。我会早些到这儿来看你。"他笑眯眯地向我挥手告别，胡须乐得直往上翘。他是袖章上方框有一颗星的少校。

16

那天晚上，我们就从那扇门观赏屋顶上空的夜色，任一只蝙蝠从阳台上敞着的门飞进房里。屋里黑黑的，只有城市中射进来的微光，蝙蝠大胆地在屋里徘徊，如置身室外。我们躺在床上盯着它，可它似乎没发现我们，因为我们一动不动。它飞出去后，我们眼睁睁地看着探照灯的光柱在空中移来移去的，天色全黑了。晚风吹来，我们听到隔壁屋顶上的高射炮队队员在谈话。天气有些凉，他们都披了斗篷，我担心夜里有人会上楼，可凯瑟琳说他们都睡了。不一会儿，我们睡着了，我醒来时看她不在。可听到她沿着大厅走来的脚步声，门开了，她回到我身边说一切都没问题，她下楼看过，她们都睡得正香。她站在范·坎本小姐的房门外，听见她熟睡的鼾声。她带来一些脆脆饼，我们又喝了一点苦艾酒。可她不让我多吃，说早上得把我胃里的东西全洗出来。早上天亮时分我又睡着了，醒来发现她又不见了。她回来时精神抖擞，风姿迷人，坐在我床边。太阳升起来，我含着温度计，闻到屋顶上的露珠味儿及隔壁屋顶上炮兵的浓香的咖啡味儿。

凯瑟琳说："真想和你一起出去散步。如果有轮椅我就可以推着你走了。"

"我怎么坐上轮椅？"

"总有办法的。"

"那样我们就可以去公园里吃早餐。"我朝敞开的房门外看去。

她说："我们最该做的，是做好准备，迎接你的朋友瓦伦蒂尼医生。"

"我觉得他很棒啊。"

"我可不像你这样喜欢他。但我想他医术很高明。"

"回床上来，凯瑟琳，拜托。"我说。

"不行。我们不是已经度过迷人的一夜了吗？"

"你今晚能否值夜班？"

"或许吧。但是你不会要我的。"

"会，我会的。"

"不，你不会。你没动过手术，不明白。"

"我一定没问题的。"

"你会不舒服，我对你将没有意义。"

"那你现在回床上来。"

她说："不，亲爱的，我得记录你的体温，为你做好准备。"

"你不是真心爱我，要不你会到床上来的。"

"你真是个小傻子。"她吻我，"体温没问题，你的体温很正常，它真可爱。"

"你什么都可爱。"

"噢，不。你的体温真可爱，我为你的体温感到高兴。"

"说不定我们孩子的体温都很可爱。"

"我们孩子的体温说不定很糟呢。"

"你要做什么来为我准备接受瓦伦蒂尼医生的手术？"

"不多，可非常枯燥。"

"希望你能不必做它们。"

"我不一定要做，可我不想让别人碰你。我很痴心，我会因她们碰你而生气。"

"包括弗格森小姐？"

"尤其是弗格森和戈吉，还有一个姓什么来着？"

"华克？"

"对，现在护士太多了。如果不再来几个病人，我们会被调走的。现在有4名护士。"

"或许会再来些病人的，他们需要这些护士，这家医院规模并不小。"

"希望再来一些病人，若是他们把我调到别的地方去可怎么办啊？除非是多来几个病人，不然我会被调走的。"

"那我也走。"

"别说傻话了。你还不能走。可你要快些复原，亲爱的，我们到外面走走。"

"然后呢？"

"或许战争会结束，不可能永远打下去的呀。"

我说："我会复原的，瓦伦蒂尼会把我治好的。"

"看他那两撇胡须就一定办得到。还有，亲爱的，你上过乙醚后，想些别的事——别想我们的事，因为一旦人上了麻药，就会胡言乱语。"

"我应该想些什么？"

"都行，除了我们的事情。想想你的亲人或者别的女孩子。"

"不。"

"那祈祷吧。一定会给别人留下好印象的。"

"或许我什么都不说。"

"这倒是事实。人们常常选择沉默。"

"我不会说的。"

"别吹牛了,亲爱的,请你别吹牛。你已经很不错了,不用再自夸。"

"我一句话也不说了。"

"现在你又吹牛了,亲爱的。你知道你不用自夸的。他们叫你深呼吸的时你只要祈祷或背诗或念些别的什么就很可爱啦,我会以你为荣。不管怎样我都以你为荣。你的体温多可爱啊,你搂着枕头睡,以为是我呢,还真像个小男孩。还是别的女孩? 某位漂亮动人的意大利姑娘? "

"是你。"

"的确是我。噢,我爱你,瓦伦蒂尼会治好你的腿的。幸亏我不用目睹手术过程。"

"今晚你值夜班? "

"是的,可你不会在乎的。"

"你等着瞧。"

"喏,亲爱的。现在的你,全身都清洗干净了,告诉我,你爱过多少人? "

"一个都没有。"

"连我也都不算吗? "

"爱,爱你。"

"还爱过多少人呢? "

"没有。"

"那你陪过多少人——怎么说呢? ——过夜? "

"没有。"

"你在撒谎。"

"是的。"

"没关系，继续撒谎吧。我就要你这样说。她们漂亮吗？"

"我从不和女人过夜。"

"对，她们很迷人吗？"

"我全都不知道。"

"你是我的，这可是真话，你从不属于别人。就算是有，我也不在乎。我不怕她们存在，但千万别同我聊她们。男人陪女孩子过夜，一般她何时才标出价码呢？"

"我不知道。"

"当然，她会自称爱他吗？告诉我嘛。关于这一点，我想知道。"

"会，若是男人有这要求。"

"那男人会自称爱她吗？告诉我，拜托。这很重要。"

"他如果想就会说。"

"但你没说过？是的吗？"

"没有。"

"这不是真话。告诉我实话吧！"

"没有。"我仍旧撒谎说。

她说："你不会的，我知道你不会。噢，我爱你，亲爱的。"

屋外艳阳高照，我看到烈日下的教堂顶尖。我通体干干净净，等待医生。

凯瑟琳说："就这样？男人要她说什么，她都照说？"

"不见得总这样。"

"可我会，我会照你的意思说话，照你的意思做事，你就永远别靠近别的女孩，行吗？"她用一种幸福的眼神看着我，"我做你喜欢的事，说你喜欢的话，那我就完全成功了，对吗？"

"对。"

"现在你准备好了，那你希望我做什么？"

"回到床上来。"

"好吧，我来。"

"噢，亲爱的，亲爱的，亲爱的。"我说。

她说："你看，我什么都依你。"

"你太可爱了。"

"我怕我还不算高明。"

"你很可爱。"

"你要什么，我也要什么。没有自己了，只有你要的一切。"

"甜心。"

"我很好。我这不是挺好吗？你不要别的女孩子了，对吧？"

"不要。"

"看我多好，我什么都依你。"

17

术后醒来，我还活着。你不会死的，他们只是让你昏迷而已。没有垂死的感觉，只是为了让你不觉痛苦而为的昏迷，之后就像是喝得烂醉了一样，不同的是呕吐的时候只有胆汁，很难受。我看见床尾堆放的石膏下突出来的管子上放着沙袋。不久我看见了戈吉小姐，她问道："现在好些了吗？"

"好些了。"我说。

"你的手术很成功。"

"持续了多久？"

"两个小时。"

"我有没有说什么话？"

"什么也没说。别讲话了，好好静养吧。"

我很难受，凯瑟琳说得没错。谁值夜班都没关系了。

现在医院还有三个病人，一位乔治亚州①来的患了疟疾的红十字会瘦小子；一位纽约来的患了疟疾和黄疸很瘦的帅小伙；还有一个试图扭开混合榴霰弹和强烈子弹的雷管作纪念而受伤的斯文的小伙子。那种炮弹是奥军在山区使用的一种一端装有铜弹片的榴霰弹，这种炸弹即便炸过一次也不能碰，否则会有第二次爆炸。

护士都很喜欢凯瑟琳·巴克莱，只因她肯每天值夜班。照顾那两个患疟疾的家伙占用了她很多时间，而那个扭开雷管的青年成了我们的朋友，晚上只在必要时按铃。在她工作的空档间，我们时常欢聚在一起。我们深爱着彼此。我白天睡觉，醒来就写字条给凯瑟琳，让弗格森小姐传送。弗格森小姐是个好姑娘，可我对她不大了解，只听说她有一位兄弟在五十二师服役，还有一位兄弟在米索不达米亚②，并且她对凯瑟琳·巴克莱挺好。

"弗姬③，你愿意参加我们的婚礼吗？"有次我问她。

---

①位于美国东南部。
②中东一个谷地区名，当时属土耳其，一战后成英国托管伊拉克的一部分。
③弗姬，弗格森的昵称。

"你们不会结婚的。"

"我们会。"

"不，不会。"

"为什么？"

"怕是你们还没结婚就会吵架。"

"我们从不吵架。"

"这只是时间的问题。"

"不，我们不吵架。"

"那你会死掉的。要么是吵架，要么是死亡。大家都这样不结婚的。"

我伸手去碰她细嫩的手。她说："别碰我，我没哭。或许你们能平安无事地在一起。你要当心保护着她，别连累她惹上麻烦。若是你连累她惹上麻烦，我就杀了你。"

"我不会的，我会好好保护她。"

"那就好。我希望你们能平安无事地在一起，你们在一块过得很快活。"

"我们在一起快活极了。"

"那就千万别吵架，别连累她。"

"我保证。"

"你一定要当心，我可不喜欢她怀上所谓的战地宝宝。"

"你是个善良的好姑娘，弗姬。"

"我不是。不用刻意讨好我。你的腿部感觉怎样？"

"很好。"

"脑袋呢？"她用手指碰碰我的脑袋。我的头就像是人睡着时的脚，没有感觉。"从不觉得难受。"

"这大疱都可以让你神志不清，你从不觉得难受？"

"不。"

"你真是个幸运的小伙子，你的情书写好没有？我可要走了。"

"在这儿。"我说。

"你该让她暂时别值夜班休息一下的。她很累啊。"

"好吧，我会的。"

"我说我要值夜班，可她就是不肯。别人都很高兴她代值呢。你还是让她休息休息吧。"

"好吧。"

"范·坎本小姐说你总在上午呼呼大睡。"

"她就会说这些。"

"若是你让她暂时别值夜班会好些的。"

"我也希望她这样。"

"你不希望。如果你肯叫她休息，我将对你肃然起敬。"

"我会的。"

"我不信。"她拿着字条走了。我按铃后不久戈吉小姐进了屋。

"有什么事？"

"我只想和你谈谈，难道你不觉得巴克莱小姐该暂时停值夜班吗？她看起来疲倦不堪，为何还要通宵苦熬？"

戈吉小姐看着我。

她说："我是你的朋友，你不必这样跟我说话。"

"你什么意思？"

"得了，这是你唯一的吩咐？"

"你要喝一杯苦艾酒吗？"

"好，喝完我就得走了。"她从衣柜里拿出酒瓶和一个玻璃杯。

我说："你拿着玻璃杯，我就着酒瓶喝。"

"我敬你。"戈吉说。

"我早上睡懒觉，范·坎本小姐说了什么？"

"她只是唠唠叨叨，说你是我们的特权病人。"

"去她的。"

戈吉小姐说："她并不坏，只是年纪有些大了，容易胡思乱想，况且她向来不喜欢你。"

"嗯。"

"噢，可我喜欢你，我是你的朋友啊。别再忘了。"

"你对我真好。"

"不，我明白你心里觉得谁好。你的腿感觉怎样了？"

"很好。"

"我去拿些矿泉水倒在伤口上。外面这么热，石膏下肯定会发痒的。"

"你真太好了。"

"很痒？"

"不，还可以忍受。"

"我来整理好这些沙包。"她躬下身子说，"我是你的朋友。"

"我知道。"

"不，你不知道。可总有一天你会懂得的。"

凯瑟琳·巴克莱 3 天后才又值夜班，我们就像久别重逢的爱侣一样更加的如胶似漆。

18

那年夏天我们在一起过得很开心。我可以行动之后，我们就到公园里乘马车。我还记得那时，马总是慢慢地走，车夫坐在前面，戴着亮漆高礼帽，凯瑟琳·巴克莱在我身边。后来我能拄着丁字杖到处走了，我们就到碧菲饭店或者大意大利饭店去吃饭，坐在拱廊街的室外餐桌旁，欣赏美景，侍者们进进出出地很拥挤。我们就这样成了大意大利饭店的常客，侍者领班乔治便给我们留了一张餐桌，他是个好侍者，我们总叫他为我们点菜。之后我们会一起欣赏街上来往的行人或是夕阳里的大拱廊亭，或者我们只是默默地四目相对。我们的桶里大多装着冰卡布里干白酒或是其他的什么水果酒、"福蕾莎""巴贝拉干红酒①"和甜白酒。正值战时，他们缺少酒保，"福蕾莎"之类的水果酒都没有。

"试想一个国家怎可能会为了酒中带有草莓的味道，就大量酿造呢？"

凯瑟琳说："为什么不呢？这听起来不错嘛。"

乔治说："小姐，您若想喝就试试吧。我去拿一小瓶马高出品的红葡萄酒给中尉。"

"我也试试吧，乔治。"

"先生，我可不敢让你喝。草莓味儿一点也没有。"

凯瑟琳说："那可说不准。若能有草莓的味道就太棒了。"

乔治说："那我去拿，小姐品尝后我再撤走。"

"福蕾莎"不算是好酒。他说得没错，一点草莓味儿也没有。我

---

①一种红葡萄酒，产于意大利西北部皮德孟州。

们还是喝"卡布里白酒"。我还借过乔治100里拉呢，那是因为某天晚上我的钱不够了。他却说道："没关系，中尉。我了解男人总会有手头拮据的时候。若是你或小姐需要用钱，尽管向我开口。"

吃完饭，我们由拱廊街经过别的饭馆和钢卷门紧垂的店铺，在一个专门卖三明治的小摊前停住了，我们买了火腿莴苣三明治和鳗鱼三明治，鳗鱼三明治用小小的带糖的棕色面包卷做成，和手指一样长，适合当消夜。我们坐上停在拱廊街教堂前的一辆敞篷马车回到了医院。一停车，门房就急忙递给我丁字杖。付了车费，我们便上楼。凯瑟琳在她住的那层楼和我分开，我独自往上走，拄着拐杖回了房。有时马上睡觉，有时就在屋外阳台上躺在椅子上看看屋顶上的燕子，等待着凯瑟琳。她上楼了，就像久别重逢似的。我拄着丁字杖和她一起到大厅拿脸盆，或在一间间病房门外等她，有时同她一起进去；当然这要看里面的病人是不是我们的朋友啦。等她忙完工作后，我们就一起待在我房间外面的阳台上。然后我就爬上床，等大家都睡了，她确定没有人会叫她后才进来。我爱她坐在床上披着满头金丝一动不动的样子。有时候我会帮她解开头发，她突然俯下身来吻我，我常常取出她的发夹，把发夹放在床单上，这样她就披着发了。我望着她什么事也不干，就这样静静坐一会儿后，再取下最后两个发夹，她的头发完全披了下来，当她垂下脑袋时，我俩就淹没在发丝里，那感觉就像住进了帐篷或站在瀑布后面。

我常常喜欢躺在床上看阳光照射下她美丽的金发慢慢被盘起。那一头美丽的金发甚至在夜里也会发光，就像天亮前的水光。她有令人着迷的脸蛋和火辣的身材，还有令人倾心的滑嫩肌肤。我们躺在一起时，我常用指尖轻轻触摸她的脸蛋、额头、下眼窝、下巴和喉咙，对她说：“光滑得像琴键一样。”她用手指抚摸我的下巴，说："光滑得像砂纸一样，碰触琴键可不舒服。”

“很粗糙吗？”

“不，亲爱的，我只是在逗你玩。”

晚上令人心醉，我们都很高兴能与对方有交集。除了最幸福的时刻外，我们还有许多调情的小方法。我们分离时，设法将自己的想法注入对方的脑袋。好像有时是有效的，或者我们本来就想到一块儿了。

我们常常说在她第一次看到躺在病床上的我时就算结婚了，而那大喜的日子已经过了几个月了。我想举行真的婚礼，可凯瑟琳说若是我们结婚她就会被调走，若是我们的事情公之于众，他们就会看住她从而把我们分开。我们得照可怕的烦琐的意大利法律结婚。我一方面想真的完婚，因为担心她怀孕，不过我们也可以快乐地假装婚事已成，我想我或许是喜欢未婚的状态。记得有天晚上我们谈起这个，凯瑟琳还是说：“可是，亲爱的，他们会把我调走的。”

“也许不会。”

“会的。他们会把我送回家乡，战后才让我们相见。”

“我可以请假。”

“你不可能做得到的——请假到苏格兰后再回来。况且，我不愿和你分离，现在结婚确实不是好主意。事实上我们已经结婚了，不是吗？我觉得现在我更像个妻子。”

“我只是担心你。”

“早已经没有自我了，你即是我，我即是你。别不承认。”

“我还以为女孩子都想要个名分呢。”

"是啊。不过，亲爱的，我已经嫁给你了不是吗？我不是个好太太吗？"

　　"你是个令人着迷的太太。"

　　"亲爱的，你知道，我曾经订过婚。"

　　"我不想听。"

　　"你知道我只爱你一人。可你不该介意有人爱我。"

　　"我介意。"

　　"我把一切都给了你，你还吃死人的醋。"

　　"不，可我不想听。"

　　"可怜的亲爱的。我知道你和很多女孩子有过交往，可都觉得没什么大不了的。"

　　"我们能否秘密结婚呢？万一我出了什么事，或你怀了孩子，就有保障了。"

　　"只能通过教堂或政府结婚。我们已经秘密结婚了不是吗？亲爱的，信教的人都很重视婚礼，可我并不信教。"

　　"那你还送过我圣安东尼的塑像。"

　　"那只是人家给我求好运的。"

　　"你一点也不担心吗？"

　　"我只怕和你分离。你就是我的信仰，我的一切。"

　　"好吧，你说哪天结就哪天。"

　　"亲爱的，别这样说，仿佛我不是个正经女人一样。你若感到快乐或引以为荣就不会表现得像这样惭愧，难道你不快乐？"

　　"你不会把我抛弃而爱上别人吧？"

　　"不，亲爱的，我不会抛弃你去爱上其他什么人。我想迎接我们的遭遇或许很可怕。可你不必担心这个。"

"我不担心。我非常爱你才会介意你以前爱过别人。"

"他怎么了？"

"他死了。"

"是的，若他没死，我可能就不会认识你。我很忠诚，亲爱的。我承认我有很多缺点，可我是忠心的。你甚至会嫌我太过于忠心哩。"

"可我很快就会回前线的。"

"在你走之前，我们别去想它。你看我现在很快乐，亲爱的，我们共度了一段快乐的日子。我好久没这样快乐了，我碰见你时近乎疯狂了，也许我已经疯狂了。可现在我们很幸福地彼此相爱着，我们就尽情享受这短暂的快乐吧。你也觉得快乐，是吧？我做了什么让你厌恶的事情吗？我怎样才能讨你的欢心呢？你要我把头发披下来让你抚弄吗？"

"要，到床上来。"

"好，我先查看病人。"

19

夏天很快就过去了，我已记不清时日了，只知道天气很热，捷报频传。我复原得又快又好，才用丁字杖不久就能改用一根手杖了。后来我到玛琪奥列医院接受弯腿治疗、机械治疗、照强光镜、按摩和沐浴。而后我就泡咖啡馆、喝酒和看报。我不想闲逛而一心想着见凯瑟琳。剩余的时间我乐于随便消遣。一般我上午闷头睡觉，下午有时外出看赛马，之后就去做机械治疗。有时我就顺道去英美俱乐部，坐在窗前，倚着有皮垫的大椅子看杂志。我撇下丁字杖以后，他们就不让凯瑟琳和我一道出门，因为女护士单独跟一个似乎不需要照顾了的病人外出不大成体统。若是有弗格森小姐作陪，我们就可以出去吃饭。范·坎本小姐不过问我们是好朋友的现状，因为凯瑟琳帮她分担了不少的工作。她终于开始对凯瑟琳有好感，因为她觉得凯瑟琳出身于上层社会。范·坎本小姐自己的家世颇不平凡，所以十分看重门第出身，何况医院的事务又多得占了她全部的心思。正值炎夏，我在米兰认识了很多人，可一到晚上我就急着赶回医院。前线已经向卡索高原进攻又从普拉瓦攻下了库克，正要进攻班西萨高原。西部前线看起来不大顺利，战争看起来还没完。尽管现在我们①参战了，可我想还得花一年的时间才能把军队运输过来打仗。明年说不准是好还是坏。意大利的兵力正在大量损耗。我不懂为何战争还能这样继续下去。就算他们攻下整个班西萨和圣加布里尔山，奥军还是有很多，在高山在那一头。后面那些高山，我是见过的。在卡索他们原来想要往前攻的，可被海边沼泽和湿地阻挡了。拿破仑在世的话就会在平原上狠狠地教训奥军。他可不会蠢得和他们在深山里打仗。他会想方设法让他们下来并在佛隆纳附近制服他们。可西部的前线一直僵持着。大概这场战争很难分出胜负了，就需要这样一直打下去——就像是又一场"百年大战"。 我将报纸放回书报架后离开了俱乐部。我小心地走下台阶，沿着曼梭民大道走。在"大旅社"外碰见老梅耶斯夫妇正从一辆马车上下来，他们看完赛马刚回来，她穿的黑缎衣衬得胸部很大，梅耶斯则留着白胡须显得又矮又老，挂着一根拐杖一步一步地往前挪。

"你好！你好！"她同我握手。

①指主人公的国家，美国。

"嘿！"梅耶斯说。

"赛马怎样？"

"很好，它们很可爱。我押的三匹马都赢了。"

"你呢？"我问梅耶斯。

"还好，我押赢了一匹马。"

梅耶斯太太说："他从不告诉我他的成绩，我什么都不知道。"

"我还好，"梅耶斯说，他正显出很诚恳的样子，"你该出来走走。"他说话时，你总觉得他没在看你，或像是认错了人。

"我会的。"我回答道。

梅耶斯太太说："我要到医院看你们，我有些东西要送给我的孩子。你们都是我亲爱的孩子，真的！"

"他们也都很高兴看到你。"

"哦，那些亲爱的孩子。你也是，你也是我亲爱的儿子之一。"

"我要回去了。"我说。

"帮我向所有人问候，亲爱的孩子。我有很多东西要送来。我有一些很棒的马沙拉浓酒和蛋糕。"

我说："再见。他们很乐意看到你。"

梅耶斯说："再见。以后你到拱廊街来散心时可以来找我们的，你知道我每个下午都在那个餐桌旁待着的。"我继续在街上走，到"海岬"给凯瑟琳买东西，到那儿买了一盒包好的巧克力后就去了酒吧间。有两位英国人和几位飞行员待那儿。我一个人闷闷地喝了杯马丁尼，付了钱就拿着那盒巧克力回医院去。走到离史卡拉歌剧院很近的街上的小酒吧门前时，遇见了几个熟人——一位副领事和两个学声乐的朋友，以及正在服役的旧金山籍意大利人艾托尔·莫雷蒂。我陪着艾托尔喝了一杯。有位叫拉夫·西门子的歌手用安利可·德·多里克的艺名演唱。我对他的唱功不大了解，可他总处于迫不及待要唱出口的状态。他胖胖的，嘴巴和鼻子旁边好像染了花粉热①，就像是在店里摆旧了的商品。他刚从皮森萨歌剧院演唱归来。他把普契尼的歌剧《托斯卡》②唱得很美妙。

"你当然没听过了。"他说。

"何时你能在这边唱呢？"

"秋天吧，我会在史卡拉歌剧院演出。"

艾托尔说："我敢说观众一定会对你扔板凳。你听说过有观众在莫登娜向他扔板凳的事吗？"

"这是个该死的谎言。"

艾托尔说："他们向他扔板凳时我也在，我也向他扔了6张板凳。"

"你是旧金山籍的意大利人。"

艾托尔说："他不会发意大利字音，所以常常被扔板凳。"

另一名次中音说："最难演唱的还是意大利北部的皮森萨歌剧院。我敢打包票那绝对是个棘手的小歌剧院。"这名次中音叫伊嘉·桑德斯，艺名是伊铎杜·乔凡尼。

艾托尔说："我真想到那边看看你在台上唱不出意大利文时观众向你扔板凳的场景。"

伊嘉·桑德斯说："他是个疯子，总提扔板凳的事儿。"

艾托尔说："观众只会给你俩的演唱扔板凳。以后你们到了美国谈起你们在史卡拉歌剧院的得意成果时就再也没机会到史卡拉演唱

①患这种病的人容易伤风流鼻涕。
②意大利作曲家普契尼（1858—1924年）的作品，1900年首次出演。

了。"

西门子说："我会在史卡拉演唱的，等到 10 月我还会去托斯卡唱。"

艾托尔对副领事说："麦克，届时我们去保护他们吧？"

副领事说："或许那是美国军队的事儿。你要再来一杯吗，西门子？你喝一杯吧，桑德斯？"

"好。"桑德斯说。

艾托尔对我说："听说你将会得到银质勋章。表彰文是哪种形式的呢？"

"我不知道，还不是定数呢。"

"你会得奖。噢，老天，这样一来'海岬'的姑娘们都会以为你独自杀死两百个奥军，或俘虏了整壕沟的敌军而仰慕你的。她们也相信我曾很英勇才会得到勋章。"

"你有多少枚，艾托尔？"副领事问道。

西门子说："他样样都得过。战争就是适合他这样的小伙子。"

艾托尔说："我得过 2 次铜质勋章和 3 次银质勋章，可文件只通过了 1 次。"

"那另几次怎么啦？"西门子问他。

艾托尔说："战争不顺利，打不赢，他们就停发勋章。"

"你受伤多少次，艾托尔？"

"看到这 3 条受伤纪念杠没？"他拉开袖子离肩膀八寸以下的地方。受伤纪念杠就绣在黑袖上。

艾托尔对我说："我确定你也有一条，有时候这玩意儿挺有用的。相比勋章而言，我宁可要这些杠子。相信我，小子，等你有了 3 条杠就不同于平常人了。你受一次伤后住了3个月的医院,就只有一条。"

"艾托尔,你伤哪儿了?"副领事问他。

艾托尔拉起衣袖,"喏,"他露出那红红的深口儿的平滑的刀疤,"还有在腿上的,我打了绑腿,不方便掀给你看;第三处在足踝上,那儿还发青刺痛着呢。我常在早上取出一些小碎片,总隐隐发疼。"

"什么东西打中的?"西门子问他。

"手榴弹,马铃薯捣碎机①那一类型的,你知道的吧?好在只炸掉了我的半面脚盘。"他转向我说。

"我知道那种手榴弹。"

艾托尔说:"那婊子养的扔了那手榴弹过来把我炸倒时,我以为我完了,可没想到那种该死的马铃薯捣碎机里并没炸药。我就用步枪打死了那婊子养的。他们看不出我是军官因为我老扛着一支步枪。"

"他什么表情?"西门子问他。

艾托尔说:"他只有一颗手榴弹,也不知道他脑子里是怎么想的,就老想扔一枚。八成他从未上过战场,第一次就被我射死了。"

"你杀他时,他什么表情?"西门子问他。

艾托尔说:"该死,我哪里知道。我怕射脑袋瞄不准就往他的肚子射。"

"你当了多久的军官,艾托尔?"我问他。

"2年,我很快就会升任上尉。你当了多久的中尉?"

"3年。"

艾托尔说:"你的意大利文不够好还不能当上尉。你虽然会讲,可阅

_____
① 指德国木柄手榴弹,有9英寸长。

读和写作能力还欠缺,还得受过教育才有可能。你怎么不加入美军呢?"

"或许会的。"

"祈求上苍,要是我能加入就好了。噢,麦克,上尉的薪俸有多少?"

"不清楚,估计有 250 美金左右。"

"耶稣基督,我要是拿 250 美金就太好了。费雷德里克,你还是赶快加入美军吧,再看看能否把我也弄进去。"

"好。"

"我能用意大利话指挥军队,想必改用英语指挥也不会很难的。"

"你可以当将军了。"西门子说。

"不,我还不够格儿。将军得上知天文下知地理,你们还以为什么人都可以的咧。你们这帮没脑子的,连个二级班长都当不了。"

"感谢上帝,我不用当班长。"西门子说。

"如果你们和一群懒鬼在一起,就不一定了。噢,老天,我多希望咱们能在一起。我就可以让麦克当我的传令兵了。"

麦克说:"艾托尔,你是棒小伙子,可我觉得你有些军国主义色彩。"

"我会在战争结束前升为上校的。"艾托尔说。

"若是你还能活着。"

"我不会被杀的。"他用两根手指摸摸领口的星星,"看到了吧?每当有人谈到被杀的事时,我们总要摸摸星星标志。"

"我们该走了,西门子。"桑德斯站起来说。

我说:"再见,我也得离开了。"酒吧间的大钟显示已经 5 时 3 刻了。"再见,艾托尔。"

艾托尔说:"再见,费雷德里克。提前庆祝你得银质勋章。"

"我还不确定呢。"

"一定会的，费雷德里克，我听说了，你的奖章很顺利。"

我说："好啦，再见。别胡说了，艾托尔。"

"不用为我担心的。我什么都不多想，也不乱逛，不暴饮暴食，不乱追妓女，我有分寸的。"

我说："再见，祝贺你要升上尉了。"

"我靠的是战功，不必等人提升。你知道，领章上的 3 颗星附加一个皇冠和两把交叉的剑，这就是我。"

"祝你好运。"

"祝你好运。何时能在前线见到你？"

"快了。"

"好，那我们就在前线再见吧。"

"再见。"

"再见，提防被骗啊。"

我从一条后街取捷径赶回医院。艾托尔是由旧金山的一位叔叔抚养长大的，今年 23 岁了。宣战时，他正在杜陵和父母在一起。他有一个妹妹今年将由师范学校毕业，和他同时被送到美国投奔了叔叔。他是个正统的英雄，平常人都不大喜欢他，凯瑟琳也是。

她说："我们也有低调的英雄，亲爱的。"

"我不是很介意。"

"我也不会介意的，若是他能不那么自大惹人生厌的话。"

"我也很受不了他这一点。"

"你这样说真好，亲爱的。可你也不必这样。你可以想象得到能干的他在前线有多风光，可我向来不喜欢这样的男孩子。"

"我知道。"

"我还以为你不知道呢，我曾经设法喜欢他的，可他真是个可怕的小伙子。"

"他下午说他很快就要升上尉了。"

凯瑟琳说："哦，那很好啊，他应该很高兴吧？"

"你是不是也想我的军衔有所提升呢？"

"不，亲爱的，可以进一些不错的饭店，我已经很满足了。"

"我的军衔正好不是吗。"

"你的军衔已经很棒了。我不要你升官，那也许会让你头脑发昏。即使你变得自大自夸我也不渝我志，但有个谦逊的丈夫更好。"

我们在阳台上上小声谈话，月亮被大雾遮住了，随后到来的雨把我们赶回了屋里，屋顶上传来叮咚叮咚的雨声。

"你还遇见谁了？"凯瑟琳问道。

"梅耶斯夫妇。"

"哦，怪人。"

"他本该坐牢的，可他们放他到异国来自生自灭。"

"结果他在米兰过得很快活。"

"那我就不知道了。"

"相比起牢狱之灾这算是幸福的了。"

"梅耶斯夫人要带些东西来这儿。"

"的确，她常常带来不错的礼物。你也是她亲爱的孩子吗？"

"嗯。"

凯瑟琳说："你们这些男孩都是她亲爱的孩子。听那雨声。"

"嗯，越来越大了。"

"你会一直爱我吧？"

"会。"

"即使是下着雨？"

"当然。"

"那就好，我怕雨。"

"为什么？"外面的雨还在下着，我困极了。

"我不知道，亲爱的，我向来害怕雨。"

"可我却喜欢。"

"我喜欢在雨中散步，可雨会使爱情受损。"

"我会永远爱你。"

"无论是下雨，下雪，还是下冰雹，我都爱你——还有什么疑问？"

"我不知道，我想我爱得都累了。"

"去睡吧，亲爱的，不管怎样我都爱你。"

"你不是怕雨吗？"

"有你在身边就不怕。"

"你怕雨什么？"

"我说不出来。"

"告诉我嘛。"

"别逼我说出来。"

"告诉我嘛。"

"不。"

"告诉我。"

"好吧。我怕雨，是因为我脑海里时常浮现自己在雨中死亡的画面。"

"不。"

"有时甚至看见你在雨中死亡。"

"这倒可能。"

"不，不会的，亲爱的，我会救你的，我相信我可以，可我或许没法子自救。"

"好了，别说了。今晚我可不要你满脑子都是疯疯癫癫的苏格兰念头，我们待在一起的日子不多了。"

"不，我就是这样疯疯癫癫的，满脑子全是苏格兰念头。可我现在听话，不胡扯了。"

"没错，全是胡扯。"

"嗯，全是胡扯罢了。我不怕雨，一点儿也不怕。噢，上帝，希望我再不怕了。"她哭了。我安慰地拍拍她的后背，她止住哭泣。但是外面的雨还一直下着。

20

一天下午，我们和弗格森小姐及那位眼睛被榴霰弹炸伤的年轻人克罗威尔·罗吉斯去看赛马。午餐后小姐们就去更衣准备出门，克罗威尔和我坐在他病房的病床沿上看赛马报纸，揣摩着每匹马以往的成绩并预测以后的战况。头部裹着绷带的克罗威尔不太关心赛马，只是经常看赛马刊来打发时间，渐渐熟悉了每匹马的战绩。他说今天参赛的几匹马都不怎么样，但也只有这些可以参赛。老梅耶斯很喜欢他，就告诉了他一些自己场场都赢的独家情报。老梅耶斯不会将情报告诉其他人，怕多人押了同一匹马会降低赏格。这里的赛马行业非常肮脏，差不多都是些外来的犯规者、被赶出跑马场的人在这儿当骑师。梅耶斯的消息很准，可我不愿意问他，要等着他回答，还要忍受他那一副似乎很乐意告知又有些伤心的样子。他比较喜欢告诉克罗威尔。因为克罗威尔和他的眼睛都有毛病。梅耶斯甚至不告诉他的太太，他太太有时输有时赢，输的时候多，输了便唠叨个不停。

我们四人共乘一辆敞篷马车到圣西罗。天气很好，我们从公园出发，再沿着电车道出了城，城外尘土飞扬，路旁有用铁围墙围着的大别墅、凌乱的大花园、流水沟和沾满了尘埃的青菜园。穿过平原，我们看见很多农舍、肥沃苍翠的农田以及纵横交错的灌溉渠道，甚至还有北面的高山。穿军装的我们被免收入场券，同其他的马车一起驶入了跑马场，我们下车，买了节目单后横穿内场，从光滑的后跑道穿过走向练马的围场。木制的大看台看起来很陈旧，看台底下是一整排贴近马厩的赌马棚。一群士兵在内场的围墙边。练马的围场里人头攒动，有人在大看台后方树下的一个场子里遛马。我们看到了熟人，要来两把椅子给弗格森小姐和凯瑟琳坐，随后注意看那些赛马。

马儿们都低着头由马夫牵着——绕圈子。克罗威尔坚定地说那匹紫黑色的马是染色的。我们都看着它不敢确定。上鞍套的铃声即将响了，它才出来。我们看着节目单，又对照马夫手臂上的号码得知它是一匹叫杰帕拉的黑色阉马。都是些没有赢过1000里拉大赛的马儿出赛。凯瑟琳坚信它是染色的，而弗格森小姐声称她不敢判定。我觉得奇怪，我们就合押了100里拉赌这匹马。胜负单上说它的报偿率是35∶1。克罗威尔离开去买彩票了，我们坐着静静地等着。马师骑着马又绕了一圈才从树下走到马道，慢慢向开赛的转弯口骑去。

我们到大看台那去观赏赛马。那时候圣西罗还没有伸缩栅栏，马匹就被发号员排成一列远远地站在跑道的另一端。等他一挥长鞭，比赛就开始了。它们到我们跟前时黑马就快要领先了，到了转弯处它渐渐领先其他赛马了。我用望远镜看它们远远地跑到了那一端，马师拼命拉它回来却难以如愿。它们从这边弯口跑进长道时，黑马以绝对的优势遥遥领先——距离大概为 15 个马身。它一往直前在终点那头转了弯。

　　凯瑟琳说：“太好了，它一定是匹好马，我们的 3000 多里拉就要到手了。”

　　克罗威尔说：“希望在他们结账前，它染的颜色还没褪。”

　　凯瑟琳说：“它真是匹可爱的好马。不知道梅耶斯先生赌它赢了吗。”

　　“你没有赢吗？”我向梅耶斯大叫。他点点头。

　　梅耶斯太太说：“我也没有。你们这些孩子赌了哪匹？”

　　“杰帕拉。”

　　“真的？它的报酬率可是 35：1！”

　　“我们看上了它的颜色。”

　　“我可不喜欢。它看起来瘦瘦的，所以他们叫我别押它。”

　　“它的报酬率不太高。”梅耶斯说。

　　“可报价单标明了 35 倍。”我说。

　　“不，最后一刻时，他们往它身上押了很多钱。”

　　“谁？”

　　“坎普顿河那些小伙子。你就相信吧，它的报酬率不会超过两倍。”

　　凯瑟琳说：“那我们不就没有 3000 里拉了。我讨厌这骗人的赛马！”

　　“我们会得到 200 里拉。”

193

"那有什么用。我还以为我们会有 3000 里拉的报酬。"

"真可恶，不诚实。"弗格森说。

凯瑟琳说："当然，若是不搞欺骗的把戏，我们怎会押赌金在它身上。可我还是希望有那 3000 里拉。"

"我们下去喝一杯，顺便看看报酬率。"克罗威尔说。我们到了他们贴号码、按铃付账的地方，看到杰帕拉胜利后只有 18.5 里拉的报酬。这样看来，它的报酬还比不上一张 10 里拉的胜券。

我们下去到了酒吧里叫了两份威士忌苏打，途中碰到两位熟人——那位意大利人和副领事麦克亚当斯。我们一起回到女士们身边的时候。那意大利人很有礼貌，麦克亚当斯和凯瑟琳谈得很愉快，我们去押赌注。梅耶斯先生站在"共赌"（全部赌金扣除一成手续费，余款由押中赢马的人平分）亭子旁。

"问他要押什么。"我对克罗威尔说。

"你会押哪匹呢，梅耶斯先生？"克罗威尔问他。梅耶斯用铅笔指着节目单上的第五号。

"我也押第五匹，你介意吗？"克罗威尔问他。

"押吧，押吧，可千万别告诉我太太是我说的。"

"你要喝一杯吗？"我问道。

"不，谢谢。我从不碰酒精类的东西。"

我们分别押 100 里拉赌 5 号得第一和第二，然后又各自喝了一杯威士忌苏打。我觉得心情很好，恰巧又碰见了几个陪我们喝酒的意大利人，后来就带着他们回到女士们身边。这俩人也和刚才那两个一样礼貌周全。一会儿大家就坐不住了，我把赌票交给凯瑟琳。

"这是哪匹马？"

"不知道，梅耶斯先生选的。"

"你都不知道它的名字？"

"嗯，可你能在节目单上找到的嘛，是5号。"

"你真有信心，"她说。5号赢了，可报酬率几乎等于零。梅耶斯先生生气极了。

他说："你押了两百里拉的赌注，才赚得20里拉。这是个划不来的买卖——12里拉换10里拉的马票。而我太太又输了20里拉。"

"我和你一起下去。"凯瑟琳对我说。意大利人都跟着我们下楼到了练马场。

"你喜欢吗？"凯瑟琳问我。

"是的，我想我喜欢。"

她说："我想还好。不过，亲爱的，我难以忍受见这么多人。"

"我们并没见到多少人啊。"

"对，可梅耶斯夫妇和那个带着家眷来的银行界人士——"

"我的汇票还要拜托他兑成现金呢。"我说。

"是的，可如果不是他兑现，自然会有别人兑给你。最后那四个人甚至算得上可怕。"

"我们就在围栏这看比赛好了。"

"亲爱的，我们赌一匹没听过的而梅耶斯先生也不会下注的马儿吧。"

"好吧。"

我们押了一匹叫"为我轻盈"的马，结果跑了倒数第二。我们在围墙上看着跑过的马儿，听着嗒嗒响的马蹄声，又向远处的高山、树木还有田野彼端的米兰市望去。

"我觉得现在很清爽。"凯瑟琳说。汗水淋漓的马群返回来经过栅门时，马师们要它们安静地走到树荫下才下马。

"你不喝一杯吗？我们可以在这里待着，边喝边看。"

"我去拿。"我说。

"叫小厮送来吧。"凯瑟琳说。她抬抬手让小厮从马厩旁的"宝塔"酒吧出来为坐在圆形铁桌边的我们服务。

"你不觉得就我们两个更惬意？"

"是的。"我说。

"他们都在时我反而觉得寂寞。"

"这边多棒啊。"我说。

"是的，跑道很是漂亮呢。"

"没错。"

"我不想搅坏你的兴致。如果你想回去，我也同意。"

我说："不，我们就留在这儿喝酒。然后再站在有水洼的地方看跳栏赛马。"

"你真的太好了。"她说。

我们独处了一会儿，又去见见别人。我们度过了快乐的一天。

21

时间到了 9 月，先是夜间气温变低，随之白天的气温也低了。公园里的树叶慢慢变黄了，秋天来了。圣加布里尔久攻不下，前线的战况差极了。班西萨高原的战事已经结束了，9 月中旬，圣加布里尔的战斗也即将结束。那儿还是没攻下来。艾托尔已经回到前线了。马儿已经去了罗马，再也不能举行赛马会了。克罗威尔也动身去了罗马，在那儿等待回美国。城里发生了两次反战暴动，都灵也有严重的暴乱。我在俱乐部里从一位英国少校口中得知意大利在班西萨高原和圣加布里尔损失了 15 万人，而在卡索损失了 4 万人。我们喝了杯酒，他讲得滔滔不绝的。说是今年周围的战争都已经结束了，意大利人一次性发动太多的战争了，而法兰德斯的进攻渐渐弱下去了。他们若还像今秋这样，明年盟军就会有大麻烦了。他说我们都很担心，可要是我们不知道，就不会有烦恼了。我们都很颓丧，只是自己还没发现。最后发觉颓丧的国家才能打赢这一仗。我们又一起喝了一杯。我是某人的参谋吗？不，他才是。俱乐部里就我们俩，坐在一张皮质大沙发上喝酒。他漂亮的深色皮质长靴擦得雪亮。他说他们师团和人力很荒唐。他们都很奸诈地在抢各师的兵力，得到了也只会在战场上牺牲掉他们。

德国人全是军人，但他们也败了。老匈牙利人是好兵，可他们也急得焦头烂额的，我们都这样。我问他俄国呢，他说他们也一样焦头烂额的，马上就可以看出来了。还有奥军也是这样，除非他们能得到一些匈牙利师团，战事才可能成功。据他看来今年秋天他们还会进攻。意大利人正焦头烂额，老匈牙利人就可以从意大利北边的特兰蒂诺区进攻，截断维森萨的铁路，意大利人就无地自处了。他们1916 年这样做过了。可德国人没有，我说有。我想他们不可能会照他说的这么简单的方法去做，他们试的办法一定会复杂得难以想象，然后再光明正大地焦头烂额。"我得离开这儿回医院去。"我说。他说："再见。"随即改用快活的口吻，"一路顺风！"真是一对矛盾啊——他的时局悲观论与个人的开朗性格。

我顺路到理发店刮了胡子后才返回医院。经过这么长时间的治疗和修养，腿伤已恢复到理想程度了。3 天前做的检查说还要接受玛琪奥列医院的 3 种疗法就完全结束了。我在偏僻的街道踽踽而行，有一个老头子在拱廊街道上正为人剪侧影。我停下来看他，他脑袋侧向一边而眼睛望着前方，动作迅速地把摆好姿势的两位小姐的侧影剪在一块儿。小姐们咯咯地捂着嘴笑。他先将侧影递给我看，然后把它贴在白纸上给小姐们。

他说："她们真漂亮。你要不要来一张，中尉？"

小姐们望着自己的侧影，娇笑着离去。她们的确是漂亮的姑娘，其中的一位我在医院对面的酒店见过，她是那儿的雇员。

"好的。"我说。

"脱掉帽子吧。"

"不，戴着剪。"

老人说："那可不好看啊。"他又笑着说，"不过戴着确实比较有军人的风采。"

他用黑剪纸剪人形再把两张厚纸分开后贴在一张卡片上交给我。

"多少钱？"

他摇摇手说："没关系，我送给你吧。"

我摸出几枚道币："给，当作茶资。"

"不，我是为了娱乐，留着钱给你女朋友花吧。"

"那多谢了，改天见。"

"再见。"

我接着走回了医院。看到有我的几封信，一封官方的和几封别的什么信函。我读了很多遍——放我 3 个星期的休养假后就要回前线。好吧，就这样了。10 月 4 日结束治疗，休养假就开始了。3 个星期

198

共 21 天——就截至 10 月 25 日。我告诉他们我要出去后，就到离医院不远的一家饭馆吃晚餐，坐在桌子旁阅读来信和《晚间快报》。有一封我祖父寄来的信，里面谈及一些亲属的消息，爱国的鼓励之类的，以及一张两百美元的汇票和几张剪报；有一封枯燥无味的会餐团神父寄来的信；一封来自一个在法军当飞行员的熟人，信上说他和一群狂人厮混的事；还有一封是来自雷纳迪的短笺，他问我还要在米兰待多久及近况怎样，他要我帮他带留声机唱片来，还附了一张列表。我一边吃饭一边喝塔什康出品的红葡萄酒，后来又喝了一杯咖啡和一杯"科奈白兰地"，我看完报纸，便把来信收进口袋，把报纸和小费留在桌上离开了。回到我的房间换上了睡衣和睡袍，拉下阳台的窗帘，就懒懒的坐在床上看梅耶斯太太留给医院小伙子的波士顿报纸。芝加哥"白袜队"赢了美洲棒球联锦标赛，而纽约"巨人队"赢得了国家联赛的冠军[1]。那时候贝比·鲁斯[2]还只是波士顿队的一名投手。报纸上的新闻都是关于同一地方的，一概陈腐又枯燥，就连战争新闻也是古板的。美国新闻全是训练营的报道。我能读的只有棒球消息，可我偏偏对棒球没兴趣。一堆报纸都搁在一块儿没能细读。虽然报纸过期了，我还是翻看了好一会儿。我没看出美国参战的确切消息。要是参战了会停止大职业棒球联赛吗？或许不会，意大利战况很糟，米兰不照样赛马吗？法国的赛马活动已经停掉了，我们那天押的马杰帕拉就是从法国运来的马。凯瑟琳 9 点才值班。她露面时，我听到她的脚步声沿着地板传过来，一次次看见她穿过大厅到各病房的身影，终于等到了她。

---

①美国的棒球比赛是备受欢迎的群众性娱乐活动，杰出运动员受人崇拜好比明星。
②贝比·鲁斯后来擅长击全垒打，成为美国棒球史上杰出运动员。

她说："我来晚了，亲爱的，刚才很忙，你还好吧？"

我说了文件和休养假的事情。

她说："真好，那么你想去哪？"

"哪都不去，就留在这边。"

"那未免太浪费了。你选个好地方，我就陪你去。"

"怎么办呢？"

"我不知道。可我知道我可以的。"

"你真棒。"

"不，不一定。但如果你不瞻前顾后，任何事都阻碍不了你。"

"你说的是什么？"

"没什么。我只是觉得，以往那些看上去很大的障碍，经过后都没什么大不了的了。"

"我想这事不好办。"

"不，不会，亲爱的。必要时我就离职，可还不至于走这一步棋。"

"去哪儿，我们？"

"我不在乎，去哪儿你决定。反正到处都没人认识我们。"

"你不在乎去哪儿？"

"是，你选的我都喜欢。"

她看起来既沮丧又紧张。

"怎么啦，凯瑟琳？"

"没有，没什么。"

"有，一定有。"

"不，没有，真的没有。"

"我知道一定有的。告诉我嘛，亲爱的，你应该告诉我。"

"没什么大不了的。"

"告诉我吧。"

"我不想说，我怕会让你担心。"

"不，不会的。"

"真的？我不担心自己，只是怕你为我担心。"

"你都不担心，我也不会的。"

"我不想说。"

"说吧。"

"我怀孕了，快3个月了，亲爱的。你不会担心的是吧？请你千万别担心忧虑。"

"好吧。"

"没关系的是吧。"

"当然。"

"我想尽了办法，采取一切预防措施，可还是这样的结果。"

"我并不担忧。"

"我也是没办法了，亲爱的，可我不担忧。你千万别担忧，或是因此沮丧。"

"我只是为你担心。"

"这就对啦，不必如此的。女人都会怀孕的，生孩子这是很自然的事啊。"

"你真棒。"

"不，不一定，可你千万别担心，亲爱的。我会尽最大的努力不给你惹麻烦。我知道我曾经给你添过麻烦，可后来我都很听话不是吗？你难道没察觉到吗？"

"是的。"

"就是这样的，你千万不要担心。我觉得你看上去很担忧。停，快停！亲爱的，你难道不想喝杯酒吗？我知道你向来喜欢喝酒。"

"不，我觉得已经很快乐了。你真棒。"

"不，不见得。你若是能选一个度假的好地方，我就会安排好一切陪你一起去。10 月应该会很美的，我们将会度过一段美好时光的。亲爱的，等你离开这儿到了前线，我会每天给你写信。"

"你会去哪儿？"

"还不知道，可一定会是一个好地方。让我来安排一切。"

我们停了下来沉默了一会儿。我望着坐在床上的凯瑟琳，彼此不接触而远远隔着一段距离，就像是有人进房时忸怩不安的样子。她伸出手来拉我的手。

"你不是在生气吧，亲爱的？"

"没有。"

"你是不是觉得被困住了？"

"或许吧。可困住我的绝不是你。"

"我没有说是我，你别傻了，我只是说被困住了。"

"生物学上说人总是觉得自己受困了。"

她的心在一点点远离我，虽然她并没有挪动身体，也没有把放在我手上的手拿开。

"'总是'并不是个好字眼。"

"我对此感到很抱歉。"

"没关系，可你知道的，我第一次怀小孩，我甚至没爱过其他人。我正想方设法地依你的愿望，而你却只顾大谈'总是'的问题。"

"那我把这该死的舌头割掉。"我说。

"噢，亲爱的！"她从冥想回到了现实，"你千万别介意我说的。"我们又好好地在一起了，没有一丝令人不快的忸怩感，"其实我们已经是一体了，不应该故意误解彼此的。"

"我们不会。"

"可有人会。他们虽然也爱着对方，却总是故意误解，接着吵架，于是他们的感情便破裂了。"

"对，我们不会吵架。"

"我们也不能吵。只因我们就只有彼此，世界上的其他人都跟我们作对。若是我们之间发生纠纷破裂了，他们就赢了。"

我说："你足够勇敢，他们不可能赢的，勇者无敌！"

"当然，他们也会死的。"

"可只死一次。"

"什么，谁说的？"

"懦夫死一千次，勇者却只死一次[①]？"

"对。谁说的？"

"我不知道。"

她说："说不准是一个懦夫说的。他很了解懦夫，却对勇者一无所知。勇者若足够聪明，说不准会死两千次。他可能只是嘴上不说而已。"

"我不知道，勇者的想法是猜不透的。"

"是的，他们总是那样的。"

---

①参见莎士比亚《凯撒大帝》第二幕第三场中凯撒所讲的话："懦夫在死前死上好多次，勇者从来只尝到一次死的滋味。"

"是的，你在这方面是权威嘛。"

"你说得对，亲爱的，我却之不恭。"

"你真了不起。"

她说："不，可我也想当个勇士。"

我说："我不想，我知道自己的能力，离家多年才知道。我就像一个击球成绩为两百三十的棒球手，心里清楚自己的能力仅仅如此了。"

"什么叫作像是个击球成绩为两百三十的棒球手？这成绩很令人激动。"

"不，就是说是棒球界的低级击手。"

"可终究还是个打击手呀。"她激我。

我说："我们俩或许都很狂傲，可你很勇敢。"

"不，可我希望这样。"

我说："我们都勇敢，我在喝酒后也会很勇敢。"

"我们都是一等一的人物。"凯瑟琳说。她走到衣柜那儿给我拿"科奈白兰地"和玻璃杯，"喝一杯吧，亲爱的，你真棒。"她说。

"我其实并不是真的想喝。"

"喝一杯吧。"

"好吧！"我倒了三分之一杯的"科奈白兰地"，然后一口喝完。

她说："好棒！虽然白兰地是给英雄喝的，可你也不该一口饮完的。"

"以后我们要去哪？"

她说："说不准去住养老院。我三年来一直幼稚地企盼战争能在圣诞节收场，可我现在却希望我们的儿子能当上中尉指挥官。"

"他会当将军也说不准哦。"

"若是百年战争就好了，他就有可能都当上。"

"你不想陪我喝一杯吗？"

"不，亲爱的，你喜欢喝酒，而我却觉得头昏。"

"你没喝过白兰地吗？"

"没有，亲爱的。我是一个很保守的人。"

我把手伸到地下拿酒接着又倒了一杯。

凯瑟琳说，"我还是去看看其他病人吧。你就在这儿看报纸等一下。"

"你一定要离开吗？"

"要么现在就去，要么就等会儿嘛。"

"好吧，还是现在去吧。"

"我马上就回来。"

"我会认真地看完报纸的。"我说。

22

那晚天有些凉了，次日开始下雨。我从马焦莱医院返回时被淋湿了。进房间换了衣服，发现阳台上大雨倾盆，风大得把豆大的雨粒儿斜斜地刮在玻璃板上。本想喝些白兰地暖暖身，却觉得不大爽口。晚上觉得很难受，次日早餐后觉得想吐。

住院先生说："看他的眼白就明白了，小姐。"

戈吉小姐看后点了点头。他们让我自己照照镜子，我发现眼白是黄色的，原来是得了黄疸病。这个黄疸病让我在接下来的两周病快快的，我和凯瑟琳一起去玛琪奥列湖边的巴兰萨度假的计划取消了。正值秋天，树叶变黄，那景色一定宜人。那儿可以散步，或是在湖里钓鳟鱼。反正比在史特丽莎有趣，兼之巴兰萨游客又少而史特丽莎离米兰很近，在那常常会碰到熟人。巴兰萨那间优雅的别墅，还可以划船到最大的岛上的餐厅就餐，或到渔民居住的小岛上去，可我这一病一切就都成了泡影。

一天，我还躺在床上养病，范·坎本小姐进了屋，开了衣橱发现了放在里面的空酒瓶。我曾让门房处理过一次，想必是被她看到了，于是才上来找我的。那里面大多是苦艾酒瓶、马撒拉白葡萄酒瓶、卡布里白酒瓶、空的塔什康红葡萄酒细颈瓶和几个"科奈白兰地"的瓶子。门房只把大的酒罐拿走了，可细颈的如苦艾酒和茅草覆盖的塔什康红葡萄酒瓶、白兰地的瓶子还没有处理掉。白兰地酒瓶和一个形状像熊的莳萝甜酒罐是最令范·坎本小姐生气的。她拿起来时那大熊脚掌高举地蹲坐着，有个软木塞在它玻璃脑袋上，底部黏黏的结晶垂在下方。我忍俊不禁。

我说："只有俄国上好的莳萝甜酒才用这种熊形的酒罐盛装。"

"另外的都是空白兰地酒瓶，对吗？"范·坎本小姐问道。

我说："我没看清楚。估计是的。"

"你偷偷喝酒有多久了？"

我说："是我自己买来和自己带来的。因为时常有意大利军官来看我，我不得不准备些白兰地招待他们。"

"你自己不喝？"她问道。

"我也喝。"

她说："白兰地，11个白兰地空酒瓶以及那瓶大熊酒。"

"是莳萝甜酒。"

"我得叫人来处理掉。这是所有的空酒瓶吗？"

"现在是这样，没错。"

"我原先还同情你得了黄疸病，现在想来我的同情是多余的。"

"谢谢你。"

"你不想回前线也是常理，不过我不认为你干了聪明的事儿，我真不愿相信你是故意纵酒让自己患上黄疸病的。"

"你不愿意相信什么？"

"纵酒导致患上黄疸病。你根本就听到了。"她说。我无言以对。"要是你不能想出别的办法，等你黄疸病好了，你就得马上回前线。我可不信你这样故意引发黄疸病，还能得到休养假。"

"你不信？"

"我不信。"

"你得过黄疸病吗，范·坎本小姐？"

"没有，可我见得多了。"

"那你觉得你的病人喜欢得这病吗？"

"我想这比上前线好。"

范·坎本小姐逃避回答这个问题。她可以这样做，或离开房间，可她竟然还不打算离开。估计她早就讨厌我了，现在故意找我的麻烦。

"我见过很多人为了不上前线故意受伤。"

"我不是想问这个，我也看见过很多故意受伤的人。我问你见过男人踢自己的私处致残的吗——这种感觉就像得黄疸病一样，你们女人是不会懂得那种痛苦的。所以我才问你得过黄疸病没有，范·坎本小姐，因为——"范·坎本小姐走了，不久戈吉小姐进来了。

"你跟范·坎本小姐说什么了？把她气得要死。"

"我们谈痛苦的程度，我正想问她有没有生过孩子——"

戈吉小姐说："你这傻瓜，她恨不得杀了你。"

我说："她已经这样做了，她不仅取消了我的休养假，或许还要把我交由军法处处置。她真够卑鄙的。"

戈吉小姐说："她向来讨厌你没错，可究竟是为了什么啊？"

"她说我为了躲避去前线故意喝酒引发黄疸病。"

戈吉小姐说："啐！我可以作证你没喝，所有人都可以为你证明。"

"没用的，她已经发现了酒瓶。"

"我告诉你多少次了，让你处理干净的。现在可好，那酒瓶呢？"

"你有手提箱吗？"

"没有，就放在帆布背包里吧。"

戈吉小姐装好了酒瓶，"我会交给门房处理掉的。"她说完后便准备离去。

"等等，我亲自来拿，"范·坎本小姐说。她带来了门房，然后说："拜托，我做完报告后，就把这些空酒瓶子拿给医生看。"

她的足音渐渐消失在大厅里。门房拿着背包也走了，他什么都知道。

我的休养假虽被取消了，幸好没再出什么事。

23

回前线那晚，我让门房先到车站等从杜陵开来的火车，替我抢占位子。火车半夜才开。车厢在都灵连结后在晚上大约10点半到站，停在站里等到计划出发的时间到了才会发动。所以我需要在火车进站时找个位子。门房还带个曾当过裁缝、如今离营度假的机枪手一起去——他觉得有两个人合作，占到一个位子的机会大些。我给钱让他们帮我买月台票以及代扛包括一个大帆布背包和两个军用袋的行李。

　　大概5点钟我就与医院的医生护士道别，到门外时，门房把我的行李暂时放在他的住处，我说我会在半夜前赶到车站。他太太是位个矮胖、和蔼的白发老妇人，常为我做些修补的活儿，满口地叫我"老爷"，忽然大哭起来。她哭得整张脸显得四分五裂的。她擦擦眼泪同我握手后又接着哭起来。我轻轻地拍她的背，可她忍不住又哭了。我走到转角的酒店里等人，望着窗外的景色以消除我的焦急。外面雾蒙蒙的又黑又冷。我叫了咖啡和"钳子牌白兰地"并买了单，从窗口闲闲地看灯下的行人。我一看到凯瑟琳就情不自禁地敲了敲窗户，她抬头看着我甜甜地笑了，我便急忙出去接她。她披着一件暗蓝色的斗篷，头上戴着一顶软毡帽。我们并肩沿着人行道从一家酒店门前一直向前，再穿过菜市广场逛街，接着从拱道沿着电车道向大教堂广场走去，大教堂在雾里看上去白白的、湿湿的。我们横穿过电车道，左边有一排店铺橱窗里还点着灯，还有拱廊街的入口。广场那儿有雾，大教堂正面庄严宏伟，可石头都像是含着湿气。

　　"要进去吗？"

　　"不。"凯瑟琳说。我们继续向前走，走过前面石头扶壁，看到一个士兵和他的女朋友紧贴着石墙站在阴影里，她身上披着他的斗篷。

　　"有人和我们一样耶。"我说。

　　"不，不一样。"凯瑟琳并不快活地说。

　　"希望他们有地方可以去。"

"就这样也不一定不好啊。"

"我不知道，但我还是觉得人人都该有地方可去。"

"他们有这个大教堂啊。"凯瑟琳说。我们正路过大教堂。两人从广场的另一端穿过，然后回头看雾里雄伟的教堂。我们到了皮货店门前，看到橱窗里的马靴、帆布背包和滑雪靴分开展示着；帆布背包摆在中间，马靴和滑雪靴分在两侧。皮色发暗却又很光滑的样子，看起来就像旧马靴。黑亮的皮革面反射出电灯的强光。

"我们应该在一起滑一次雪的。"

"那要再过两个月穆兰①才有滑雪活动。"凯瑟琳说。

"我们到那儿走走。"

"好吧。"她说。我们走着看其他的橱窗，就这样走到了一条偏僻的街道。

"这条路我没走过。"

"我常常走这条路去医院。"我说。我们一直走在窄窄的街道右边，夜雾中有许多人在行走着。街上有好多店铺的橱窗灯都还亮着，我们在橱窗前静静地看一堆乳酪。最后停在一间枪械店门口。

"进来待一会儿吧，我需要买枪。"

"哪种？"

"就普通的手枪。"我们进去后我把皮带解开了，并把它和空枪套一起放在柜台上。柜台后面的两个女人马上拿出几把手枪给我选。

"要能和这副套子相匹配的。"我打开我从旧货摊淘来在城里佩戴的灰皮枪套说。

"他们有好手枪吗？"凯瑟琳问。

---

①瑞士中部著名旅游胜地，海拔5415英尺，风景很美。

"大都差不多，我能试试这把吗？"我问那个女人。

她说："可现在没有试靶的场所。我保证这是把让你不失误的好枪。"

我咔嗒扳了一下又往回拉机械装置，弹簧很强而且运转还挺流畅的。我仔细看了看，又咔嗒扳了一下。

那个女人说："这是一位神射手军官用过的。"

"他从你这儿买的？"

"是的。"

"可你又是怎么买回来的？"

"哦，我从他的传令兵手上买的。"

我说："或许你也能找到我的传令兵。好了，这多少钱？"

"很便宜的，就 50 里拉。"

"好吧，我还需要两个备用弹夹和一盒子弹。"

她把货品从柜台上取下来。

她问道："你需要剑吗？我还有几把用过的很便宜的剑。"

"我上前线只需要枪。"我说。

"噢，明白了，你不需要。"她说。

我付了账，然后把弹仓装满后推回原位，并把手枪放进空枪套中，又在备用弹夹里也装满子弹后把其塞进枪套的皮孔里，接着扣好我的皮带。尽管手枪把皮带坠得很沉。可我想还是有一把正规的手枪好些，子弹也可以随时买，不需要操心。

我说："好了，办好了应做的事——全副武装。我的手枪在送医院的途中就被拿走了。"

"希望你买的是把好家伙。"凯瑟琳说。

"还要买什么吗？"女人问道。

"应该没了。"

"这把手枪还配备有牵索呢。"她说。

"我知道。"女人还想劝我买别的货物。

"你还需要哨子吗。"

"应该不需要了。"

女人说了声再见，我们就离开了，到了人行道上。凯瑟琳望了望橱窗。里面的女人正看向我们并鞠了个躬。

"嵌在木料中的小镜子有什么用？"

"用来吸引鸟类,在田野里转动镜子吸引云雀飞出来就能射击啦。"

凯瑟琳说："他们真是个颇有智慧的民族,你们美国应该不射云雀吧，亲爱的？"

"不会故意去射它们的。"

我们穿过街道到另一边逛去。

凯瑟琳说："好了，我出门时的坏心情彻底消散了。"

"我们在一起就是最大的快乐了。"

"我们会一直在一起的。"

"是的，可到了半夜我就要走了。"

"别去想了，亲爱的。"

我们走在街上，看着夜雾一点一点地抹去灯的强光。

"你累了吗？"凯瑟琳问道。

"你呢？"

"我还好，和你一起散步我很开心。"

"可我们还是别走得太远了。"

"嗯。"

我们走上了一条暗暗的小道，一句话也不说，只是随意走着。我停住步子把凯瑟琳拉到一边吻她，我们停在背对着街上的一扇高墙旁。她的手习惯性地搁在我的肩上，又把我的斗篷拉到她的一边罩住了我们俩。

"我们找个地方歇歇脚吧。"我说。

"好。"凯瑟琳说。我们走在街道上，来到运河边一条比较大的街上。对面有一面砖墙和一些建筑物。沿着街道走去，看见一辆电车正过桥。

"我们到桥上叫车吧。"我说。我们站在雾漫漫的桥上等马车，看着好几辆载满了人的电车驶过，后来来了一辆马车可上面已有人了。此时下雨了。

"那我们走路或是坐电车吧。"凯瑟琳说。

我说："再等等，一定会有马车的，这是必经之地。"

"来了。"她说。

车夫叫住马儿。接着把计程表的金属标记放低。拉上了马车顶，有几粒水珠滴在车夫的外衣上。他的亮漆礼帽湿湿的泛着光。我们一起坐在车顶下黑黑的座位上。

"你让他到哪儿去？"

"到车站，那儿有一家旅馆可去。"

"我们还像平时一样？不带行李吗？"

"是的。"我说。

下着雨，从偏僻的小街到车站还挺远的。

凯瑟琳问道："我们不吃饭吗？我怕会饿。"

"我们在房里吃。"

"我现在没有睡袍之类的换。"

"那我们去买。"我说着，叫住车夫。

"先到曼梭尼大道去，再择路到车站。"他点了点头，随即在下个路口向左转到大街上了，凯瑟琳留心看着店铺。

"这儿有一家。"她说。我叫车夫暂时停下来，凯瑟琳下车后走人行道到店里。我坐在马车上等着她回来。外面下着雨，街道湿湿的味儿和马儿在雨里的汗味儿混杂着传来。不多久她就带着一个包裹回来了，于是我们又叫车夫出发了。

她说："我很奢侈地买了一件上好的睡袍，亲爱的。"

到旅馆门外后，我让凯瑟琳在车上等我去安排空房。幸运的是，有很多空房间，于是我又回到马车边付账，就和凯瑟琳一起进了旅馆。小侍童帮着提那包东西。经理向我们鞠了个躬，又送我们进了电梯。四周都是红丝绒及铜质的设备。

"两位在房间里用餐吗？"

"嗯，能叫人送菜单上来吗？"我说。

"你们喜欢特别的大餐还是要野味或蛋白牛奶酥？"

电梯上了三层楼咔啦了三声，后来又咔啦咔啦地停下来。

"有什么野味？"

"雉鸡和山鹬。"

"山鹬吧。"我说。我们走在地毯陈旧不堪的长廊上，一路上有很多房门，经理打开了一间。

"到啦，这个房间很漂亮嘛。"

小侍童拿来了包裹并放在房间中央的桌子上走了，经理把窗帘拉开。

"外面都是大雾。"他说。屋里全是红丝绒制品，有两张椅子和一张缎面床罩的大床，还有很多的镜子和浴室。

"菜单马上就来。"经理说。他鞠个躬走了。

我走到窗口那儿向外看去，又拉上了红丝绒窗帘。凯瑟琳脱了帽子，散着在灯下发亮的金发，坐在床上看着雕磨的蜡烛架。我从三面镜子看她时，她正照着镜子，双手抚着头并不是很快乐的样子，不顾落在床上的斗篷。

"你怎么啦，亲爱的？"

"我从未觉得自己会像个娼妇一样到宾馆来。"她说。我走到窗口拉开一条缝儿往外看。我没想到会是这样。

"你知道的，你不是娼妇。"

"我知道，亲爱的。可自己觉得自己像娼妇总是不大开心的。"她的声音寡淡无味。

"可这已经是我们能呆的最棒的旅馆①了。"我望着窗外说，火车站的灯光映在广场对面。马车通行的街上，还能看见公园里的树木。湿漉漉的人行道被旅馆的灯光照亮了。我暗想：噢，混蛋，现在一定要吵架吗？

"过来，拜托。"凯瑟琳说。乏味感没有了。"过来，拜托，我又是个乖女孩啦。"我看到坐在大床上的她笑了。

我走到她身边吻她。

"你真是我的乖女孩。"

"当然，我是你的。"她说。

吃过饭，我们的心情畅快多了，又变得很幸福。不久这里就像

----
①当时的旅馆是分等级，只接待社会上某一等级的人。

是我们的家一样了。医院病房也是我们的家，让我俩幸福的地方都是我们的家。

吃饭时，凯瑟琳将我的军衣披在肩上。饭菜很好，加上我们饿坏了，我们喝了杯卡布里白酒和一瓶"圣伊斯特菲"。当然我喝了大部分，凯瑟琳也陪着喝了些，她变得开心多了。我们把山鹬肉、洋芋蛋白牛奶酥和栗子浓汤当晚餐，甜品是沙拉和意大利泡沫乳蛋糕。

凯瑟琳说："这是个迷人的好房间，我们在米兰时就应该早点来这里的。"

"这房间虽然很滑稽可总体上还不错。"

凯瑟琳说："偶尔试一下失德的感觉也不错，旅馆眼光还很不错，这红丝绒美得正合我意，镜子也是。"

"你真可爱。"

"我还不知道早晨起来时在这样金碧辉煌的房里走动会是什么样的感觉呢。"我又倒了杯"圣伊斯特菲"。

凯瑟琳说："希望我们能做些真正罪恶的事，我们现在这样显得很单纯天真呢。我不敢相信我们从未做过罪恶的事。"

"你是个非比寻常的女孩。"

"我就知道我饿了，饿得要死。"

"你还是个美丽的妙龄少女。"我说。

"我是个单纯的女孩，世界上就你知道这一点。"

"我刚认识你的那天下午，就想到了我们在开佛旅馆幽会的情景①。"

---

① 关于瞎想这一段可以翻阅本书第七章。开佛旅馆是米兰最高级的旅馆之一，不招待普通尉级军官。

216

"你真不害臊。开佛旅馆不在这儿吧？"

"不，那边怎么会招待我们。"

"他们以后会的。可是亲爱的，这就是我们的差别，我从不多想。"

"一点也没想过？"

"想过一点点。"她说。

"噢，你这可爱的女孩。"

我又倒了杯酒。

"我是个很单纯的女孩。"凯瑟琳说。

"刚开始觉得你疯疯癫癫的，没觉得你单纯。"

"我的确有点疯疯癫癫的，但那是单一的疯癫。你没被弄糊涂吧，亲爱的？"

我说："酒真好，能让人忘掉不开心的事。"

凯瑟琳说："酒的确很好，可它却害得我爸爸患上严重的痛风。"

"你父亲还在世？"

凯瑟琳说："是的，可他得了痛风，你不需要见他了。你父亲去世了？"

我说："不，有继父。"

"我会喜欢上他吗？"

"你也不需要见他。"

凯瑟琳说："我们的日子真快活，我对其他的都不想理会了。嫁给你我很幸福。"

侍应生进来收拾东西。不久我们安静了一会儿，只听见淅淅沥沥的雨声，外面街上汽车猛按喇叭的杂声。

"我在身后总听见，

时光疾驰的列车近了①。"

我吟诵了首诗。

凯瑟琳说："我知道这首诗是马韦尔的，里面描写了一个不愿跟男人生活的少女。"

我的脑袋很清楚，我得面对现实。

"你打算在哪儿生产？"

"我还不知道，可我会找个好地方的。"

"你打算怎么安排？"

"会好好安排的，别担心，亲爱的。在和平到来前或许我们会有好几个孩子呢。"

"快要到子夜了。"

"我知道，若是你愿意现在就可以就离开。"

"不。"

"那就别愁了，亲爱的。你一直很镇定，而现在你却想这样多。"

"我没有，多久写一封信给我呢？"

"每天写，他们会看你的信吗？"

"没关系的，他们的英文不好。"

"那我写得难懂些。"凯瑟琳说。

"也别让我也看不懂哦。"

---

① 安德鲁·马韦尔（1621—1678年），英国诗人，此两行出自他的爱情诗《致我缅怀的情人》。

"我会把握好尺度的。"

"我们恐怕现在就要走了。"

"好吧，亲爱的。"

"我讨厌离开美丽家园的感觉。"

"我也是。"

"可我们现在一定得走了。"

"好吧，我们向来不在家里多待。"

"会的，以后会的。"

"等你回来，我会替你打理一个温馨的家。"

"或许我很快就会回来的。"

"或许你的足踝会受点小伤。"

"又或者是耳朵。"

"不，我希望你的耳朵好好的。"

"你就不喜欢我的脚？"

"因为你已经受过脚伤啦。"

"我们真的得走了，亲爱的。"

"好吧，你先走吧。"

24

我们没有坐电梯而是走了陈旧不堪的楼梯。餐费在餐点送上楼时就付过了。端饭来的那个侍应生坐在门边椅子上，见到我们他马上站起来鞠躬，我跟着他进了间偏室，付了住店的费用。经理说我是他朋友，硬是不肯先收钱，而他却叫侍应生守在门口。我觉得这种事情很寻常也不在意了，在战时有太多所谓的朋友。

我让侍者为我们叫车，他接过凯瑟琳的包裹，撑了把伞出去。我们站在偏室里眺望窗外，隔着窗户看他冒雨走到街道的另一端。

"你感觉怎样，凯瑟琳。"

"有些困。"

"我的肚子空空的，有些饿。"

"有东西吃吗？"

"在我的军用袋里有一些。"

马车在视线范围内停了下来，马儿低着头，侍应生下了车，撑开伞后走回来同站在门口的我们会和。路边阴沟里的水不停地流着，我们撑着伞从湿走道走到侍应生替我们叫来的停在路栏那儿的马车旁。

"非常感谢！一路顺风！"他说。车夫拉起缰绳就出发了。侍应生躲在伞下回旅馆去了。我们在大街疾驰后向左转，又向右转到车站前停了。有两名军事警察站在灯下避雨的地方，他们的帽子上映着灯光。透过火车站的灯光可以看到清澈透明的雨丝。一名脚夫从车站的躲雨处跑了出来，在雨中挺起双肩。

我说："不，多谢，我不需要人帮忙。"

他又回到了拱道的屋檐下。我朝向凯瑟琳，只见她的面孔埋在车篷的阴影里。

"我们还是就此告别吧。"

"我不能进去了吗？"

"不。再见，凯瑟琳。"

"你让他驶回医院好吗？"

"好。"

我告诉车夫地址，他点了点头。

我说："再见，要好好照顾自己和腹中的小凯瑟琳啊。"

"再见，亲爱的。"

"再见。"我下车，站在雨里看着马车移动。我借着灯光看见凯瑟琳探出身来朝我微笑挥手，马车顺着街道驶去，凯瑟琳又指了指拱道。我看了看，那儿只有两名军事警察和拱道，其余的什么也没有，我过了一会才明白她是在叫我进去躲雨。我走进去，远远地看着马车拐过街角消失在视线里。然后我穿过车站后从通道走去搭车。

门房在月台上等我。上了火车，从拥挤的人群中的走道穿行，走过一扇挤满了人的隔间的房门，那名机枪手在角落里坐着，而我的帆布背包和军用包都放在座位的行李架上。我们进来时被隔间里的无数只眼睛盯着，火车上的位子很少，所以人人都是敌意的样子。机枪手站起来正准备让我坐时我的肩膀被人拍了一下。我回头看时，发现了一名下巴有一道红疤痕的又高又瘦的炮兵上尉，他隔着玻璃在走道上望了望后进来了。

"你说什么？"我问道。我回头看着个子比我高的他，他的面孔在帽边的阴影下看起来很消瘦，看来还挺有光泽的疤痕应该是刚留下不久的，隔间里的人都向我投来目光。

他说："你怎能这样——叫士兵帮你占位。"

"可我已经占了。"

他吞了吞口水，喉结跟着一鼓一沉的。机枪手直愣愣地站在座位前，旁人都隔着玻璃往里瞧。

"你无权这样做。我比你早到 2 个小时还没位置坐呢。"

"那你想怎样？"

"坐在这儿。"

"我也要坐啊。"

我盯着他，却察觉整个隔室的人都反对我，的确是他有理，可我需要这个位子。仍旧没人帮我说话。

我想：噢，混蛋。

"坐吧，上尉先生。"我说。机枪手给他让了条路，高个子上尉坐下来看看我，虽然他占到了位子可表情却显得很难过。"拿我的东西下来。"我对机枪手说，我们走出隔室站到了走道上。我知道在这样挤的火车上不能指望有座位坐了，于是我给了门房和机枪手每人十里拉。他们又帮我在走道和月台上向窗框里找位置，可却没有找到。

"到了布里斯夏或许就有人下车的。"门房说。

"可会有更多的人在布里斯夏上车。"机枪手。我跟他握手告别，他们就带着沉重的心情转身走了。火车开了，我站在走道上，望着车站和车场的灯光，又若有所思地看着雨打在车窗上，模糊了车窗外的世界。后来我把钱和文件的皮夹塞在衬衫和长裤里，凑合着在地板上睡了一夜，中途在布里斯夏和佛隆纳有人上车时醒来了两次，好在又迷迷糊糊地马上睡着了。我枕着一个军用包睡，双臂搂着另一个包，一副誓死捍卫合法财产的睡姿。很多人在走道上横七竖八地躺着。也有抓住车杆站着的，还有靠在门边的。这一趟火车每一个角落都很拥挤。

第三卷

25

　　入秋了，树叶凋零，道路泥泞。我乘军用卡车从乌迪纳到葛瑞齐亚，沿途有许多军用卡车与我们同行。远望着乡村的景色，只看到一片残留的枯桑树和褐色的原野。路面上散落着许多湿润的枯叶，男人们在忙着修路，他们用石头来填铺车辙，用力地夯实。小城被一层浓雾笼罩着，看不到远处的山。我过河时看见，水位已涨高，怕是要下雨了。我们从工厂、住宅和别墅旁经过，看到中弹的房屋很多。在一条狭窄的街道上，我们遇到了一辆救护车，司机戴着帽子，面孔消瘦，很是陌生。我下车的地方是驻军军官家前的广场，司机把背包递了过来，我用肩扛着，另外又背上两个野战包，向驻军别墅的方向走去。没有回归的喜悦。

　　走在润湿的车道上，能望见树木间的别墅，房间的窗户都是紧闭的，只有门是开着的。我走进屋里，在空旷的房间中，只见少校坐在茶几旁，墙上贴着地图和打印的表格。

"你还好吧？"少校说，他比以前要显得苍老，也显得消瘦。

"很好，少校，现在情况如何？"我说。

"已经结束了。放下背包，休息一下吧。"少校说。

我把背包和两个野战包放在脚下的地板上，顺手把帽子也放在包上。拉过墙边的椅子，靠着桌边坐下。

"今年夏天的战况真的很惨烈。你现在康复了吧？"少校说。

"早康复了。"

"你得到授勋了吗？"

"得到了，很顺利。这还要多谢你。"

"让我看一下吧。"

我把披肩掀开，两条绶带呈现在他眼前。

"盒子和勋章都拿到了？"

"没有，仅拿到了文件。"

"盒子需要一段时间，以后会拿到的。"

"你需要我做什么？"

"车已被开走，还有6辆在北部的卡伯瑞特。卡伯瑞特你可熟悉？"

"熟悉啊。"我说。那是个干净的白色小城镇，在山谷中，在广场中有钟塔及一个很有特色的喷泉。

"那是现在的根据地。战争虽然结束了，但伤病员依然很多。

"其他车辆在哪呢？"

"山里有2辆，阿尔萨拉高原有4辆。还有2辆救护车是跟随第三军在卡索。"

"你有什么吩咐吗？"

"如果你愿意的话，我想让你去管理在阿尔萨拉高原的4辆车。

罗吉在那已经挺长时间了，你还没去过吧？"

"还没有。"

"很是糟糕，我们损失了 3 辆车。"

"这个我听说了。"

"哦，雷纳迪已在信上告诉你了。"

"雷纳迪在哪？"

"还在医院那边，这个夏天和秋天他都很忙碌。"

"相信他是忙碌的。"

少校说："那是很惨烈的战斗，其惨烈程度是你无法想象的。我常在想，你那时候中弹，其实也是一种幸运。"

"我知道自己的运气是好了点。"

少校说："明年的情况会更糟。现在他们可能会进攻，说到进攻，我是不太相信。就现在的季节来说是有点迟了，你来的途中可看到河水的变化了吗？"

"看到了，河水已经涨高了。"

"现在就要进入雨季了，我不太相信他们还会来进攻。这儿看是要下雪了。有同胞吗？除了你，有其他的美国人要来吗？"

"他们正在训练一支 1000 万人的队伍。"

"我希望能分派一点到我们这。要是法国人都抢走了，我们就一点也不会有。恩，今夜你就睡这里吧，明天开小车出去，把罗吉替回来。我会安排熟路的人带你去，罗吉也会把具体的事宜给你讲清楚。偶尔还会有炮轰，但战斗已经结束。去看看阿尔萨拉吧，相信你会喜欢那的。"

"非常愿意去，少校先生，再回来我很开心。"

他笑了，"你能这么想，太好了。我不喜欢战争，如果是我离开，我不确定我还能回来。"

"有这么严重吗？"

"是的，严重的要超出你的想象。洗一下，去看看你的朋友雷纳迪吧。"

我走出门，把背包拿到楼上。雷纳迪屋里没人，但他的东西还在那。我坐在床边，解开绑腿，把右脚的鞋子脱下后，便躺下了。感觉很是疲惫，且右脚还在作痛。脱一只鞋就躺下的感觉不是很好，又坐起身，解开另一只鞋带，脱下鞋子扔在地上，又重新躺在毯子上。窗户紧闭，屋里进不来一丝的风，我很乏，就不再想起来打开窗户。我看见我的行李都堆放在墙角边。外面的天要黑了。我睡在床上边想凯瑟琳，边等雷纳迪。除了晚上睡觉，其他的时间我都克制自己不去想凯瑟琳。可现在太累了，又无事可做，只能闭着眼睛想她了。正想着她，雷纳迪进了屋。他还是和以前一样。不过好像是瘦了点。

"嘿，老乖乖，"他说。我起身坐起，他走到床边也坐下，伸出手抱住我。"我的老乖乖。"他用劲拍着我的后背，我抱着他的两只胳膊。

他说："老乖乖，让我看一下你的膝盖。"

"那我要把裤子脱掉了。"

"脱掉吧，老乖乖，这边的人我都认识，我要看一下他们的治疗效果。"我起身，脱下裤子，解开膝盖上的护套。雷纳迪坐在地板上，轻轻地来回弯曲我的膝盖。他顺着疤痕摸下去，用两只大拇指一起放在我的膝盖骨上，其他手指轻轻地摇动我的膝盖。

"你这个关节只能动到这个程度？"

"是啊。"

"真是罪过，现在就让你回来。他们应该等你关节完全恢复。"

"现在感觉好多了，以前如木板一样坚硬。"

雷纳迪继续弯它。我凝视着他的双手，他有一双外科医生那样修长纤细的手。再看他的头顶，光亮的头发，发线分得很是整齐，我的膝盖被他弯得太厉害了。

"好痛！"我说。

"你还需要继续做机械治疗。"

"感觉比以前要强多了。"

"明白，老乖乖，我在这方面比你更清楚。"他起身，坐在床边。"膝盖的手术做得还算成功。"他看完膝盖，"我们还是聊些其他的事吧。"

我说："没什么可讲的，生活很平静。"

他说："你像是有家庭的人，怎么回事？"

我说："没事。"

雷纳迪说："我要被这场战争折腾死了，它让我闷闷不乐。"他的双手交叉着放在膝盖上。

"哦！"我说。

"那怎么样呢？我难道不能有作为人的冲动吗？"

"这倒不是，我看得出你生活的还不错。告诉我吧。"

"这夏天和秋天我都忙着做手术，我像个陀螺样一直在工作。其他人的工作我也在做，他们把难的手术都留给了我。上帝，老乖乖，我要变成人见人爱的外科医生了。"

"这还说得过去。"

"我从没有其他想法。主啊，我是没其他想法，我一门心思在工作上。"

"就应该这样。"

"但现在工作已结束啦，老乖乖。没有手术可做，我情绪也很低落。老乖乖，战争是很残忍的，我是这样认为的。看到你，我的心情好了很多。这次来带唱片了吗？"

"带了。"

在我背包里的硬板盒里，用纸包裹的唱片。累了，就不想去拿了。

"感觉你好像不太高兴，老乖乖？"

"跌入谷底的心情。"

雷纳迪说："残酷的战争。干杯吧，老乖乖，不醉不休。然后我们潇洒快活去，把不开心的事都抛到九霄云外。"

我说："我得过黄疸，不能多喝。"

"哦，老乖乖，回来怎么成这个样子呢？得了肝病，还顾虑重重。战争本身就是个糟糕透顶的事，为什么我们还要打仗？"

"我们喝杯酒吧，我少喝点，就喝一杯。"

雷纳迪走到房间直对的洗脸架前，取来两只酒杯和一瓶白酒。

他说："奥国产的，七星白兰地。他们在圣佳伯斯缴获的。"

"当时你不在？"

"是，我一直在这做手术，没动地方。老乖乖，瞧，我一直保管着你的玻璃刷牙杯，睹物思人。"

"让你不要忘记刷牙。"

"不，我自己有刷牙杯。留着它，经常想起你一大早是怎么想用牙刷去刷掉'梦幻别墅'的印记，边咒骂，边吃阿司匹林，还不忘诅咒那些妓女。看到这个杯子，便想起你想用牙刷来刷净你良心的窘态。"他来到床边，"亲我一下吧，告诉我你不会一直都一本正经的。"

"我不要亲你，你像只猿猴。"

"我明白，你是守规矩的好盎格鲁—撒克逊小伙子。我明白，你是悔过的小伙子。但我倒要看看你是如何用牙刷刷去这些妓女的。"

"再倒点酒吧。"

我们举杯喝酒，雷纳迪笑着嘲讽我。

"我真想把你灌醉，取出你的肝，装个意大利的健壮的肝，再做回个男人。"

我拿酒杯去倒点白兰地。外面的天黑了。我拿着那杯白兰地过去开窗。雨不下了，天也变冷了，薄雾笼罩着树林。

雷纳迪说："别把白兰地从窗外倒掉，要是喝不下，就倒给我吧。"

"才不会呢，"我说，"再见到你我很高兴。虽然你开了我两年的玩笑，但我一点也不介意，因为我们彼此太了解了。"

"你成家了吗？"他躺在床上问我。我正倚靠着窗边的墙壁。

"还没有。"

"有喜欢的姑娘了？"

"恩。"

"还是那位英国女孩？"

"恩。"

"可怜的老乖乖，她待你可好？"

"很好呀。"

"我的意思是说，她那方面怎么样？"

"闭上你的嘴巴。"

"好吧。我是一个非常细心的人，你是了解我的，她可——"

我说："雷纳迪，请闭上你的嘴巴。想要做朋友，就闭上你的嘴巴。"

"我不要做你的朋友，老乖乖，我已是你的朋友了。"

"那请闭上嘴。"

"好吧。"

我来到床边，在雷纳迪旁坐下。他用手握住杯子，眼睛却注视着地面。

"你知道了吧，雷纳迪？"

"哦，知道。我这辈子碰到过很多神圣不可侵犯的事情，但在你的身上倒是很少见。我想你也碰到了。"他低头看着地板。

"你有没有呢？"

"没有。"

"连一次都没有吗？"

"没有。"

"那我可以毫无禁忌说你母亲或你的姐妹喽？"

"乱说你那个姐妹呀。"雷纳迪连忙说。我们大笑起来。

"老妖人。"我说。

"可能是我妒忌吧。"雷纳迪说。

"不，你不会。"

"我不是那个意思，我说的是另外的意思。你有没有结了婚的好朋友？"

"有的。"我说。

雷纳迪说："我一个都没有，我总是被相爱的人忽略。"

"为什么？"

"当他们相爱就讨厌我了。"

"讨厌你？"

"我属蛇，是条理智之蛇。"

"你没搞清楚吧？苹果才是理智的代表①。"

"不，是理智的蛇。"他更开心些。

"你把问题想得太透彻了，让人觉得很恐怖。"我说。

他说："我喜欢你，老乖乖。当我变成伟大的思想家时，你再来打击我吧。很多事情我都很明白，但是不能说。对世界的认识我要比你深刻得多。"

"是，我承认。"

"但是你的日子会过得很好，即使在你最失意的时候，你的日子也会过得比我好。"

"我不这么认为。"

"哦，不会错的，事实就如此。现在也只有工作能带给我快乐。"他又凝视着地板。

"你要走出现在的状况。"

"不，酒、色是我最爱，酒会影响我的工作，色也只有短暂的欢愉，半个小时或一刻钟，有时候还不到。"

"有时候还不到？"

"或许是我进步了，老乖乖。你是不明白，也只有这两样事情能让我感兴趣。"

"你会对其他的事情也感兴趣的。"

"不会的，不会有什么改变的，有些事情是与生俱来的，只是我们不知道而已。我们只接受原来的面貌，不会学习新的知识。你不

①据《圣经·创世纪》和《古兰经》记载夏娃和亚当因受化身为蛇的魔鬼撒旦的诱惑偷吃了善恶之果（苹果），被驱逐出伊甸园。后又称苹果为智慧之果。

是拉丁人，应该高兴才是。"

"现在已没有拉丁人了，只有所谓的什么"拉丁"思想，你好像很得意自己的缺点哦。"

雷纳迪抬头大笑，"不说了，老乖乖。想得太多，我累了。"他进房间时，显得有点疲惫，"快到吃饭的时间了。你能回来我很开心，你是我最好的朋友和出生入死的战友。"

"战士们什么时间吃饭？"我问他。

"马上吃饭。再喝一杯吧，为了你的肝脏。"

"像圣保罗①一样。"

"你这么说是不对的，那原来是讲酒和胃的典故。喝点酒对你的胃也有好处的。"

我说，"我是要喝的，无论它是酒或是水，也不论你怎么说。"

"来干杯，为你的女朋友！"雷纳迪说，他端起酒杯。

"好啊。"

"我不会再胡说她了。"

"别太为难自己。"

他把杯里的酒喝光了。他说："我也要找个英国姑娘做恋人，我是纯洁浪漫的，像你一样，老乖乖。我认识她比你早，但她个头太高了，个头高的女孩就当姊妹②吧。"他引用谚语说。

"你的心灵是很纯洁的。"我说。

"是呀，所以他们称我是纯洁的雷纳迪。"

---

①圣保罗（公元前4年—公元前64年），当时基督教被视为异教，基教徒受到迫害，他也曾参加这一活动，后变为其支持者，成为基督教的思想家，对基督教发展起着深远的影响。
②姊妹在这里是双关语，西方俗称护士为姊妹。

"是邪恶的雷纳迪。"

"老乖乖，在我心灵还纯洁的时候，下楼吃饭吧。"

我梳洗好后，一起下了楼，雷纳迪喝得有点多。到了餐厅，饭菜还没有全做好。

"我还是把那瓶酒拿下来吧。"雷纳迪说完后，上楼去了，我坐在饭桌边，等他把酒拿过来，我们都倒了半杯。

我端起杯子对着桌灯看了看说："多了点"。

"不多，肚子是空的。酒是很奇妙的东西，会把整个肠胃烧坏掉，对身体的损害最大。"

"那好吧。"

雷纳迪说，"一天天走向毁灭，损伤肠胃，让手也发颤，对外科医生来说这不是很好的吗？"

"你真觉得这个方法很好？"

"真心实意，我只管喝酒，老乖乖，干杯，等着生病好啦。"

我喝了小半杯，听见勤务兵在过道喊道："汤！汤来了！"

少校进来，跟我们点点头，便坐下。他坐在饭桌边，看起来很矮。

"就我们几个人？"他问道。勤务兵端来汤，他盛了一碗。

雷纳迪说："神父不来，就我们几个人。如果神父知道费雷德里克回来了，他会来的。"

"他现在在哪？"我问道。

"307军营。"少校说，然后就只顾着喝汤。他抹了下嘴巴，又认真地擦了擦他上翘的胡子。"我认为他能来，我已打电话到那留话说你回来了。"

"餐厅少了从前的热闹。"我说。

"是，冷清了许多。"少校说。

"我们搞点热闹吧。"雷纳迪说。

"再喝点吧，亨利，"少校说。他把我的酒杯倒满。意大利面上来了，我们开始吃。在意大利面就要吃完时，神父来了。他没有什么变化，矮瘦，棕色的皮肤，很健壮。

"知道你回来，就连忙赶过来。"他说。

少校说："坐下吧，你来迟了。"

"晚上好，神父。"雷纳迪用英文向神父打招呼。这句话是从上尉那学的，上尉只会一点英文，但时常欺负神父。"晚上好，雷纳迪。"神父说。勤务兵给他盛碗汤，可他要先吃意大利面。

"你现在怎么样？"他问我。

我说："很好。你呢？"

雷纳迪说："喝口酒，神父，为了你的肠胃，喝口吧。是圣保罗教导的[①]，你也听说过吧。"

"听说过。"神父很有礼貌地说。雷纳迪把神父的杯子斟满。

雷纳迪说："圣保罗是个制造麻烦的人。"

神父笑着看我。我看得出过去时常被欺负对他现在没有任何影响。

雷纳迪又说："圣保罗那个家伙，他就是个小混混，迫害教会，到处猎艳，自己没兴趣了，就说那样做不好。一转身，却又制定清规戒律来束缚我们这些兴趣盎然的人。"

少校露出笑容，现在开始吃红烧肉了。

"按惯例到晚上，我就不谈论圣徒了。"我说。神父抬起头朝我微笑。

---

①圣保罗知道提摩太有胃病，可能是胃寒，喝水有可能会加重病情，所以劝他喝点酒，这不是鼓励他喝酒而是为了治病。在《提摩太前书》5章25节记载，当时保罗劝说提摩太："因你胃口不清，屡次患病，不要照常喝水，可以稍微用点酒。"

雷纳迪说："嘿，瞧他，护着神父呢。那些常跟神父打趣的老友在哪呢？喀梵库迪呢？卜仑提呢？希萨斯呢？看来只有我要欺负神父了？"

"他是一位好神父。"少校说。

雷纳迪说："再好的神父也是神父呀。我希望餐厅能像从前那样喧闹，我希望费雷德里克开心。神父，见鬼去吧！"

少校盯着他看，这情景很少见，看来他是喝醉了。苍白的脸显得很消瘦，发白的额角衬得头发很黑。

神父忙说："雷纳迪，没事的，没事的。"

雷纳迪说："见鬼去吧！让这糟糕的一切都见鬼去吧！"他靠着椅背。

"之前他神经绷得太紧，太疲倦了。"少校跟我解释说。他吃完红烧肉，又把肉汁抹在面包上。

雷纳迪对着桌子生气地说："该死的，让一切都见鬼去吧。"他怒视着我们，眼睛发直，脸色苍白。

我说："好的，让这一切都见鬼吧。"

雷纳迪说："别，别，你千万别这么做，你千万别这么做。你是因为单调压抑才这样，你一件坏事都没有做过。我告诉你，没其他的意思，真的没其他意思，我不工作的时候，就会这样。"

神父摇了摇头，让勤务兵把红烧肉撤了。

雷纳迪回头问神父，"今天是周五[①]，你不知道？怎么能吃肉呢？"

"今是周四。"神父说。

"瞎说，是周五。你是在吃天主的身体，那是天主的肉。我知道，是奥国战死的士兵，你吃的就是他们。"

——————————————
①在周五基督教徒不吃肉作为守斋。

"白肉①当然是军官的肉。"顺着这个话题我把这个老笑话讲完。

雷纳迪大笑起来，他又把酒杯斟满。

他说："不要理我，我今天是有点疯狂。"

"你应该休假了。"神父说。

少校摇摇头。雷纳迪直视神父。

"你希望我休假？"

少校向神父摇了下头。雷纳迪看了看神父。

神父说："你自己考虑，想休假就休假。"

雷纳迪说："去你的，他们想赶我走，每到晚上他们都赶我走，我要坚持到最后。我有那个又怎样呢？每个人都可能得，全世界的人都可能得。"他像是演讲似的一直在说，"刚开始是一个小水疱，然后肩上和后背之间出现很多疱疹，发炎溃烂。我用水银治疗。"

"或者洒尔佛散②，"沉默的少校开口说道。

"水银制剂。"雷纳迪说，一副自以为是的表情。他说："我清楚有个东西的效果要比它强两倍。可爱的神父，你一定不会染上。老乖乖会染上，这是工业事故，这仅仅是场工业事故而已。"

勤务兵送来点心和热咖啡，点心是用黑色小面包涂甜酱做成的。台灯冒着青烟，青烟顺着灯罩飘向空中。

"把台灯拿走换成两支蜡烛吧。"少校说。

勤务兵取来两支蜡烛，蜡烛已经点亮，底端放在茶碟里。台灯被吹灭了，雷纳迪现在很沉默，他好像话都说完了。我们聊着天，喝着咖啡，走到走廊。

---

①通常指肌肉纤维细腻，脂肪含量低的一类肉，如鸡肉、鸭肉、鱼肉等。
②有机砷化合物，是那时治疗梅毒的常用药。

雷纳迪说：“你和神父聊聊吧，我要进城了。晚安，神父。”

“晚安，雷纳迪。”神父说。

“回头见，费雷德里克。”雷纳迪说。

我说：“好的，早去早回。”他做个鬼脸，出了门。

少校站在我们身边，他说：“他太累，工作过于操劳。他自以为得了梅毒，我不相信，但也难说，他在为自己治疗。晚安! 你天亮之前就要走，亨利？”

“是的。”

他说：“那么再会了，祝你好运。帕图琪会喊醒你，跟你一起去。”

“再会，少校长官。”

“再会。他们说奥国军队要发动进攻，但我认为不可能，希望不是真的，不管怎么说也不会是从这边攻进来。罗吉会告诉你详细的情况，现在用电话联络很方便。”

“我会准时给你打电话的。”

“晚安。劝劝雷纳迪吧，让他别喝太多的酒了。”

“这事我会尽力的。”

“晚安，神父。”

“晚安，少校长官。”

他回了办公室。

26

我站在门口向外看，不下雨了，但天还雾沉沉的。

"要不要上楼坐坐？"我问神父。

"我只有一点时间。"

"上楼坐坐吧。"

我们上了楼，来到我的房间。我在雷纳迪床上躺下，神父则坐在吊床上，吊床是勤务兵为我搭的。房间没点灯，一片漆黑。

他说："喂，你还好吗？"

"挺好，就是感觉很累。"

"我也累，但没有什么理由。"

"战事怎么样了？"

"我想是要停战了，我有这种预感，其实我也不知道为什么？"

"你怎么有这种预感？"

"你觉得少校现在如何？温和了是吧？很多人都变了。"

"我感觉自己也是。"我说。

"这个夏天真的是很惨烈。"神父说。他比我离开时要自信多了，"那种惨景你是不能想象的，除非你亲身经历过，才能体会到那是什么样的状况。这个夏天很多人体验到战争的残酷，即使是军官也是这样，但在这之前他们是不会想到的。"

"将会有什么发生呢？"我摸着毯子。

"我不清楚，我想这仗不会打得很久的。"

"会有什么结果呢？"

"他们不会持续打下去的。"

"他们？"

"双方。"

"希望是这样的。"我说。

"你不这么认为？"

"我不认为双方会立刻停战。"

"是的，这样的想法是有点奢望了。但是看到人们的改变，我想战争不会持续太久。"

"这夏天谁打胜了？"

"没人胜。"

我说："我认为是奥军胜了，因为他们坚守住了圣佳伯斯，所以他们胜了。他们不会就此停战的。"

"如果他们和我们有同样的感觉，或许会停战的，毕竟这种惨烈的状况他们也经历过。"

"但打胜的人不会罢手的。"

"真是泄气，听你这么一说。"

"我只是说出真实的想法而已。"

"那么你认为战争会一直下去，不会改变？"

"我不清楚，我觉得奥军胜了，他们会继续的。我们打败了才变为基督徒。"

"奥国人也是基督徒——只有波斯尼亚人①是个特例。"

"我的意思不是通俗的宗教划分，而是指内心像主耶稣一样温和的。"

他沉默了。

"因为打败仗，所以人都温和多了。主会怎样呢？若是彼得在花园里救起他。"

_____
①原属于南斯拉夫民族，因奥斯曼土耳其帝国的扩张而改信伊斯兰教的塞尔维亚人和克罗地亚人的后代。

"还和从前一样，这也说不准。"我说。

他说："真是泄气。我是信神的，相信这一切会很快改变的，我会为此而祈祷。"

我说："也许情况会发生变化，但也仅是我们希望而已。他们的观点跟我们是不同的，打胜了的自然会有另一番想法了。"

"士兵们本来就这样想的，跟打败仗没有关系。"

"他们一上来就被打败了。他们离开自己的家园，被征兵到部队，这种感觉本就不好。农民是有智慧的,原因就是他们一上来就吃败仗。你让他们掌握政权，看他们是否真具有智慧。"

他沉默着，像是在思考。

我说："现在弄得我也很郁闷，不愿多想也是这个原因。即便我从不思考，但一说起来，就会涌出心底的真实感受。"

"我曾有过期盼。"

"打败仗？"

"不，要好点。"

"没有什么好点的，除非打胜仗，但情况或许更糟。"

"我一直都希望打胜。"

"我也这么希望。"

"现在就难说。"

"要么是赢，要么是输。"

"不敢再幻想胜利了。"

"我也是，但是我也不相信会失败，虽然战败或许能好些。"

"你相信什么？"

"睡觉吧！"我说。他站起来。

"打扰这么久，真抱歉，但我很喜欢跟你聊天。"

"能在一起聊聊，我也很开心，刚才只是说睡觉，没其他的意思。"

我们都站起身来，在黑暗中握手。

"我现在在307军营。"他说。

"明早要去救护站。"

"等你回来后再看你。"

"再见面时，我们可以出去散散步，好好尽兴聊一聊。"我把他送到门口。

他说："不用下楼，你回来就太好了，不过对你来说未必是件好事。"他把手放在我的肩上。

我说："我感觉还好，晚安！"

"晚安，再会！"

"再会！"我说，我太困了。

27

雷纳迪进房时我醒了，但他没跟我说话，我又睡过去了。天还未亮，我就起床穿衣出去了，走时雷纳迪还在睡。

我没去过阿尔萨拉高原，现在经过河边我以前受伤的地方，到了奥军驻扎过的陡坡，心中有一种特别的感觉。坡的一边新修了一条陡峭的山路，一些军用车都停在那。继续往下走时路变得平坦了，薄雾中树林和小山依稀可见。那些被快速攻下的树林，并没有留下太多战争的痕迹。继续前行，没有山坡遮掩的道路，都在路边和顶上搭起草席，有好长一段。路的尽头是一个被摧毁的村子，前线在另一端。周围是炮兵团，房屋被毁得厉害，可他们的工作做得很好，路标随处可见。我们找到罗吉，他端上咖啡，我们喝完后就跟在他后面，去见些不同的人，也去看了救护站。罗吉说英国救护车现在在拉弗涅，是阿尔萨拉高原再过点的地方。他很欣赏英国人，还说现在仍会有炮轰，但伤员不多。到了雨季，生病的人会多起来。据说奥军会再攻击，可他认为不会。要说我们进攻，但现在连增援军还没派过来，所以也没有希望。这边的食物比较少，他想去哥里察饱餐一顿，还问我昨晚晚餐吃的食物，我告诉他，他说很好。我大概说了一下，提到"甜品"，他对"甜品"好像是情有独钟，以为是制作精致的小甜品，不会想到所谓的"甜品"只是涂上甜酱的小面包而已。

他问我可知道他要被派遣的地方，我说不清楚，不过有些救护车现在是在喀伯雷多。他说能去那也不错，那是个风景迷人的小镇，他喜欢小镇后巍峨的高山。他是个温和的年轻人，很讨人喜欢。说起曼加拉利尔和塔姆那一带不容乐观的情况，他还是有些担忧。他还说奥军在前面特挪伬山腰的丛林中埋伏了很多炮兵，夜里一个劲地轰炸道路。特别让他紧张的是海军的炮轰，这种炮是直射的弹道，他认得出来。先是开炮声，接着是炮弹划过天空的尖利声，还是两连发的炮弹，一枚紧接着一枚，炸开后的弹片很大。他拿一个弹片让我看，那是个带着锯齿边缘的光滑金属片，有 1 英尺多长，像是合金。罗吉说："我想它威力可能不大，但却让人害怕，听那声音就像冲你来的。先是轰隆隆地响，随后是呼啸声和爆炸声，光听着就让人吓破胆了，即便不受伤又起什么作用呢？"

他说在我们对面的阵地看到克罗地亚人①，还有些马扎尔人②。我们部队还在前沿阵地，如果奥军来攻，我们无路可退，电话线也不通。高原地面上突起的矮山是进攻的最佳天然位置，说到防卫组织可能要差些。

我对阿尔萨拉高原究竟有什么样的印象呢？我想它应该更辽阔、更平坦，像个高原，而不是这样坑洼不平。

罗吉说："高地的平原，其实不是真正的平原。"

我们回到他住的地方，是个地窖。我说，我认为在高原的山坳处坚守比在起伏不断的山腰要安全容易，上山去进攻比在地面攻击困难。他说："要看是哪个山。瞧瞧曼加拉利尔山。"

我说："不错，如果山顶是平的，他们想攻上去就容易多了。"

"未必如此。"他说。

我说："是的，不过这是个例外，那儿说是山，但更像是碉堡。奥军在那守卫了很长时间。"说起战争，指的是有规模的战争，就战术而言，用连绵不断的群山当防线是很难防守住的，因为敌军发起进攻太容易。而且在山上防守，缺少灵活性。再者，人在高处向下射枪，子弹很容易射过，精准度就差了。要是遇到敌军左右夹击，在山顶的精兵很快就会被耗尽。我不认为在山上打仗能解决问题。我想过，你攻下一座山头，他们抢来一座山头，但战争真要进行，还是要到地面上打的。

"如果边界线恰好划在山上，那就没有办法了？"他问道。

---

①克罗地亚现全名克罗地亚共和国，位于欧洲东南部，国内主要是克罗地亚人，信奉天主教。

②马扎尔人，说匈牙利语，指居于匈牙利的种族。

"这我倒没有考虑过。"我说。我们大笑起来，我说："不过以前奥军都是在靠近罗纳的四角山坳遭遇攻击的。先赶他们下山，到山脚的平原再好好收拾他们。"

罗吉说："那些都是法国军人，在人家的地盘开战，得花时间把军事情况分析透彻。"

他的观点我同意。"是的，如果换是自家的地盘，可能就不会干得这么漂亮。"

"俄国人对付拿破仑时也这么干过。"

"是的，他们国土辽阔，要是在意大利这样对付拿破仑，那只能退到东南角的布亚提西港去了。"

罗吉说："很糟糕的地方，你可去过？"

"只经过那，没有在那待过。"

罗吉说："我是爱国的人，但让我爱布亚提西或伊兰尔港不太可能。"

"那你爱过阿尔萨拉高原吗？"我问他。

他说："土地是神圣的，希望它能多长些马铃薯。当我们过来的时候，发现奥国佬种的马铃薯。"

"这里缺少粮食？"

"我从来没吃饱过，因为我胃口大，不过也没有被饿死。这里的大灶伙食不好，前线军队的伙食很好，后来的支援部队食物很匮乏。不知道问题出在哪，食物应该足够吃得。"

"一定是无良的人拿去卖了。"

"前线的军队是吃饱了，后方的伙食却供应不足，他们吃光奥军留下的所有的马铃薯和树上的板栗。我觉得应该让他们吃好点和吃饱点，我们的饭量都大。士兵吃不饱，很麻烦的，这会分散他们的心思，影响士气的，你知道吗？"

我说："知道，粮食虽不是取胜的武器，但可能是打败仗的原因。"

"我们不聊打败仗吧，这个聊得够多了。这个夏天我们的努力不会是徒劳的。"

我没说话，一听到神圣、光荣、牺牲等字眼和徒劳一词，我就感到有点不安。早就听到过这些词，在雨中站立时；或模糊听到断断续续的吼叫声中；在以往的宣传栏里也读到过这些字眼。过了这么久，真感觉没什么神圣的事，就连所谓光荣的事，也感觉不那么光荣，所谓牺牲就像芝加哥的屠宰场，把宰杀好的肉不按流程处理，白白埋掉。很多话现在再也听不进去，到最终只剩下地名有尊严了。一些数字也同样，所有有意义的话也浓缩成特定的日期和带着年月的地名。抽象的词，如光荣、荣誉、勇敢或神圣，放在真实的村庄名和具体的路号、河名、军团编号及日期边，让人觉得滑稽可笑。罗吉是爱国的人，所以有时我们聊天时，他突然冒出的话语会一下拉开我们的距离。但他是个热情的青年人，我理解他说的话，他生来爱国。后来他搭乘帕图琪的车回哥罗齐亚。

暴雨下了一整天，风夹着雨，到处是积水，到处是烂泥。被摧毁的房子上泥灰也黑乎乎，湿漉漉的。到了下午，雨停了，在二号急救站，我看到了湿润而空旷的秋天的原野，山峰顶端的乌云，路边湿透的草席还在滴水。太阳又露了次脸才肯下山，夕阳的余晖撒在山坡的枯树林中，把那片丛林装点得像是一幅巨大的油画。山坡的树林中还留有很多奥军的大炮，但开过火的只有几门。我看见前线附近被摧毁的农房上空突然升起一股股榴霰弹的烟雾，轻柔的薄

245

烟中间出现黄白闪光。我先看到闪光，接着听见炸裂声，然后烟雾被风吹开，在风中变得越来越轻薄直至消散。在路边的瓦砾堆旁有许多榴霰弹铁球，急救站的那所破房子周围也有，但是那天下午敌军没有向急救站方向轰炸。我们拉了两车的伤病员，顺着潮湿草席所掩挡的山路向前驶去，夕阳的余晖从草席缝间透过洒落在路面，路面被染成了金黄色。太阳已下山了，车子还在山路上行驶。车子转了个弯，便驶入空旷的田野，继续前行，当经过一个用草席遮掩的方形甬道时，雨又开始下起来了。

夜里刮起了大风，早上3点钟，正当雨大如瓢泼时，敌人开始炮轰了。克罗地亚部队爬过茂盛的山坡草地，穿过一片片的丛林，冲入前线。他们冒着雨摸黑进攻。惊慌的第二线人马，急忙组织反攻，把他们打了回去。这次仗打得很激烈，在雨中他们发了很多枚炮弹和很多火箭讯号，一时间都是机枪和步枪的枪声。他们没有再进攻，前线恢复了安静，雨还在下，风还在刮，我们依稀能听到在北面远远的地方有炮弹爆炸的声音。

伤员被陆续送到救护站，有的是被担架抬过来，有的是自己走过来的，有的是被人背着穿过田野而来。他们身上被雨淋透了，且都吓得要命。我们把担架上的伤员从地窖中抬出，装满了两辆车。当我关好第二辆救护车的车门时，感觉脸上的雨夹杂了雪，雪花在雨水中下得大而快。

天亮了，雪已经不下了，可风还是一个劲地刮。飘落在湿地的雪花早已融化，雨又下起来了。天蒙蒙亮时敌人又来了一次偷袭，但是没有得手。我们埋伏了一整天等着敌人的攻击，一直等到太阳下山，也没见他们的踪迹。在山南面，一段长山坡的丛林中，奥军的大炮都集中在那儿。天快黑时，他们开始炮轰，但发炮的方向不是这里，而是村后面的田野。听到远处的炮弹声，心里真是感觉舒畅。

听说奥军南面的进攻失败了，那天晚上也就没有再发起进攻，但我听说，他们在北面攻破了我们的阵地。到晚上又听大家说，我们准备要撤退了，这信息是急救站的上尉告诉我的，他的信息也是从旅部听来的。等了一会，他接了电话，说刚才说的信息是谣言。旅部奉命要坚守住阿尔萨拉战线，不管付出多大的代价。我问起北方被攻破的事情，他说旅部说，奥军已攻破二十七特种兵营阵地，在向喀伯雷多方向进攻。北方战局不容乐观，整天都在打仗。

"要是让那群兔崽子被敌军攻破的话，我们的麻烦就大了。"他说。

"进攻的是德军。"一位军医官说。"提到德军"我们都胆战心惊，我们不愿意和德国人交锋。

军医官说："总共有 15 个师的德军，他们已经攻进来了，他们将切断我们的后路，我们无路可退。"

"旅部命令我们要死守这条防线，说敌军的攻击并不厉害，我们要守住从玛琪斯托岗到山区的这条防线。"

"你这是从哪里听来的？"

"从师部那。"

"我们要撤退的说法也是从师部听来的。"

我说："我们是属于兵营直接指挥的，但在这我听你的命令。你什么时候让我们走我们才会走，不管是走或是守，总得让我们知道原因吧。"

"如果是让我们守在这儿，你们负责运送伤病员到救护站。"

我说："有时候我们也得把后方的伤病员转到野战医院。告诉我，我没有经历过撤退，万一真的要撤退，那些伤病员该如何撤退？"

"用车辆运，争取把他们都运走，但车载满了，剩下来的就顾不上了。"

"那我的车有什么用途？"

"运医院设备吧。"

"好的。"我说。

第二天夜里，我们开始撤退了。据说德军和奥军已攻破了北面，现在正沿着山谷向诺西尼亚和乌迪纳方向进攻。天又阴又冷，但部队撤退还是很有序的。晚上，车辆在拥挤的道路上缓慢地行驶，途中超过从前线冒雨撤退的部队、大炮、拉车的马和骡子、大炮车。这并不比进攻时杂乱。

那天夜里，我们帮助野战医院撤离，它建在高原上一个受摧毁较轻的村庄里。我们先把那的伤员和设备运到河床边的普拉瓦，第二天一整天，我们又冒着雨协助他们把普尔斯那的医院和救援站都转移了。雨下个不停，在那个潮湿的10月，阿尔萨拉的军队从高原撤出，横渡河川，离开那个春天打了几场胜仗的地方。第二天中午，我们便到了哥罗齐塔，雨停了，镇上的人很少，像个空城。车子驶入街道时，路过那些招待士兵的窑子，他们正忙着把那些姑娘们塞到一辆卡车里。大概有7个姑娘，都戴着帽子，穿着披风，手拎着一个小皮包。其中的2个姑娘在哭，剩下的几个，有一位姑娘朝我们笑笑，吐着舌头，她长着丰满而性感的厚嘴唇和黑色的眼睛，很是迷人。

波尼洛说："跟她们一起走，感觉一定不赖。"

"将是愉快的旅程。"我说。

"或许是个糟糕的旅程。"

"我说的正是这个意思。"车子转弯到了别墅前。

"那些壮汉要上车胡来，我倒希望凑过去看看热闹。"

"你认为他们能这样做？"

"能的，第二军的人，谁不认识那个鸨儿。"

车开到别墅外。

博尼尔说："他们称她为女修道院院长。姑娘们都是新来的，但鸨儿是大家都认识的，她们大概是撤退前刚送到的。"

"他们有寻乐的事了。"

"看来他们又乐坏了。我真想不付钱去睡一次，再说这家妓院收费也太贵了，政府这是在敲诈我们的钱。"

"把车开过去，叫修理工检查一下。换一下润滑油，检查一下制动器，汽油加满后，就去睡觉吧。"

"是，中尉长官。"

别墅里没有一个人。医院已撤走，雷纳迪也跟着他们离开了。医院的职员由少校带领着，坐卡车走的。少校留下一张纸条放在窗户上，叫我把堆放在大厅前的物资运到柏顿温。修理师早就撤走了，我来到车库。刚到那，就看见进来两辆车，司机下了车。雨又开始下了。

"我好想睡一觉。"皮亚尼说，"从普尔斯开到来这儿，总共才睡着3次。我们下面该怎么做呢，中尉长官？"

"先清洗车子，换好润滑油，汽油也要加满，然后把车开到大厅那，把他们留下的物资装上。"

"接着我们就上路？"

"不，我们先睡3个钟头吧。"

波尼洛说："主啊，能睡上一觉，真是太好了，要不也是迷迷糊糊地开车。"

"艾莫，你那辆车的情况如何？"我问道。

"没什么问题的。"

"给我一套工作服，我去帮你搞点油。"

艾莫说："真的不用，长官，我忙得过来。你去收拾自己的东西吧。"

我说："我的东西早已收拾好了，我去大厅把他们留下的物资搬出来。车子搞好了，就开过来吧。"

他们把车开到别墅的大厅前，我们把堆积在大厅的医院设备装上车。全部弄好后，三辆车成一行排列，停在车道旁的树下避雨，我们进了屋。

"去厨房生个火吧，把你们的衣服烤干。"我说。

皮亚尼说："好困啊，我要睡觉，衣服干湿我可不管了。"

"我到少校的床上睡。"波尼洛说。

"我睡哪倒无所谓。"皮亚尼说。

"这儿还有两张床。"我推开房门，

"我压根就不清楚那个房间里放些啥。"波尼洛说。

"那是老鲤鱼的房间。"皮亚尼说。

"你们俩就睡这吧，我会叫醒你们的。"

"中尉，如果你睡得太沉，叫醒我们的可能就是奥军啦。"波尼洛说。

我说："我不会睡太沉的，艾莫呢？"

"他去了厨房。"

"那你睡吧。"我说。

皮亚尼说："好的，我一坐下就老打瞌睡，眼皮像压了东西似的睁不开。"

波尼洛说："脱掉靴子，那可是老鲤鱼的床耶。"

"老鲤鱼算什么？"皮亚尼在床上躺着，一双沾满泥浆的长靴毫无顾忌地向外伸出，头放在手臂上，很是惬意。我转身来到厨房，艾莫生起了火炉，炉上还烧了一壶水。

他说："我要做点面食，等我们睡醒后吃。"

"巴特罗米欧·艾莫，难道你不困？"

"还好，等水烧开，我就去睡，火自己会灭的。"

我说："还是去睡吧，我们还有干乳酪和牛肉罐头可吃。"

他说："这个要好点，吃热的东西对那两个无政府主义者有好处的。你去睡吧，中尉长官。"

"少校房间里有一张床。"

"你睡那吧。"

"不用，我要到楼上我以前的房间睡。你要来点酒吗，巴特罗米欧？"

"现在喝酒好像没什么好处，中尉，等我们要离开的时候再喝吧。"

"睡3个小时后我叫你，如果那时我没醒，你睡醒了就叫我吧，行不？"

"我没有表看时间，中尉。"

"少校的房间里有个挂钟。"

"好的。"

我走出去，经过餐厅和走廊来到大理石楼梯旁，上楼到了我和雷纳迪曾住的房间。屋外还下着雨。站在窗口望去，天色已黑，我看到停在树下排成一行的3辆汽车。雨水从树叶中滑落，发出啪啪的声响。天气变凉了，树枝上还挂有凝结的雨滴。我躺在雷纳迪床上睡着了。

临动身前，我们先在厨房吃些食物。艾莫做好一锅面条，上面还撒着洋葱和剁碎的罐头肉末。我们围着餐桌坐下，喝光了两瓶酒，是他们留在别墅地窖里的。雨还在下，房外黑乎乎一片。皮亚尼坐在桌边像是没睡醒。

"现在就开始喝吧，说不定明天要喝雨水呢。"艾莫说。

"明天就到乌迪纳了，去喝香槟，那些缩头乌龟都在那呢。醒醒啦，皮亚尼，我们明天到乌迪纳后就有香槟喝了！"

"我没睡呀，"皮亚尼说。他盛了一碗面条，"找一找，可有番茄酱，巴特罗米欧？"

"这压根就没有。"艾莫说。

"我们去乌迪纳喝香槟。"波尼洛说，他拿起酒瓶斟满一杯清亮的红葡萄酒。

"饭可吃饱了，中尉？"艾莫问我。

"饱了，给我一瓶酒，巴特罗米欧。"

"我给每辆车都准备了一瓶酒，"艾莫说。

"你没睡觉？"

"我睡眠少，只眯一小会就够了。"

"我们明天去睡国王的床。"波尼洛开心地说。

"我要跟王后睡一觉。"波尼洛说，他瞅瞅我，看我对他的话有什么反应。

我说："住嘴，喝了一点就耍起酒疯。"屋外下起了瓢泼大雨。我看看时间，是晚上 9 点半。

"走吧。"我起身说道。

"你坐谁的车，中尉？"波尼洛说。

"坐艾莫的。艾莫的车在前，你在中间，最后是皮亚尼。我们从大路过去。"

"我担心开车打盹。"皮亚尼说。

"这样我坐你的车，中间波尼洛，最后是艾莫。"

皮亚尼说："这个安排不错，因为我实在太困了。"

"我开那车，你可以眯上一会儿。"

"不用，在我要睡着的时候叫醒我，我还可以继续开的。"

"会叫醒你。灯关了吧，巴特罗米欧。"

波尼洛说："反正这个地方我们不会再回来了，灯亮着就随它去吧。"

我说："帮个忙，楼上有个带锁的箱子在我房间里，麻烦你搬下来吧，皮亚尼？"

皮亚尼说："阿铎①，跟我一起上楼搬。"他俩从走廊那上了楼，我听见很响的上楼声。

"这倒是个好地方。"巴特罗米欧说。他把两瓶酒和半块干乳酪塞进背包里，"以后很难再遇到像这样好的地方了。他们撤到哪里去呢，中尉？"

"可能要撤退到塔里雅门河那，医院和部队总部都在柏图文。"

"这个城镇要比柏图文好。"

我说："我曾经从柏图文经过，但具体的情况我不了解。"

"那个地方不怎么样。"艾莫说。

———————
①波尼洛的全名叫阿铎·波尼洛

28

　　我们离开这个城镇,除了街道上的几支撤退部队和大炮外,黑夜中的小城显得空旷凄凉,雨还在下。一些卡车和马车在窄小的街道上行驶,向大街方向聚拢。我们经过皮革厂开向大街时,军队、卡车、马拉车和大炮横向排列成宽大的队列,在雨中缓缓有序地向前移动。我们那辆车的散热箱几乎要撞到前面卡车的后车厢,他们车上装满了货物,堆积得高高的,上面又盖着挡雨的厚帆布。卡车停下了,后面的队伍都动不了。等卡车动了,我们跟着向前面动一点,接着又停了。我跳下车,想到前面看看情况,在卡车和马车中穿梭,钻过湿漉漉的马头。阻塞通行的地方还在前面,我下了大道,踩着横在阴沟的踏板,到了阴沟对面,顺着田野向前走。我一个人独自在田野中行走,从树林中远远看到阻塞的人车。走了近一里路,那列队伍也没向前移动一点,在停滞车辆的那一端头步行的军队已开始前行。我回去找到我们的救护车队。阻塞队列很长,也许源头远在乌迪纳那一边呢。皮亚尼趴在驾驶盘上睡着了,我上了车,坐在紧挨他的座位,也睡了。几个小时后,我迷糊中听见前面的卡车发动嘎嘎的响声。我忙把皮亚尼叫醒,发动车子出发,刚走了几步,又停下,接着又是走走停停。雨还是一直在下。

　　夜里队伍再次停下时,我下车,跑到后面去看艾莫和波尼洛。波尼洛车上搭着几位机械修理上士,他们看到我后显得很拘谨。

　　波尼洛说:"他们是被安排留下炸毁后面的一座桥,任务完成后找不到自己的部队,所以我让他们搭一程。"

　　"请中尉批准。"

"我同意。"我说。

波尼洛说："中尉来自美国,谁搭车他都同意的。"一位上士笑了笑,另一位就问波尼洛我是北美洲还是南美洲的意大利人。

"他不是意大利人,他是北美洲的英国人。"

两位上士文质彬彬的,看他们的表情好像不相信波尼洛说的。我跳下车,爬上艾莫的车,他车上搭乘了两个姑娘,他则靠着角落里抽起烟来。

"艾莫,艾莫,"我说。他朝我笑了笑。

"跟她们聊一聊吧,"他说,"中尉,我听不懂她们说什么!"他伸出手放在一个女孩的大腿上,轻轻地捏了一下。女孩急忙用披风裹紧身子,推开他的手。他说:"喂,快告诉中尉你们的名字,还有到这做什么?"

"你们是姊妹?"我指着另一位姑娘问。

她笑笑点点头。

"好的。"我说着轻拍了一下她的膝盖。当我触碰她时,觉得她的身体是僵硬的。那个妹妹有点胆怯,一直低着头,比姐姐可能要小上一两岁。艾莫伸出手又放在那个姐姐的腿上,又被推开。艾莫笑她太保守。

"好人。"他指着自己,"好人。"他又指指我,"别害怕。"少女很生气地看着他,两姐妹有点战战兢兢。

艾莫说:"她们要是不相信我,怎么敢搭我的车?我一招手,她们就上车了。"他转身对着姑娘说:"别怕,没有别 ×× 的危险,""没有地方 ××"他用粗话说的,她好像只听得懂那粗话。她满脸惊惶,看着他,用力把披肩裹紧。艾莫说:"车子装满了东西,没有 ××

的危险，没有空地方 ××" 每当他说那些粗话，姑娘就越发紧张。她呆坐着直直地看他，接着就大哭起来，嘴唇颤动，眼泪顺着面颊流下。她们坐在了一起，妹妹低着头，紧抓她的手，两人紧紧地靠在一起。之前生气的姐姐开始抽泣。

艾莫说："我猜我是吓着她了，但我并不是有意要吓她的。"

巴特罗米欧·艾莫转身取出背包，切两片干乳酪，"给，别哭了。"他说。

姐姐哭着摇了摇头，妹妹倒是接过干乳酪，开始吃起来。过了一会儿，妹妹把另外一片干乳酪拿给姐姐，她们一吃起来。姐姐一边吃，一边轻微地的抽泣。

"等一会她就好了。"艾莫说。

他脑海中突然闪出一个念头，"处女？"他问旁边的一个姑娘，姑娘一个劲地点头。"也是处女？"他指了指她妹妹，两个姑娘都点点头，姐姐用她们的家乡话跟他说了几句。

"哦，明白了。"巴特罗米欧·艾莫说，"明白了。"

两个姑娘看起来要轻松不少。

我离开她们时，两个姑娘还是紧靠着，艾莫则独自倚在一个角落里。我上了皮亚尼的车。车队还是原地不动，但行军的队伍不断从旁边走过。雨下得很大，我想车队走走停停的原因可能是汽车的线路被雨水浸湿后受潮了，要就是马匹或人睡着了。在城市，即使大家都是清醒的，依然会有交通堵塞的情况。更何况这是马匹和机动车辆掺杂的队伍，互相都没有帮助，马拉的车对疏通交通更是不起作用。巴特罗米欧车上两个漂亮的姑娘，跟着这撤退队伍是很危险的。都是处女，也许她们是虔诚的信教徒。现在我们应该早躺在床上睡觉了，要不是这该死的战争。我伸直腿睡在床上，硬硬的床板，让身子睡得像床板样直挺。我想凯瑟琳现在正睡在铺着床单的床上吧，抱着被子。她是向哪侧睡呢？她可能还没入睡，也可能正躺在床上想我呢。风你刮吧，刮吧。看呢，你刮来的不是小雨，而是瓢泼大雨。雨下了整整一夜，还是不停。瞧呀，我的主啊，多希望我的爱人又在我的怀中，我又能回到我的床上。我亲爱的凯瑟琳，我希望你能像雨水一样飘落在我的身边，或者让风刮给我。好吧，大家都在这个困顿中，小雨是不能疏解心中的郁闷。我就大声喊："亲爱的凯瑟琳，晚安！希望你能睡个美觉。小宝贝，要是睡的不舒服，就翻身睡另一边吧。我倒点温水给你，过一会天就亮了，那时你就不会那么难受啦。是他让你这么不舒服，我很伤心。还是尽量睡吧，小宝贝。"

"我已入睡了，"她说。"你睡了还不停地说话。你不舒服吗？你果真在这？"

"是的，是我，我不会再离开了。这一切对我们是没影响的。"

"可爱的宝贝，你不会在晚上突然走了吧？"

"不会的，我不想走，我要一直待在这儿。不管你什么时候找我，我都会来的。"

皮亚尼说："他们又开始动了。"

"感觉头还昏沉沉的。"我说。然后看了一下表，是早上 3 点钟。我转身从后面的座位拽出一瓶红酒。

"刚才你大声叫喊。"皮亚尼说。

"我做了一个梦，一个说英语的美梦。"我说。

雨开始变小了，我们向前走动，黎明前我们又停下一次。清晨时，我们待在一段小山岭的地方，我看见撤退的道路向前延伸得很长，仿佛一切都已凝滞，只有中间的步兵在缓慢移动。我们又开始动了，借着早上的阳光看着行驶的车速，真是太慢了，如同蜗牛爬行。想要到达乌迪纳，看来得驶出大道，找一条合适的小路，从高原上的田野中穿过去。

夜里，行军的车马队伍又加入了许多从乡村小道来的农民，还有装满家具杂物的马车，有些镜子从席垫中露出，马车上绑着一些鸡呀鸭呀的。在前面的马车上一台没遮盖的缝衣机一直被雨淋着。他们带走都是有价值的物品。有的女人坐在车上，缩着身子避雨；有的人在车旁步行，紧挨着车辆，怕走散；也有家狗出现在队列中，马车前行时，它们就躲在马车下走。道路满是泥浆，路旁水沟的水位也涨满了，田野也是湿漉漉的，车辆无法从那行驶。我跳下车，边走边想，先找个能看清四周情况的高地，再看是否能寻一条穿越田野的小道。

我知道有很多小路，但要找一条能走得通的小路才行呀。我记不得这些小路，因为之前经过这里时，我总是开车，沿着大道疾驰，它们只在眼前闪过，所以每条小道看上去都很相似。我明白当前最重要的是找一条路。没人知道奥军在哪，现在又是什么样的局势，但我认为天一晴，他们要是来轰炸车队，我们就会全军覆灭。只要有几辆弃用的卡车，几匹炸死的马，道路就会被全堵上，动弹不得。

现在雨下得缓慢而稀疏，我想天快要晴了吧。我顺着大路的一边向前走，看见夹在两块田地间有一条北行的小路，路两边都有篱笆，很清爽。这条小路不错，我急忙跑回车队。我让皮亚克从这先拐下去，接着又跑去通知波尼洛和艾莫。

"如果这条小路不通，我们还可以返回呢，反正现在车也堵得厉害，"我说。

"车上两人怎么办？"波尼洛问我。靠着他身边坐着两个上士，虽然他们没有刮脸，但在早上看起来仍具军人的威严。

"他们是推车的好帮手，"我说。我又去找艾莫，告诉他说我们要穿过田野，走乡村小路。

"那两个处女姊妹怎么办？"艾莫问我。两个姑娘还没醒。

"你该拉几个能推车的人，"我说，"她们是没力气推的"。

"让她们坐后面吧，"艾莫说，"车上还有空地方。"

我说："你若想拉她们，那就随你便吧。不过还是要再找个肩宽有劲的人来推车。"

"狙击兵好了"，艾莫朝我笑笑说，"他们的脊背最宽，这是有人测量过的。你还好吧，中尉长官？"

"好，你呢？"

"也不错，就是感觉有点饿。"

"在那条小路，我们会找到些吃的东西，到时就停车吃饭。"

"你的腿现在怎么样，中尉长官？""挺好。"我说。

我跳上车子踏板向前张望，看见皮亚尼的车子开上小路，沿着篱笆小路向前行驶，车身在篱笆的缝隙中隐约地露出。波尼洛拐到小路上，跟着皮亚尼后面开，艾莫正准备把车开出车队驶入小路，我们跟着前面两辆车在篱笆间的小窄道上行驶，小路通到一家农舍。我们到时，看见皮亚尼和波尼洛已把车停在农家院内。房屋很矮也很长，院内葡萄藤四处蔓延，一些葡萄藤叶已垂在门上。院中有一口水井，皮亚尼把拎上的井水倒入车的散热器，低速行车把散热器的水都耗干了。农舍没人，已荒废了。我回头一看，农舍是建在平原上一块突出的小高地上，站在院中我们可以看到村景：小路、篱笆、蓝天白云、辽阔的田野和大路旁一排排树林，撤退的队伍仍旧走在这条大路上。两名上士在屋里东找西找的。两个姑娘已睡醒，正望着院子、井和停放在院前的两辆车，三个司机都围在井旁。其中一位上士手拿一个挂钟从屋里出来。

"请把东西放回去。"我说。他瞅瞅我，又进了屋，空手出来。

"你的战友呢？"我问他。

"去厕所了。"他上了救护车在座位上坐下，很担心我们会扔下他。

波尼洛说："吃早饭吧，中尉？吃一点，用不了多长时间的。"

"你确定沿着这反方向的路能走出去？"

"确定。"

"好，我们吃早饭吧。"皮亚尼和波尼洛进了屋。

"来吧。"艾莫对两个姑娘说，他伸出手想扶她们下车，可姐姐不停地摇头。她们看着我们进屋，就是不愿意下了，她们不想盲目进到这没有人住的荒屋。

"很固执的姊妹。"艾莫说，"没什么东西吃的啦，看来是被带走了。"波尼洛正切一大块白奶酪，在厚重的厨房桌子上。

"乳酪是在哪找到的？"

"在地窖里，皮亚尼还找了一些酒和苹果。"

"看来是一顿不错的早餐。"

皮亚尼把一个大酒坛的软木塞拔出，大酒坛外包裹着柳条。他把大酒坛倾斜，倒满一铜锅酒。

他说："味道不错呀。艾莫，拿几个杯来。"这时两位上士官进屋。

"上士，吃点乳酪吧"波尼洛说。

"我们该走了。"其中的一位上士一边吃乳酪，一边喝着酒说道。

"是要走的，不用这么操心。"波尼洛说。

"行军也要填饱肚子呀。"我说。

"什么？"

"吃也很重要。"

"当然，但比起吃时间更为宝贵。"

"照我看，这两个兔崽子好像是吃过了。"皮亚尼说，上士瞅瞅他。他们不喜欢我们这些人。

"你熟悉路吗？"其中一位上士问我。

"不熟悉。"我说。他们相互对望了一下。

"我们要早点走呀。"第一位上士说。

"要走了。"我说。我把一杯红酒喝光，吃了乳酪和苹果，感觉酒味棒极了。

"把剩下的乳酪带走，"我说着，便走出了门。波尼洛把那一大坛酒也抱出来。

"这个太大了。"我说。他不舍地看着这大酒坛。

他说："是太大，把军用水壶拿给我装酒。"水壶装满了，一些酒洒到院中石板铺成的路上。接着他抱起大酒坛，摆放在门后。

"这些奥国军人不用撞破门就能找到酒。"他说。

我说："走吧，皮亚克和我领路。"两位上士已坐在波尼洛身边；少女还在吃着乳酪和苹果；艾莫则在抽烟。我们沿着窄道向前开；我转身望望跟在后面的两辆车和那幢农舍。那是一幢建筑得很好的石屋，矮矮的，十分坚固，很是让人喜爱，就连水井边铁柱的做工都极好。高高篱笆下的小路，又窄又泥泞，在后面的两辆车紧紧跟着我们。

29

中午时分，我们的车子陷在一条烂泥小道上，动弹不得。就我们推测，距离乌迪纳差不多10公里的路程。上午雨就不下了，我们听见3次飞机的空袭声，看飞机从头顶飞过，飞到左边很远的地方，听见它们轰炸道路的声音。我们在很多纵横交叉的道路行驶，也遇到些走不通的路，三番五次地倒车去找新路，结果就是离乌迪纳越发的近了。这时艾莫打倒车，想从这条死路中出来，车却陷入了烂泥地里，轮子越转，陷得越深。等车头触地的时候，车子彻底动不了了。唯一的法子就是挖出车轮前方的土，砍些树枝垫在下面，再扣紧链带，防止车子打滑，然后我们在车后把车推出。我们都从车上下来，围在车边。两名上士望着这车，仔细查看车轮陷下的程度，然后他们一句话也没说，就想溜走。我跑去追上他们。

我说："走，去砍树枝。"

"我们真该走了。"其中的一个说。

我说："去砍些树枝，快去。"

"我们真该走了。"一位说，另一位没吱声。他们急于离开，眼睛都不敢看我。

"我命令你们回去砍柴。"我说。那名上士转过头说："我们真该走了。你不是我们的长官，没有权利命令我们。再过一会，你们将会被敌军截断退路。""我命令你们去砍柴，"我又重复了一句。他们扭头就走。

"停下!"我说。他们仍在泥泞的小道继续行走。我打开枪套,拔出手枪,对着那个说话最多的上士,就是一枪。第一枪没打中,他们觉得情况不妙,拔腿就跑。我连着打三枪,有一人中弹倒下,另一个钻过篱笆,一溜烟不见人影。他在田野奔跑时,我隔着篱笆向他开枪。手枪发出空响,没子弹了,我迅速换上另外一个弹夹。他跑得太远了,枪是打不到的。远远望去,他在田野的那端,低着头,死命地跑。我在空弹夹中开始装子弹,这时波尼洛走来。

"我去了结他。"他说。我把枪给他,他走到倒在地上的第一位上士跟前,蹲下来,用枪顶着那个上士的脑袋,扣动扳机,枪没响。

"你得先向上扳,"我说。他扳了后,连开两枪。他抓住上士的脚腕,把他拖到路边的篱笆下。完事后,把枪递给我。

"狗娘养的!"他看着上士说,"你看我开枪打死他了,中尉长官?"

我说:"我们要抓紧砍树枝。另一个我一点没打到吗?"

艾莫说:"可能是,他溜得太远,枪打不到的。"

"这个无赖的吃货!"皮亚尼说。我们砍来枝丫和小树干,车上的物品已全卸下,波尼洛在车轮前挖泥土。准备好一切后,艾莫就开动车,挂上挡。轮子在不停转动,泥浆和小树枝四处飞扬。波尼洛和我使出吃奶的劲在推,关节也咔咔响得像是要折了似的。车还是纹丝不动。

"前后都开开,艾莫。"我说。

他先倒车,再向前开,轮子越发往下陷。轮子在刚挖的大坑中空转,车子还在原地不动。我站起身来。

"拿绳子来,我们拉拉看。"我说。

"这方法不管用的，中尉，直拉是没用的。"

我说："我们也只能试试了，现在没别的办法。"

皮亚尼和波尼洛的车，也只能顺着窄路直往前开。用绳子绑好这两辆车，让它们拉，那辆车的轮子只是左右移动了一点而已。

我大喊："不行，停车吧。"

皮亚尼和波尼洛下车，走过来，艾莫随后也下了车，两个姑娘坐在距路边40码外的一堵石墙上。

"接下来怎么办，中尉长官？"波尼洛问我。

"车轮下的土接着挖一挖，再砍些树枝试一试，"我说。我望着路的另一头，心想这都是我的责任，是我让他们走小道，领他们到这儿的。太阳快要从云层后透出，篱笆旁上士的尸体还躺在那。

"我们要脱下他的军服和披风塞在车轮下。"我说。波尼洛去做了。我去砍些树枝，艾莫和皮亚尼在挖车前和车轮间的泥土。我把披肩撕成两片，垫在车轮下面，然后在车轮下塞满树枝，好支撑车轮向前走。做好这一切，艾莫爬上车，开始开动，车轮在转，我们使劲推。但没有一丁点效果。

我说："见鬼了。车上还有什么东西需要拿，艾莫？"

艾莫和波尼洛上了车，艾莫把乳酪、两瓶红酒和他的披风都拿了出来。波尼洛坐在驾驶座上，搜查上士军服的每一个口袋。

我说："那件军服还是丢掉的好。艾莫车上的两个处女咋办？"

"反正我们也走不远，"皮亚尼说，"就让她们坐在车后面吧。"

我拉开救护车的后车门。

我说："姑娘，进去吧。"两位姑娘爬上救护车，挤在一个角落坐下。她们好像没在意我们刚才开枪的事。我回头看着路面，上士直挺挺地躺在那，穿件很脏的长袖衬衣。我上了皮亚尼的车，开始赶路。我们想穿过这片农田，车从小路开到田头，我下车走在车前。要是能开过这片农田就好了，田的那头有路的。可被雨淋透的农田又软又烂，车子根本开不过去。最终这两辆被困在这，车轮是完全陷在泥土中，看来只好弃车，徒步去乌迪纳了。

我指那条通往大道的小路，给这两个姑娘看。

我说："顺着这小路走，会遇到路人的。"她们看了看我。我掏出皮夹，给她们姐俩每人一张 10 里拉的钞票，我又指着那条路说："去那边。朋友！亲人！"

她们好像是听不明白，可她们紧紧捏住钞票，顺着小路就往前走，还不时回头望望，像是担心我会随时把钱要回似的。我一直望着她们，她们把披肩紧紧裹住，回头朝我们望时，目光中有恐惧也有感激。我们都笑起来了。

"如果我往那个方向走，"波尼洛问道，"你能给我多少钱呢？中尉。"

"万一碰上奥军，还是夹在撤退的人群中安全，"我说。

"要是你给我 200 里拉，我就向奥国走。"

"钱会被他们收缴的。"皮亚尼说。

"也许会停战呢。"艾莫说。

我们加快步伐赶路。太阳像个调皮的孩子一会躲在云后一会又探出头来。路边是桑树，透过树缝，我看见陷入田间里的两辆救护车，皮亚尼也转过身看。

"怕是要新建条路，才能开出那两辆救护车了。"他说。

"我向主祈祷，赐给我们自行车吧。"波尼洛说。

"美国人骑自行车吗？"艾莫问道。

"过去是有人骑的。"

"在这地方，骑自行车可了不起呀！"艾莫说，"骑自行车太方便了。"

波尼洛说："我向主祈祷，赐给我们自行车吧，我不愿走太长的路。"

"有枪声？"我问道，我好像听到远方的枪响。

"没听到，"艾莫说，他侧耳倾听。

"可能是。"我说。

"我想我们最先看见的可能是骑兵，"皮亚尼说。

"他们未必有骑兵呢。"波尼洛说，"主啊，希望他们没有。保佑我，别被他们的骑兵一枪击中。"皮亚尼说："你开枪打死了一个上士哦，中尉长官。"我们走得飞快。

波尼洛说："是我开枪打死的。在这场战争中，我没杀过一人，我这辈子就想杀个上士。"

皮亚尼说："你开枪时，他可是躺在地上，没有奔跑逃命啊。"

"无所谓，反正我会记得这事，我杀了名无赖的上士。"

"以后向主忏悔时，你怎么说？"艾莫问他。

"到时我就说，恭祝我吧，主啊，我杀了名上士。"他们都大笑起来。

皮亚尼说："他是无政府主义者，他不上教堂的。"

"你们真是无政府主义者？"我问道。

"不是，中尉长官。我们是社会主义者。我们是伊莫拉①人。你可去过那里？"

"没去过。"

"主可以作证，那才是个好地方，中尉长官。战争结束后你去那，

──────────
①意大利中北部的一个小镇，那里有个出名的赛车场。

我们带你看些东西。"

"你们都是社会主义者？"

"是的。"

"那是个不错的小城，环境优美？"

"很漂亮，这样的城市你可能没见过。"

"你们为什么都成了社会主义者？"

"我们都是社会主义者，人人都是，且生来就是。"

"你也来，中尉，我们也把你变成社会主义者。"

路前头向左转，是个山坡，山坡上有一个苹果园，被一堵石墙围着。越往上走，道路越陡，没人再说话。我们一起快步地向前走，想争取早点到达目的地。

30

接着我们走上一条马路，路是直通河边的，走到路尽头是座桥，连接桥的路面上丢弃的卡车和载货马车排成长长的一排，可没一个人影。河水涨高，桥中央被炸断了；桥的石拱掉入河中，黄褐色的河水从上面流过。我们沿着河边四处寻找，想找个能渡河的地方。在前头那还有一座铁桥，我想我们也许能从那过去。岸边小道又湿又滑，没见一支军队的踪迹，遗留下来的是被丢弃的卡车和空荡荡的店铺。河岸边什么都没有，除了湿淋淋的草木和松软的烂泥。我们来到河边，终于看到了那座铁路桥。

"多么美丽的一座铁桥啊！"艾莫说。那本是一座普普通通的长铁桥，横跨在一条常常干涸的河床上。

"我们赶快过，趁敌人还没来炸桥。"我说。

皮亚尼说："不会有人炸桥了，他们全走了。"

波尼洛说："桥上难说有没有埋地雷，中尉，你领路。"

我说："好，我在前面领路，地雷也不可能只炸一个人。"

皮亚尼说："听吧，这就叫智慧。你怎么就没有智慧呢，无政府主义者？"

"正因为没有智慧，我才会到了这。"波尼洛说。

"这话说得好，中尉。"艾莫说。

"说得好！"我说。我们现在已走近铁桥了，天空乌云密布，下起毛毛细雨。铁桥看起来是长而坚固。我们爬上路堤。

"你们一个接着一个地来。"我边说着，边开始过桥。我仔细观察枕木和铁轨，看有可拉线和埋炸药的痕迹，但什么也没有。通过枕木的缝隙望去，是奔腾不息的浑浊河水。在潮湿乡村田野的尽头，雨中的乌迪纳依稀可见。过桥时，我还不停地回头看，河的上游还架有一座桥。正看时，一部沾满泥巴的卡车驶过桥面，桥两边的栏杆很高，汽车上了桥就被遮挡住了。可我还是瞥见司机的头部还有坐在他身边和坐在他后面的两个人的头部，他们戴着德军的头盔。随后汽车下了桥，越过树木和那些丢弃的车辆后，看不到了。艾莫正在过桥，我向他招招手，又招手让其他的人也跟上。下了铁桥，我在堤防边蹲下，艾莫也跟着下来。

"那辆车可看到？"我问他。

"没看到，我们一直都看着你。"

"一部德军军官车刚经过那座桥。"

"军官车？"

"是。"

"我的天啊！"

其余的人也来了，大伙一起蹲在堤后的淤泥里，远望铁轨那边的桥、树木、水沟和道路。

"你推测一下，我们撤退的路是否已被切断呢，中尉长官？"

"我不清楚，我只知道一部德军军官车从那条路上开过。"

"有点捉摸不透，中尉长官？你脑子有没有什么奇异的感觉？"

"别卖关子了，波尼洛。"

皮亚尼问道："喝点酒怎么样？如果我们回去的路都被切断了，那就不如先喝口酒了。"他解下行军水壶，拔出塞子。

"瞧！瞧！"艾莫边说边向路面指，我们看见德军的钢盔正摇摆在石桥顶端。钢盔一律向前倾，整齐移动，像是被操作的木偶似的，让人无法想象。等他们下桥时，我们才彻底地看清，这是支自行车军队，领头的两位，看起来精神抖擞，很是健康。他们钢盔都戴的很低，遮盖住额头和面颊的两边。卡宾枪挂在自行车上，炸弹挂在皮带上，弹柄向下。他们的钢盔和军服都被雨打湿了，依然还是悠然自得地骑着车，眼睛看着前方和两侧。先是两个人一行——然后四人一行——接下来又两个一行——然后又十几个人，接下来又十几个人——最后只留一人断尾。看上去他们很安静，不过就算他们在交谈我们也听不见，水流声太大了。他们越走越远，最终在我们视线中消失。

"我的天啊！"艾莫说。

皮亚尼说："他们好像是德军，不是奥军。"

我说："我们为什么不拦击？他们为什么不炸桥？这堤防线为什

么连机关枪也不设？"

"还是你分析给我们听吧，中尉长官。"波尼洛说。我没说话，这跟我无关，我只是负责把三辆救护车开到柏图文而已，我没完成任务。我现在只要人能到柏图文就好，还不一定能走到乌迪纳呢。走不到？活见鬼。最重要的是头脑清醒，不能被他们打中，也不能被抓。

"可有打开的水壶？"我问皮亚尼。他拿给我，我喝了一大口酒，我说："我们该走了，走之前，大家要吃点东西吗？吃东西的时间还是有的。"

"这不是个可久留的地方。"波尼洛说。

"大家靠着边走——以免被敌人发现。"

"我们从上面的桥上走吧，德军有可能从这桥上过。他们要是在上面发现我们，我们可就麻烦了。"

我们沿着铁路轨道走。两边湿淋淋的平原向远处伸展，很是辽阔，平原的端头是乌迪纳的一座小山。望得见山上倾斜的小楼，还有钟楼和钟塔。田野中有一些桑树，前方有个地方，铁轨被毁，枕木也被拽出，扔在了路堤下。

"滑下去！滑下去！"艾莫说。我们从路堤上滑下，这时，路上又过来了一群骑自行车的德军。我在堤边偷看他们，他们队伍整齐，一直往前走。

"他们看见我们，好像没什么反应，只顾走自己的路耶。"艾莫说。

"在上面遇到他们会被打死的，中尉长官。"波尼洛说。

"我们不是他们的目标，"我说，"他们另有任务，他们若在我们上面，会更危险的。"

"我认为走没人看见的地方会安全些。"波尼洛说。

"好，你看着办吧。我们沿着铁轨向前走。"

"我们有希望过去吗？"艾莫问我。

"当然，德军人不多。我们夜里走，趁天黑过去。"

"那辆军官车在做什么？"

"鬼才知道！"我说。我们沿着铁路轨道继续走。波尼洛走腻了，不愿意在堤防的泥泞路上继续走了，爬上来加入我们。现在铁路朝南走，与公路岔开，公路上的情况我们看不到了。运河上，小桥被炸掉了，我们也只能从残留的桥墩旁爬着过河。

我们穿过运河，在铁路上行走；铁路横穿低凹田野，直入城镇。我们远远望见前面还有几条交叉的铁路线，北面是条公路，我们看见的自行车军队就是从这条路通行的；南面那有一条乡间的羊肠小道，两边的树木排列得很紧密，且长得都很茂盛。我想还是抄小道，绕过城镇，再穿过田野朝佩柏弗米多方向走，上了通往塔里雅门河的公路。我们走的是乌迪纳外围的那些小道岔路，不跟着撤军的大部队。我知道有一些小道是能穿越平原的，我顺着堤岸往下滑。

"下来吧！"我说。我们要从这支路绕去城南，我们都由堤岸滑下。这时，路上有人朝我们开枪，子弹打到堤防的烂泥堆里了。

"往后撤！"我大喊。转身又往堤岸上爬，泥土有点滑，我摔了一跤。我前面是三个司机。我快速向堤岸爬。浓密的树丛中又飞出两颗子弹，艾莫正要跨过铁轨，身子晃晃，失去重心，脸朝下跌落在地。我们把他拖到堤岸边，把他身体翻过来。"他的头应当朝上。"我说。皮亚尼把他的身体转个角度。他躺在堤岸边的泥水中，双脚向下，鲜血从鼻孔中断断续续流出。在雨中，我们三人蹲在他身旁，悲伤地看着他。子弹打进他的脖颈，又往上走，从右眼下出来。我还在为这两处伤口止血时，他就死了。皮亚尼把他的头轻轻放下，然后取出止血纱布擦擦他的脸，就随他去了。

"这些狗娘养的。"他说。

我说："他们不是德军，德军也不可能在那。"

"意大利人！"皮亚尼把这词当作骂人的形容词。波尼洛默不作声，他坐在艾莫身边，却望着别处。艾莫的军帽滚到堤岸下，皮亚尼起身拣回，然后用它盖住艾莫的脸。他掏出军用壶。

"喝点吧？"皮亚尼把水壶递给波尼洛。

"不喝！"波尼洛说。他转过头看着我，"从铁轨走我们随时都会没命。"

我说："他们开枪，是我们要穿越田野的缘故。"

波尼洛摇了摇头，他说："艾莫死了，接下来轮到谁呢？中尉长官？我们现在往哪走？"

我说："是意大利人开的枪，不是德国人。"

"要是德军，他们会一个不留的。"波尼洛说。

我说："意军比德军对我们更具威胁。垫后部队的神经是绷紧的，一点风吹草动都害怕；德军有他们自己的事做，不会在意我们的。"

"现在我们上哪里呢？"皮亚尼问道。

"看来要找个地方躲躲，等到天黑再做打算。如果我们能走到南边那就安全了。"

"为了证明他们第一次开枪没错，再过去他们一定会把我们全都打死的，"波尼洛说，"我才不犯傻呢。"

"找个靠乌迪纳的地方，我们避一避，趁天黑再过。"

"好吧。"波尼洛说。我们从堤岸北面下去。我回头看看,艾莫躺在烂泥地,在堤防的一个小角落。他身体瘦小,手臂耷拉在身体旁边,裹着绑腿布的双脚上穿着一双沾满泥浆的长靴,军帽盖住了脸,他看起来有点恐怖。雨还在下。他和我认识的任何一个人都能相提并论,我是蛮喜欢他的。我保存好他的证件,以便将来写信通知他的亲人。

田野前面有一栋农房,周围栽种着树木。紧靠农房有幢高大的建筑物,二楼有个阳台,用石柱支撑。

我说:"我们还是分开走吧,我先过去。"我直奔农房而去。田间有一条小道是通向农房,走在小道上时,我还在心里琢磨会不会有人从农房附近的树林中,或者农房里向我们开枪呢。我朝农房走,越近看得越清楚。二楼的阳台直达粮仓,柱间有些干草外露出来。小院是石块铺设的,所有的树木都在滴水,发出滴答滴答的声响。院中一部卸空的双轮平车,车的双杠在雨水中撅得老高。我走到小院,穿过石路,站在阳台下避雨。屋门已开,我就进去了。波尼洛和皮亚尼也随我进屋了。屋里面黑乎乎的,我走到后面的厨房,没有锅的炉灶里还残留着炉灰,水壶吊在炉灶上方,但里面没有一滴水。我四处打量,没看到有可吃的东西。

我说:"我们需要到粮仓去避避。皮亚尼,你去找找看可有吃的东西,有就拿过来。"

"我去找一找。"皮亚尼说。

"我也去一起找吧。"波尼洛说。

我说:"好的,我上去看下粮仓。"我在底楼的牛棚里发现一道通向上面的石梯。雨还在下,牛棚里却干燥而清爽。牛棚空空,大概是他们离开时都赶走了。粮仓存放半屋子干草，屋顶上开了两个窗户，一个被木条封上，还有一个是狭小的老虎窗开在北面。粮仓内有个连接地面的斜槽，干草可直接从这滑下来喂牛。楼下地面宽敞，运草的车先开到那儿，再把车上的干草往上送。粮仓底端有个圆孔，上面架有横梁木，干草可从这运到粮仓。我听着屋顶的雨声，闻着干草的草香，走下楼，还闻到牛棚里像松香清爽的干牛粪味。我们可以把朝南窗户上的一根木条撬开，俯瞰整个小院，通过另外一窗户还可以望到北面的田野。如果遇到紧急情况，要逃生，我们可以从天窗爬出，再下到楼下，或是干脆从放草料的斜槽滑下。这个粮仓很大，一听到动静，我们可以立即躲进干草里。这是个理想的安身之处，我认为，如果没人向我们射击的话，那我们是能安全到达南方的。南方不会有德军，他们从北面来，走的是西维特迩的那条公路，所以从南方攻击是不可能的。意军更恐怖，他们像惊弓之鸟，一点风吹草动就开枪。昨晚，部队从北方撤退时，我们听说在撤军的队伍里，混杂一些穿着意军军服的德国佬。我是不信，战争中这样的谣言是满天飞，这是敌人常用的伎俩。你就没听说我们这有一个半个人也穿着德军军服去他们那捣乱，或许有人会做，但感觉有点难。我想德国佬不会这么做，也没有必要。我们撤退根本不需要他们来搅乱，撤退的军队那么多，通行的道路又那么少，自会乱成一锅粥。连个指挥的人都没有，还提什么德军？不过，他们还以为我们是德军，朝我们开枪，他们打死了艾莫。干草散发出清幽的香味，我躺在粮仓的草垛上，仿佛回到了无忧无虑的童年。那时我们也躺在草垛里闲聊，还用气枪去打停落在高仓壁顶端豁口处的小麻雀。现在粮仓拆了，他们也伐光了杉树林，之前的树林，现在只剩些树桩、干枯的树梢、枝杈和烧焦的干柴。时光如流水。如果你退回去，又怎样呢？米兰再也回不去了，如果能回去，又会如何呢？我听到枪声，是机关枪，不是大炮，枪声是来自北面的乌迪纳。这才松了一口气。路上肯定会部署军队的。我起身向下望，借着粮仓昏暗的光线，看见皮亚尼站在楼底运草到地板上。他手上拿着一根长香肠、一盒罐头，胳膊下还夹着两瓶酒。

我说："从梯子那爬上来吧。"我觉得我应该去帮帮他，就下了楼。刚才躺在草垛里，还昏昏欲睡，快进入梦乡呢。

"波尼洛人呢？"我问他。

"先不跟你说。"皮亚尼说。我们爬上梯子，把东西放在谷仓地板上的干草上。皮亚尼取出小刀，刀上带有锥子，他用锥子拔出酒瓶上的木塞。

他说："瓶盖封了蜡，酒一定不错。"他的脸挂上了笑容。

"波尼洛去哪了？"我问他。

皮亚尼望望我。

他说："他自己走了，中尉长官，宁可去做俘虏。"

我一声不吭。

"他担心我们会被打死。"

我紧握那瓶酒，没讲一句话。

"你是明白的，中尉长官，对这场战争我们是没有一点信心的。"

"你怎么不走？"我问他。

"不愿离开你。"

"他朝哪走了？"

"我不清楚，中尉长官，他没说。"

我说：“嗯。请把香肠切开好吧。”

在昏暗中，皮亚尼看看我。

“在聊天中我就会把它切好。”他说。我们坐在干草上边吃香肠边喝酒。这肯定是为结婚准备的好酒，时间太长了，都褪色了。

我说：“皮亚尼，你盯着这个窗，我盯另外一个。”

我们一人喝一瓶酒，我把我喝的那瓶拿走，平躺在草垛上，从窄小的天窗远望湿漉漉的田野。我并不指望能看到什么，因为出现在视野里的只有田地、光秃秃的桑树和飘落的秋雨。喝酒并不能愉悦心情。因封存的时间太长，酒的醇香和色泽都已失去。我看着天色渐渐变黑，夜幕降临得很快，今晚又是个黑洞洞的雨夜。黑夜是不需要再盯着的，我就来到皮亚尼那。他睡了，我没喊醒他，在他身旁待了一会。他高大魁梧，躺下来很容易入睡。再等一会儿，我叫醒他，我们便动身。

那是一个难以捉摸的夜晚。我不知道会有什么状况发生——或许是死亡、或许是黑暗中的子弹，或许是拼命地奔跑，到后来什么都没。当一营德军从公路上经过时，我们便趴在公路旁的水沟下面，他们走远了，我们穿过马路直向北走。雨时不时地下着，我们有两次很靠近德军，但他们没发现我们。我们绕着城外朝北去，连意大利人的影子也没见到，很快就到撤军的队伍中，一整夜都往塔里雅门河赶去。我没想到撤退的规模这么壮观，不仅是军队，整个城镇乡村人都在撤退。我们一整夜都在赶路，走的速度比车辆还要快。腿伤发作，人又累，可我们还是要尽快往前赶。波尼洛甘愿去做俘虏，真是犯傻，这不，没有什么危险呀。我们已越过两个部队的营地，没有意外发生呀。艾莫要是没被打死，是感觉不到什么危险的。

昨天我们顺着铁路行走时，没遇到麻烦。艾莫中弹太突然了，也不符合常规。想不出波尼洛现在在哪？

"中尉长官，你感觉怎么样？"皮亚尼问我。我们正走在公路上，道路拥挤，满是车辆和军队。

"还好。"

"我走得有点烦。"

"嗯，我们现在只是走路，不用再操啥心了。"

"波尼洛是个笨蛋。"

"就是笨蛋。"

"这事你打算怎么处理，中尉？"

"我现在还不知道。"

"你要不说他被俘了？"

"我不知道。"

"你知道，如果战争再继续，上面会找他家人麻烦的。"

一名士兵说："战争即将结束，我们都准备回家了，战争要结束了。"

"每个人都准备回家。"

"我们都要回家了。"

"快点，中尉长官，"皮亚尼说。他想超过这群士兵。

"中尉长官？中尉是哪一个？打倒军官！"

皮亚尼拽着我的手臂。他说："我还是叫你的名字。或许他们会滋事，打死一些军官。"我们加快脚步，跑到他们前面了。

"我不会提交报告，牵连他的家人。"我们继续交谈。

皮亚尼说："要是战争结束，就没事了。可我不认为战争会就这样告一段落，真停战就太好了。"

"很快就知道真相了。"我说。

"我不认为战争已结束。即便他们都这样想，可我还不这么认为。"

一名士兵大喊："和平万岁！我们回家啦。"

皮亚尼说："要是我们都能回家，那该多好啊！你不想回家吗？"

"想回家。"

"回不去的，我认为战争还会继续。"

"回家了！"一个士兵喊道。

"他们丢了步枪。"皮亚尼说，"行走时解下就扔掉了，然后不停的喊回家的口号。"

"他们真不该丢弃步枪。"

"他们认为没有步枪，就不用被派去打仗了。"

在黑夜和雨中，我走在路边，看到很多带着步枪的军队，在披风中突起的很高。

"你们是哪个军营的？"一个军官问道。

"和平营！和平营！"有人大喊，军官一言不发。

"他说什么？军官说什么？"

"打倒军官！和平万岁！"

"快点走！"皮亚尼说。我们经过两部英国救护车，他们被扔在公路边。

"是葛利亚来的，"皮亚尼说，"这两部救护车我认得。"

"人家比我们开的远。"

"他们是出发的早些呀。"

"司机也不知跑哪里去了。"

"也许在前头吧。"

我说："德军驻扎在乌迪纳城外。这些人可都要过河的。"

皮亚尼说："是的，我说战争不会结束，就有这方面的因素。"

"德军是可以继续追击的，"我说，"不明白他们为什么不继续呢。"

"我也不明白，我对这战争所知甚少。"

"我想他们在等运输的车辆。"

"不清楚。"皮亚尼说。单独和他在一起时，他很和气；和司机们聚在一起时，会说些粗话。

"你可成家了，路吉？"

"你应该清楚我成家了。"

"所以害怕被俘虏？"

"这只是原因之一。中尉长官，你呢，结婚了没有？"

"没呢。"

"波尼洛也没。"

"结不结婚并不能说明什么。不过我认为，结了婚的人总会设法回到妻子那。"我说。我很愿意聊聊有关妻子的话题。

"是这样的。"

"你的脚现在如何？"

"肿胀得很，也疼得很。"

天亮前，我们走到塔里雅门河的河岸边，沿着高涨的河水行走，快走到一座所有车马都要过的桥。

皮亚尼说："他们该把这条河守住。"黑暗中水好像涨得很高，宽阔的河面上漩涡到处可见。木桥总长大约有四分之三英里，往日河水不深，河水是经过满是石头的河床流向一条条狭窄的水道，现在水位涨起都快升到桥板了。我们顺着岸边走，然后挤进要过桥的队伍里。我被夹在拥挤的人群中，随着过河的队伍缓缓地在桥上走。天还下着雨，前面是大炮车上的弹药箱，我从桥边看着河水。现在我们不能按自己的速度赶路，感觉很是疲惫。过桥没什么乐趣，也让人兴奋不起来。我在想，如果是白天，飞机来扔个炮弹，真不知道是什么样的场景。

"皮亚尼。"我喊道。

"在这，中尉长官。"他被挤到稍前点的人群中。没有一个人说话。大家都巴不得早点过桥，只有这一种心思。我们马上要过到桥对岸了，桥头两边站有军官和宪兵，他们的手电筒光束在人群中扫来扫去。我看见他们的影子被地平线衬托得有点滑稽。我们走近他们时，我看见一名军官用手指着人群中的一个人，宪兵队立马走过去，抓住他的胳膊，把他拽了出来，然后很粗暴地把他拖离大路。我们马上要到他们跟前了。军官仔细盘查人群中的每一个人，有时相互交谈后，就走上前，把电筒光打在一个人的脸上。还没等我们到时，他们又抓了一个，我看见那个人的军服，是位中校。他们用电筒照他脸时，我瞥见他袖子上有两颗星，他花白的头发，矮矮胖胖的。宪兵把他拽到那排盘查军官的后面。我们走到那排军官脸前时，我感觉有一两个军官在盯着我看。然后，我看见宪兵顺着人群边朝我这走，接着他抓住我的衣领。

"你干什么？"我大声说，随后甩了他一耳光。我看见他军帽下的脸，向上翘的小胡子，血从他脸上渗出。又一个宪兵要冲过来。

"你干什么？"我说。他不说话，他寻思着如何抓住我。我把手放到后背去取枪。

"你难道不知道规矩吗，你是不能随便碰军官的？"

另一个从我身后抓住我，扭着我的胳膊，向上拉，胳膊像是要脱臼似的。我只好跟着他转了身，第一个人又紧紧抓住我的衣领。我用力踢他的胫骨，左膝猛撞他的胯部。

　　"再反抗就开枪！"我听见有人说。

　　"你们想干什么？"我想大声叫嚷，声音不响亮。他们已拖我到路边。

　　一名军官说："再反抗就开枪！拖他到后面！"

　　"你是什么人？"

　　"到时你会知道。"

　　"你是什么人？"

　　"宪兵。"另外一个军官说。

　　"刚才你们为什么不让我自己走出来，倒叫这帮人来抓我？"

　　他们不说话，他们也用不着搭理我，因为他们是宪兵嘛。

　　第一个军官说："拖他到后面那些人那。你看看，他是说带方言的意大利语。"

　　"你不也是带方言嘛，你这婊子养的！"我说。

　　"拖到后面那些人那。"第一个军官说。我被他们拽到公路边的那排军官的后面，那儿有一群人，都是面朝着河岸的田野。我们朝那群人走去时，有人开了枪了。我看见步枪射出子弹的火光，接着就听到枪声。我们走到人堆前，四个军官站在一边，他们前面还有一个男人，两边各有一个宪兵在把守。有一小撮人也由宪兵看管着。在讯问官身边的四名宪兵，身上都配着卡宾枪，都戴着宽边帽。抓我的那两个人把我推到人群中等着审讯。他们正在审问的那人，就是刚被拽出人群的那个花白头发矮胖的中校。审讯官精明镇静，很有气势，是决定别人生死命运的意大利人特有的气质——手握别人的性命，自己却高枕无忧。

"是哪一军营的？"

他回答了他们。

"不跟你们队伍一起是什么原因？"

他向他们解释。

"你不清楚军官是一定要和自己的部队在一起的吗？"

他清楚。

审讯就这样结束了。另外一个军官发话："野蛮的人之所以能践踏我们神圣的土地，就是因为你们这样人的存在。"

"我不明白你这话的意思。"中校说。

"因为你们这样叛国的行为，我们才丢失胜利的硕果。"

"你可经历过撤退？"中校说。

"意大利永远不该撤退。"

在雨中，我们听到这些话。我们正面朝着审讯官，犯人站在他们面前，距离我们这儿要稍稍近些。

"要想枪毙我，"中校说，"就请开枪吧，不需多问，这种盘问是很蠢的。"他从容地在胸前划了个十字。军官们商量了一下，其中一个在一本厚纸簿上飞快地书写。

"擅自离开军队，军令枪毙。"他说。

两名宪兵拖着中校去河边。中校在雨中走着，他是个没戴军帽的矮胖的小老头，两个宪兵一边一个。没看见他们枪毙他，可我听到了枪响。又一个在受审，也是位与自己部队走散的军官。他们根本不听他解释，直接宣读厚纸簿上的判决，他大声哭泣，在被押走的路上又叫又喊。当枪毙他时，又是一个在受审。每当宣判完枪毙时，他们就会加快审讯后一个犯人的速度。通过这样方式表示对既成事实的事情不追悔。我在盘算着是等着受审，还是乘机逃命。很明显，他们认为我是穿着意军军服的德国人。我了解他们的脑子是怎么想的，不过前提是他们还有脑子，而且这脑子还是正常的。他们都是热血少年，都有拯救国家的热情。第二军正在塔里雅门河对岸开始整编，他们要枪毙所有和部队走散的军官——少校以上包括少校，他们还就地枪毙披着意军军服的德国鼓动者。他们都戴钢盔，我们这撮人中戴钢盔的只有两个。一些宪兵也戴着钢盔，其余的宪兵戴宽边帽，我们称这种帽子为"飞机帽"。审讯官可以决定别人的生死，自己却无忧无虑，执行军法时是超凡脱俗的严厉。他们现在在审问一个上校团长，他是来自前线的一个兵团。

现在他的兵团在哪呢？

我望望宪兵，他们正瞅着一些新抓来的人，还有几个在看着那个上校。我蹲下身，用力推开两边的人，压低脑袋往河边跑。我跑到河边时被绊了一下，扑通一声掉入水中。河水冰凉，我潜在水里尽量不露头。我被激流冲得头昏脑涨，在水里躲着时，以为我再也上不来了。我一浮出水，就吸口气，接着又躲下去。好像潜在水中并不难，因为我穿着军服和军靴。第二次再冒出水面，我看到一个木板在前头，游到跟前，就一把抓住。我把头躲在木板后面，连抬头看一眼也不敢，我不愿意朝岸边看。我听到开枪的声音，在我逃跑和第一次冒出水面时都有，在要上岸时，又听到一次，现在是很安静。那个木板在湍急的水流中左右摇摆，我一只手紧紧抓住它。我望见了河岸，它好像很快又溜过去了。水中有很多木板，河水很冷。

我紧抱着木板，随波逐流，由水面上一个小绿岛顺流而下。已看不到那边的河岸了。

31

河水湍急，都不知道在河里漂流了多长时间，感觉像是很久，又好像只是一会儿。水很冷，又在蔓延。水上漂浮着一些东西，可能是河水上涨时从岸边带来的。我幸好抓住一个木板，身子躺在冷冰冰的河水里，下巴搭在木板上，双手尽可能抱住木板。我担心会抽筋，只想早点飘到河边。我顺流而下，身后拉出一条平滑的曲线。天要透亮，能望见河岸边的灌木丛。前方是长着矮树林的小岛屿，顺着水流向岸边飘去，我在想该不该脱掉军靴和军服，游上岸呢，最终还是放弃了这种想法。因为这样的话我也不一定能上岸，如果上岸后光脚，那是很麻烦的。我想了个去埃斯特尔的办法。

我看着离河岸近了，但水流又把我推远了，然后又离近了。漂流的速度慢下来了，河岸近在咫尺了，我看得见柳树的枝条。木板慢慢旋转，我转到河岸前面，我知道我在旋涡中，随着水流我慢慢地转。现在靠近河岸了，我用一只胳膊抱着木板，另外一只胳膊划水，双脚也向后蹬水，希望能靠近岸边，可好像还是在原处打转。我有点害怕被漩涡卷走，于是用一只手紧抱住木头，身子上浮，让双脚靠近木板，然后使劲向岸边划去。我看见岸上的灌木丛了，借着我划行的动力，拼了命地向岸边游，水流又把我卷走。军靴太重了，我想我可能会被淹死，但我在河水中逆水划了一会，一抬头，我越来越靠近岸边，我逆水继续划行，双脚沉重，惊恐万分，最终还是努力游到岸边。我抓紧柳树枝，全身松软，连岸边都爬不上，但我心里清楚我是不会被溺死了。一抱着木板，我就不认为我会没命。可能是体力透支的原因，感觉胃肠和胸口又空又难受，我拽紧柳树枝休息片刻。等那阵恶心过后，我爬向柳树林，又歇一会，双臂抱着一棵柳树，双手牢抓着柳枝。我接着向外爬，穿过柳树丛，游上岸。天已泛亮，但没有一个人影。我睡在岸边，听着河水和雨水声。

过了一会，我起身，顺着岸边走。我清楚这周围是没有桥的，要走到拉沃珊才行，而现在我应该是在圣维斯卡的对岸。我开始考虑该怎么办。前头有一条直通河流的深水沟，我朝深水沟方向走去。直到现在，仍没见一个人。我坐在沟边几棵灌木边，脱掉军靴，倒出里面的河水，又脱去军装外套，从里面的口袋里掏出钱包，钱包里的钞票和证件都湿漉漉。我先用力拧干军装外套，接着把脱下的长裤也拧干，然后是衬衫和内衣内裤。我用手拍打全身关节，再揉搓几遍，这才穿起衣服，军帽丢了。

我撕下袖上的星章，和钱一同放在里面的口袋，放好后，穿上外套。钱很湿，但不影响使用，我仔细数了一下，一共3000多里拉。身上的衣服又湿又冷，还粘在身上，我微微用力拍打两只胳臂，让血液流通。里面的内衣是纯羊毛的，只要我一直走下去，就不会着凉。我的枪已被宪兵夺去，就把枪套放在外衣里。我没有披风，在雨中行走感觉很冷。我顺着河道岸边走。天放亮了，田野又潮又闷，很是荒凉，放眼望去是一幅潮湿衰败的景象。我看见平原上耸起的一座钟塔，我走上一条大路，军队从前面走来。我一瘸一拐地在路边走，他们与我擦肩而过，也没太在意我，他们是开往河边的机关枪支队。我沿着路边继续走。

那天我徒步穿过威尔斯平原，那是个又低又平的乡野，在雨中更显得低平。靠海边有盐沼地，道路不多。大路都顺着河口直通海边，我需要横穿乡野，但只能沿着水道边的小路步行。我是从北向南横穿田野的，之前穿越过铁路和公路，最终从一条小路尽头走出，上了泥土地边的一条铁路线。这是从威尔斯到的里雅斯德的主干线，路堤看上去又高又牢固，路基也很是坚固，还铺着双轨。铁轨的不远处有个招呼站，我能望见值班的士兵。铁轨的上面是座桥，桥下的河水流向一片沼泽地，桥上有一个士兵。我刚才穿越北面的田野，看见一列火车从这条路线开过，因为平原地势低平，可望见老远的地方，依我看，火车可能从波多托鲁诺方向开来。我眼睛盯着士兵看，因为我是平躺在路堤上的，所以能看到铁轨两端的状况。桥上的士兵沿着铁路线，向我这走了几步，又转身回到原地。我腹中空空躺在那等着火车。刚才看见一列很长的火车，好像动力不足，缓缓地向前开，要是这样的速度我是一定能爬上的。我等得差点要崩溃时，这列火车终于来了。车头直直开过来，越来越近，也越来越大。我看看桥上的士兵，他正在铁轨对面那边的桥面巡视，火车一经过，隔着车厢，他是看不见我的。火车头越发靠近我这儿，吃力地前行，车头后面挂着很多节车厢。火车上有士兵，我很想看清他们在哪个车厢，但担心被人看到，所以束手无策。火车头就要经过我平躺的地方，它吐着黑烟开过，司机已经过去了。我赶快起来，朝一节一节开过的车厢走近。即便士兵看见我，我站在铁轨边，也不太显眼。几节封闭的货车厢从眼前开过去了。我看见一节敞口的车厢要过来，他们叫它为平底船，上方罩着旧帆布。我安静地站在车轨边，等它快要开过时，纵身一跃，抓住车后的扶梯，爬了上去，我爬到平底船和装了很高货物的一节车厢的边缘间。或许是没人注意到我。我紧抓扶梯，缩着身子，双脚踩在两节车厢连接轴上。快要到桥那端了，我这才想起桥上那名士兵，火车从他身旁开过时，他瞅瞅我。他是个少年，头上的钢盔对他来说太大了。我轻视地瞥他，他把头赶忙扭过去。他可能认为我是列车上的工作人员吧。

我过去了，我看他还在用怪怪的眼神看着后面的车厢，我则弯下身检查帆布是否绑扎得牢固。帆布上留有扣眼，绳子从那穿过后进行绑扎。我抽出刀，割断绑绳，手伸进去摸索。因为雨天，帆布盖得严实，也绷得很紧，能看见下面突起的硬东西。我仰头望望上面，又看看前面。前面货车厢有一个值班的士兵，可他的目光是向前的。我松开扶梯，迅速往帆布底下一钻。前额碰撞到硬的东西，火辣辣的疼，血好像也渗了出来。我爬了进去，直挺挺地躺下，接着又起身把帆布绑扎好。

帆布下是机枪和大炮，上面涂抹的润滑油和油脂散发出清香的气味。雨打在帆布上啪啪作响，火车也在咔咔地前行。光线从缝隙间露出，我躺着慵懒地望着那些枪炮，枪炮上都套有帆布包，我猜是第三军运来的。刚才被碰撞的前额，已肿得老高，我躺下一动不动，以便止血凝结，接下来擦净伤口外干的血迹，这没什么大不了的。我没带手帕，只能凭感觉，先用帆布蘸着雨滴擦净血迹，然后用军装袖口再擦干。我不希望被人发现，在车进站前我是一定要下车的。因为到了埃斯特尔，他们会来搬运这些枪炮。枪炮对他们来说是非常重要的，损失不起，自然不会遗忘。我已饿得饥肠辘辘。

32

　　我躺在车厢既潮又脏的地板上，上面是帆布，周围是枪炮，全身冰凉，腹中空空。我翻过身，趴在地板上，头放在胳膊上。我的膝盖又麻又硬，但总的来说还不错。瓦伦蒂尼的手术做得很不错，撤退时我有一半时间是徒步行走的，还在塔里雅门河里进行过一段漂流，这都多亏了膝盖的支撑。所以说这只膝盖是他的，另一只膝盖才真正是属于我的。做过手术的身体，就不是原来的那个，不再真的属于自己了。头是我的，五脏六腑也是我的，感觉好饿，饥火烧肠。头是自己的，但是不能使用，无法思考，只能用作记忆，但又记不得太多东西。

　　我一直记得凯瑟琳，但我不敢多想她，多想我会想得发疯，因为我不确定我们还有见面的机会，所以只能偶尔想想而已。火车咔咔地缓慢行驶，从帆布透进来的光很昏暗，想着同凯瑟琳睡在这潮湿而脏乱的地板上会是什么样的情景。分离的时间太长了，躺在这硬邦邦的地板上，不去思考，只有感觉。我的衣服又湿又冷，车厢只要稍微晃动点，就备感孤寂，穿着一身潮湿的衣服茕茕孑立，只能以硬地板为伴了。

　　要说在帆布底下也挺好的，与枪炮子弹相伴也颇愉快，但是说不上爱车厢潮湿僵硬的地板，或是罩在枪炮上帆布，或是涂擦过凡士林味的枪炮，或是漏雨的帆布。你爱的是一个人，是个你心里很清楚她不在这，想假想她在这也不行的人。你目光敏锐又镇静——与其说是镇静，不如说是空虚。你趴在地板上，头脑空白，目光呆滞，亲身经历过一支军队的撤退和一支军队的进攻，又如何呢？你弄丢了救护车和司机，就如百货商场的巡查员，在火灾中失去他部门的货品，而且也没有上保险。你现在走掉了，不用再承担义务和责任了。假如百货商场火灾后随意枪毙他们的巡查员，原因只是巡查员说话带有浓重的地方方言，那么等他们准备重新开门营业时，就不要再希望巡查员回来继续为他们工作。他们需要雇佣新的人员，那还得看是否有人愿意被雇佣，警察还会不会来抓他们。

河水冲刷掉愤恨，责任也随水而逝。早在宪兵抓住我衣领的那一刻，我就卸下了责任。我不太在意仪表，我很想把这套军装脱下，我撕掉袖口上的星章，是为了避免麻烦，不是为了自己的荣誉。我不反对他们，但已和他们无关了，祝他们愉快。军队中有善良的人，勇敢的人，智慧的人和明事理的人，他们应该得荣誉和祝福。但这个战争已是他们的战争，我只希望这罪恶的火车早点开到埃斯特尔，好吃顿饱饭，不多想了，我要停止思考。

皮亚尼会向上级汇报我已被枪毙了。宪兵会搜查他们的口袋，找出证件，他们一定拿不到我的证件。或许他们会说我淹死了，不晓得他们怎么向美国方面说明，也许会说是因为重伤而死或其他别的什么原因。主啊，我太饿啦。不知以前在饭堂一起聚餐的神父现在可好，还有雷纳迪。要是他们不继续后撤，也许就在柏顿温。不想了，反正以后也见不到他了。他们这些人也不可能再见到了，共同战斗的日子结束了。我认为他没得梅毒，听其他人说，要早去治，这病不是太严重的。但他总担心自己已经得上了，如果是我得了这病，我也会紧张发愁的。换作任何人都会紧张发愁的。

我不应该再多想，我需要的是食物。主啊，我需要的是饭、菜、酒。也许今夜就有，不会的，这不可能，那就明天夜里吧，丰盛的食物，

有睡的、盖的，长相厮守，走也要一起走。也许还要去逃命，她会
走，我想她会和我一起。我们什么时间离开呢？这还需要考虑清楚。
天越来越黑了。我躺下想着要去的地方，很多地方应该都可以去。

第四卷

33

天还没透亮，车速渐渐放慢，准备进入米兰车站，我赶紧跳下火车。我从铁轨上跨过，从几幢楼房的间隙穿行，走到市区的一条街道。有家酒吧已开门营业，我就进去喝杯咖啡。酒吧里散发着早上清扫后留下的气味，咖啡匙还放在咖啡杯里，酒也残留在杯底。店主在吧台后面，两个士兵同坐在一张餐桌。我在酒吧前喝着咖啡，吃着面包，加了牛奶的咖啡是灰白色，有点浊，我把上面的奶皮用面包片撇去，店主望了望我。

"你要来杯酒吗？"

"不用，谢谢。"

"我请你。"他说着，便倒了一小杯酒，放到我这。"前线情况如何？"

"我不清楚。"

"他们喝多了。"他说着用手朝那两个士兵指指，他说得不错，他们是喝醉的模样。

他说：“请告诉我，前线情况如何？”

“前线的情况我不清楚。”

“我看见你翻墙下来，你才下火车。”

“前线大撤退。”

“报上报道了，什么原因？不用再打仗了？”

“我看未必。”

他从一个矮瓶中又倒一小杯酒。

他说：“你要是有麻烦，可以待在我这。”

“没麻烦。”

“你要是有麻烦，就睡在这好了。”

“睡哪里？”

“就这座房子里呀，很多人都在这儿，凡是有麻烦的人都待在这
儿。”

“有麻烦的人很多吗？”

“那要看具体情况了，你是南美洲人吗？”

“不。”

“会讲西班牙语？”

“只会一点。”

他用抹布轻轻地擦着吧台。

“现在出国不容易，但不是一定出不去。”

“我也没有出国的念头。”

“你可以待这，想待多长时间就多长时间，时间久了你就会了解
我。”

“我记下了地址，因为我有事需要离开，改日再来。”

他摇摇头，"你这么说，我想你是不会回来了，除非你遇到大麻烦。"

"我没麻烦，但我也看重朋友的地址。"

我把十里拉的钞票放在吧台上，是喝咖啡的钱。

"我请你，我们来喝一杯白酒。"我说。

"不必这样。"

"来一杯吧。"

他斟满两小杯酒。

"请记住，"他说，"来这儿，别去其他人那，这儿是很安全的。"

"我知道。"

"是真的吗？"

"是的。"

他表情严肃地说："那听我一句话，不要再穿这件外套到处走。"

"为什么呢？"

"撕掉星章的地方，太显眼了，而且这外套颜色也深浅不一。"

我一声不吭。

"如果你没有证件，我可以帮你搞一个。"

"什么证件？"

"一张休假证。"

"我不需要证件，我有证件。"

他说："好吧，不过要是你需要的话，不管是哪一种证件我都会设法搞到的。"

"那价钱是多少呢？"

"看是哪种证件了，价钱很公平的。"

"我现在真用不到。"

他无奈地耸了耸肩。

"好了，我要走了。"我说。

我出门的时，他对我说："别忘记我们是朋友。"

"不会忘记的。"

"再会。"他说。

"再会。"我说。

走上街道，我有意躲开车站，那里还有宪兵驻守，在小公园边，我找了一部马车，我告诉车夫医院的地址，到了医院，下了马车，我先去门房的住处，门房的老婆拥抱我，门房紧握我的手。

"你回来了，平安无恙地回来了。"

"是。"

"吃早饭了没有？"

"吃了。"

"你好吗？中尉，你好吗？"他老婆关心地问道。

"我很好。"

"和我们一起再吃点？"

"不了，谢谢，我想问问，巴克莱小姐现在还在医院吗？"

"哪个巴克莱小姐？"

"那个英国女护士。"

"他的女朋友呀。"他老婆说，她笑着拍了拍我的胳膊。

门房说："不在了，她离开了。"

我的心一沉，"是真的？我说的是那个金色头发的英国小姐，个头高高的。"

"我知道，她到史利兰沙去了。"

"她什么时候离开的？"

"两天前，和另外一个英国小姐一起离开的。"

我说："好，再帮我做件事，就是对任何人都不要说看见过我，这十分重要。"

"对任何人我都不会说的。"门房说，我递给他一张十里拉的钞票，他推开不要。

他说："我听你的不告诉别人，这钱我不能要。"

"我们还能为你做些什么呢，中尉？"他老婆问道。

"只要不告诉别人就行。"我说。

门房说："我们会保持沉默的，要是有需要的地方，就跟我说好不好？"

"好，"我说，"再见，以后再见。"

他们站在门旁，目送我离去。

我上了马车，告诉马夫希门斯的地址，那是以前学音乐的一个朋友。

希门斯住在很偏远的郊区，挨着马贞塔斯那一头。我进到他房间时，他还赖在床上，迷迷糊糊的。

"你来得好早啊，亨利。"他说。

"我是乘早车过来的。"

"这撤退究竟是咋回事呀？你应该在前线呀，来根烟吧？那边的盒子里有烟。"他的卧室很宽敞，床是靠墙边放的，床对面摆放的是一架钢琴，还有一张可当书桌用的梳妆台，我走过去坐在床边的椅子上，希门斯靠着枕头，静静地吸着烟。

"希门斯，我陷入窘境了。"我说。

"我也是，我老是陷在窘境里，你不抽支烟吗？"

我说："不，我要是去瑞士，需要办哪些手续？"

"就你？意大利人压根不会让你出国境。"

"是，这点我明白，要是瑞士人呢，会让出境吗。"

"他们会扣押你。"

"我清楚，不过我想了解这个过程是怎样的。"

"没什么，过程倒不复杂，如果有一些证明的文件，你可以去任何地方，到底出了什么事？你害怕警察？"

"你不会明白的。"

"你不愿意说就不说好了，不过我相信这事一定是很有意思，这边倒是很平淡，我在皮森莎的演唱会又惨败了。"

"很可惜。"

"是呀，发展得很不顺，可我觉得我唱得好，我要在这儿的利瑞赫剧院再尝试一下。"

"我倒想去听听。"

"太客气了，你不会惹上大麻烦了吧？"

"还不清楚。"

"不讲不就讲吧，这时你怎么能离开前线呢。"

"也许我的部队生活已经结束了。"

"好家伙，我早晓得你有远见，有什么地方我能效力的？"

"你已经很忙了。"

"没关系的，亨利，老朋友，没关系的，我很愿意为你服务。"

"我们俩几乎一样高，你去帮我买一身休闲服好不好？我的衣服都还在罗马呢。"

"之前你是住在罗马？那可是个脏乱的地方，你怎么会住到哪呢？"

"我原本想当建筑师的。"

"那儿也不是学建筑的好地方。不用买衣服了，我这有的是衣服，送你穿好了，我再帮你装扮一下，出去是没问题的。"

"这柜子里都是衣服，随你便选，喜欢的我都送你，我亲爱的朋友。"他指着梳妆台边的柜子接着说。

"我觉得还是买的好，希门。"

"亲爱的亨利，我把衣服送你穿，这比出去买要方便得多。你可有护照？如果没有护照，你会举步维艰的。"

"有的，护照还在身边。"

"那就换下身上的衣服，去瑞士吧，老朋友。"

"等等，不是那么简单，我还要先去史利兰沙。"

"那太棒了，老朋友，只要找条船划过去就行了。我要是不唱歌，就同你一起去了，我是要去那的。"

"你唱着情歌过去。"

"老朋友，总有一天我会唱着情歌去的，我的歌是唱得不错，这点有些怪吧？"

"我敢跟任何人打赌，你是能唱的。"

他又上床抽烟了。

"不要下大的赌注，不过，我是真能唱。真是滑稽死了，我能唱歌，我爱唱歌。"他放开嗓子唱起《非洲女郎》①，涨红了脸，脖子上青筋毕露。"管他们爱不爱听"，他说"我能唱。"我向窗外望望，"我

————————
①是德国作曲家罗梅耶贝尔的代表作，取材于17世纪欧洲宗教战争的历史事件。

先下楼让马车走吧。"

"亲爱的朋友，快去快回，我等你一起吃早饭。"他下了床，站直身体，做个深呼吸，开始做些简单的有氧运动，我到楼下付了车费，把马车打发走。

34

换上休闲装，我感觉像是要参加化装舞会似的，穿惯军装，还是有些留恋军装所带来的荣耀。裤子有点不合身，松松垮垮的，又满是皱褶。我买了去史利兰沙的车票，另外还买了顶新帽子，希门的帽子我戴不上。他的衣服倒是不错，着有淡淡的烟草味。坐在车厢，向窗外张望时，我感觉头上的帽子好新，相比之下，衣服倒显得寒酸。我沉重而苍凉的心，就如窗外仑巴迪光秃秃的原野。临近车厢有几个飞行员，他们不太瞧得起我，轻视的目光，也不愿意向这边看，很不屑像我这年纪还是平民的人。我没有感觉到受辱。要是从前，我会欺负他们，干上一架。车到伽拉瑞斯站，他们就下车了。车厢就剩我一人，我也乐得清静，这儿有报纸，可我不想看，因为我不想知道关于战争的任何事，我要忘掉它，我已说服自己。我非常寂寞，当火车到达史利兰沙站时，我很是开心。

车到站时，我以为会有旅馆来的人在这招揽生意，但没看见一个人。早过了旅游季节，自然也就没有接火车的人。我提着小皮包下车，小皮包是希门斯的，里面除了两件上衣，什么也没有，所以提着很轻。火车开走了，我仍站在车站的房檐下避雨。在车站找到一个人，我问他现在还有哪家旅馆在营业。皮罗尼大旅社在营业，还有一些小旅馆常年营业。天下着雨，我提着小包往皮罗尼大旅社走，一辆马车顺着街边驶过来，我跟车夫打个招呼。

乘马车去方便，也节省时间。车到了大旅社的马车停车处，门房赶忙打着一把伞，出门迎客，很是周到。

我订了一个上等的房间，房间宽敞，光线又好，推开窗口，便可看到整个湖面的美景。乌云笼罩着湖面，我想阳光下的湖面，一定是非常美丽。我订房时告诉他们，在这是等我夫人。房间里摆放的是一张宽大的双人床，意大利人叫它为新婚床。旅馆装修得十分奢华，我穿过长廊，走下楼梯，穿过几个房间，来到酒吧。酒保我以前就认识，于是便坐在桌前吃甜杏仁和马铃薯片，调制的马天尼①酒醇厚而清爽。

"你没穿军服在这儿做什么？"酒保把酒递给我后问道，这是他调好的第二杯马天尼。

"在休假，疗养假。"

"这儿没人来，我不明白旅馆为什么还要营业。"

"你最近钓鱼吗？"

"我钓到过一些很漂亮的鱼，现在是钓鱼的季节，钓鱼者都能钓些漂亮的鱼。"

"我邮给你的烟草可收到？"

"收到，那你可收到我的明信片？"

我笑了起来，烟草是搞不到了，他要的是那种美国烟丝。不知是我的亲戚没邮，还是中途被收缴了，总之没到我这，所以也没给他邮。

①马天尼是鸡尾酒之王，最早是用杜松子酒和甜苦艾酒等调制，味道偏甜，后逐渐以辛辣味为主。

我说："在什么地方我总能找到点，我问你，在城里你可见过两个英国姑娘？她们是前天刚刚到的。"

"她们不住在这家旅馆。"

"都是护士。"

"我是见过两名护士，稍等一下，我去帮你问问她们住哪儿？"

我说："一个是我的老婆，我专门为找她而来。"

"那另一个是我的老婆。"

"我没有跟你说笑。"

他说："原谅我的胡说八道，刚才没听明白你的意思。"他走出酒吧，去了好一阵。我吃橄榄、甜杏仁和马铃薯片，从吧台后面的镜子里看到我穿平民服装的滑稽相，酒保终于回来了，"她们住在一家小旅馆，靠近车站。"他说。

"来份三明治吧。"

"我按铃让人去拿点，这没有客人，所以什么也没有。"

"不会连一个人都没有吧？"

"有，几个而已。"

三明治送过来了，我吃了三片，又喝了点马天尼酒，我好像是从没喝过这样醇厚而凉爽的酒。这样的用餐方式，让我感觉很好。我对那些红葡萄酒、面包、干乳酪、劣质咖啡和白酒发腻了。我坐在高凳上，眼前是高贵的花梨木台面、黄铜工艺品和雕花的镜子，只是欣赏，不思考。酒保向我问几个问题。

"不聊战争。"我说，战争已离我很远，或许压根就没有战争。此刻，我意识到战争对我而言已经结束了，但好像它又不能成过去，我就像是逃学的学生，不时还想起课堂。

我到小旅馆时，凯瑟琳和海伦·弗格森正在吃晚饭，我站在走廊旁，看到她们坐在饭桌边。凯瑟琳的脸侧向一边，我看着她金黄色的头发、她的面颊、她那细长的脖颈和柔美的双肩线条，弗格森小姐正在说话，她看见我进来马上就停止了说话。

"我的天哪！"她说。

"你好。"我说，

"啊，怎么是你？"凯瑟琳说，她眼睛亮了起来，她太开心了，以至于不敢相信这是真的。我亲了亲她，凯瑟琳羞红了脸，接着我在桌边坐下。

"糊涂虫"弗格森小姐说，"你来这边有什么事吗？吃过晚饭了吗？"

"没有。"服务员来上菜，我让她给我上点吃的。凯瑟琳目不斜视地看着我，脸上洋溢着幸福和快乐。

"你为什么穿便服？"弗格森问我。

"我要做内阁官员了。"

"你犯了错。"

"别沮丧，弗姬，开心点。"

"见到你我并不觉得高兴，你就会给她找麻烦，看到你没法让人开心起来。"

凯瑟琳朝我笑笑，用脚在桌下踢踢我。

"没人给我找麻烦，弗姬，要有麻烦也是自己找的。"

"他真让人受不了，"弗格森说，"只会用那些意大利的小伎俩来害你，美国人比意大利人更孬。"

"苏格兰人才正直善良。"凯瑟琳说。

"我意思是他像意大利人那样鬼头鬼脑。"

"我鬼头鬼脑吗，弗姬？"

"是的，你不仅是鬼头鬼脑，更像条蛇，一条披着意军军服的蛇，脖上还绕着围巾。"

"我现在没穿意军军服呀。"

"这就是你鬼头鬼脑的又一个证据，你恋爱谈了整个夏季，结果她怀了孕，现在你却想走人。"

我冲凯瑟琳笑笑，她也冲我笑笑。

"我们俩是都要走的。"她说。

弗格森说："你们臭味相投，凯瑟琳·巴克莱，我替你难为情，不知廉耻，不顾名声，你像他一样是个偷偷摸摸的人。"

"别这样说，弗姬，"凯瑟琳说着，摸了摸她的手背，"别凶我，你清楚我们是彼此喜欢的。"

"别碰我！"弗格森说，她气红了脸，"如果你有点羞愧之心，我们还是朋友。天知道你怀孕多长时间了，你还视为儿戏。你看你笑开花的样子，不就因为看到勾引你的坏男人回来了吗？不知廉耻，没有情感。"她大声哭泣着，凯瑟琳过去抱住她的肩膀，安慰着弗格森。我真看不出她的外形有什么改变。

弗格森哭泣着说："我不多说了，我感觉太可怕了。"

凯瑟琳安慰她，"没事的，没事的，弗姬，我知道羞愧了。别哭，弗姬。别哭，亲爱的弗姬。"

弗格森抽泣道："我不哭了，我不哭了，我是为你担心，你惹上这可怕的乱子。"

她看着我，"我憎恨你，"她说，"她无法让我不憎恨你，你这个鬼鬼祟祟的美国籍意大利兵。"

凯瑟琳冲我笑笑。

"你有点蛮不讲理，弗姬。"

弗格森哭着说："我清楚，你们不用理我，我心里又烦又乱。我有点胡搅蛮缠，我清楚，不过我只是希望你们俩都快快乐乐。"

凯瑟琳说："现在我们很快乐呀，甜蜜纯洁的弗姬。"

弗格森又哭了起来，"我期望的不是你们这样的快乐，你们怎么不结婚？你不会已结过婚了吧？"

"没有。"我说。凯瑟琳大笑起来。

弗格森说："我不认为这是件好笑的事，很多人都是另有妻室的。"

凯瑟琳说："如果能让你开心起来的话，我们是有结婚的打算，弗姬。"

"不是为了我开心，你们才要有结婚的想法？"

"我们只是太忙。"

"是的，我清楚，忙着造小人。"我想她又要哭起来，没想到的是她立马又换成嘲讽的语调，"我想你今夜是要跟他在一起？"

凯瑟琳说："是，如果他需要我的话。"

"那我呢？"

"你害怕一个人睡这？"

"是，我怕。"

"那我还是陪你吧。"

"不要，你跟他走吧，立刻走，你们太让我厌恶。"

"还是先吃完晚饭，再考虑这事。"

"不要，你们立马走人。"

"弗姬，别冲动。"

"我说立马就走，你们都走。"

"好，我们走。"我说，弗姬让我讨厌。

"你们真的要走，你们想扔下我，让我孤零零地一个人吃饭。我一心想去看意大利的大湖，结果落得这样的下场，好，好。"她伤心地抽泣起来，看看凯瑟琳，接着又开始哽咽。

凯瑟琳说："晚饭后再说吧，如果你想我陪你，我会留下的，我不会丢下你一个人不管不问的，弗姬。"

"不要，不要，我要你走。"她擦擦眼泪，"我是胡搅蛮缠，别见怪了。"

服务员被刚才又哭又闹的场面弄得不知所措，现在她来上下一道菜时，看到情况已变好就放心了。

那天夜晚在旅馆里，房门外是条长长的、空荡荡的走廊，门外摆放我们的鞋子，房内铺着厚实的地毯，外面下着雨，房内明亮，让人欢喜而又愉快，灯灭了。床单平滑、床铺舒适，这温馨而浪漫的气氛着实让人兴奋，有一种回家的感觉。梦醒时分，也不会孤独地思念对方，除此之外，一切都显得那么不真实。我们疲惫地入睡，结果又同时醒来，不再感觉寂寞孤单。即使是相爱的男女，有时也想要一个人安静独处的时间，男人是这样，女孩也一样，但这点总是被忘记。可我们好像从没有这样的感觉，我们可以很安静地在一起，享受两个人的孤独和超脱世俗的安静，这种情感是我这一生唯一遇到过的一次。我也曾和许多女人混在一起，但仍感觉是孤独一人，那是种难言的寂寞。可我和凯瑟琳在一起，就不会寂寞，也不会害怕。我清楚黑夜和白天不一样，自有区别，白天是无从诠释夜晚的事情，因为不在同一时间点，无法去感受当时的此情此景。人要是寂寞起来，最恐惧的就是漫长的黑夜。但和凯瑟琳在一起，白天和夜晚几乎都一样，晚间则更觉愉悦。若是有人带着这么大的勇气来到人间，世界只有摧毁他们，才能打击他们坚强的气势，最终也只能是摧毁他。世界要打击一个人，那种创伤后的意志会更加坚强。但遇到不屈服的只好去完全毁掉，世界要摧毁的是善良的人、温厚的人、勇敢的人。如果你不是这三类，这个世界也是一定要摧毁你的，只是不着急而已。

我还记得早上睡醒后的感觉，凯瑟琳睡得很甜，阳光从窗外斜照进来。雨不下了，我下床走到床对面的窗边。下面是一片花园，虽然花儿已凋谢，但花园布局得错落有致也很迷人，还有碎石小道、树木、湖边的石墙、洒满阳光的湖面和远处耸立的高山。我站在窗边向远处眺望，回过身时，凯瑟琳已经醒了，正看着我。

她说："你好啊，宝贝。天气是不是很晴朗？"

"你感觉如何？"

"很好，我们渡过了个浪漫的夜晚。"

"你要吃点早饭吗？"

她要吃，我也要吃，我们就在床上享受着早饭，深秋的阳光从窗户照射进来，暖洋洋的，我的膝盖上放着餐碗。

"你要看报纸？在医院时候，你总喜欢看报纸。"

我说："不，我现在不想看。"

"看来战事真的很坏，你都不愿意再看报纸了。"

"我不愿意看。"

"如果当时我在就好了，就知道事情的原委了。"

"等我理清思绪再告诉你。"

"他们看到你没穿军服，会逮捕你吗？"

"也许要枪毙我。"

"那我们离开在这里，我们出国吧。"

"我也是这么考虑的。"

"我们离开这，宝贝，你不该这样不顾后果。跟我说，你怎么从埃斯特尔逃来米兰的？"

"我乘火车，当时还穿着军装。"

"这样没有麻烦？"

"有点，我还有一张旧的派遣令，在埃斯特尔我把日期改了一下。"

"宝贝，你在这边随时有可能被抓，我不希望这样，这太不明智了。如果人家把你抓走，那我们该怎么办？"

"还是不要去想它吧，我都想烦了。"

"要是他们来抓你，你如何应付？"

"我会开枪。"

"多蠢的想法呀，我不会再让你走出旅馆一步，在我们离开这之前。"

"那我们能到哪？"

"不要这样，宝贝，你想去哪，我们就去哪，最好找个能立刻去的地方。"

"湖那边的瑞士，我们可去那。"

"那是个美丽的地方。"

窗外乌云笼罩，湖水也黯淡下来。

"希望我们不要一直过着如逃犯般的生活。"我说。

"宝贝，别这样，这样的生活你没过多久呀。我们也永远不会过得像逃犯样的生活，我们每天都会过得温馨而快乐。"

"我总感觉自己像个逃犯，我私自从军中逃出。"

"宝贝，理智点，那不算逃犯，那不过是个意大利军队而已。"

我笑了起来，"你是个好女孩，我们上床吧，在床上的感觉真好。"

过会凯瑟琳说："你还认为自己是逃犯吗？"

我说："不，和你一起时就不觉得了。"

她说："真是个傻小伙，但我会用心照顾你的。宝贝，我早上不呕吐，这不是太好了吗？"

"真是太好了。"

"你还不知你老婆有多好呢，我也不介意了。我要找个地方，没人能抓到你的地方，然后我们过上快乐甜蜜的生活。"

"我们现在就去吧。"

"我们会去的，宝贝。无论你去哪，我都会跟着你，即便是天涯海角。"

"我们现在不要想任何事情。"

"好的。"

35

凯瑟琳从湖边小道去小旅馆找弗格森，而我则坐在酒吧里看报纸。酒吧里的椅子，是皮椅，坐上去很是舒服，我坐在那看着报纸，酒保过来了。塔里雅门河失守，军队在向皮里弗河撤退，我对皮里弗河有很深的印象。前往前线的途中，火车在圣多纳附近经过这条河，河道狭窄，水位很深，水流缓慢。河流下方是蚊虫聚集的沼地和运河，还有一些可爱的别墅。战前，有一次我去科丁那丹佩佐，还在这山间的河流边走了几小时。从上面俯瞰小溪倒真像条鳟鱼，溪水哗哗地流淌着，流入岩石下游的沙滩和小沟。大路在喀多特转弯，岔开河流，真不清楚山上的军队怎么撤退。酒保走了进来。

"格雷费伯爵找你。"他说。

"谁？"

"格雷费伯爵，就是之前你来，遇到的那位老人。"

"他现在在这儿？"

"嗯，他跟他的侄女一同来的，我告诉他你来了，他邀请你去玩球。"

"他人呢？"

"在散步。"

"他身体最近怎么样？"

"更显年轻了，在昨天晚饭前，他还喝了三杯香槟鸡尾酒呢。"

"他的球技怎么样呢？"

"很好，我输给他了。听说你在这儿，他很开心，他正愁找不到人玩呢。"

格雷费伯爵 94 岁，他是外交家梅特涅[①]那一代人，雪白须发，风度翩翩。他做过意、奥两国的外交官，他的生日宴会也成为轰动米兰的社交大事。他虽然年近百岁，球却打得漂亮而利索。我是在旅游淡季来到史利兰沙，与他相识的。我们在一起打球，喝香槟，我认为这是很好的风俗。那时他到 100 分就让我 15 分，还能赢我。

"他到这你应该早点告诉我的。"

"抱歉，我忘了。"

"还有哪些人呢？"

"其他人你不认识，同行的有 6 个。"

"你还有什么事要做？"

"没有了。"

---

①梅特涅：19世纪奥地利最出色的外交官之一。

"不如去钓鱼吧。"

"我有1小时的时间。"

"去吧，带上你的钓鱼线。"

酒保拿着一件外衣，我们就出去了。我们到了湖边，跳上一条船，我划船，他在船头慢慢地放下鱼饵和鱼线，有时也会轻轻扯动鱼线。从湖中望去，史利兰沙很凄凉，长长的光秃秃的树林、孤独的大旅馆和封闭的庄园。我把船划向湖中的美人岛①，临近岩石绝壁，湖水一下变深，岩壁在清冽湖水中低低地倾斜下去，后又微微凸起，与这座美人岛相连。云朵遮住了太阳的光芒，湖面平静，冷气袭人，有时鱼群在掀动湖面，水波荡漾，但我们是一无所获。

我们划船到美人岛，岛的对面，有船停在那，有人在织补渔网。

"我们去喝杯酒吧？"

"好的。"

我把船靠到石岸边，酒保收起钓鱼线，绕好放在船底，接着把鱼线轮挂到船舷边。我跳下船，把船用缆绳系牢。我们进了一家小咖啡店，坐在没铺桌布的木桌边，要了两杯酒喝。

"划船累吗。"

"不累的。"

"回去我划吧。"他说。

"我喜欢划船。"

"你放鱼线也许会转好运呢。"

"好吧。"

"聊聊战争吧？"

---

① 原来是一个荒岛后经改造，成为景色迷人的小岛，吸引很多游客来观光旅游。

"情况很糟。"

"我倒是不需要去，像格雷费伯爵一样，年龄太大。"

"也许你还会被征兵。"

"明年就会放宽到我这年龄，但我不想去。"

"你有什么打算呢？"

"出国。我不打仗，我在阿比西尼亚①打过仗，咦，你怎么去打仗呢？"

"我也说不清楚，我是个傻子吧。"

"要不再来杯酒吧？"

"好的。"

回去是酒保划船，我们逆流放线，划过史利兰沙，在湖岸边顺着水流前行。我手握着鱼线，眼睛望着黯淡的深秋湖水和萧索的湖岸，鱼线轮在手中绕转时轻微的抖动。酒保划着长桨，每当船向前冲时，鱼线便随着上下振动。有一次好像是鱼要上钩了，鱼线一下绷紧，向后猛拽。我用手回拉，很清楚地感觉到一条活蹦乱跳的鳟鱼的分量，然后鱼线又松弛下来，它跑掉了。

"鱼大不大？"

"非常大。"

"有一次我一人出来钓鱼，我一边划船，一边用牙齿咬着鱼线，突然鱼线绷紧，差点把我的嘴巴拽豁。"

我说："还是把鱼线绕在腿上比较妥当，鱼上钩时，能感觉到，又不会弄豁嘴巴。"

---

①阿比西尼亚现在为埃塞俄比亚，位于非洲北部，第二次世界大战意大利入侵后，被盟军打退，其国家从君主制变为社会主义国家。

我把手伸到这湖水中，冰凉冰凉的，我们快靠到旅馆对面。

酒保说："我得去旅馆了，值 11 点的班，那是鸡尾酒的时间。"

"好的。"

我把鱼线都拽回，缠绕在有凹槽的竹竿子上，酒保把船停靠在石岩间的一小片水域区，用铁链和铁索锁好。

"你需要用时，"他说，"我给你钥匙。"

"谢谢。"

我们回到旅馆，先到了酒吧间。但一大早我不愿再多喝了，就上楼回房间了，女服务员刚打扫完房间，凯瑟琳不在。我又上了床，躺了下来，什么都不想。

等凯瑟琳回来以后，又恢复到以往的快乐平静。"弗格森在楼下，"她说，"她是来吃午饭的"。

"我晓得你不会有意见的。"凯瑟琳说。

"不会啦。"我说。

"有什么事吗，宝贝？"

"我不清楚。"

"我清楚，你很闷，你现在只有我了，而我刚才又出去了。"

"好像是这样的。"

"抱歉，宝贝。突然间失去拥有的一切，我明白你心中一定充满忧伤。"

我说："在这之前，我的生活忙碌充实，而现在不和你在一起，我就真的什么都没有了。"

"我会和你在一起的，我只是出去 2 个小时。你真的什么也没做吗？"

"和酒保钓鱼去了。"

"那不是很有意思吗？"

"是的。"

"我不在你身边就别想我。"

"我在前线就不去想你，因为那时有事可做。"

"像是丢了工作的奥赛罗①。"她嘲讽我道。

"奥赛罗可是个黑小伙，"我说，"何况，我不是爱嫉妒之人，不过是太爱你了，而对其他的事失去了兴趣。"

"你要做个听话的孩子，我们要招待好弗格森？"

"我对弗格森本来就很好，只要她不辱骂我。"

"好好对她。我们生活已经很幸福了，她却什么也没有。"

"我想我们的幸福，未必是她想要的。"

"宝贝，你是个有智慧的人，有时却钻牛角尖。"

"这次我会好好招待她的。"

"我知道你会答应的，真乖。"

"吃过饭她不会还在这儿吧？"

"不会，到时我会让她走。"

"饭后我们上楼吧。"

"肯定的喽，难道我还想其他事吗？"

我们下楼同弗格森一起吃午饭，对这大旅馆和金碧辉煌的饭厅，她印象极深。我们午饭吃得很丰富，还喝光了两瓶卡普利白酒。吃饭时，格雷费伯爵到了餐厅，跟我们打了招呼。他身旁的侄女的相

---

①奥赛罗是莎士比亚悲剧作品《奥赛罗》中的男主人公，因为轻信别人的挑拨之言，在愤怒中杀死自己的爱人，当知道真相后，悔恨自杀。

貌与我祖母有点相似。我把伯爵的事讲给凯瑟琳和弗格森小姐听，弗格森很受触动。旅馆大而空荡，但金碧辉煌，配着美味佳肴和醇香好酒，大家的心情都很愉悦。凯瑟琳不需过多的情调，此刻已经感觉很甜蜜；弗格森很快活；我也很开心。吃完午饭，弗格森要回小旅店，她说她有午休的习惯。

接近黄昏时，有人来敲我们的房门。

"是谁呀？"

"格雷费伯爵问你能不能陪他打会球。"

我看了下手表，手表是我午睡前取下放枕头底下的。

"你一定要去吗？"凯瑟琳小声嘀咕道。

"还是去一下吧。"现在4点1刻。我提高嗓门说："请转告格雷费伯爵，我5点钟到球室。"

4点3刻时，我吻别了凯瑟琳，进浴室换衣服。打好领带，照照镜子，穿着休闲服有种怪怪的感觉，我应再去买些衬衣和袜子。

"你不会出去很长时间吧？"凯瑟琳躺在床上问道。她慵懒的样子真是动人，"把梳子拿给我好吗？"

我看着她梳着长发，歪着头，长发垂在一边。天已经黑了，床头柔和的灯光照在她的长发、细颈和肩膀上。我忍不住走过去吻她，轻握她拿梳子的手，她的头放在枕头上，我吻着她的细颈和双肩。我是太爱她了，爱得有点煎熬。

"我是不想去的。"

"我也不想你去。"

"那我就不去吧。"

"不，你去吧，只是一会儿的工夫，你便会回来的。"

"待会我们上楼吃晚饭。"

"早去早回。"

格雷费伯爵已在球室，他正在自己练球，灯光从球室上方射下，照在他的脸上，显得很苍老。

距我们不远处，一个银色冰桶放在牌桌上，两瓶香槟酒的瓶颈和瓶塞从冰上冒出。我走近球台，伯爵站直身，张开双臂，来拥抱我，"你在这儿我是太开心了，还赏脸陪我打球。"

"我应该感谢您的邀请。"

"你身体可已康复？他们说你在伊瑟左高原受了腿伤，希望你早点好。"

"谢谢您关心，我已完全好了。您最近身体怎么样？"

"哦，我身体一直很好，不过就是变苍老了，身体已有很多衰老的迹象。"

"我不相信。"

"真的。那给你说个趣事，我讲意大利话是不费劲的，但我规定自己，不讲意大利语，可我一疲倦，讲起意大利语就很顺畅，所以我清楚我是老了。"

"我们现在可以讲意大利语，我也有点疲惫。"

"哦，不过我认为你疲惫时，讲英语会更容易。"

"英语。"

"是，英语，我猜你一定喜欢讲英语，那是一种很受欢迎的社交语言。"

"我现在很少能遇见美国人。"

"你是不是有种失落感？见不到同胞，自然会怀念，特别是女性同胞，我有这种经历，我们打球吗，你现在累吗？"

"刚才是开玩笑，我不是真的累，这次你让我多少分？"

"你最近常打球吗？"

"压根就没打过。"

"你球技不错的，每 100 分我让 10 分吧？"

"你太褒奖我了。"

"15 分如何？"

"很好，不过你还会打赢我的。"

"要不我们下点赌注如何？你打球总是喜欢下注的。"

"好。那我让你 18 分，赢 1 分算 1 法郎。"

他的球技确是一流，即便是让了我 18 分，但到 50 分的时候，我才超出他 4 分，格雷费伯爵按墙上的电铃，叫来酒保。

他说："劳驾，开瓶酒。"接着转身对我说："来一点提神剂。"酒是清凉甘爽，浓郁纯正。

"我们讲意大利语好吧？你不在乎吧？我这时最顺畅的就是意大利语了。"

我们接着打球，空隙间就喝口酒，用意大利语聊上一两句，接着就专心打球。格雷费伯爵先打满 100 分，我才 94 分，他拍了拍我肩膀，笑了笑。

"来，我们再喝瓶酒，我们聊聊战争吧。"他等着我坐下。

"聊点别的吧。"我说。

"你不愿意聊战争？好，最近你读过什么书？"

我说："没读书，或许是我对文字不感兴趣吧。"

"不是，但你应该读些书。"

"战时哪有什么好书？"

"法国人巴比塞的《炮火》①，还有《勃列特林先生看穿了他》②。"

"不是的，他没有。"

"什么意思？"

"他压根没看穿什么，医院也有这类书的。"

"这些书你都读过喽。"

"读过，不过没感觉是什么好书。"

"我的观点，勃列特林先生，是对英国中产阶级心灵，深入剖析的一个案例。"

"我不了解心灵。"

"可怜的青年人，我们没人了解心灵究竟是怎么一回事。你信教吗？"

"仅在夜里。"格雷费伯爵轻轻地笑笑，用手指把玩着酒杯。

"我原以为随着年龄的增大，会更有信仰，也会更加虔诚，可惜的是，没有任何改变。"

"你想死后重生吗？"我问道，可话一出口，立马意识到自己的愚蠢，居然说到死，但他似乎不忌讳这个字。

"这是要看生活的状态，如果活得快乐，我希望得到永生，一直活下去。"他面带笑容地说，"我活得已很如愿了。"

我们坐在宽大的皮椅里，中间的茶几上，放着香槟冰桶和我们

---

①作者巴比塞通过描写士兵在战场上英勇杀敌，历经磨难和牺牲的事迹，再现战争的残酷。

②著名英国小说家威尔斯的代表作。他的作品主要以科幻为主，但也写一些关注现实，思考未来的作品，本书就是其中之一。

的酒杯。

"如果你活得像我这么老，你会发现很多不寻常的事。"

"你一点也不显老。"

"衰老的是身体，有时我真担心手指会像粉笔一样，一折就断；不老的是精神，不过也不比年轻时更具智慧。"

"你很睿智。"

"不，这是个错误的论断，总认为老人更睿智，但人老不会增加才智，只是他们变得更小心慎重而已。"

"或许这就是睿智吧。"

"不是那么让人感兴趣的睿智。说说你最珍重什么？"

"爱人。"

"我同样，这算不上睿智，你珍重自己的生命吗？"

"是的。"

"我也是，我现在仅有这个了，我还乐于开寿宴。"他笑了起来，"你比我明智，你不过生日。"

我们都举起杯子，喝了口酒。

"我想知道你对战争有什么看法？"我问他。

"愚蠢的战争。"

"你认为谁会赢？"

"意大利。"

"为什么这么说？"

"他们是新建立的国家。"

"新建立的国家就必然会打赢吗？"

"在一段时期内会赢。"

"那过了这段时期呢？"

"逐渐变成老一点的国家。"

"很有智慧的见解。"

"年轻人，这不是智慧，不过是愤恨后的感慨而已。"

"我觉是很有见地。"

"未必是，我可以举个反例，不过，这也算不上坏。香槟还有没有？"

"差不多要喝光了。"

"我们要不再喝点？待会我得去换衣服了。"

"我看我们还是不要再喝了吧。"

"你真的不想喝了？"

"真的。"

他站了起来。

"我真心祝福你好运、快乐、健康。"

"谢谢你的祝福，我希望你万寿无疆。"

"谢谢，我现在就已万寿无疆啦。如果你以后变得虔诚，等我死了请为我祈祷，为这件事我恳请过好几位朋友。我原以为自己会变得虔诚，但没能如此。"我很难看出，他的笑容里是否藏着哀伤。他年纪太大了，堆满皱纹的脸，即使笑起来也看不出笑容。

我说："或许以后我会变得很虔诚，我会记得为你祈祷。"

"我一直期望着自己变得虔诚点，我的家人死时都很虔诚，不明白为什么，我就是没到那种境界。"

"还没到时候。"

"或许太晚了，我想或许是我已过了热衷于宗教信仰的年龄。"

"我只有在夜晚才有宗教信仰的情结。"

"你现在在热恋中，请记住爱情也是一种宗教信仰。"

"你真的这样认为？"

"真的呀。"他向桌前走进一步，"感谢你陪我打球。"

"这是我的荣幸。"

"走，我们上楼去吧。"

36

这是个风雨交加的夜晚，我被雨水拍打窗台的声音吵醒。窗户没关，雨水飘了进来，有人在敲我们的房门。我怕惊醒凯瑟琳，蹑手蹑脚地来到门口，打开房门。酒保站在门边，他穿着大衣，手上捏着湿帽子，帽子不停地往下滴水。

"我能跟你说句话吗，中尉？"

"有什么事吗？"

"是非常严重的事。"

我扫视一下四围，房间黑乎乎的，但我能看见窗户下渗入的雨水。"进房吧，"我说。我领着他到了浴室，锁上了门，又打开了灯，我坐在浴缸边上。

"出什么事了，艾密利奥？你有麻烦了？"

"不，是你有麻烦，中尉。"

"真的？"

"明天早上人家就要来逮捕你。"

"真的？"

"我专门来告诉你。是我进城，在一小咖啡馆听见他们议论的。"

"哦，是这样的。"

他站在那儿，大衣湿漉漉的，手里一直捏着那顶湿帽子，没有吭声。

"你知道他们为何要逮捕我吗？"

"好像与战争有牵连吧。"

"具体的原因，你知道吗？"

"不知道。可我听说，他们知道你以前到这儿是个军官，这次却穿着便服到这儿。撤退后，他们便到处抓人。

我沉思了一会儿。

"他们什么时候要来抓捕我？"

"早上，具体的时间我不清楚。"

"你认为我该怎么办？"

他把帽子放到洗脸盆里。因为湿透了，所以一直在啪啪地滴雨水。

"如果你压根没什么事，就不用担心被捕。但被捕总是件糟糕的事，特别是现在这个时期。"

"我不愿意被逮捕。"

"那就去瑞士好了。"

"如何去呢？"

"乘我的小船。"

"可外边有很大的暴风雨啊。"我说。

"暴风雨已过去了，虽然天气很糟糕，但你们不会有事的。"

"我们要什么时候走呢？"

"现在，很难说他们不会一大早就来抓人。"

"我们还有行李呢？"

"快收拾。叫你太太把衣服穿好，行李我来照看。"

"那我们在哪汇合呢？"

"就在这，我等着你们，在走廊上我担心被人看到。"

我打开门，随即关上，进了卧房。凯瑟琳已经醒了。

"有事吗？宝贝。"

我说："没什么事的，凯瑟琳。你可愿意现在就穿好衣服，坐小船去瑞士呢？"

"你愿意吗？"

我说："不是太情愿，我多想再躺到床上去呀。"

"究竟发生什么事了？"

"酒保说他们明天一大早就会来逮捕我。"

"逮捕？他发疯了？"

"他没疯。"

"那就抓紧，宝贝，我们马上穿衣离开。"她坐在床边，还迷迷糊糊的，"酒保还在浴室里吧？"

"恩。"

"那我不梳洗了。请你看其他地方，宝贝，我很快就穿好。"

她把睡衣脱下，我看到她白嫩的后背，我扭过头看其他地方，因为她不让我看。她怀了身孕，肚子在变大，所以不希望我看。我一边穿着衣服，一边听雨水打窗户的声音。我要收拾的东西也不多。

"凯瑟琳，如果有什么要放的，我的箱子还空着不少地方呢。"

她说："我就收拾好了。宝贝，我很蠢，我不明白酒保为什么还留在浴室里？"

"小点声，他等着把我们的行李送到楼下。"

"他真是个好人。"

我说：“他是老朋友啦，我有一次差点儿要寄烟丝给他。”

我看着窗外，黑漆漆的夜晚，湖面上我什么也看不见，看见得只是黑暗和雨点，这时风变小了。

“好了，宝贝。”凯瑟琳说。

“好。”我来到浴室门边。“行李都在这儿，艾密利奥，”我说。酒保接过我们的行李。

“感谢你的帮忙。”凯瑟琳说。

酒保说：“这没什么的，太太。我很愿意帮忙，这样自己也不会惹上什么事。”他转身对我说：“这样，我拎着这箱子从佣人楼梯下去，送上船。你们由大厅出去，假装去散步。”

“很罗曼蒂克的雨中漫步。”凯瑟琳说。

“这个夜晚真是糟糕透顶。”

“幸好我有把伞。”凯瑟琳说。

我们穿过走廊，从铺着厚厚地毯的楼梯下楼，走到楼梯底的大门那，一个门房正坐在宽大的桌子后面。

看见我们，很是惊讶。

“你们不是要出去吧，先生？”他说。

“去溜达溜达，”我说，“我们到湖边去感受这浪漫的暴风雨之夜。”

“你没打伞，先生？”

我说：“没，这外衣可当雨衣的。”

他不太相信，瞅了瞅我的外衣。“我取把伞给你吧，先生。”他说。他过来时带回一把大伞，“这把雨伞是大了一点，先生，”他说。我递给他一张 10 里拉的钞票。“啊，你真好，先生，谢谢。”他说。他把门推开，我们走到雨中。他冲凯瑟琳笑笑，她也冲他笑笑。“不要在暴风雨中多逗留。"他说，"你们会被浇透的，先生和夫人。"他不是正式的门房，他的英语还处于生硬直译的初级阶段。

"我们会很快回来。"我说。我们打着大伞朝小道走，穿越又黑又潮的花园，再横跨一条马路来到湖边亭子下面的小径。风从湖岸向湖中刮去，秋天的风阴冷阴冷的，我清楚，在这季节山上应该是下雪了。沿着码头行走，看到很多停泊的小船，在后面我们找到了酒保的船。

"箱子已放上船了。"他说。

"这船的钱我要付你。"我说。

"你身上带的钱可多？"

"不是太多。"

"那你以后再邮给我吧，没事的。"

"多少钱呢？"

"你随便给。"

"跟我说多少钱嘛。"

"假如你能安全到那，就邮寄 500 法郎给我好了。能安全离开，这个价位就不高。"

"好，没问题。"

"这是三明治，"他递给我一小包说，"我把酒吧间能吃和能喝的东西都拿来了，全在这儿。这是一瓶白酒和一瓶果酒。"我接过来放进箱里，"这些东西我结账吧。"

"好，就付 50 里拉吧。"

我递给他。他说："这是上乘白酒，尊夫人可以放心地喝。她还是到船上吧。"船在石岩边，随河水起伏摇曳，他用手拽住小船，我搀扶凯瑟琳上了小船。她坐在船尾，用披风紧裹着身子。

"你清楚划行的方向？"

"湖北的方向。"

"你清楚那离这有多远吗？"

"要经过卢易诺。"

"要经过卢易诺、坎纳罗、坎诺彼奥、特兰萨诺，只有到了特里萨格才算是真的进到瑞士国境。途中你还须穿过嗒唛拉山。"

"现在是什么时间了？"凯瑟琳里问。

"刚 11 点，"我说。

"要是你不停地划，一早 7 点钟就可以到那儿。"

"有那么远吗？"

"35 海里。"

"我们该如何走呢？在这雨天，我想罗盘针是一定要有的。"

"不用，你先划船到美人岛。接着到母亲岛的另一侧，随风而下。风会把你带到巴兰萨①的。那儿有灯光，你顺着岸边一直往前走就可以了。"

"也许风向逆转了。"

他说："不会，这是摩特文直刮过来的风，会这样一直刮上 3 天的。船里有只水罐可以舀水。"

"我还是付一点船钱给你吧。"

"不用，我愿意冒这个小风险。如果你能安全离开，再倾尽所能吧。"

"那好吧。"

"我想你们是不可能被淹死的吧。"

---

①巴兰萨在湖畔上是个美丽迷人的地方。

"是句宽慰的话。"

"顺着风向湖北面划。"

"好的。"我说着跳上了船。

"你房费有没有留下？"

"有的，放在桌上一个信封里。"

"好，祝你好运，中尉。"

"也祝你好运。我们对你感激不尽。"

"如果被淹死了，你们就不会感激我了。"

"他跟我们说什么呢？"凯瑟琳问我。

"他说祝我们运气好来着。"

凯瑟琳说："祝你好运，太谢谢你啦。"

"你们有没有准备好？"

"好了。"

他弯下腰用力把船推离湖岸。我划动双桨向前行，随后抬起一只胳膊与他道别。酒保满不在乎地挥挥手。我使劲地向外划桨，旅馆的灯光离我们越来越远，最终消失了。波浪滔天，船随风而行。

37

我划着船在黑乎乎的夜晚，一直让风吹着我的面颊，以免迷失方向。雨停了，只是时不时还飘下点小雨点。夜色很黑，风冰凉刺骨。我能看到坐在船尾的凯瑟琳，但看不到船桨末端处的湖面。船桨很长，但桨柄却没有防滑的套子。我拉动着双桨，手向上提，身子前靠，触到湖面时，向下一划，再向后一拉，尽量轻松划行。因为船是顺风航行，没保持桨和湖面的平行。但我心里很清楚，这样划行久了手一定会起水泡，我只是想这水泡能慢些时候再起。船身很轻，划起来一点都不吃力。在很暗的湖中划行，我什么都看不见，一心希望能早点到帕兰萨对面。

帕兰萨我们一直就没有看到，大风在湖面上刮着，又没有灯光，而帕兰萨又被小尖岬遮挡住了，所以我们在黑暗中划过小尖岬时，也就错过了帕兰萨。等我们最终在湖面更北的湖岸边看见灯光时，已是印特拉了。这时，我们感觉在黑夜中已划行了好久，没有灯光，也不知湖岸在哪，只是在黑暗中划动双桨，顺流而下。有时大浪把船托得很高，湖水在船下低低的位置，船桨根本触碰不到。湖上风浪很大，但我不停地摆动双桨在湖水中划动，这时，船突然靠近岸边，撞到岸上耸立的石壁，湖水也迎着船头打过来，掀起很高的浪头，随后又落下。我一边使劲划着右桨，一边用左桨挡着湖水，船又划行在湖中。小尖岬已在身后，消失在视线中，船继续向前划行。

"我们还在过湖。"我对凯瑟琳说。

"怎么没看到帕兰萨呢？"

"已错过了。"

"你还好吧，宝贝？"

"我挺好。"

"我来划一会儿。"

"不，我还可以的。"

凯瑟琳说："可怜的弗格森，早上会来找我们，却发现我们已离开了。"

我说："我倒没在这方面费心，我担心天亮后进入瑞士水域会被巡逻警看见。”

　　“还有多远？”

　　“差不多 30 多海里。”

　　我整夜不停地在划船。我的手又肿又疼，几乎连船桨都握不住。有好几次，船险些被岸边的岩石撞得粉碎。我怕在湖中走错方向，耽搁时间，所以一直靠着岸边划行。有时我们靠得那么的近，以至于连岸边的树木、道路，还有后面的小山岭都看得清。雨是不下了，风吹散了云层，月亮露了出来。我转身望去，望见长而黑的尖岬卡斯达诺拉，白浪滔天的湖面和湖后面雪岭上洁白的月光。接着月亮又躲到云层的后面，雪岭和湖面也消失在黑暗中，天好像有点透亮，我能看见湖边。周围的环境也看得一清二楚，要是帕兰萨公路有巡逻警，一定能看到我们，我忙往外划桨，以免他们看见我们的小船。月亮又露出来，湖边山顶处乳白色的别墅和从树缝中透出的白路面都清楚地出现在我的视线中。我时刻都在划船。

　　湖面渐渐宽起来，湖对岸山脚下有几盏灯亮起，这应该是卢易诺。而且对岸的山岭间还有个楔形山谷，一定是卢易诺。若真的是，就说明船划得还是很快。我把桨放到船上，坐在座位上向后仰。我划得是既累又辛苦，胳膊、双肩和后背都隐隐作痛，手也肿起来了。

　　凯瑟琳说，“我打开雨伞当船帆吧。”

　　“你会掌舵吗？”

　　“应该行。”

　　“把这支桨放在腋下，挨着船边掌舵，我来撑这大伞。”我来到船尾，教她如何划桨。接着我抓起门房给的那把伞，面朝船头坐下，把雨伞打开。啪嗒的一声，雨伞开了，伞柄钩住座位底部，我则跨着伞柄坐在座位上，我的手紧抓大伞两边。风吹满大伞，船身下沉，然后猛地加速。我用劲抓住雨伞的边缘，风把雨伞绷得很紧。小船直往前冲。

"开得真好啊。"凯瑟琳说。我眼睛只盯着伞的伞骨，被风吹动的雨伞，绷得很紧，一直向前拖，我们好像也跟着这伞前行。当我把腿放在伞下时，伞突然向上翻起，我的额头好像也被伞骨打到，我伸手想把被风吹翻的伞尖扳下，它一扭，结果整个雨伞都被翻过去了，之前还是船帆，现在却成了拧翻的破伞柄。我把伞柄从座位底下移出，把伞扔在船头，然后取回在凯瑟琳那的船桨。她忍不住笑了起来，她抓着我的胳膊，不停地笑。

"笑什么呢？"我拿过船桨。

"你撑那破伞的样子太搞笑了。"

"或许是吧。"

"别生气呀，宝贝，很有意思的。刚看你有 20 英尺宽，抓着伞的两边，含情脉脉地对望。"她笑得喘不上气来。

"我来划吧。"

"你歇一下，喝点白酒。这是很特别的夜晚，我们已划了很远。"

"我不能让船进入浪谷。"

"我拿酒给你。歇一会儿，宝贝。"

我抬起双桨，船随风飘荡。凯瑟琳打开箱子。她把那瓶白酒拿给我，我用刀拨出瓶塞，对着酒瓶猛喝一口。酒味纯正，热辣辣的，身子也暖和起来，我感到温馨而愉悦。"好醇香的白酒。"我说。月亮又不见了，但我仍看得见湖岸。在前方那好像又是个尖岬，斜斜地伸入湖中。

"你身体还冷不冷，凯瑟琳？"

"不冷，就是有一点发僵。"

"把船里的积水舀出，这样你的双脚就能伸直了。"

然后我边划着船，边听着泼水声和白铁罐在船尾那舀水的声音。

我说："铁罐拿给我好吗？我想喝点水。"

"太脏了。"

"没事的，我刷一刷就好了。"

我听见凯瑟琳在船旁的刷洗声，随后装满一罐水拿给我。我喝了白酒后，有点渴，湖水很冷，冻得牙齿痛。我看看岸边，我们要靠近长岬。在前头河湾那亮着灯。

"辛苦了。"我说完把罐子递给她。

凯瑟琳说："别这么客气，这儿的湖水多得很啊。"

"你想吃点东西吗？"

"不，等到肚子饿的时候，再吃吧。"

"好的。"

那个看上去像尖岬的地方，却是个突出的长形小高地。我把船向湖中划去，从它旁边绕道过去，湖面变窄了。月亮又从云层中透出，巡逻警要是仔细看，肯定能看见湖面上我们这只黑了吧唧的小船。

"你怎么样，凯瑟琳？"

"我很好，我们现在到哪里了？"

"我想差不多还有 8 英里。"

"可怜的宝贝，还要划上一气。你会不会太累呢？"

"不，还行，只是手疼。"

我们向湖北继续划行。右岸的山峦中间有一个豁口，形成低平的湖岸线，这想必就是坎诺彼奥。船向湖中划去，远远离开湖岸，因为现在最大的危险就遇到巡逻警。前头对岸有座圆顶山峰，高耸云霄。我很疲惫，其实距离并不远，但人在体力不支时就显得很远了。我很清楚我们必须穿过那座高峰，再向北划行 5 英里，才能进入瑞士水域。现在月亮快要落下去了，但在落下之前，是乌云笼罩，漆黑一片。船已远远离开岸边，我划划，歇歇，抬高双桨，让风推动船桨。

"让我来划会吧。"凯瑟琳说。

"我认为你现在不宜运动。"

"瞎说，适量运动还是有好处的，让身体不太僵硬。"

"我认为还是不动的好，凯瑟琳。"

"瞎说，适量运动对怀了孕的人是很有益的。"

"好吧，你适量划一会儿。我先到船尾，你再过到船头。你过去时要抓紧船舷。"

我披着大衣，竖起衣领，在船尾看着凯瑟琳划桨。她划得不赖，就是船桨太长，不太好使。我打开箱子，吃点三明治，又喝点白酒，恢复下体力。"小心，别让木桨撞到肚子。"

"要是撞到，"凯瑟琳在划桨的间隙说，"活得就洒脱了。"

我又喝了一大口白酒。

"你累不累？"

"还行。"

"划不动就跟我说。"

"好的。"

接着我又喝一口白酒，然后抓着船舷向前走。

330

"不，我正划得开心呢。"

"到船尾去，我歇好了。"

借着酒劲，我划得很稳也很轻松。过了一会，就是毫无规律地乱划一通，木浆入水不是深了就是浅了，可能是酒后用劲太大，嘴里也充斥着胆汁的酸苦味。

"给我来点水好吗？"我说。

"好的。"凯瑟琳说。

天还没放亮，小雨又细细地斜下。没风了，或是湖岸边的群山把风挡住了。天就要亮起，我静下心认真划起来。我清楚我们现在在哪，只希望早点进入瑞士的水域。拂晓之时，我们已经很挨近湖边，我能看到湖岸边崎岖的山石和道路两边的树木。

"听那是什么？"凯瑟琳说。我停桨静听，原来是一艘巡逻艇在湖面突突的航行声。我把船划向岸边，静静地停在那儿。突突的响声也越发近了，随后就见小艇在雨中渐渐离我们远去。船尾那有 4 个巡逻警，戴着登山帽，帽檐压得很低，披风的领子竖着，肩上斜背着卡宾枪。这么早他们好像还没睡醒。我能看到他们帽子上的黄色和竖起的领子上的黄色徽标。小艇突突地开走，在雨中不见踪迹。

我又向湖心划去，因为离边界太近，担心被路上的哨位发现，可船在湖心还是能看到岸边的情况。我在雨中划行了 3 刻钟，当我们又听到突突声时，我立即停下船，静静不动，直到这声音消失在湖面远远的地方。

"凯瑟琳，我们好像是在瑞士水域了，"我说。

"这是真的？"

"看到了瑞士军，才能确定。"

"或瑞士海军。"

"瑞士海军可不好玩。刚才那艘小艇，或许就是瑞士海军。"

"等到了瑞士，我们就能美餐一顿了。瑞士有非常美味的奶酪、奶油和水果酱。"

天亮起来，雨稀稀疏疏地下着。风从岸边刮来，风起浪涌，滚滚白浪滑过船舷向湖面翻卷过去。现在我们已经到了瑞士。湖岸树林后，有很多房屋，距岸边不远处还有一个村庄，村庄里都是些石头房，山上有几幢别墅和一个教堂。我看见岸边公路上没士兵也没有行人。现在大湖和路面靠得很近，我看见一名头戴钢盔，身着灰绿色军服的士兵，从一家小咖啡馆出来。他的脸黑黝黝的，看起来很健康，留着一簇牙刷般小胡子，他望望我们。

"朝他招招手。"我跟凯瑟琳说。她招招手，士兵笑了笑，很是害羞，也招了招手。我放慢了划速，我们正经过村前的水滨区。

"我们是到了瑞士境内。"我说。

"我们要十拿九稳，宝贝。我可不愿在边境线上被人抓回去。"

"已过边界好远了。我认为这应该是个设海关的小城，一定就是特里莎。"

"会不会也有意大利人在这儿？一般设海关的小城都会分设两个国家。"

"打仗时或许不这样。依我看，他们不会让意大利人过到边境来。"

这是座非常美丽的小城，有很多渔船都停靠在码头那，铺开的渔网晒在架上。秋雨蒙蒙，雨中的小城清新宜人。

"我们要不要去岸上吃早饭？"

"好呀。"

我使劲划左桨，让船贴紧岸边，挨近码头后，再调直船身，船靠上码头。我把木桨放进船舱，抓住码头那一个铁环，一跃，跳到码头潮湿的石路上，这才真的是踏上瑞士国土。我拴牢小船，伸手去拉凯瑟琳。

"上来吧，凯瑟琳。这太让人兴奋了。"

"我们的行李呢？"

"仍旧放到船上吧。"

凯瑟琳上了岸，我们都在瑞士境内了。

"多么美丽的国家。"她说。

"这不是很好吗？"

"去吃早点吧！"

"一个伟大的国家，走在这路上的感觉就是不一样。"

"我的身体太僵了，所以脚的感觉就不太灵光了，但我也真觉得这是一个伟大的国家。宝贝，你是不是感受到在这，我们已远离了那个可恶的地方？"

"是的，有这种感受。在这之前，我从未有过这种感受。"

"看那些石房，一个非常清爽的广场，难道不是很好的去处吗？我们去那吃早饭吧。"

"你不觉得这儿的小雨也很迷人吗？意大利根本就没有这样的雨，这是个快乐的雨。"

"就这，宝贝，你是不是真感觉到我们已来这儿？"

进了咖啡馆，在一张清洁的木桌边坐下，我们很是兴奋。一个围着围裙的妇人走来，气定神闲，华丽而干净，问我们想来点什么。

"水果卷和咖啡。"凯瑟琳说。

"抱歉，我们战时不做水果卷。"

"就要面包吧。"

"我给你们烤面包。"

"好的。"

"我还要油煎蛋。"

"几个呢？"

"3个。"

"4个吧，宝贝。"

"好，4个煎鸡蛋。"

女服务离开后，我吻了吻凯瑟琳，紧握着她的手。我们彼此对视了一会儿，又环顾了一下咖啡馆。

"宝贝，宝贝，这不是挺浪漫的吗？"

"是很好。"我说。

凯瑟琳说："没有水果卷我无所谓，我整夜都思念水果卷，但我无所谓，压根就无所谓。"

"他们可能很快要来抓捕我们了。"

"没事的，宝贝。先吃早饭，吃过早饭就不怕被抓了。何况他们也不能对我们怎样，我们是来自英国和美国的正经人。"

"你带护照了吗？"

"当然带了。噢，我们说点别吧。要开开心心的。"

"我现在再开心不过了。"我说。一只灰色的胖猫，翘着像翎扇似的尾巴，从地板端头跑到桌下，紧贴着我的腿，蹭来蹭去，哼哼唧唧的，我伸手摸摸它。凯瑟琳美滋滋地向我微笑，"咖啡好了。"
她说。

　　早饭过后，他们要来抓捕我。我们先在村里随便走走，随后去
码头取行李。在船那，有个士兵在看着。

　　"这船是你们的吗？"

　　"是。"

　　"你从哪来？"

　　"从湖上。"

　　"请你们跟我走一下。"

　　"那我们的行李呢？"

　　"可以提着。"

　　我提着箱子，凯瑟琳在我身边，士兵在后面看着我们，去古老
的海关所。进到那，是一名中尉盘查我们，他消瘦而威武。

　　"你们的国籍是？"

　　"美国和英国。"

　　"看看你们护照。"

　　我递过去我的护照，凯瑟琳从皮包里找出她的。

　　他审查了很久。

　　"你们怎么会这样划船到瑞士？"

　　我说："我是运动爱好者，划船是我最拿手的运动。我一有时间
就去划船。"

　　"怎么会上这儿？"

　　"冬季运动喽。我们是游客，来这体验一下冬季运动。"

　　"这儿，可不是适合冬季运动的地方。"

"明白，我们下一站，就是去有冬季运动的地方。"

"你在意大利的职业？

"我学的是建筑，我妹妹是搞美术的。"

"你们离开那的原因是？"

"那边在开战，学不了建筑，我们就想来这体验一下冬季运动。"

"请你们在这，不要乱走。"中尉说。他把我们的护照拿到后面的屋子。

凯瑟琳说："好样的，宝贝。我们就坚持说来做冬季运动的。"

"你对美术可有了解？"

"鲁本斯①。"凯瑟琳说。

"画上人物大而丰满。"我说。

"提香②。"凯瑟琳说。

我说："橙黄色调。曼坦那③呢？"

凯瑟琳说："别老问那些难的。不过我了解点——生动。"

我说："生动，色彩运用多。"

凯瑟琳说："瞧，我会是个好老婆。我能跟你的客人聊聊美术。"

"他回来了。"我说。高瘦的中尉手拿我们护照从海关所屋子那边走过来。

他说："我必须送你们去洛喀诺，你们找辆马车，士兵跟你们一块去。"

---

①巴洛克画派早期代表人物，作品欢快宏伟，色彩华丽，动感强有生机。
②意大利文艺复兴后期的画家，被誉为西方油画之父，代表作有《爱神节》等。
③意大利文艺复兴初期重要的艺术家，杰出代表作是《帕度亚的伊雷米塔尼教堂》。

我说："好，那我们的船呢？"

"船被没收了。你的箱子放些什么？"

他仔细检查了两个箱子，那瓶我喝剩的白酒他拿在手里瞧了瞧。"我们喝上一杯？"我问他。

"不了，谢谢。"他站直了身，"你带多少钱？"

"2500里拉。"

他好像是被触动了，"你堂妹带多少？"

凯瑟琳有1000多里拉。中尉听了好像很开心，对待我们也不像刚才那么傲慢了。

他说："要是你们想做冬季运动，文晋是个不错的去处。我的父亲在那经营一家很好的旅馆，全年营业。"

我说："太好了。你愿不愿意把旅店名告诉我？"

"我已写在卡片上。"他很有礼貌地送上卡片。

"士兵将会送你们到洛喀诺，护照由他暂时保管。对此，我很抱歉，不过程序就是这样。希望你们到洛喀诺那，会给你一份临时签证或警方通行证。"

他把我们的护照给了士兵，我们提着箱子进村找马车。"喂！"中尉冲那士兵大喊，他用德国方言和士兵交代了几句。士兵背着枪，过去帮我们拎箱子。

"真是个了不起的国家。"我对凯瑟琳说。

"很务实。"

"谢谢。"我对中尉说。他向我们挥了挥手。

"祝你好运！"他说。我们同卫兵一起去村庄。

我们乘马车去洛喀诺，士兵和车夫坐在马车前面。到了洛喀诺，我们还算顺利。他们询问了我们，但很有礼貌，或许是因为我们有护照又有钱的缘故吧。我想我的回答他们可能是不会信的，因为有点荒唐。就像是在法庭辩论，需要的不是符合逻辑的供述，而仅是个说辞，要斩钉截铁，而不是解释。因为我们有护照，又舍得花钱，所以他们给我们发了临时旅游签证。这签证能随时撤销，我们每去一个地方，都需要向警方报告。

我们想去什么地方就能去什么地方？是的，我们要去哪里呢？

"你喜欢去哪，凯瑟琳？"

"蒙特里①"

"是个不错的地方，"军官说道，"我认为你们一定会喜欢上那个地方。"

"我们洛喀诺这也很好啊，"另外一名军官接过话说，"我认为你们会爱上洛喀诺的，那是个景色怡人的小城。"

"我们想去有冬季运动的城市。"

"蒙特里没有冬季运动。"

"很抱歉。"另一个军官说，"我就来自蒙特里，蒙特里—伯若特那到铁路沿线显然有冬季运动。你不能这样武断否定。"

"这点我同意，我的观点是蒙特里这座城市本身没有冬季运动。"

"这个观点我不赞同，"另外一个军官说，"我不赞同。"

"我坚持这个观点。"

"我不赞同。我自己就在蒙特里街道滑过雪橇，好像还不止一次，应该有好几次，滑雪橇当然算是一项冬季运动。"另一名军官转过头对我说。

---

①蒙特里：位于瑞士南部的靠近湖畔的一个悠闲城市。

"先生，你认为滑雪橇是你所说的冬季运动吗？听我说，洛喀诺是个很舒适的城市，气候怡人，环境幽雅。你一定会很喜欢这儿的。"

"这位先生的意思是去蒙特里。"

"滑雪橇怎么玩呀？"我问他们。

"瞧，连什么是雪橇都不知道。"

这句问话对第二位军官好像是有利的，他显得很高兴。

第一名军官解释说："就是平底雪橇①呀。"

"打断一下"另一名军官摇着头说，"我给你再解释一下，平底橇和雪橇是有区别的。平底橇是用平底胎制作的，产自意大利；雪橇就是很普通的带滑轮的那种。解释时要讲求精确。"

"平底橇我们能滑吗？"我问道

"当然喽，"第一位军官答道，"如果你们去滑平底橇，蒙特里有卖上好的加拿大平底橇。奥克兄弟那就有，他们是自己从意大利进口的。"

第二名军官扭过头说："滑平底橇，需要专门的雪道，在蒙特里街道是不能滑平底橇的。你们现在住哪？"

我说："还没住下，我们刚从特里萨格过来，马车还停在外面。"

"去蒙特里，这是个正确的选择。"第一位军官说道，"那儿气候适宜，景色也美，有冬季运动，离这也不远。"

"若是真想玩冬季运动，"第二名军官说，"那去阿格丁或穆琅好了。有人怂恿你去蒙特里玩冬季运动，我是一定要抗议的。"

"在这个季节，蒙特里北面的莱斯特有很多很好的冬季运动。"蒙特里的支持者怒目而视他的同事。

---

①平底雪橇：是一种能平躺的雪橇，通过改变身体姿势来操纵雪橇滑行。

我说："两位长官，我想我是该走了，我表妹太累了。我们到蒙特里看看再说。"

"恭喜你。"第一位军官握握我的手。

"你将后悔错过洛喀诺的。"第二位军官说，"但不管怎样，到了蒙特里，要去警局报告一下行踪。"

"警方不会为难你的，"第一名军官向我申明，"那的市民非常文雅和善。"

"感谢两位长官，"我说，"对你们的热心指点，真的很感谢。"

"再见，"凯瑟琳说，"感谢两位。"

他们鞠躬把我们送到门外，那位支持洛喀诺的态度不是很热情。我们走下台阶，跳上马车。

"上帝啊，宝贝，"凯瑟琳说，"我们应该早离开？"我告诉车夫要去的旅馆名，这是一位军官推荐的。他拉起缰绳。

"你忘记那陆军，"凯瑟琳说。士兵还站在马车那，我把一张10里拉的钞票递给他，"我还没来得及兑换成瑞元，"我说。他向我道谢后，行个军礼走了。马车直奔旅馆。

我问凯瑟琳："你怎么想到蒙特里？你真愿意去那儿？"

她说："当时我第一个想到的就是这地方，应该是个不错的小城，我们可以在山上高点的地方找个住处。"

"你困吗？"

"我感觉要睡着了。"

"我们要睡个好觉，可怜的凯瑟琳，昨晚可是个辛苦的旅程。"

凯瑟琳说："我很快活，特别看你撑伞作帆开船的时候。"

"你是不是感觉到我们已经到瑞士了？"

"不，我真担心是场梦，有种不真实的感觉。"

"我也是。"

"这是真的，宝贝？我不会是去米兰车站送你吧？"

"但愿不是。"

"不说这些了，我害怕。那或许是我们正要去的地方呢。"

"我昏头昏脑的，什么都不知道了。"我说。

"把你的手伸出来让我看看。"

我把手伸出去，双手都起了水泡，有些水泡已经破了，在淌水。

"我的肋骨没有钉痕①哦。"我说。

"不能亵渎基督。"

我觉得非常疲惫，头脑晕晕乎乎的。刚才的兴奋开心都没了，马车顺着街道行驶。

"多么让人心疼的手。"凯瑟琳说。

"不能碰，"我说，"天哪，我们都不知在哪，我们现在是去哪？"车夫停了车。

"到丽华城旅馆，不是你要到那的吗？"

我说："是的，没事，凯瑟琳。"

"没事，宝贝，别胡思乱想。我们得美美睡上一觉，明天就会清醒多了。"

"我真的有点犯糊涂了，"我说，"今天简直就是滑稽剧。或许是太饿了。"

"你身体太疲惫了，宝贝。很快就会好的。"马车停在旅馆前，

①是指耶稣复活出现后，十二门徒之一的托马斯亲眼看见，所以他说除非看到耶稣手上的钉痕，再用手指探入钉痕才相信其复活。

有人出来迎客，帮我们拎箱子。

"我挺好。"我说。我们沿着人行道，进了旅馆。

"你不会有事的，只不过是太累而已。你划行的时间太长了，且一直都没睡觉。"

"我们终于到这了。"

"是，我们确实是到这了。"

我们随着拎行李的门童走进旅馆。

第五卷

38

那年的秋季，雪下得有点晚。我们住在山坡一幢褐色木屋里，周围满是松树。夜晚降霜，橱柜上的两只水罐里面的水，都结上了层薄冰。早晨，戈丁根太太走进来打开窗户，把那个高高瓷质炉中的火点着，松木噼啪地燃烧着，一会儿的工夫，炉灶烈焰熊熊。戈丁根太太再来的时候，就带来一罐子的热水和烧炉火用的大块松木。房间里越来越暖和，早饭她也送来了，我们便坐在床上吃早饭，看得见大湖①和湖对岸法国那边的高山，白雪覆盖着山峰，湖面则是灰暗的钢锈色。

在外面，像我们这样别墅的农舍前，有一条路直通山上。车辙和山坡都被冰霜冻得如钢似铁般的硬。小道越走越陡，穿越树林，盘山环行，走到一片大草地，那是在谷底端头的树林边，草地中有搭建的粮仓和石屋。山谷很深，在谷底那有一条流入湖中的清澈小溪，

①大湖是指阿尔卑斯湖群中最大的一个湖——日内瓦湖。

343

每当风刮过山谷时，我就能听到岩石间涓涓的溪水声。

偶尔我们也会离开山路，上一条穿越松林的小路。树林里的路面踩上去软软的，它还没有被冰霜冻得像大路那样坚硬。我们倒是不大介意山路是否坚硬，因为我们穿着靴子，底部是有铁钉和鞋跟的，铁钉会插入结冰的车辙，所以穿着钉靴走山路，很舒适，也很神气。但在树丛中散步更为惬意。

在房前那，高峰陡峭斜落，形成一片靠近湖边的平地。天好时，我们坐在洒满阳光的过道，远望回旋的下坡路面，在低矮的坡面上，有成梯田形的葡萄园。现在已是初冬，葡萄藤已光秃干枯，田间的园地是用石墙分隔，葡萄园下面是洛喀诺市区的房屋。湖中有个小岛，岛上有两棵树，远远望去，那两棵树像是船上的风帆。湖水对岸的山峰险峻陡峭，湖的尽头是罗纳河①谷，那是夹在两个山脉间的平整地带，河谷北面被高峰切断成人们常说的月亮峡谷。那是座覆盖积雪的巍峨高山，俯视着那片河谷，由于距离太远，所以没有投影在湖面。

在天晴气爽时，我们会在阳台上吃午饭，其他时间就在楼上一间小房间里吃。那房子墙壁是用原木装饰的，墙角处还有一个大火炉。我们在城里买些报纸杂志和一本《霍尔牌游戏》，学会了一些两人玩的纸牌玩法。我们的起居室是个小房间，里面有个火炉。房间里还有两张坐着很舒服的椅子和一张放报纸的书桌，饭桌收拾好后，我们就会在饭桌上玩一会纸牌。戈丁根夫妇就住在我们楼下，傍晚时，我们常听到他们愉快的谈笑声，他们过得幸福而快活。他以前做过旅馆餐厅的领班，而她在那家旅馆做过服务员，他们积攒些钱，

①罗纳河从西北阿尔卑斯山脉流到日内瓦湖，再经法国境内，最终流入地中海。

买下这幢房屋。他们的儿子，正在学做餐厅领班，在苏黎世①的一家旅馆。楼底层还有个客厅，隔出个小卖部，夫妻在那卖白酒和啤酒，晚上，有时能听到外面马车停下的声响，有人走上台阶来买酒。

起居室外的走廊上放着一箱松木，是用来续炉火的。我们通常睡得不是太晚。在黑暗中，我们摸索着到大卧室睡觉，我脱了衣服，打开窗子，看着迷人的夜色、寒空中的星星和窗外的松树，随即爬上了床。空气冷冷的但感觉很清新，与窗外黑漆漆的夜色相邻，又躺在温暖的床上，感觉真是好极了。我们睡得很甜，若是夜间醒来，那也只有一个原因，我会立即掀开羽绒被，动作很轻，以免惊醒凯瑟琳，随后盖上毯子，再继续睡，暖暖和和的，既柔又轻。战争好像离这很远，但报上说，他们还在山上打仗，因为那还没有降雪。

偶尔，我们也会下山去蒙特里。这儿有一条下山的近道，就是有点太陡，所以我们常走的是大道，那是条穿越田野的坚硬的宽路，顺路而行，经过被石墙隔开的葡萄园，和一些村庄的房屋。在大路前方，有3幢古老的石头楼房在山坡脚下，山坡上有个葡萄园，种着一层一层的葡萄树，葡萄树的每支藤蔓都被绑在架起的木杆上，以免塌落，这些藤蔓都已干枯发黄。土地等着大雪的降落，下面的钢灰色的湖面，平平整整地向四周延伸。道路在石头楼房下面倾斜好长一段，向右拐个弯，便上了铺满小圆碎石的小道，崎岖险峻，直达蒙特里。

在蒙特里我们谁也不认识。我们在湖边漫步，看见天鹅、燕鸥和鸭子，一有人靠近，他们便齐刷刷地飞起，一边向下看着水面，一边大声鸣叫。湖中一群群的海鸥，又黑又小，在湖面凫水时，划

①苏黎世是瑞士最大的城市，也是商业文化中心。

出一条条水痕。我们在城里的大街上闲逛，欣赏着沿街的橱窗。歇业的旅馆很多，不过大部分的小店都还在营业中，见到我们他们都很开心。在这条街上有家不错的理发店，凯瑟琳老去那做头发，老板娘性格开朗，在蒙特里我们只认识她一人。凯瑟琳去做头发时，我就去一家啤酒屋，喝杯慕尼黑啤酒，顺便在那儿读读报。我常看的是意大利的《晚报》和从巴黎中转来的英美报纸。报纸上的广告栏都被涂得黑黑的，听说是为了预防叛国者和敌军私通。我感觉这些报纸报道的新闻都差不多，都是些糟透的事情，无论哪个地方。我仰着头靠坐在墙角，面前是一大杯黑啤和一包打开的光纸包椒盐千层饼。一边品着啤酒吃着咸味椒盐饼，一边看着糟糕的战事新闻，我想凯瑟琳该过来了，但她最终没来，我也只能先把报纸放回架上，结了账，去理发店找她。天气阴沉沉的，很冷，啤酒屋里的石墙也是凉凉的。凯瑟琳仍在理发店里，老板娘正给她烫发，我坐在店里欣赏着，感觉很新鲜。凯瑟琳满脸笑容和我交谈，因为有点兴奋，我的发音就不那么清楚了。烫发的铁钳发出动人的吱吱声，我能从3面镜子里看见凯瑟琳，小店温暖又舒服。接着她又把凯瑟琳的头发上梳定型，凯瑟琳在镜前照照，稍微整理了一下，别上发夹后起身。"对不起，让你等这么长时间。"

"感觉很有趣，是吧，先生？"老板娘笑着问道。

"是。"我回答道。

凯瑟琳说："我们不是很快活吗？嗨。我们去找个喝啤酒的地方，不喝茶了。这对小宝贝是有益的，免得她长得过大。"

我说："小宝贝，你这个小淘气包。"

凯瑟琳说："她很听话，很少给我添麻烦的。喝点啤酒对我是有益的，之前医生告诉我的，可以让她长得瘦小点。"

"你想让她长得瘦小，如果是男孩，或许他将来可以做骑师。"

"如果我们真想生下孩子，恐怕得结婚。"凯瑟琳说。我们坐在啤酒店里一张摆在角落的桌子边。天慢慢地变黑了，其实时间还早，只不过今天是阴天，薄雾又匆匆降临。

"要不我们马上就结婚。"我说。

凯瑟琳说："不，那太难堪了，肚子大起来了。这样子结婚是很难为情的。"

"我倒真想我们已经结过婚。"

"要是那样就好了。不过宝贝，我们什么时候能结婚呢？"

"我也不清楚。"

"我只清楚一件事，我结婚时，不能像现在这样孕味十足。"

"你不像是孕妇嘛。"

"哦，很像的，宝贝。理发师还问我可是第一胎呢。我撒谎否认，告诉她说我已有两个儿子和两个女儿。"

"那我们啥时结婚？"

"等我瘦下来，什么时候都行。我们要办一个特别的婚礼，让他们都夸赞我们是对漂亮的新娘和新郎。"

"你不担心？"

"宝贝，我为什么要担心？我只有一次感觉不好，那是在米兰旅馆，觉得自己像妓女，不过那种感觉也只有七八分钟，可能是因为房间装饰的缘故吧。我难道不是你的好老婆吗？"

"你是个可人的好老婆。"

"不要看重形式，宝贝。等我一瘦下来，我们就去结婚。"

"好吧。"

"你认为我能不能喝一杯啤酒？检查时医生告诉我，说我跨部太窄，所以小凯瑟琳最好是瘦小一点，会比较容易出生。"

"他还说其他的了吗？"我有点担心。

"没什么了。我的血压很棒，宝贝，他很赞赏我的血压。"

"除了说你跨部太窄外，他还其他的吗？"

"没什么，什么也没说，他说我不适合滑雪。"

"太对了。"

"他说我没学过滑雪，现在要学就太晚了。只有我能保证不摔跤，才可以滑雪。"

"他倒是蛮幽默。"

"他人也挺好的，生产时，我们就请他接生好了。"

"你之前没问过他，我们是不是应该先结婚再生孩子呢？"

"没，我告诉他说，我们结婚已有四年了。宝贝，你应该知道，如果你娶我，我就成了美国公民，无论我们啥时结婚，根据美国法律，孩子都是合法的。"

"你是从哪里知道的？"

"在图书馆，一部纽约的《世界年鉴》上看到的。"

"你太棒了。"

"我很想做美国媳妇呀，我们将来会去美国吗？我要去看尼加拉瀑布①。"

"你是一个好姑娘。"

"我还有一个地方想去看看，可现在想不起来了。"

---

①尼加拉瀑布位于加拿大和美国交界处，是美国著名的风景区。

"屠场①"

"不，我好像忘记了。"

"伍尔沃思大厦②？"

"也不是。"

"科罗拉多大峡谷③？"

"不，可这个地方我也想去看看。"

"那你想去哪呢？"

"金门海峡④！是这个，它在哪呢？"

"旧金山。"

"不如我们去那吧，我原本就想去旧金山旅游。"

"好的，我们以后就去那个地方。"

"我们回去，好吗？要不我们乘蒙特里到伯若斯的这列火车？"

"有一班好像是 5 点多钟。"

"我们就乘那一班好了。"

"好的，我还想再喝点啤酒。"

我们离开啤酒屋，走到街上，上到石阶，从那去火车站，天冷刺骨，寒风从洛恩河谷刮来。街上的橱窗仍亮着灯，我们爬过斜坡的石阶到了上面的街道，又上爬一小段石阶，才到车站。火车正停在那等着，车里的灯都开着。那有个刻盘标注开车时间，我看了一下发出的时间是 5 点 10 分，我又抬头看站里的时钟，才 5 点 5 分。等我们上到

①指的是辛克莱小说《屠场》故事的发生地，芝加哥屠宰场。

②当时是纽约最高的摩天大厦。

③位于美国西北部是世界较长的峡谷之一。

④在旧金山海湾入口处，两岸陡峭，景色宏伟壮观。

车时，我看见火车司机和售票员刚从车站的酒店走出。我们找个位置坐下，又把窗户打开。火车用电气加热的，车厢很闷，现在窗户是开的，空气从窗口进来，清新而凛冽。

"疲惫吗，凯瑟琳？"我问她。

"不，我很好。"

"距离不是太远。"

她说："我很享受坐火车。别担心我啦，宝贝，我感觉不错。"

终于下雪了，在圣诞节前3天，那天早上我们睡醒后，看到下雪了。房间炉中烈火熊熊，我们坐在床上，看着飘落的雪花。戈丁根太太收走早饭托盘，又在炉中添加松木。这场雪下得很大，她说雪从夜里就开始下了。我来到窗旁向外望，可连路对过都看不清。大雪纷飞，狂风怒吼。我又上床躺下闲聊。

凯瑟琳说："多想我能滑雪啊！滑不了雪太遗憾了。"

"我们找台连橇去玩玩，这就同坐车一样，没有危险的。"

"坐上会舒服？"

"我们先去了解一下嘛。"

"希望能舒服点。"

凯瑟琳说："午饭前走走，还能增加食欲呢。"

"我总是感觉饿。"

"我也一样。"

我们踏上雪地，雪很厚，走起来很是吃力，所以我们也没走太远。我走在前面，踏出一条到车站的雪路，也是很长的一段距离。雪花飘飘，前面啥都看不到，我们便进了车站旁的一家小酒馆，用刷子拂去彼此衣服上的雪花，坐在长凳上喝酒聊天。

"这场雪很大。"女服务员说。

"是的。"

"这雪下得太晚了。"

"是的。"

"我可以吃点巧克力吗？"凯瑟琳说，"快到午饭的时间了吧？我总感觉肚子里空空的。"

"那就吃点吧。"我说。

"我吃榛子味的。"

女服务员说："这种味道很好，我最爱它了。"

"再要杯酒。"我说。

我们离开酒店沿着原路回去，之前踏出的小路又被雪覆盖住了，只剩下刚踏路留下的凹印。雪花纷飞，飘落在脸上，几乎看不见前面的路。我们拍掉身上的雪花，进房去吃午饭，戈丁根先生送来午饭。

他说："明天这有滑雪运动。你会滑雪吗，亨利先生？"

"不会，可我想学。"

"这简单，我儿子圣诞节回来，到时候让他教你。"

"太棒了，他回来的时间是？"

"明天夜里吧。"

吃过饭，我们还是待在小房间里，围坐在炉边，看着窗外飞舞的雪花，凯瑟琳说："宝贝，难道你不愿单独去逛逛，跟男人们一同去滑雪吗？"

"不，我为什么要去？"

"有时候，除了见我，你应该也想见见其他人。"

"那你愿意见其他人吗？"

"不。"

"我也是。"

"我明白，但你和我不一样。我是怀了孕，可以悠然自得不做任何事。我现在是又笨又啰唆，你要多出去逛逛，这样你就不会嫌我烦了。"

"你想让我离开吗？"

"不，我想你让陪着我。"

"我压根也不想离开。"

她说："过来！我摸一下，你额头上的肿包，还是那么大。"她的手指轻柔地在上面划过，"宝贝，你要留胡子吗？"

"你喜欢我留吗？"

"应该是蛮滑稽的，我倒想瞧瞧你留了胡子会是什么模样。"

"好，那我现在就开始留。这是个有意思的事，我有事可做了。"

"你发愁是因为无事可做吗？"

"不，我爱现在这样的生活，一种很舒心的生活。你呢？"

"我觉得这种生活太美了，就是担心肚子大会让你厌烦。"

"哦，凯瑟琳，你不清楚我是多么爱你。"

"爱我大肚子的模样？"

"就是大肚子的模样。我们生活得很开心，你认为这种生活就很好吗？"

"我认为很好，可我担心你有心事。"

"没有，只是偶尔，我想知道前线和战友的情况，可我不忧虑，我也不愿意想太多。"

"你会想哪些人呢？"

"雷纳迪、神父，还有一些我熟悉的人，我只是有时想想。我不会去想战争，我已和它无关。"

"此刻你在想什么？"

"没想什么。"

"你在想，跟我说说嘛。"

"我在想雷纳迪到底得没得梅毒。"

"就这些？"

"是的。"

"他真得了梅毒？"

"我不清楚。"

"还好你没得，你曾患过同类的病吗？"

"我得过淋病。"

"我不愿意听，很难受吗，宝贝？"

"是很难受。"

"我希望我也得过。"

"不，别瞎说。"

"真的，我想像你一样呀。我想和你所有的女朋友都交往过，那我就可以拿她们来取笑你了。"

"这个场景倒是蛮有趣。"

"你患淋病可不是个有趣的场景。"

"我明白，现在我们看看雪景吧。"

"我只想看你，宝贝，你怎么不留长发呢？"

"那要如何留呢？"

"头发再长一些就可以了。"

"现在已很长了。"

"不，还要再长点，如果我把我的剪短，我们就几乎一样了，区别就是一个是金黄，一个是乌黑。"

"我可不让你剪短。"

"短了或许更有意思，长发已留烦了，晚上睡觉也不方便。"

"我喜欢长发。"

"短了你不喜欢吗？"

"可能会喜欢，你现在样子就很好呀。"

"剪短或许更漂亮呢，我们就几乎一样了。哦，宝贝，因为我太爱你了，所以我希望像你一样。"

"现在你就是我，我们就是一个人了。"

"我明白，夜里是这样的。"

"夜里太美妙了。"

"我要的是彻底的融为一体，我不想你离开。刚才只是随口说说而已，你想去，就去，但是要尽快回来哦，宝贝，你不在我身边，我就觉得活得没意思。"

"我一辈子都不会离开你，"我说，"当我一个人时，我感觉很难受，我已没有其他的生活。"

"我希望你有自己的生活，而且生活得很快活。我们一同享受这种生活，好不好？。"

"现在我的胡子是刮还是留？"

"留，一定要留。会很有趣的，也许过年时就留好了。"

"你现在想下棋吗？"

"我只想陪你玩。"

"不，还是先下棋吧。"

"下完棋后再玩。"

"那好吧。"

我把棋盘取出，摆好棋子。屋外雪还在飘着。

一次，我夜里醒来，看到凯瑟琳也睡醒了。月光洒在窗户上，把窗上木条的影子投到床上。

"你醒了，宝贝？"

"是的，你睡不着吗？"

"我刚醒，想起我们第一次见面时，真的很疯狂。你还有印象吗？"

"那时你真的很疯狂。"

"如今不会再那样了，我现在挺好。你的'好'字发音很动听，说'好'。"

"好。"

"哦，你太可爱了。现在不会再发疯了，我只会很快乐、很幸福。"

"快睡吧。"我说。

"好，让我们一同入睡。"

"好。"

但我们并没有一同入睡。我还醒着一会儿，一边胡思乱想，一边看着入睡中的凯瑟琳，月光照在她脸上，后来，慢慢地我也睡着了。

39

到了第二年正月中旬时，我的胡子蓄起来了，已是入冬，白天是晴朗而凛冽，夜晚冰寒干冷。我们又能在山路上走走逛逛了，积雪被运草的雪橇、运木材的雪橇和拖运下山的原木压挤成一条顺畅而又硬实的雪路。茫茫白雪覆盖着田野，差不多要覆盖到蒙特里。湖对岸的山峰是白茫茫的一片，洛思河谷的平原笼罩在茫茫白雪之中。我们从高山一个山脚出发，长途跋涉去阿里雅兹温泉。凯瑟琳穿着圆头钉靴，披着披肩，手持拐杖，拐杖底端是钢铁头，尖尖的。宽大的披肩遮挡住她凸起肚子。我们走得并不快，只要她一觉得疲惫，我们便停下，在路边木材那歇歇。

阿里雅兹温泉的树林中有家小酒屋，砍伐工人常会在那歇歇脚、喝酒。我们也去那儿，烤着炉火，喝着用香料和柠檬调制好的热红酒。他们称这种酒叫热身酒，这酒通常用来暖身和庆祝喜事。小酒屋里黑乎乎的，烟雾缭绕，当我们一出来，冷空气忽的一下钻入胸部，鼻尖冻得发酸发疼。我们又转身，回头望望小酒屋，看见酒屋窗口露出朦胧的灯光和砍伐工人的马匹，那些马匹在酒屋外一个劲地顿脚摇头，抵抗寒凉。马口鼻那的汗毛都结了霜，它们呼出的气转眼就成了一层层白雾。上山回家，先走的是段光滑而平整的雪路，冰雪被往返的马匹踩成橙红色，接着是这条雪路转弯与大道岔开，我们就走上白茫茫的道路，没有一点印迹，穿过一些树林。傍晚，在回去途中，我们有两次看见了狐狸。

山区景色宜人，我们每次去玩，都是兴致勃勃的。

凯瑟琳说："现在你的胡须黑黑的，倒像是名砍伐工。你可看到那个男人，就是带小金耳环的那个？"

我说："他是专打小羚羊的猎人，据说他们戴耳环是为了提高听力。"

"真是这样？我有点怀疑，我认为他们戴耳环就是为了显摆他们是打羚羊的。这一带可有羚羊？"

"有的，在亚玛尼山附近。"

"能见到狐狸太有意思了。"

"冬天，每当狐狸睡时，就用尾巴绕着整个身体来保持体温。"

"那一定是种美妙的感觉。"

"我总想有条像那样的尾巴。假如我们有条狐狸尾巴，那就太逗了。"

"穿衣服可就难了。"

"我们去一个没有世俗偏见的村庄去定做衣服，或者干脆就住那好了。"

"我们现在住的这个地方就没有任何世俗偏见。我们不与其他人打交道，这样不也很好？你不愿意见人是吧，宝贝？"

"不愿意。"

"我们坐这儿歇一歇好吧？我有点疲惫了。"

我们并肩坐在木材堆上。山路穿过树林向前伸展，消失在远方。

"这个调皮鬼，难不成她会让我们有间隙？"

"不，她没机会使我们有间隙。"

"我们钱还多吗？"

"足够用的，我开出的那张汇票，他们已承兑。"

"你在瑞士，家里既然已知道，会不会想方设法来找你？"

"这难说，我是要写信跟他们解释的。"

"直到现在，你都没有写过信？"

"没有，仅开张汇票而已。"

"感谢神，我还不算你家里人。"

"那我给他们发电报吧。"

"你不在乎你的家人？"

"在乎，但争吵多了，感情就变淡了。"

"我认为我会爱上你的家人，甚至会很爱他们。"

"不说他们吧，一说起来我还是很惦记他们的。"过了一会，我说，"要是你歇好了，我们就接着赶路吧。"

"我歇好了。"

我们顺着山路向前走。天黑下来了，钉靴踩在雪地上，吱嘎吱嘎的响。夜晚干冷干冷的，空气却很清新。

凯瑟琳说："你的胡子真让人喜欢，是个明智的决定。看上去既硬又齐，实际上却很软，好有趣哦。"

"你是更喜欢我留胡子，是吧？"

"应该是吧，宝贝，我跟你说，在小凯瑟琳没出生前，我不会去剪发了。现在肚子凸得太明显了，标准孕妇相。等生下她后，我要瘦下来，再剪个发，那时，对你来说我将是个新的女孩。要不剪发一同去，啊，不，就我一个人去，回来让你大吃一惊。"

我什么都没说。

"你不希望我剪发。"

"不是，这事一定让人很激动。"

"哦，你真是太好了。到时，我或许会变得更加漂亮，宝贝，又瘦又精神，会让你再次爱上我的。"

我说："天呐，我现在已爱你够深了。你还希望怎么样呢？毁掉我？"

"是的，我是想毁掉你。"

我说："好，这正是我想要的。"

40

日子过得很舒心。就这样过了1月和2月，这里的冬天，景色迷人，空气清新，我们过得很是快活。有时暖风拂面，冰雪消融，暖暖的天，很像是到了春季。但等天高气爽，寒气入侵时，又像是置身于冬季。3月，天气开始出现变化，雨从夜晚下到早晨，一直不停，路面很是泥泞，山脉雾蒙蒙的，了无情趣。云雾笼罩着湖面和山脉，山顶上的雨还在下。凯瑟琳脚穿笨重的大套鞋，我则穿着戈丁根先生的雨靴。我们合撑一把伞，走在泥地及水流冲刷的道路上，去火车站。途中，歇脚在家小酒屋，在午饭前喝杯酒。外边的雨还哗哗地下着。

"你认为，我们该进城住吗？"

"你认为呢？"凯瑟琳问道。

"要是过了冬天，雨季来了，山上的生活就会变得枯燥。小凯瑟琳出生还得多久？"

"差不多1个月吧，或许更长。"

"我们要不下山去蒙特里那住。"

"为什么不去洛桑①呢？那有医院呀。"

"那好吧，可我总认为那城市有点大。"

"在大城市我们一样可以过自己的清净生活，再说洛桑或许是个迷人的城市。"

"我们什么时候搬走？"

"我早点晚点都行，看你了，宝贝。如果你不愿意搬，那我也不愿意。"

---

①洛桑：瑞士西南部的一个城市，靠近日内瓦湖湖畔，是有名的风景区和疗养地。

"看看天气再决定吧。"

雨一直下了 3 天。现在笼罩在车站下边山脉上的积雪也都已融化了，路面泥水相混，又湿又脏，不能出门。在下雨的第 3 天清晨，我们就打算搬到城中去。

戈丁根说："这没有关系的，亨利先生，你不需要这么提前通知我。现在天气不好，我想你不会住下去的。"

"因为夫人的缘故，我们希望住的地方靠近医院。"我说。

他说："我知道的，生完孩子，你们还要回来住吗？。"

"要的，如果那时还有空房间。"

"等春天天气好起来，你们可以再来住。让孩子和保姆住现在空着的大房间里，先生和夫人仍住原先靠湖的那间房。"

"在来之前我会写信的。"我说。我们把行李收拾好，乘午饭后的那班火车去城里。戈丁根夫妇到车站为我们送行，戈丁根先生还用雪橇在泥水地里，帮我们运送行李。他们冒雨站在车站边，向我们挥手告别。

"他们夫妇很和善。"凯瑟琳说。

"是的，他们待我们实在是太好了。"

到了蒙特里，我们又转车去洛桑。从车窗远望我们曾住过的地方，但那座高山都已被乌云遮盖。火车在维伟车站停留一会儿后，又向前行驶，铁路一边是湖，另一边是褐色的田野，湿漉漉的，还有光秃秃的树林和潮湿的农房。到了洛桑，我们选了一家不大的旅馆，安顿下来。那时雨还在下，我们乘马车在街上行驶，一直驶入旅馆马车的入口处。门房的衣领上挂着铜钥匙，旅馆配有电梯，地上铺着地毯，闪着银光的白色洗漱台，还有铜床和舒适的大卧室，这儿与戈丁根家简陋的房舍相比算得上是金碧辉煌。窗户下边是花园，雨中的花园显得格外的潮湿，围墙上端装有铁栏杆。街道很陡，街对面开有一家旅馆，也都有一样的花园和围墙。我看着雨点洒落在花园的喷泉里。凯瑟琳把房间里的灯都打开，准备整理行李。我点了杯威士忌苏打，躺在床上看报纸，那是我在车站买的。时间是1918年3月，德军对法国的全面进攻①开始了，我喝着威士忌苏打看着报纸，凯瑟琳打开行李开始收拾，在房间里忙碌着。

"宝贝，你清楚我得添些东西了。"她说。

"什么东西？"

"小宝宝的小衣服啊。难得有人像我这样，到现在还没添置？"

"去买好了。"

"好的，那我打算明天去买，我要考虑一下买哪些东西。"

"这个你该清楚啊，你可是个护士。"

"但那医院倒是很少有士兵生孩子的。"

"我算一个吧。"

她拿枕头砸我，威士忌苏打被打泼了。

"对不起，打泼了。"她说，"我再点杯给你。"

"差不多喝完了。上床吧。"

"不，我要把房间收拾得像个样子。"

"像啥样子？"

"像家呀。"

"要不干脆把协约国的旗子挂起来。"

"去，闭上嘴巴。"

---

①德国在战争力量将要枯竭时为结束战斗发起的对英法联军的进攻。

"要再讲一遍。"

"闭上嘴巴。"

"你说得那么谨慎，"我说，"像是担心会得罪人似的。"

"我是不愿意得罪人。"

"那到床上来吧。"

"好吧。"她走过来坐在床边，"我晓得我现在没什么魅力了，宝贝。我的身材像个面粉桶。"

"不，不像，你还是甜美的样子。"

"我不过是你的黄脸婆而已。"

"不，你不是，你是越发地漂亮了。"

"但我想我会瘦下来的，宝贝。"

"你现在也不胖呀。"

"你酒喝多了吧。"

"就一杯威士忌苏打呀。"

"刚点的那杯快要送来了。"她说，"我们晚饭就在房间里吃，好吗？"

"这个想法不错。"

"今天我们就不出去了吧？晚上就待在这儿。"

"就在这玩。"我说。

"我想来点酒，"凯瑟琳说，"这对我不会有影响的。或许这儿还有我们常喝的卡普里白酒。"

"应该有的，"我说，"这种档次的旅馆应该会进意大利酒。"

服务生敲了敲门，然后端着托盘进了房间，托盘上的威士忌是用玻璃杯装的，里面还放了点冰块，另有一小瓶苏打放在威士忌旁。

"谢谢，就放这儿好了，"我说，"我们还需要两份晚饭，两瓶卡普里白酒，加冰的，请一起送来。"

"要不先上点汤？"

"你想喝汤吗，凯瑟琳？"

"要点吧。"

"那就上份汤吧。"

"好的，先生。"他出去后，顺手关上门。我又接着看报，把报上的战事分析一下。我把苏打水缓缓地从冰块上倒进威士忌里。我应该叫不加冰的威士忌，冰单放，这样就能清楚威士忌的分量是多少，也不会被多倒的苏打水冲淡了。我又叫了一整瓶威士忌，冰和威士忌分开放，这样会更好点。

"想些什么呢，宝贝？"

"想威士忌。"

"想威士忌做什么呢？"

"那么讨人喜欢。"

凯瑟琳冲我做个鬼脸。"好吧。"她说。

我们住这家旅馆已有3个星期。感觉挺好，饭厅里一般没什么人，我们的晚饭就在房间里吃。我们乘木齿铁轮火车到雅琦去逛街，漫步在湖边。天气很暖和，像是到了春天，我们有点后悔这么早搬下山。可这样暖和的天气也只有几天，潮湿阴冷的冬天又来了。

凯瑟琳上街采购婴儿的用品，我就去街上的一家运动馆练拳击。我一般早晨去，离开时凯瑟琳还在睡觉，她现在起床都很晚。那种像春天般的天气很是让人喜欢，打过拳，冲个澡后，走在街道上，感受着春天的气息，再找家咖啡馆坐坐，看看人、读读报、喝杯酒。

稍许便回去与凯瑟琳一起吃午饭。拳击运动馆那位蓄着八字胡的教练，动作标准、出拳迅猛，你要模仿他的动作去练，练完后就会全身酸痛。但馆内环境很好，光线充足，空气清新，我练得很认真，跳绳、躺在洒满阳光的地板上做仰卧运动、练习对打，有时也会把教练惊吓到。开始我不能对着窄长的镜子打拳，因为镜子里那个留胡子打拳的人，让我觉得怪怪的。到后来就习惯了，觉得挺好玩的，不过一练拳，我就想刮掉胡子，可凯瑟琳不同意。

偶尔凯瑟琳和我也会乘马车到城外去兜兜风。天气暖和时，坐在马车上吹风，很是惬意，我们还找到两家吃饭的好地方。现在凯瑟琳不能走太远，我就带她坐车到田间小道去遛遛。遇到好天气，我们便会玩得很开心，从不觉得生活过得沉闷。孩子即将出生，我们感到有种无形的推力促使我们去珍惜这欢愉的二人世界。

41

一天夜里3点，我醒来，感觉到凯瑟琳在床上滚来滚去。

"你还好吗，凯瑟琳？"

"我感觉有点痛，宝贝。"

"是有规律的阵痛吗？"

"不，不太规律。"

"要是感觉有规律的话，我们就得去医院。"

那时我太困了，又入睡了。过了一会儿，我又醒过来。

"我觉得你还是打电话给医生吧，怕是要生了。"凯瑟琳说。

我打电话给医生，"多长时间一次阵痛？"他问我。

"痛一次隔多长时间，凯瑟琳？"

"差不多 1 刻钟吧。"

"那需要去医院了，"医生说，"我穿好衣服，会尽快到的。"

挂断电话，随后我又打给车站附近的汽车行，想叫辆出租车来，但很长时间都没打通。最终总算有家车行同意立马派车来。凯瑟琳忙着穿衣服。行李箱她早就整理好了，她住院的物品和小宝宝的东西都放在里面。我们到外边走廊揿电梯铃，但没有一点反应，我赶紧走下楼。除值班警卫外，楼下没有一个人。我只能自己开电梯上去，把行李放进来，她进了电梯，我们就下去了。值班警卫把门打开，我们出去，坐在直通车道台阶边的石板上，等出租车。夜色明亮，群星闪烁。凯瑟琳很激动。

她说："要生了，真是激动。再等会儿就完事了。"

"这我倒是不怕，就想出租车早点过来。"

我们听见出租车从街上开来，接着就看见亮着的车灯。车开进车道，我搀扶凯瑟琳上车，司机把行李放到前面的座位上。

"我们去医院，"我说。

车到了医院，我提着行李与凯瑟琳一起进去。在大厅里，一个值班护士坐在桌边，她在一本工作簿上登记凯瑟琳的信息，姓名、年龄、地址、亲属和宗教信仰等。她告诉护士自己没有宗教信仰，护士就在宗教栏后面的空格斜着划了一下。她称自己为凯瑟琳·亨利。

"跟我去病房。"她说。我们是乘电梯去的。护士把电梯停下，出了电梯，我们随她穿过走廊，凯瑟琳把我的胳膊抓的紧紧的。

护士说："就这儿。请换好衣服上床吧，这件睡衣你可以换上。"

"我带睡衣了。"凯瑟琳说。

"还是换这件比较好。"护士说。

我出去，坐在外边走廊上的一把椅子上。

"你现在能进来了。"护士站在门口说道。凯瑟琳穿着无腰身的暗色睡衣躺在窄床上，看上去像裹着粗布被单，她冲我笑笑。

"现在稍微有点痛。"她说。护士抬起她的手腕，盯着手表测算她阵痛间隔的时间。

"这次好痛。"凯瑟琳说。从她脸上的抽搐我也看得出。

"医生在哪？"我问那护士。

"他在睡觉，一有需要，他会立刻到。"

"我现在要为太太做些准备工作，"护士说，"麻烦你到外面去，好吧？"

我在大厅等，大厅空荡荡的，有两个窗子，病房在走廊两侧，空气中弥漫着药水的气味。我坐在一张椅子上，低着头，心里默默地为凯瑟琳祈祷。

"你进来吧。"护士说，我又进去了。

"喂，宝贝。"凯瑟琳说。

"感觉如何？"

"现在痛的次数很多。"她抽搐一下，随后又笑笑。

"刚才真的很痛。护士，要不你把手再放在我背上好吗？"

"只要这样你感觉好就好。"护士说。

"宝贝，你出去吧，"凯瑟琳说，"到外边吃点东西，护士说我还得一些时间呢。"

"第一次生产的时间都很长。"护士说。

凯瑟琳说："请到外边吃些东西吧，我真的没事。"

"我在这再等会儿。"我说。

疼痛好像是很有规律，随后又减轻了。凯瑟琳很是激动，每当阵痛来时，她都喊好好好，疼痛缓解了，她又很失望，还有点不好意思。

"宝贝，你出去吧，"她说，"你在这我会害羞的。"她板起脸，"嗯，听话，我是想尽早生下小凯瑟琳，做个称职的太太，宝贝，你去吃点早饭，然后再回来，你不用担心我，护士会把我照顾得很好。"

"你有足够多的时间来吃早饭。"护士说。

"那我就走了，再见，亲爱的。"

"再见"凯瑟琳说，"把我那顿好早饭也一起吃了吧。"

"这附近哪里有吃早饭的地方？"我问护士。

"沿着街道向前走，到了广场你会看见一家咖啡店，"她说，"这时候差不多开门了。"

天刚放亮，路上没有行人，我沿着街道行走，找到那家小咖啡馆。窗户处有灯光，我进到里面，站在白铁皮的吧台前，一位老年人拿给我一杯酒和一盘奶油蛋卷，蛋卷像是昨天的，我用它蘸着酒吃，随后又叫了杯咖啡。

"一大早出来做什么？"老人问我。

"我老婆在医院里要生了。"

"是这样啊，恭喜你。"

"再倒杯酒。"

他拿着酒瓶朝杯中倒，洒出点酒，滴在白铁皮的吧台上。我喝完酒，结账离开。路上有很多等着清理的垃圾桶，一只狗朝着一桶垃圾左嗅右嗅的。

"你找啥呢？"我对着它问，我看看垃圾桶，希望能给它找些吃的东西，但垃圾桶最上面只有咖啡渣、泥灰和几朵枯萎的花，没别的东西。

"狗狗啊，没东西能吃哦。"我说，小狗跑过了街。我从医院的楼梯上到凯瑟琳待产的那层，顺着走廊到了她的病房。我敲了敲门，没有人回应，推开门，房间没一个人。凯瑟琳的行李还放在椅子上，睡衣也挂在墙壁的挂钩上。我跑出门，到走廊四处寻找，好不容易看到一名护士。

"亨利太太在哪呢？"

"刚有一位夫人进了产房。"

"产房在什么地方？"

"我领你去吧。"

她领着我来到走廊的另一边，产房门半开着，我一眼就看到了凯瑟琳，她躺在台子上，身上盖着被单。护士和医生分别站在台子的两边，医生身边还有些圆筒，医生手拿一根有管子的橡皮面具。

"我拿件白大褂给你，就能进去了，"护士说，"请过来吧。"

她帮我穿上白大褂，并用别针把衣服在脖子处别好。

"你能进去了。"她说。我进了产房。

"喂，宝贝，我还和以前一样哦。"凯瑟琳拘谨地说。

"你是亨利先生吗？"医生说。

"是，怎么样了，医生？"

医生说："挺好，我们到这儿，主要是方便使用供气面具，它里面有麻药可以止痛。"

"我现在需要。"凯瑟琳说，医生把橡皮面具罩在她的脸上，旋转着一个圆盘上的指针，我看着凯瑟琳在深呼吸，很是急促。接着

368

她掀开面具，医生把仪器关了。

"这次还不是很痛，刚才那次才痛得要命，医生把我全麻醉过去了，是不是，医生？"她的发音很古怪，"医生"两字音发的很高。

医生笑了笑。"我又需要了。"凯瑟琳说，她自己将橡皮面罩放在脸上，快速地呼吸，还发出轻微地呻吟声，随后她又掀开面具，脸上满是笑容。

她说："这次痛得很，一阵剧烈的疼痛。别为我担心，宝贝，你还是离开，再吃顿早饭吧。"

"我想留在这儿。"我说。

我们去医院，大概是夜里3点，但直到中午时，凯瑟琳还待在产房里，疼痛又减轻点，她现在好像一点力气都没有，可是满心欢喜。

"对不起，宝贝，我真是没一点用，"她说，"我原本以为生产很容易呢，噢——又开始了——"她伸手扯面罩，往脸上罩，医生一边看她一边旋转指针，过了一会工夫，痛又消失了。

凯瑟琳说："这次不算痛。"她微笑着，"我喜欢上了麻醉药，太神奇了。"

我说："那我们备点以后用。"

"痛又来了。"凯瑟琳急切地说，医生盯着表上旋动着的针盘。

"现在间隔的时间？"我问医生。

"差不多都是1分钟。"

"你该吃午饭了？"

"我等等再去吃，"他说。

"医生，你要去吃饭了，"凯瑟琳说，"真是对不起，我拖的时间太长了，要不让我先生帮忙控制这麻醉气吧？"

医生说："要是你想的话，把旋钮放到 2 的位置。"

"我知道。"我说，转动旋钮的指针到有数字地方。

"这会儿就要。"凯瑟琳说，她用面罩盖紧脸，我拨动指针到 2，她一掀开面罩，我就关了。能帮上医生的忙，感觉真好。

"是你在控制，宝贝？"凯瑟琳问，她把手放在我的胳膊上，轻轻地抚摸。

"是的。"

"你太讨人喜欢了。"她又吸了吸，有点像醉酒的样子。

"我去吃饭了，就在隔壁，"医生说，"什么时候都可以叫我。"时间慢慢地过去了，我看着他吃东西，过了一会儿，又看见他躺下抽支烟，凯瑟琳已是很疲惫。

"你说我能生下这孩子吗？"她问我。

"一定会的。"

"我不顾命地想生，想把她挤出来，可他却溜走了。啊，又痛了，开麻醉气。"

我去吃午饭时，已是下午 2 点。咖啡馆里还有一些人在那，桌上放着咖啡、樱桃果酒和一些水果渣。我选了张桌子坐下，"还有吃的东西吗？"

"已过了午饭时间了。"

"你们常备的餐点是？"

"酸泡菜。"

"那给我上酸泡菜和啤酒吧。"

"要清淡味的还是醇厚味的？"

"清淡的吧。"

服务员上了一盘有火腿片的酸泡菜，一根香肠还藏在泡酒的热青菜里。我太饿了，边吃边喝着啤酒，我看着坐在咖啡馆里的人。在一张桌子那，几个人正在打牌，临近的两个男人则一边吸烟一边聊天，咖啡馆里烟雾缭绕。在我吃早饭的白铁皮吧台后，围着三个人，一位是老人家，一位是穿着黑色衣服的胖女人，在吧台后看着上菜，还有一个是戴着围裙的小服务员。不清楚那女人究竟生过几个孩子，生产时又是怎样的。

　　我吃完饭，向医院走去。现在的街道已清扫得很干净，外边的垃圾桶也被收走了。天阴了下来，可太阳总是想露个脸。我乘电梯上去，走出电梯，顺着走廊去凯瑟琳的房间，我把白大褂搁那了。我穿上白大褂，脖子那也别好，对着镜子看看，很像是留胡子的假医生。我顺着走廊去产房，产房门关上了，我敲敲门，没有回应。我便旋转门锁，推开进去，医生在凯瑟琳身边坐着，护士在房间对面正在忙些什么。

　　"你先生来了。"医生说。

　　"哦，宝贝，我遇上一位好医生，"凯瑟琳用怪怪的语气说，"他给我讲了一些有趣的故事，当痛厉害的时候，他便让我昏睡过去，真是不错，医生，你真不错。"

　　"你像是醉了。"我说。

　　凯瑟琳说："我明白，可你不需要说出来。"稍后又急切地说："打开，打开。"她抓紧面具，呼吸又快又短，气喘得也很急促，面具咔咔直响，后来她长长地叹了口气，医生伸出左手移开面具。

　　"这次可是钻心痛啊，"凯瑟琳说，她的声音怪怪的，"宝贝，我现在死不了，我好像过了鬼门关，难道你不开心吗？"

"你别再往那去了。"

"不会，可我已不害怕了，我不想死，宝贝。"

医生说："你一定不会做这样的蠢事，你不能扔下你先生就这么走了。"

"哦，是，我不能死，我不想死，死掉是太愚蠢了。啊，又开始痛了，快给我。"

过了一些时间，医生说："亨利先生，你要离开几分钟，我要给她检查一下。"

"要他知道我努力的结果。"凯瑟琳说，"他过会再来吧。行吗，医生？"

医生说："好的，等他一回来我就告诉他。"

我走出门，顺着走廊回那个房间，是凯瑟琳产后要住的。我坐在椅子上，环视着房间。我从外套里拿出一份报纸，铺开来看，那是吃午饭时买的。天快要黑了，我打开灯继续看报。过了不久，我看不下去了，关了灯，看着天慢慢变黑。搞不清楚，医生怎么还不让人叫我。或许我不在要好一点，是他让我离开一会儿的。我看一下表，再等10分钟，到时还不来喊我，我自己过去。

可怜啊，可怜的宝贝凯瑟琳，这就是你要为同床共枕付出的代价，这就是美丽骗局的落幕，这就是如胶似漆相爱之人的结局。感谢上帝，多亏有了麻醉气，假使没有麻醉，分娩将会是怎么样的感受？难道这是她们命中注定的。凯瑟琳在孕期倒是过得蛮开心的，没有什么不舒服的，呕吐的也很少。现在却是陷入苦难中插翅难逃，做错了事不会没有惩罚的，去见鬼！即使我们结婚50次，结果也相同。要是她死了呢？不会的，她不过是要受一会儿的罪，到时我们还会夸大这段痛苦，凯瑟琳也许会说，事实并不那么糟糕。但如果她死了呢？不能的，不会的。可如果她不幸真的死了呢？跟你说，不可能，别有这愚蠢的想法，这只是煎熬而已，只不过是上天要她吃苦。这是头胎，头胎总是要生得很久的。可是，如果她不幸真的死了呢？她不会的，她为什么要死呢？她也没有理由要死？只是一个孩子要出世而已，在米兰风流快活的后遗症。痛苦是由他而起，生下来，你要养育他，或许会渐渐地爱上他。可如果她不幸死了，我该如何呢？不会死，要是她不幸死掉呢？不会死，她会平安无恙的。要是她不幸死掉呢？她不会死的，但她真的不幸死了呢？该如何？她若不幸真的死了呢？

医生走进房内。

"有什么进展吗，医生？"

"没有一点进展。"他说。

"这是什么意思呢？"

"情况就是这样的，我检查过——"他把检查的结果详细告诉了我，"在那时，我就静静地观察，但没有什么进展。"

"你认为该怎么办？"

"有两种处理方法，一种是用产钳，这样既可能会给婴儿造成损伤，也可能会撕裂下身，有一定的危险；另外一种就是剖腹产。"

"剖腹手术可危险？"要是她死了呢？

"危险程度跟一般分娩差不多。"

"手术是你亲自做吗？"

"是，我大概需要 1 小时的准备时间，添加人员，或许不用 1 个小时。"

"你有什么建议？"

"我的观点是做剖腹产，如果是我夫人，我会选择剖腹产。"

"做完有后遗症吗？"

"没有，只有手术的刀疤。"

"会感染吗？"

"危险程度比产钳低。"

"等她自然分娩呢？"

"最终还是要考虑其他的处理方法的，你夫人已消耗很多体力，早做更安全。"

"那就早点做手术吧。"我说。

"我去叮嘱些事情。"

我进了产房，护士守着凯瑟琳，她还躺在台子上，被单下肚子高高凸起，看上去人憔悴而疲惫。

"你跟医生说我要做手术吗？"她问我。

"说了。"

"太好了，一个小时后就结束了。我真撑不住了，宝贝，我真的快要不行了，请给我，没用，哦，没用。"

"做深呼吸。"

"做了，哦，再也没用了，再也没用了。"

"换一筒吧。"我对护士说。

"这筒就是刚换的，新的。"

凯瑟琳说："我确实是个笨蛋。宝贝，这也不管用了。"她哭起来，"哦，我多么希望能生下这孩子啊，不添任何麻烦，我要完了，我整个人要垮了。麻药也不管用，哦，这东西没有一点作用。别太在乎，宝贝，请别哭，别太在乎。我是要垮掉了，我可怜的宝贝，我是那么的爱你，我会坚持的。这次我要再忍耐一下，他们可不可以再给我做点什么？希望他们能给我做点什么。"

"我想它起作用，我想调到最大。"

"给我调大吧。"

我把旋钮调到最大处，她使劲深呼吸，紧抓面具的手松软下来，我关了麻醉，移开面罩。她慢慢地从昏迷中醒来。

"感觉真好啊，宝贝。哦，你待我真是太好了。"

"你坚强一点，我不能总是给你用最大量，这样你会没命的。"

"我不想再坚强了，宝贝，我要垮掉了，疼痛摧残着我，现在我明白了。"

"每个人都会有这样的经历。"

"但这也太可怕了，无休止的疼痛，直到把你拖垮为止。"

"还有1小时就没事了。"

"那真是太好了，宝贝，我应该不会死吧？"

"不，我发誓你不会。"

"我是不愿意扔下你不管的，但我真的受够了，我觉得我会死掉。"

"胡说，每个人都会有这样的经历。"

"偶尔我感觉我快要死了。"

"你不能死，你不可以的。"

"但如果我真的死了呢？"

"我不能让你死。"

"快打开，打开！"

凯瑟琳随后说："不会死，我不想死。"

"你一定不会。"

"你要待在这守着我。"

"我不想看你做手术。"

"我需要你留下来陪我。"

"好的，我会留在这儿的。"

"你待我可真好。又痛了，打开，调大些，没作用！"

我把指针先调到"3"，后又调到"4"。我盼着医生早点来，调过了"2"，我心里就发慌。

最终一位新面孔的医生带着两个护士来了，把凯瑟琳抬上有车辐辘的担架，我们沿着长廊前行。他们推着担架快速地在长廊走，直到进了一部电梯，人需要靠墙站直，才能给担架空出地方。电梯上楼了，等它停稳，开了门，我们便走出去。他们推着这带轮子的担架，顺着走廊去手术室。医生戴着手术帽子和口罩，我看不出是谁，另外还有位医生和几位护士。

凯瑟琳说："他们要帮我做点什么，他们要帮我做点什么。哦，求你医生，调大点才管用！"

一位医生取出面罩套在她的脸上，我透过玻璃门望去，看到一间灯火通明的小手术室。

"你可以从另外一个门进去坐在那。"一位护士跟我说。几张椅子被栏杆隔挡在后面，从那可以俯瞰无影灯下的手术台和室内的电灯。我看着凯瑟琳，面具盖在她脸上，她现在显得很安静。担架被继续前推，我转过身向走廊走去，两名护士急忙跑向那窄小的手术室。

一个说："是剖腹产，医生要做剖腹产手术。"

另一名说："我们正巧赶得上，我们的运气岂不是太好？"她们进去了。

又一名护士过来，她也是急急忙忙的。

"你得进去，进去吧。"她说。

"我还是在外边。"

她快步进去。我在走廊上走来走去，我害怕进去。我望着窗外黑乎乎的一片，只有点灯光从窗口透出。屋外下起雨来。我走到走廊端头的一个房间，毫无目的地看着一个个药瓶上的标签。过后我又走到空荡荡的走廊上，直直地看着手术室的门。

一位医生走出来，还有名护士跟在他身后。医生手里托着个东西，像个刚剥皮的兔子，急急向走廊另端走去，进了另一个房间。我也随后走进那个房间，一进门，就看见他们正在为一个婴儿做检查，医生托着他给我看，他拎起他的双脚，让他头向下，拍打他的小屁股。

"他怎么样呢？"

"非常健康，有 5 公斤重呢。"

我跟他还没建立起情感，感觉不出他跟我有什么关联，更没有做父亲的喜悦感。

"有这个儿子你不骄傲吗？"护士问我。他们给他洗洗又拿毯子裹起来。我只见他黑黑的小脸和小手，没见他乱动，没听他啼哭。医生又在孩子身上忙乎起来，从他们的表情看，情况好像不是很乐观。

"不，"我说，"他几乎让他妈妈没了命。"

"这可不是小宝宝的错呀，你不喜欢男孩？"

"不。"我说，医生又开始对他忙乎了，拎起他双脚，拍打屁股。我没有等下去。我来到走廊上，我现在可以去看她了，我进了门，在小房间走了几步。护士坐在栏杆那边，冲我招手示意我过去，我摇了摇头。我站在这儿也看得清。

我还以为凯瑟琳死掉了，她的样子像个死人，她的脸上有的地方已呈灰色。在灯光下，医生正在缝刀口，刀口被钳子撑开，显得又大又长，而且边沿很深。另一个戴口罩的医生在上麻药，还有两名戴口罩的护士正配合医生递送器械，像极了宗教审判的场景。我在想，虽然我可以看到手术的整个过程，但我庆幸没看。那种剖腹的血腥场面，我是看不下去的，但我看到他们很娴熟地把刀口缝合成一道高高隆起的线，就如同鞋匠上线那么精细，心里感觉很欣慰。缝好刀口后，我回到走廊上走来走去，不一会儿，医生走出来了。

"她现在的情况如何？"

"她没什么事了，她手术时你在吗？"

他看起来很疲惫。

"我刚看你缝针，刀口看上去很长。"

"你是这么认为的？"

"是的，缝针的地方还会长好吗？"

"哦，会的。"

过一会儿，他们快速地把带轮子的担架推出，由走廊直奔电梯。我随着进去了，凯瑟琳在痛苦低吟。到了楼下，他们把她推进房间抬上她的病床，我坐在床另一端的一把椅子上。房间里还有位护士在，我起来走到窗边，房间很黑，凯瑟琳伸出细细的手，"喂，宝贝，"她说。她的声音虚弱疲惫。

"喂，宝贝。"

"宝宝是男孩还是女孩？"

"喂，你不能讲话啊！"护士说。

"是个男孩，长得比较大也比较黑。"

"我想他没什么事吧？"

我说："是的，他很健康。"

护士用奇怪的眼神瞟了我一眼。

凯瑟琳说："我好累、好痛啊，你还好吧，宝贝？"

"我挺好，别说话了。"

"你待我太好了。喂，宝贝，我刚才痛得太厉害。他长得如何？"

"像只剥光皮的兔子，皱着眉的小老头。"

护士说："你一定要出去了，亨利夫人不该多说话。"

"那我就待在门外吧。"我说。

"还是去吃饭吧。"

"不，我要在门外。"我亲了亲凯瑟琳，她灰白的气色，看上去虚弱而疲惫。

"我跟你说句话，好吗？"我对护士说。我们来到门外的走廊，又向前走了几步。

"宝宝现在如何了？"

"你还不清楚？"

"不清楚。"

"他没有活。"

"他死掉了？"

"他们想尽办法让他呼吸,但都没成功,或许是脐带绕颈的原因吧。"

"事实上，他真死掉了？"

"是，太遗憾了。他那么大，长得又好，我还以为你知道呢。"

"不知道，"我说，"你快回去照顾我夫人吧。"

我来到一张桌前，在桌后的椅子上坐下，护士们的报告单在大夹子里夹好，放在桌上。我望着窗外，天已黑，外边黑乎乎的一片，只能看见雨丝在窗口射出的光线中密密地下。原来是这样的一个结果，宝宝死了，医生疲惫。既然如此，医生又何必在那浪费精力在这孩子身上？他们或许认为孩子会复活，会呼吸呢。我没宗教信仰，但我清楚那孩子应该受洗礼。要是他从没呼吸过呢？他没有，他不曾活过，但在妈妈的肚子里又是一回事了。我经常摸着凯瑟琳的肚子，能感觉到他在里面踢动。不过近来1周可没感觉到他踢动，或许他早已窒息了，可怜的孩子，我真希望跟你一样早点窒息而死。不，我不是真的希望，我不想在死亡边缘痛苦无望地挣扎。凯瑟琳现在要死了，这是每个人都要经历的，你死了，你就感觉不到死亡的味道了。如同一场比赛，连学习的机会都没有，你就被推进赛场，稍一放松，不在垒上，即被逮到刺死。就如艾莫突然死去，或如雷纳迪染上梅毒，死亡是必然的，毋庸置疑。死亡就在我们身边，我们终究会死。

　　我有一次露营，在火堆上架一根木材，木材里外都爬有蚂蚁。木材燃烧了，蚂蚁一哄而上，先是爬向火的中间地带，随后掉头往端头爬。端头也烧起来，聚集的蚁群，齐刷刷地掉入火里。个别逃出来的，身体烧焦变平，也不知道爬向哪里。但是大多先是往火中爬，随后撤到端头，集中到还没着火的端头，最后还是落进火中。那时我在想，对蚂蚁来说，这或许就是世界末日，我原本可以去做救世主，从火中移开木材，扔到蚂蚁能爬回地面的地方，可我没那么做，而是把杯中的水洒在木材上，以便用杯子盛威士忌，再掺入点水喝。一杯水洒在燃烧的烈火中，瞬间升起的蒸汽足以把蚂蚁蒸死。

我一直坐在走廊里守候着凯瑟琳，等着听她的消息。直到现在，护士仍没出来，后来又过了一会，我就走到门旁，慢慢地开了门，伸着头往里看。因为走廊的灯太亮，而房间的光线又很暗，刚开始我什么都看不清。眼睛渐渐地适应后，才看清护士坐在床边，凯瑟琳的头枕在枕头上，平坦的身子裹着床单。护士把手指放在唇上，接着起身来到门口。

　　"她现在的情况如何？"我问她。

　　护士说："不错，你先去吃晚饭吧，吃过后再来。"

　　我穿过走廊，从楼上下来，走出医院，雨中走在黑暗的街道，摸黑找到那家咖啡馆。咖啡馆内灯火通明，几乎每张桌前都坐满了人，很是热闹。我没看见有空的位子，一个服务生走过来，接过我滴水的外套，帮我找个位子，对面坐的是个老人，老人喝着啤酒看着报纸。我坐下后，问服务生今晚的特色菜是什么。

　　"清蒸小牛肉——可早就卖光了。"

　　"那还有些什么菜呢？"

　　"火腿蛋，鲜乳鸡蛋，还有泡酸菜。"

　　"我中午吃的就是泡酸菜。"我说。

　　他说："是的，是的，你中午吃的是泡酸菜。"他谢顶，头顶没有头发，两边的头发倒是梳得整齐伏贴，他看上去很和善。

　　"你来点什么，火腿蛋还是鲜乳鸡蛋？"

　　"火腿蛋，"我说，"还要啤酒。"

　　"是要杯淡味的？"

　　"是的。"

　　我吃着火腿蛋喝着啤酒，火腿蛋搁在圆形的盘子里——火腿在下面，煎蛋在上面。刚出锅的菜很是烫，我咬了一口，赶忙喝一大口啤酒，冰一下嘴巴。我太饿了，又让服务生再端一份来。几杯啤酒下肚，我不想任何事了，只看对面老人的报纸。据报上说英军陈营被攻破了，当他看见我在瞅报纸的反面时，慌忙叠起。我原想叫服务生取份报纸，可我思绪不宁。咖啡馆很暖和，空气却很浑浊。来这儿的很多客人，大都相互认识，还有几张桌子旁的人正打着牌。服务生在吧台和饭桌间来回穿梭，忙着送酒菜。这时两位客人进来，找不到坐的位子，他们就站到我桌子的对面。我又要了杯啤酒，我并不打算走，现在回医院有点早。我尽力不多想，保持镇静。那两位客人，没看到有人要离开，只好走了。我又喝光一杯啤酒，眼前的碟子已堆成堆。我对面的那位老人摘下眼镜，放进眼镜盒，把报纸对折好，放进衣袋，举杯四处张望。猛然间我意识到我该回去了，我叫服务生来结账。我穿好外套戴好帽子，走出咖啡馆，我在雨中向医院走去。

刚上楼，就看到一位护士正从走廊那头走来。

"我们在到处找你，我刚才还打电话给旅馆呢。"她说。我的心突然变得沉重起来。

"出什么事了吗？"

"亨利夫人大出血。"

"我可以进去吗？"

"不，还不可以，医生在里面观察。"

"有危险吗？"

"非常危险。"护士进去了，带上门。我坐在外面的走廊上，慌了手脚，我没了主意，不能思考。我清楚她快要死了，我祈祷，祈祷她别死，不能让她死。哦，上帝，求你，不能让她死，只要她不死，我愿意为你做任何的事。求你，求你，求你，亲爱的上帝，她不能死。亲爱的上帝，她不能死。求你，求你，求你不能让她死。上帝，求你救救她吧，如果她不死，我愿意为你做任何事，真的，我愿意。你不是已带走小宝宝了吗，但不能让她死——带走孩子没事的，但不能让她死。求你，求你，亲爱的上帝，她不能死。

护士推开门，打手势叫我过去。我跟她进了房间，我进去时，凯瑟琳一点反应都没有。我走到床边，医生站在床的另一边，凯瑟琳望望我，笑了笑。我趴在床边放声大哭。

"可怜的宝贝。"凯瑟琳轻轻地说，她的脸是灰白色的。

我说："你没事的，凯瑟琳，你能好起来。"

"我快死了。"她说。我松开她的手，她微笑着。

"可怜的小可爱，想摸就摸吧。"

"你能好起来的，凯瑟琳，我相信你能好起来。"

"我本打算写封信放你那，以防不测，可后来忘了。"

"要不找个教士或者你还想见其他什么人？"

"有你就好。"她说。过了会儿又接着说："我不害怕，可我不喜欢死。"

"别说太多的话。"医生说。

"好的。"凯瑟琳说。

"你有什么需要我做的，凯瑟琳？有什么需要我拿给你的？"

凯瑟琳微笑着。"不要。"过了一会，又接着说，"你会跟别的女孩子做我们做过的事，或者说我们说过的话吗？"

"我发誓永远不会。"

"不过，我还是想让你有新的恋人。"

"我不想要。"

医生说："说得太多了，你不要再说了，看来，亨利先生你一定得出去了。他过会儿再回来。你不会死的，也不要犯傻。"

凯瑟琳说："好吧。"她又说："我每个夜晚都会陪伴着你。"她讲话很费力。

"请你去门外。"医生说。凯瑟琳对我眨了眨眼睛，脸色是灰白色的。"我就在门口。"我说。

"亲爱的，坚强的宝贝儿。"

我坐在门外的走廊上一直等着，过了好长时间。护士出来了，走到我面前说："亨利夫人情况很糟，我真替她担心。"

"她死掉了？"

"没有，还在昏迷中。"

大出血，血一直在流，他们没有办法止血。我进到房间，一直看着凯瑟琳，直到她死去，她始终在昏迷中，没过多久就死了。

在门口走廊，我跟医生说："今天晚上还有什么需要我做的？"

"没有，没什么要做的，我把你送回旅馆好吗？"

"不用，谢谢，我想在这儿再待会儿。"

他说："晚安，不需要我送你回旅馆？"

"不用，谢谢。"

他说："手术是唯一的处理方法，这是手术资料。"

"这事我不愿意再多说。"我说。

"我希望能送你回旅馆。"

"不用，谢谢。"

他顺着走廊走了，我来到门口。

"这会儿你不可以进来，"一个护士说。

"能的，我能。"我说。

"你不可以进来。"

"请你离开，"我说，"还有一个也请离开。"

我赶走他们后，关上门，灭了灯，可感觉还是不好，活像是跟雕像道别。过了一会儿，我离开医院，在雨中，向旅馆方向走去。

附录一　海明威年表

1899 年　7 月 21 日，海明威出生于美国伊利诺伊州芝加哥市郊区
　　　　橡树园镇。他的父亲克莱伦士·爱德门滋·海明威是位医生，
　　　　母亲是葛瑞丝·霍尔·海明威。他在家中排行老二。

$\dfrac{1913}{1917}$ 年　在橡树园中学读书。毕业后，由于视力问题而没有资格
　　　　参军。10 月到美国西南部的堪萨斯城的《星报》当了 6
　　　　个月的实习记者。

1918 年　5 月下旬，他投身到一战中，并加入美国红十字会战场
　　　　服务队，奔赴意大利前线。一天夜里，他在意大利的东
　　　　北部皮亚维河边的福萨尔达村被炸成重伤，受伤时，离
　　　　他 19 岁生日还差两个星期。

1920 年　迁往安大略省多伦多的巴瑟斯特街居住，并在《多伦多
　　　　星报》担任记者，同时他还是一名自由作家。

1921 年　9 月和第一任妻子——哈德莉·理查逊结婚，并于 12 月
　　　　份离开美国，到巴黎安顿下来。

1922年　5—6月，海明威第一次公开发表作品——只有两页的讽刺性寓言《神妙的姿势》和一首只有四行的诗《最后》。

1923年　《三个故事与十首诗》在巴黎出版，其中包括《在密歇根河上》《季节之外》和《我的老头》。同年，他的儿子约翰出生。

1924年　短篇故事集《在我们的时代里》在法国巴黎出版，该故事集包括《印第安人营地》《大双心河》等短篇小说。

1925年　《在我们的时代里》在美国由伯尼·李佛莱特公司出版，并添加了十四个短篇故事。出版《雨中的猫》。

1926年　5月，《春潮》出版。10月份，他第一部较为成功的小说《太阳照常升起》出版，这成为"迷惘的一代"的代表作，同时也为海明威奠定了作为一个优秀小说家的基础。

1927年　海明威和哈德莉·理查逊离婚，转而和保琳·帕菲弗结婚。短篇小说集《没有女人的男人》出版。

1928年　海明威的父亲开枪自杀。

1929年　以自传体写成的长篇小说《永别了，武器》出版，这是他另一部获得成功之作。

1932年　一部关于斗牛的书《午后之死》出版。

1933年　出版《胜者无所得》，共有十四个故事，还包括此后连续六年内刊登在《绅士》上的三十一篇论文和一个故事中的第一部分。

1935年　描写非洲惊险狩猎生活的小说《非洲的青山》出版。

1936年　发表《弗朗西斯·麦康伯短促的幸福生活》。

1937年　发表小说《富人与穷人》。他不断地写作和演讲，并为西班牙内战的保皇党募钱。

$\dfrac{1936}{1937}$年　二战爆发后，他于 1937—1938 年，以战地记者的身份奔波于西班牙内战前线，为《北美报业联盟》采访内战新闻，并出版《有的和没有的》。

1938 年　出版《第五纵队与 49 个故事》，其中包括戏剧和以前发表过的短篇小说和七个以前曾经出版过的故事。

1940 年　海明威的最佳畅销书《丧钟为谁而鸣》出版，这部著作被认为是海明威人生观和艺术观的里程碑。保琳·帕菲弗以"遗弃"为理由同他离婚，而他在一个星期内与玛莎·盖尔霍恩结婚。

1941 年　海明威偕夫人作为战地记者来中国采访抗日战争，为纽约的《下午报》撰写战地报道。

1942 年　《人在战中》重新出版。这本书把所有与战争有关的故事都搜集起来了，并加入了海明威的简介。

$\dfrac{1942}{1945}$年　为报纸杂志采访，并报道欧洲戏剧之争论。

1945 年　与玛莎·盖尔霍恩离婚，之后又立刻与玛利·魏尔希结婚。

1950 年　出版长篇小说《渡河入林》，但引起的反响不大。

1952 年　《老人与海》在《生活》杂志上发表，在当时引起极大轰动。

1954 年　获得诺贝尔文学奖。

1961 年　6 月 2 日，他在爱达荷州家中的厨房里开枪自杀。

附录二　诺贝尔文学奖大系书目

1901 年　　苏利·普吕多姆（法国）　《孤独与沉思》

1902 年　　特奥多尔·蒙森（德国）　《罗马史》

1903 年　　比昂斯滕·比昂松（挪威）　《挑战的手套》

1904 年　　何塞·埃切加赖（西班牙）　《伟大的牵线人》

1904 年　　弗雷德里克·米斯特拉尔（法国）　《米赫尔》

1905 年　　亨利克·显克微支（波兰）　《你往何处去》

1906 年　　乔苏埃·卡尔杜齐（意大利）　《青春的诗》

1907 年　　拉迪亚德·吉卜林（英国）　《丛林故事》

1908 年　　鲁道夫·奥伊肯（德国）　《人生的意义与价值》

1909 年　　拉格洛夫（瑞典）　《尼尔斯骑鹅旅行记》

1910 年　　保尔·海泽（德国）　《骄傲的姑娘》

1911 年　　梅特林克（比利时）　《青鸟》

1912 年　　霍普特曼（德国）　《织工》

1913 年　　泰戈尔（印度）　《新月集·飞鸟集》

1915 年　　罗曼·罗兰（法国）　《约翰·克利斯朵夫》

1916 年　　海顿斯坦姆（瑞典）　《查理国王的人马》

1917 年　　彭托皮丹（丹麦）　《天国》

1917 年　　耶勒鲁普（丹麦）　《明娜》

1919 年　　卡尔·施皮特勒（瑞士）　《伊玛果》

1920 年　　汉姆生（挪威）　《大地的成长》

1921 年　　法朗士（法国）　《泰绮思》

1922 年　　贝纳文特（西班牙）　《不该爱的女人》

1923 年　　叶芝（爱尔兰）　《当你老了》

1924 年　　莱蒙特（波兰）　《农夫》

1925 年　　萧伯纳（爱尔兰）　《圣女贞德》

1926 年　　黛莱达（意大利）　《邪恶之路》

1927 年　　亨利·柏格森（法国）　《创造进化论》

1928 年　　温塞特（挪威）　《新娘·女主人·十字架》

1929 年　　托马斯·曼（德国）　《布登勃洛克一家》

1930 年　　辛克莱·刘易斯（美国）　《巴比特》

1931 年　　埃里克·卡尔费尔德（瑞典）　《荒原与爱情》

1932 年　　约翰·高尔斯华绥（英国）　《福尔赛世家》

1933 年　　伊凡·亚历克塞维奇·蒲宁（俄罗斯）　《阿尔谢尼耶夫的一生》

1934 年　　路易吉·皮兰德娄（意大利）　《六个寻找剧作家的角色》

1936 年　　尤金·奥尼尔（美国）　《进入黑夜的漫长旅程》

1937 年　　马丁·杜·加尔（法国）　《蒂博一家》

1944 年　　约翰内斯·延森（丹麦）　《希默兰的故事》

1945 年　　加夫列拉·米斯特拉尔（智利）　《葡萄压榨机》

1946 年　　赫尔曼·黑塞（瑞士）　《荒原狼》

1947 年　　安德烈·纪德（法国）　《窄门》

1949 年　　威廉·福克纳（美国）　《喧哗与骚动》

1954 年　　海明威（美国）　《永别了，武器》

1956 年　　希梅内斯（西班牙）　《小毛驴与我》

1957 年　　加缪（法国）　《局外人》

1958 年　　帕斯捷尔纳克（苏联）　《日瓦戈医生》

版权